초승달과 쌍두 독수리

발칸유럽 역사산책

초승달과 쌍두 독수리

발칸유럽 역사산책

초판 1쇄 인쇄   2014년 10월 01일
초판 1쇄 발행   2014년 10월 08일

지은이   이 기 성
펴낸이   손 형 국
펴낸곳   (주)북랩
편집인   선일영   편집   이소현, 김아름, 이탄석
디자인   이현수, 신혜림, 김루리, 추윤정   제작   박기성, 황동현, 구성우
마케팅   김회란, 이희정
출판등록   2004. 12. 1(제2012-000051호)
주소   서울시 금천구 가산디지털 1로 168, 우림라이온스밸리 B동 B113, 114호
홈페이지   www.book.co.kr
전화번호   (02)2026-5777   팩스   (02)2026-5747

ISBN   979-11-5585-354-2 03810(종이책)   979-11-5585-355-9 05810(전자책)

이 도서의 국립중앙도서관 출판예정도서목록(CIP)은 서지정보유통지원시스템 홈페이지(http://seoji.nl.go.kr)와
국가자료공동목록시스템(http://www.nl.go.kr/kolisnet)에서 이용하실 수 있습니다.
(CIP제어번호 : 2014028378)

초승달과 쌍두 독수리

발칸 유럽 역사 산책

글·사진 이기성

블럼 book Lab

발칸 제국諸國 연대표

	300~400년대	500~700년대	800	900	1000	1100	1200
비잔틴 제국	콘스탄티노플 천도(330)			바실리우스, 사무엘에 패배 (986)	바실리우스, 사무엘에 승리 (1014) 불가리아 합병 (1018) 만지케르트의 참패 (1071)		제4차 십자군 원정 (1204)
오스만 제국							오스만 1세 치세 (1299~1326)
불가리아	훈족과 함께 유럽 이주 (4세기경) :불가르족	발칸 이주 (6세기경) :남슬라브족	크룸왕가 (807~972) 불가리아 기독교 개종 (865) 시메온 대제 치세 (893~927)	제1차 불가리아 제국 (925~1018) 사무엘, 바실리우스에 승리 (986)	사무엘, 바실리우스에 패배 후 죽음 (1014) 제1차 불가리아 제국 멸망 (1018)	제2차 불가리아 제국 (1185~1422)	
세르비아		발칸 이주 (6세기경)				네마니치 왕가 (1166~1371)	
크로아티아		발칸 이주 (7세기초)	트르미삐르 왕가 (845~1091)	토마슬라브 치세 (910~930)	트르미삐르 왕가 단절 (1091) 헝가리 칼만1세 즉위와 연합왕국 수립 (1095)		
보스니아 헤르체코비나		발칸 이주 (6세기말~7세기초)					
슬로베니아		빌칸 이주 (7세기초)					합스부르크 지배 체제시작 (1277)
헝가리			카르파티아 정착 (895~896)	아우구스부르크 패전 (955)	헝가리 기독교 개종/최초의 기독교왕 이슈트반 1세 (1000) 크로아티아와 연합왕국 수립 (1095)		몽골침입 (1241~1242)
오스트리아 합스부르크 제국			샤를마뉴 '로마인의 황제' 등극 (800)	프랑크제국 내 오스테리히로 출발 (10세기 말)			루돌프1세 치세 (1273~1291)

	1300	1400	1500	1600	1700	1800	1900년대
비잔틴 제국	벨부즈드 전투 패배(1330)	비잔틴제국 멸망 (1453)					
오스만 제국	오르한 치세 (1326~1362) 코소보 전투 승리 (1389)	메흐메드2세 치세 (1451~1481) 베오그라드 수전 패배 (1456)	슐레이만 대제 치세 (1520~1566) 모하치 승전 (1526) 제1차 빈 공방전 (1529)	제2차 빈 공방전 (1683) 젠타 전투 패배와 카를로비츠 조약 (1697)		예니체리 해산 (1826) 베를린 조약으로 세르비아, 불가리아 상실 (1878)	오스만제국 멸망(1922)
불가리아	벨부즈드 전투 패배 (1330)	불가리아 멸망 (1422)				불가리아 독립 (1878)	
세르비아	벨부즈드 전투 승리 (1330) 스테판 두샨 치세 (1331~1355) 코소보 전투 패배 (1389)	세르비아 멸망 (1459)	성 사바 유해 화형 (1594)			제1차 세르비아 봉기 (1805~1813) 세르비아 독립 (1878)	유고연방가입 (1945) 유고연방해체 (2003)
크로아티아			오스만 제국의 직접 통치 시작 (1526)	카를로비츠 조약 으로 합스부르크 귀속 (1697)			유고연방 가입 (1945) 유고연방 탈퇴 (1991)
보스니아 헤르체코 비나	트브로트코 1세 치세 (1353~1391)	보스니아 멸망 (1463)				보스니아 행정권 오스트리아로 이양 (1878)	사라예보사건 (1914) 유고연방가입 (1945) 유고연방탈퇴 (1992)
슬로베니아			오스만 제국 일부 점령 (1526)	카를로비츠 조약 으로 합스부르크 귀속 (1697)		일리리아 속주 (1809~1813)	유고연방가입 (1945) 유고연방 탈퇴 (1991)
헝가리	니코메디아 십자군 결성 (1396)	베오그라드 수전 승리 (1456) 마챠시 1세 치세 (1458~1490)	모하치 패전 (1526) 헝가리 분할 (1541~1686)	카를로비츠 조약 으로 합스부르크 귀속 (1697)		헝가리 혁명 실패 (1848) 이중제국 수립 (1867)	헝가리 분할 해체 (1920)
오스트리아 합스부르크 제국			제1차 빈 공방전 (1529)	제2차 빈 공방전 (1683) 젠타 전투 승리와 카를로비츠 조약 (1697)	마리아 테레지아 치세 (1740~1780) 프란츠1세 치세 (1745~1765)	신성로마제국 해체 (1806) 프란츠요제프1세 치세 (1848~1916) 프로이센 오스트리아 전쟁 (1866) 이중제국 수립 (1867)	사라예보 사건과 제1차 세계대전 (1914) 이중제국해체 (1918)

한 도시가 우리에게 들려주는 이야기

'율리안 알프스의 보석'으로 불리는 블레드 호수Bled lake는 슬로베니아의 수도 류블랴나에서 한 시간 거리 안에 있다. 새봄의 신록으로 한껏 물든 산속에 사파이어처럼 박혀 있는 블레드 호수엔 금방이라도 예쁜 요정이 튀어나올 것 같다. 호숫가에 홀로 돌올하게 솟아오른 절벽 위에 까치집처럼 자리 잡은 블레드 성에 오른다. 발밑으로 내려다보이는 옥색 호수에 정신이 팔려 있는 사이 오랜만에 보는 한국인 청년이 땀을 뻘뻘 흘리며 성 안으로 들어온다. 폴란드 지사에서 근무하다가 최근 그만둔 그는 귀국하기 전에 여행을 다니고 있단다. 3년 동안 폴란드에 살다 보니 처음에 품었던 유럽에 대한 환상이 깨졌다는 청년의 말이 재미있다.

"이 도시 저 도시 다니다 보니 점점 그 도시가 그 도시처럼
보이네요. 이제는 도시 여행에 싫증이 나서 자연 여행을 다니
고 있어요."

하긴, 그의 말대로 유럽의 도시는 자칫 그 도시가 그 도시로 보일 수도 있겠다. 웬만한 도시에는 다 있는 궁전과 대성당, 성벽과 돌다리, 광장과 분수, 박물관과 미술관……, 이런 것들이 먼저 연상되기 때문이다. 하지만 이는 수박 겉핥기식으로 도시를 스쳐가기 때문이다. 도시가 품고 있는 이야기를 놓치니 그 성당이 그 성당처럼 보이고, 그 왕궁이 그 왕궁과 다름없어 보일 뿐이다.

하지만 사실 도시는 우리 눈에 보이는 것 이상의 이야기를 우리에게 해주고 있다. 오스트리아의 수도 빈으로 가보자. 그리스 신전을 빼닮은 국회의사당 건물 앞에는 금빛 투구에 금빛 흉갑을 둘러 입은 아테나 여신상이 서 있다. 왕궁 정원엔 월계관을 쓰고 온몸에 토가를 걸친 로마 황제 차림의 동상이 보인다. 시민공원 안에는 그리스의 영웅 테세우스를 기리는 신전이 자리 잡고 있다. 처음 이들을 대하면 조금은 당혹스럽다. 남의 것을 모방해도 어느 정도지, 이건 너무 심하지 않나 하는 생각이 들기 때문이다. 그러나 이 도시가 한때 신성로마제국의 수도였다는 사실을 상기한다면 이야기가 전혀 달라진다. 그리고 이들을 통해 빈이란 도시가 우리에게 말하고 싶은 것이 무엇인지 알게된다.

세르비아의 수도 베오그라드도 마찬가지다. 베오그라드 고성古城인 칼레메그단Kalemegdan 요새 한가운데엔 눈에 잘 띄지 않는 아담한 전각이 숨어 있다. 오스만제국의 어느 대재상의 영묘가 바로 그것이다. 하지만 오스만제국과 세르비아와의 관계를 모르는 사람들은 그저 무심히 스쳐지나갈 뿐이다. 만약 경복궁 한복판에 일본 총독의 무덤이 버젓이 남아 있다면, 그래도 그냥 무심히 스쳐갈까? 결국 아는 만큼 보인다고, 스토리텔링Storytelling이 없는 도시 여행은 껍데기만 볼 뿐이다. 이 책에서 나는 발칸 여러 나라의 수도를 중심으로 하여 그 도시가 살아온 역사를 추적해보고자 한다. 또한 각 도시가 자랑하는 명소를 찾아보고, 거기에 얽혀 있는 사람들의 이야기가 우리에게 뜻하는 바를 살펴보려 한다.

역사를 보는 시각

"'아' 다르고 '어' 다르다"는 우리말 표현도 있듯이, 역사 기술에서 단어 하나 바뀜에 따라 전혀 다른 역사관이 전개되는 경우를 종종 본다. 그 중 한 예가 '정복', '정벌', '원정'과 '침략', '침공' 같은 표현이다. 평소엔 무심히 넘어가기 쉬운 이 단어들 사이에는 어떤 차이가 있는 걸까? 여기에 애매모호하기 그지없는 '진출'이라는 말까지 더해지면 그 의미는 그야말로 오리무중이 되어버린다. 이들 단어의 사전적인 의미는 다음과 같다.

'정복conquest': 정벌하여 복종시키다
'정벌subjugation': 군사로써 침
'원정expedition': 먼 곳을 치러 감
'침략aggression': 남의 물건을 폭력으로 빼앗음
'침공invasion': 침범invade하여 공략함
'진출advance': 어떤 방면으로 나아감

사전적인 의미만으로는 알쏭달쏭하지만, 쉽게 말하면 이들은 모두 '남의 땅에 쳐들어간다'는 뜻이다. 그럼에도 불구하고 이들이 우리에게 주는 뉘앙스는 하늘과 땅만큼의 차이가 있다. 서양 역사에서 대표적인 영웅으로 꼽히는 알렉산더나 카이사르, 나폴레옹이 벌인 군사 행동에는 거의 예외 없이 '원정', '정복', '정벌'이란 표현을 즐겨 쓴다. 이 단어들 자체에는 옳고 그른 주관적인 평가가 없지만, 그 내면에는 '영웅적인', '위대한'이라는 매우 긍정적이고 낭만적인 뉘앙스가 들어 있다는 인상을 강하게 풍긴다. 반면 비 유럽권인 페르시아나 이슬람제국, 오스만제국에 대해서는 항상 '침략', '침공'이란 낙인이 따라붙는다. '남의 물건을 폭력으로 빼앗다'라는 '침략'의 사전적 의미에서도 볼 수 있듯이, 이 단어들은 부정적인 뜻을 강하게 내포하고 있다. 한편 '진출'이란 표현은 더더욱 가관이다. '로마제국은 처음으로 발칸반도에 진출했다'라는 대목에서 극히 회색적이며 중성적인 '진출'이란 어휘를 어떻게 해석해야 할까? 여기서 영감을 얻었는지는 모르겠지만, 제2차 세계대전 당시 일본제국도 '만주로 진출했다'라는 표현을 차용한 적이 있다. 그렇다면 발칸과 만주에는 로마제국이나 일본제국이 진출하기 전에는 사람이 살지 않았다는 건지, 혹시나 진출과 개척을 착각한 건 아닌지 당사자들에게 물어보고 싶어진다.

이 책의 주인공

처음 책을 쓰기 시작할 즈음엔 유럽의 동남쪽인 발칸반도에서 살아가고 있는 남 슬라브족에게 초점을 맞추었다. 그들은 멀리는 비잔틴제국의 영향권 아래서, 가까이는 오스만제국과 오스트리아 합스부르크 제국의 틈바구니에서 살아왔다. 그들의 처지에 비해 역사적으로 중국과 일본 사이에 끼어 살아온 우리의 처지는 어떻게 다른지 궁금했다. 그들에겐 각자가 자랑하는 민족 영웅이 있었다. 불가리아의 시메온 대제, 세르비아의 스테판 두샨 황제, 크로아티아의 토미슬라브 왕과 보스니아의 트르미뻬르 왕 등이 바로 그들이다. 그들은 어려운 상황에서도 미약한 조국을 일으켜 세운 사람들이었다. 하지만 책을 써나가는 과정에서 이들보다 점점 더 강력하게 내게 다가온 두 사람이 있었다. 한 사람은 오스만제국의 술탄 메흐메드 2세였고, 또 한 사람은 합스부르크 제국의 황제 프란츠 요제프 1세였다. 한쪽은 떠오르는 태양처럼 한 제국을 세운 술탄이었고, 다른 한쪽은 어떻게든 지는 해를 붙잡아보려고 노심초사한 황제였다. 이들을 보면 과연 시대가 영웅을 낳는지, 아니면 영웅이 시대를 만드는지 판단하기 힘들어진다.

발칸을 여행하면서 알게 모르게 우리 자신이 서구 중심의 시각에 얼마나 길들여져 있는지, 제3자가 아닌 당사자들의 목소리를 들어본 적은 있는지 새삼 생각하게 되었다. 또 지금은 많이 나아졌다지만 서구인들도 이와 마찬가지로 중국이나 일본의 시각으로 우리를 보아온 것은 아닐까 하는 생각도 들었다. 이 책에서 나는 동일한 역사적 사실에 대해 서구 중심의 일방적인 시각에서 벗어나 양자의 시각을 서로 비교해보려 노력했다.

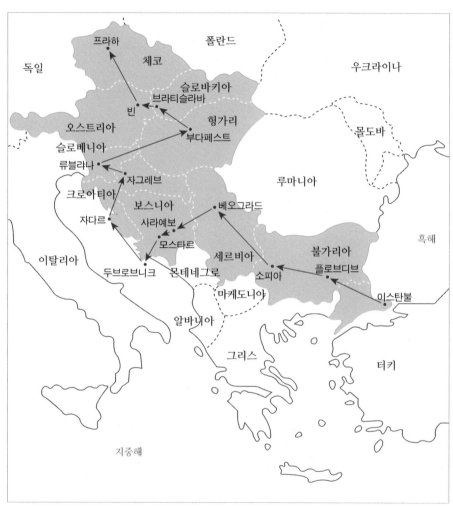

[지도1] 발칸유럽과 여행 일정

프롤로그: 발칸에 드리운 비잔틴제국의 잔영

1.

최근 들어 매스컴을 통해 알려진 발칸반도는 사실 우리에겐 상당히
낯선 곳이다. 유럽 대륙 동남쪽 끝자락에 붙어 있는 발칸반도는 그 이
름에서 두 가지 사실을 짐작하게 한다. 첫째는 투르크어인 '발칸'이란
말에서 이곳이 투르크족, 즉 지금의 터키와 밀접한 관계가 있음을 알
수 있다는 것이다. 둘째는 '산이 많아 푸르다'는 뜻의 '발칸'에서 보듯
이, 이곳은 산이 많고 지형이 복잡한 지방이라는 것이다. 지난 2,000
여 년 동안 유럽 문명의 경계선에 위치한 발칸반도의 옛 주인은 지금
은 사라진 두 제국인 로마제국과 오스만제국이었다. 1세기 초 발칸에
본격적인 지배 체제를 구축했던 로마제국은 330년에 아예 제국의 수
도를 지금의 이스탄불인 콘스탄티노플로 옮겨왔다. 동쪽으로 온 이 반
쪽의 로마제국은 서쪽에 남아 있던 나머지 반쪽이 476년 일찌감치 멸
망한 뒤에도 무려 천 년이 지난 1453년까지 살아남았다. 사가史家들은
동쪽으로 온 이 제국을 서로마제국과 구별해 동로마제국이라고 명하
다가 어느 때부턴가 비잔틴제국으로 고쳐 불렀다. 하지만 당사자들은

멸망할 때까지도 자신을 로마제국이라고 했다. 왜 후세 사가들은 동방의 로마제국을 굳이 비잔틴제국이라고 고쳐 불렀을까? 그것이 뜻하는 바는 잠시 접어두고, 우리도 편의상 이 제국을 비잔틴제국으로 통일해서 부르자.

발칸반도의 첫 번째 주인이 비잔틴제국이었다면, 두 번째 주인은 1453년 비잔틴제국을 멸망시킨 오스만제국이었다. 발칸의 새 주인이 된 오스만제국은 인종, 문화, 종교 등 모든 면에서 옛 주인인 비잔틴제국과 전혀 달랐다. 아시아 유목민 출신에 이슬람교를 신봉했던 오스만제국과 기독교를 믿으며 유럽 문명의 중심이었던 비잔틴제국은 아무런 공통점이 없었다. 그럼에도 불구하고 오스만제국은 자칭 비잔틴제국, 아니 당시로서는 로마제국의 승계국承繼國임을 주장했다. 비잔틴제국을 멸망시킨 후 오스만제국의 메흐메드 2세는 자신을 '룸 카이세리', 즉 '로마 황제'라 칭했던 것이다. 물론 유럽의 어느 누구도 생뚱맞은 그의 주장에 동조한 나라는 없었다. 그런데 '로마'란 칭호에 집착한 나라는 오스만제국만이 아니었다. 일찍이 800년에는 로마와 아무 상관도 없던 프랑크왕국의 샤를마뉴 대제(獨, 카를 대제)가 교황으로부터 '로마인의 황제'란 칭호를 부여받았다. 이후 1806년까지 존속했던 게르만족의 '신성로마제국'의 뿌리는 바로 여기서 유래한다. 또한 비잔틴제국 멸망 후 모스크바대공국의 이반 3세도 비잔틴제국의 계승자임을 자처하며 모스크바를 '제3의 로마'로 칭했다. 카이세리Kayseri, 차르Tzar, 카이저Kaiser는 모두 로마 황제 카이사르Caesar를 지칭하는 오스만제국, 러시아제국, 독일제국의 명칭이다. 그렇다면 이들은 왜 그렇게 '로마'라는 아이콘에 매달렸을까?

한편 15세기 초부터 근 400년 넘게 발칸을 지배했던 오스만제국은

19세기 말에 이르러 발칸 전 지역에서 쫓겨났다. 그리고 오스만제국이 물러난 자리를 신성로마제국의 후예인 오스트리아 헝가리 이중제국과 모스크바대공국의 후예인 러시아제국이 경쟁적으로 넘봤다. 이들은 서로 비잔틴제국의 상징이었던 쌍두 독수리 문장을 내걸고 오스만제국의 유산을 차지하려고 다퉜다. 결국 두 쌍두 독수리의 갈등은 참전 인원 6,000만 명에 전사자만 900만 명이 발생된 제1차 세계대전을 촉발시켰다. 그리고 그 발화점은 바로 이곳 발칸반도였다.

2.

발칸에 대한 전통적인 인상은 그리 좋지 않다. 멀리는 제1차 세계대전을 촉발시킨 '유럽의 화약고'에서부터 가까이로는 유고 연방 붕괴에 따른 내전 발발 과정에서 자행된 '인종청소'에 이르기까지, 실로 발칸이 풍기는 인상은 부정적이다. 수많은 민족이 오갔던 길목, 동서 로마의 경계선이 지나갔던 곳, 기독교 문명과 이슬람 문명이 만난 대표적인 문명 충돌의 장場, 서로 다른 종교와 민족이 뒤섞여 사는 곳⋯⋯, 이런 발칸을 서구 주류 사회는 '폭력', '야만', '원시'와 같은 표현으로 깎아내렸다. 철혈 재상 비스마르크는 "발칸 놈들이야말로 소총병 한 명의 뼈다귀만 한 가치도 없다."라고 일갈했다. 공산주의 혁명가였던 칼 마르크스는 발칸 사람을 '인종의 쓰레기'로 매도했다. 19세기의 한 저널리스트는 발칸 여행을 다녀온 후 '야만의 유럽을 다녀와서'란 칼럼을 쓰기도 했다. 그렇다면 그들이 말하듯이 발칸은 진정 폭력과 야만이 판치는 곳일까?

기원전 3세기경 발칸을 점령한 로마제국은 1세기 초에는 기존 원주민들과 로마 이주민들을 융화시켜 지배 체제를 공고히 했다. 이렇게 로마화된 사람들이 살아가던 발칸이 시끄러워진 건 4세기 이후 로마제국이 기울면서부터였다. 제국의 쇠퇴를 틈타 게르만계의 서고트족, 아시아 유목계의 훈족과 아바르족 등이 차례로 발칸을 넘나들며 분탕질을 친 것이다. 그들 중 지금 발칸 사람들의 다수를 차지하고 있는 남 슬라브족은 6세기경부터 아바르족과 함께 대거 발칸으로 몰려왔다. 그들은 약탈 후 원거주지로 돌아가는 아바르족과는 달리 약탈지인 발칸에 남아 정착했다. 현재 발칸 제국諸國 중에서 불가리아와 구舊 유고 연방에 속했던 세르비아, 크로아티아, 슬로베니아, 보스니아 헤르체코비나, 몬테네그로, 마케도니아가 바로 이들 남 슬라브족이 세운 나라들이다.

발칸으로 이주한 이래 남 슬라브족은 발칸의 주인인 비잔틴제국과 오스만제국의 치하에서 살아왔다. 이주 초기 비잔틴제국의 묵인 하에 정착했던 이들은 한때 불가리아가 비잔틴제국을 넘볼 정도로 세력을 키우기도 했다. 하지만 남 슬라브족에게 비잔틴제국은 넘을 수 없는 장벽이었다. 불가리아는 평정되었고, 발칸은 다시 비잔틴제국의 안마당이 되었다. 이후에도 세르비아와 보스니아가 차례로 흥기했지만 이들의 기세는 곧 사라졌다. 시간이 지나면서 남 슬라브족은 차츰 문화적, 종교적으로 비잔틴제국에 동화되어갔다. 이렇게 발칸이 범凡 비잔틴 문화권으로 굳어가던 차에 홀연 오스만제국이 나타났다. 동쪽에서 온 이 유목 제국은 1453년 비잔틴제국을 무너뜨리고는 삽시간에 발칸 전역을 휩쓸었다. 남 슬라브족이 그렇게 오랫동안 두드렸던 콘스탄티노플의 문이 엉뚱한 투르크족에 의해 열린 것이다. 이후 남 슬라브족은 비잔틴제국을 대신한 오스만제국에게 400년 가까이 지배받아야 했다.

3.

전성기의 오스만제국은 헝가리를 넘어 오스트리아의 빈까지 치고 들어갔다. 유럽은 전전긍긍하며 오스만제국의 예봉을 막기에 바빴다. 하지만 달도 차면 이지러지는 법. 온 유럽을 공포로 몰아넣었던 오스만제국도 16세기를 정점으로 쇠락의 길로 접어들었다. 제2차 빈 공략 실패 이후 수세로 몰린 오스만제국은 1697년 세르비아 북쪽의 젠타에서 합스부르크제국에게 대패했다. 그 결과 오스만제국은 헝가리, 크로아티아, 슬로베니아를 합스부르크제국에게 양도했다. 하지만 그 후에도 오스만제국의 추락은 끝이 없었다. 어렵게 추진한 개혁정책이 기득권층의 반발로 무산되면서 오스만제국은 발칸의 남은 부분도 지켜낼 힘을 잃었다. 설상가상으로 19세기 들어 합스부르크제국뿐만 아니라 신흥 강국인 러시아제국도 발칸을 기웃거렸다. 결국 러시아와의 전쟁에서 연패한 오스만제국은 1878년 베를린조약에 따라 발칸 전 지역에서 쫓겨났다. 이제 오스만제국이 물러난 자리에서 오스트리아 헝가리 이중제국과 러시아제국은 새로운 힘겨루기에 들어갔다. 그리고 이들의 틈새에서 고만고만한 발칸 제국諸國이 서로 제 몫을 챙기려고 아귀다툼을 벌였다. 두 차례의 발칸전쟁에서 이들은 이합집산하며 서로 물고 뜯었고, 두 차례의 세계대전 중에는 각자의 이익에 따라 연합국과 추축국을 넘나들었다.

발칸 이주 후 1,400여 년 동안 흩어져 살던 남 슬라브족은 제2차 세계대전이 끝나는 1945년에야 모처럼 실질적인 통합국가를 세웠다. '남슬라브족의 땅'이란 의미의 유고슬라비아 연방이 바로 그들 최초의 통합국가였다. 하지만 이 나라는 채 50년도 버티지 못한 채 1991년에 해체되었다. 그것도 차라리 통합되지 않았으면 더 좋았을 정도로 불구대천不俱戴天의 원수가 되어 갈라섰다. 그렇다면 19세기 민족주의자들이 그렇게도 열망했던 남 슬라브족의 통합국가는 왜 그리 단명했을까? 분명 같은 민족이었건만 이들이 갈라서는 과정에서 보여준 폭력과 야만은 상상을 초월했다. 그동안 서구 주류사회가 그들에게 퍼부은 비난에 대해 입이 열 개라도 할 말이 없을 정도로 그 과정이 참혹했다. 어제까지만 해도 가까운 이웃이었던 그들은 갑자기 서로가 서로를 죽이는 광란에 빠져들었다. 서로 다른 종교를 믿는 사람들끼리 오랫동안 별 문제없이 공존해왔던 그들은 하루아침에 새삼 종교가 다르다는 이유만으로 무차별 학살극을 벌였다. 진정 발칸은 야만과 폭력의 땅일까? 아니면 그들을 이런 혼돈으로 몰아넣은 근원이 따로 있는 걸까?

> "동방 문제에 대한 일차적이고 본질적인 요소는 유럽이라는 살 속 깊이 파묻힌 이물질의 존재인데, 그 이물질은 다름 아닌 오스만 투르크이다. 오스만 지배로 발칸은 유럽의 나머지 지역에서 유리된 채 새로운 암흑기로 접어드는데, 그 까닭은 '유럽사의 전 과정을 통해 유럽은 곧 기독교 왕국이었다고 해도 과언이 아니기' 때문이다."
>
> (『발칸의 역사』, 마크 마조워 지음, 이순호 옮김, 을유문화사, pp.42~43에서 인용)

이같이 서구 주류 학자들은 현재의 발칸 문제에 대한 근본적인 책임을 오스만제국의 발칸 침입으로 돌리고 있다. 기독교와 이슬람교 간의 갈등으로 얼룩진 오늘날의 발칸을 보면 이들의 주장이 맞다. 하지만 같은 기독교인 가톨릭과 동방정교 간의 갈등이 기독교와 이슬람교

간의 갈등 이상으로 심각한 건 어떻게 설명할 것인가? 동방정교의 세르비아인이 이슬람을 믿는 보스니아인을 터키인이라고 멸시하는 것 이상으로, 가톨릭의 크로아티아인이 세르비아인을 짐승이라고 비하하는 것을 어떻게 이해할 것인가 말이다. 혹시 이들은 한쪽 눈은 가린 채 자신이 보고 싶은 부분만 골라서 보는 건 아닐까? 나는 이들과 달리 동방 문제에 대한 일차적인 원인은 중세 이래 비잔틴제국이 멸망할 때까지 지속된 기독교 내부의 다툼, 즉 가톨릭과 동방정교 간의 싸움에 기인한다고 본다. 이는 결국 오스만제국 이전의 비잔틴제국과 이슬람 이전의 기독교 내부 다툼을 모르고는 결코 발칸을 이해할 수 없음을 의미한다.

4.

현재의 발칸 문제는 멀리 콘스탄티누스 대제가 제국의 수도를 로마에서 현재의 이스탄불인 콘스탄티노플로 이전하면서부터 잉태된다. 330년, 제국의 수도가 동방의 강력한 적에 대항하기 위해 콘스탄티노플로 전진 배치되자, 제국의 중심도 완전히 동방으로 기울었다. 그런데 로마 교회의 딜레마dilemma는 동쪽으로 간 황제를 따라 교황도 갈 수 없다는 데 있었다. 베드로 사도의 후계자임을 자처하는 교황은 바로 그 때문에 베드로의 순교지 위에 세운 로마 교회를 떠날 수 없었다. 이로써 정치권력의 비호 없이 종교권력이 독자적으로 살아남기 힘든 시대에 로마 교황은 가장 강력한 후원자를 잃고 말았다. 물론 당시 제국 서방에도 황제가 있긴 했지만, 제국 동방 황제의 권위에 비할 바 아니었다. 게다가 동방 황제를 등에 업은 콘스탄티노플 교회가 로마 교회의 수좌권首座權을 넘보기 시작했다. 로마와 콘스탄티노플 양대 교회의 주도권 싸움은 이렇게 시작되었다, 그리고 이들의 틈바구니에서 남 슬라브족의 원초적인 비극이 싹텄다.

양대 교회의 싸움은 451년의 칼케돈 제4차 세계 공의회에서부터 본격화되었다. 본래 기독교 세계에서 총대주교구의 전통적 서열은 로마, 알렉산드리아, 안티오크, 콘스탄티노플, 예루살렘 순이었다. 그러나 칼케돈 공의회에서는 콘스탄티노플 주교를 총대주교로 격상시키고, 위계상으로 로마 교황에 버금가는 지위를 공식화했다. 이로써 명목상으로 콘스탄티노플 교구는 로마에 이은 서열 2위가 되었지만, 실질적으로는 모든 면에서 로마 교구와 완전한 동급이 되었다. 더구나 다섯 주교구 가운데 네 군데가 동방에 있으니, 동방 교회를 사실상 총괄하는 콘스탄티노플 총대주교의 종교적인 권한은 로마 교황을 넘을 정도였다. 이를 로마 교황이 어찌 순순히 받아들일 수 있겠는가? 이후 옛 로마와 새 로마의 골은 점점 깊어지다가, 600년 후 교회 자체가 분리된다.

일찍이 395년 로마제국이 동로마제국과 서로마제국으로 분할될 때, 양측의 경계선은 지금의 보스니아 헤르체코비나를 가로질러 책정되었다. 이로부터 이탈리아를 중심으로 한 서방 지역은 가톨릭의 로마 교회가, 그리스를 중심으로 한 동방 지역은 동방정교의 콘스탄티노플 교회가 각각 관할권을 행사했다. 하지만 양 교회의 경쟁이 격화될수록 양측의 경계선상에 위치한 발칸반도는 특히 양측의 격전장이 되었다. 6세기경부터 발칸에 정착하기 시작한 남 슬라브족이 기독교로 개종한 시기는 대략 9~10세기경이다. 이들은 할거 상태에 있던 부족을 통합하여 국가를 수립하기 위한 통치수단으로 기독교를 받아들였다. 하지만 이들은 기독교로 개종하는 과정에서 경쟁적인 동·서방 교회의 눈치를 봐야 했다. 결국 양측을 오가며 우여곡절을 겪은 결과 서방에 가까운 크로아티아와 슬로베니아는 로마 가톨릭으로, 동방에 가까운 세르비아와 불가리아는 콘스탄티노플 동방정교를 받아들였다. 이에 따라 395년에 책정된 경계선이 나중에 발칸으로 이주한 남 슬라브족에게는 숙명적인 분리선이 되고 말았다.

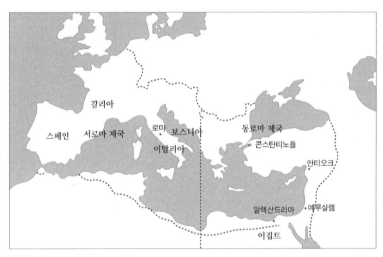

[지도2] 동·서 로마제국의 경계선(395년)

5.

476년 서로마제국의 멸망은 가뜩이나 힘든 교황을 벼랑으로 내몰았다. 최소한의 비비고 기댈 언덕마저 없어진 교황을 비웃듯이 콘스탄티노플 총대주교는 갈수록 기고만장했다. 더 나쁜 것은 사사건건 총대주교를 비호하는 동방 황제와의 관계가 틀어진 것이다. 이제 교황 혼자 황제와 총대주교 모두를 상대해서 싸워야 했다. 사실 황제가 동쪽으로 갔을 때부터 황제와 교황은 서로 뒤틀릴 수밖에 없었다. 한동안 황제는 동방의 강적인 사산조 페르시아와 사투를 벌였다. 그리고 사산조 페르시아가 멸망한 후에는 신흥 이슬람 세력의 거센 파도에 대항해야 했다. 그러니 황제는 후방의 이탈리아 지역을 포함한 옛 서로마제국의 영역에 대해서 신경 쓸 여유가 없었다. 게다가 제국이 콘스탄티노플로 옮겨올 때부터 '로마에 두고 온 건 쓰레기밖에 없다'며 서로마제국에 대해 가졌던 동로마제국의 우월감도 문제를 악화시켰다. 하지만 로마에 혼자 남은 교황의 입장은 달랐다. 서로마제국 멸망 이후 이 지역은 그야말로 춘추전국 시대를 방불케 했다. 서고트족과 롬바르드족을 비롯한 게르만족들은 여기저기 고만고만한 공국들을 세우고 서로 싸웠다. 그러다보니 사람들이 의지할 곳은 교황밖에 없었다. 황제가 사라진 서로마제국 지역에서 이제 교황은 좋든 싫든 정치의 중심점으로 부상했다. 그런 교황이 볼 때 동방 황제는 너무나 무책임했다. 수시로 쳐들어오는 야만족을 막아줄 생각은 안 하면서 세금은 꼬박꼬박 걷어가는 황제가 미워졌다. 그럴수록 황제에 대한 교황의 반발이 심해졌고, 황제는 고분고분한 총대주교에게 더욱 기울었다. 일찌감치 정교 政敎가 분리될 수밖에 없었던 서로마 지역과는 달리, 동로마 지역은 황제를 중심으로 한 정교일치政敎一致의 성격이 강했다. 비잔틴제국에서의 황제는 지상에서 신의 대리자이자 12사도와 동격이었다. 또한 백성들의 신앙을 상징하는 인물도 총대주교가 아니라 황제였다. 종교를 통치수단으로 삼는 황제에게는 자신에게 충실한 총대주교와 달리 자기주장이 강한 교황이 점점 더 미운 오리새끼로 보였다.

6세기 중반부터 7세기 말까지 황제와 대립하던 교황은 온갖 박해를 받았다. 어떤 교황은 교리 문제로 황제와 다투다가 유배를 당하기도 했다. 또 다른 교황은 황제에게 반역을 꾀했다는 죄목으로 사형선고를 받기도 했다. 691년에는 황제가 명한 교회법 개정을 거부한 교황에 대해 체포령을 내리기도 했다. 그렇다면 이들이 대의명분으로 내세웠던 '교리敎理 싸움'의 내용은 무엇일까? 예수의 말씀에 대한 해석 차이가 아닐까 생각되지만, 그 내용을 보면 실로 어처구니없다는 생각이 든다. 한 예로 이들은 성찬식 전례에 쓰는 빵을 가지고 싸웠다. 가톨릭이나 동방정교에서는 지금도 예배 전례 중에 성찬식이 있다. 이는 인간을 위해 자신을 희생한 예수의 뜻을 되새기고자 성직자가 예수의 몸을 상정하는 빵과 예수의 피를 상정하는 포도주를 신자들에게 베푸는 의식이다. 그런데 누룩을 넣은 빵을 사용하는 동방 교회는 그렇지 않은 서방 교회를 맹비난했다. 그들은 누룩 넣지 않은 빵을 먹는 사람은 온당하고 생명감 있는 하느님의 양식을 취하는 것이 아니라고 주장했다. 반면에 서방 교회는 성직자의 결혼을 허용하는 동방 교회를 형편없는 사람들로 매도했다. 지금 보면 어처구니없어 보이는 이 '교리 싸움'은 실상 양 교회의 '감정 싸움'에 불과했다.

6.

처음에 좋다고 끝까지 좋으리란 법도 없고, 처음에 나빴다고 끝까지 나쁘리란 법도 없다는 데에 세상사의 묘미가 있다. 로마제국 멸망 후 오랫동안 온갖 곤욕을 받아온 교황에게도 드디어 서광이 비쳤다. 그것은 바로 신흥 프랑크왕국의 샤를마뉴의 출현이었다. 771년 프랑크왕국의 지배자가 된 샤를마뉴는 이탈리아 북부를 점령한 후 '롬바르드족의 왕'을 자칭했다. 계속해서 그는 작센 족을 복속시켜 독일 지역으로 진출하고, 헝가리와 오스트리아를 점령했던 아바르족을 퇴치해 동쪽으로 영토를 확장했다. 이렇게 샤를마뉴는 지금의 프랑스, 독일, 이탈리아, 그리고 오스트리아, 헝가리까지 아우르는 광대한 왕국을 건설했다. 게르만족들이 세운 여러 왕국 중의 하나인 프랑크왕국이 역사의 전면에 나선 것이다.

[지도3] 프랑크 제국의 영역(800년경)

800년 12월 25일, 로마에서는 향후 중세 유럽의 기본 골격을 결정지을 역사적인 사건이 벌어졌다. 이날 교황 레오 3세가 성 베드로 대성당에서 샤를마뉴에게 제관을 씌워주며 '로마인의 황제'라는 칭호를 부여한 것이다. 과연 이 제관식은 무엇을 뜻하는 것이었을까? 그것은 자신의 지지 기반이 되어줄 황제가 절실히 필요했던 교황과 새로운 정복지를 통치할 정통성이 아쉬웠던 샤를마뉴가 맺은 빅딜Big Deal이었다. 진작부터 비잔틴제국의 황제를 불신했던 교황은 샤를마뉴를 대립 황제로 세워 동방 황제로부터 벗어나려 했다. 또한 샤를마뉴도 새로운 정복지를 통치하려면 왕보다는 황제라는 권위가 필요했다. 하지만 이들 앞에는 해결해야 될 난제가 있었다. '교황이 하나이듯이 황제도 하나다One Pop, One Emperor in the World!'라는 전통적인 불문율에 반한 이들은 말 그대로 '반역자'였다. 그렇다면 두 눈을 시퍼렇게 뜬 황제가 동방에 건재하고 있는 마당에 새로운 황제를 내세운 교황의 논리적 근거는 어디에서 나왔을까? 여기서 그 유명한 중세 최대의 사기극인 위조문서가 등장한다. 콘스탄티누스 대제의 기증문서로 알려진 이 위조문서는 8세기 말에 제작되어 15세기까지 무려 600여 년에 걸쳐 교황의 '전가의 보도'가 되었다. 위조문서의 내용은 다음과 같다.

"콘스탄티누스 대제는 로마제국의 속주 비잔틴에 은거할 때 교황의 우위를 인정했다. 이에 그는 자신의 제관을 교황에게 맡겼으며, 앞으로 교황이 알아서 세속의 로마 황제를 선택하라고 위임했다."

로마제국이 수도를 로마에서 콘스탄티노플로 옮긴 명백한 사실을 이 문서에서는 황제가 비잔틴 속주로 은거했다고 왜곡한다. 더구나 그 뒷부분은 야바위꾼에게나 어울리는, 아예 말도 안 되는 강변에 불과하다. 그런데도 이 문서는 어느 누구도 감히 의심할 생각조차 할 수 없을 정도로 절대 영향력을 발휘했다. 15세기 중반에야 이 문서가 위조라는 사실이 밝혀졌지만, 그때쯤 교황청은 꿀 먹은 벙어리가 되었다고 한다. 어쨌거나 교황과 샤를마뉴가 당면한 숙제는 비잔틴제국이었다. 이에 현실적인 샤를마뉴는 비잔틴제국의 황제에게 일단 고개를 숙였다. 프랑크왕국이 점유하고 있던 베네치아와 이스트리아[1]의 도시들, 달마치아 해안에 대한 모든 권리를 포기할 테니, 자신의 제위를 승인해주고 공식 문서에서 황제로 행세할 권리만 달라고 요청한 것이다.

7.

샤를마뉴 사후 프랑크왕국은 와해되었지만, 어떻게 해서든지 비잔틴제국으로부터 '로마'라는 명칭을 떼어내고 유럽 역사의 주류에서 배제시키려는 교황의 노력은 집요했다. 그 대표적인 역사적 사실을 우리는 다음에서 볼 수 있다. 프랑크제국이 와해된 지 한참 후인 962년에 이번에는 작센 왕조의 오토 1세가 로마에서 교황으로부터 황제의 관을 받았다. 이로써 서방 제국의 황제가 된 오토 대제는 동방 제국인 비잔틴제국과의 통합을 꿈꾸며 콘스탄티노플로 사절을 보냈다. 이때 교황이 보낸 서신 내용이 당시 비잔틴제국의 황제인 니케포루스를 격분시

1) 이스트리아 반도: 아드리아 해 북부로 돌출해 있는 삼각형의 반도. 현재 이탈리아와 슬로베니아, 크로아티아가 접경하고 있음.

컸다. 이 서신에서 교황은 일부러 오토를 '로마인의 존엄한 황제'로 추켜세운 반면, 니케포루스는 그냥 '그리스인의 황제'라고만 불렀기 때문이다. 이제 우리는 왜 동쪽으로 간 로마제국, 즉 동로마제국의 명칭이 후세에 비잔틴제국으로 바뀌었는지 알 수 있을 것도 같다. 물론 세월이 지나면서 동쪽으로 간 로마제국에 상당 부분 그리스적인 요소가 더해진 것은 사실이다. 하지만 멸망 직전까지도 '그리스와 로마의 후손'임을 주장했던 당사자들의 의지와는 상관없이 일찌감치 비잔틴제국으로 명칭이 바뀐 이면에는 동방의 로마제국을 인정하지 않으려는 의도가 강하게 포함되어 있었다. 이는 흡사 우리는 '대한민국'이라고 부르는데, 제3자가 굳이 '서울민국'이라고 축소해 부르는 것과 같은 이치였다.

8.

9세기 초에는 그동안 비잔틴제국을 괴롭혀온 이슬람 세력이 주춤해지는 대신 불가리아가 골칫거리로 등장했다. 불가리아의 끈질긴 공세는 비잔틴제국의 마지막 위대한 황제로 일컬어지는 바실리우스 2세(재위: 957~1025년)가 겨우 저지할 수 있었다. 하지만 불가리아를 잠재우자마자 제국은 더욱 막강한 적을 만났다. 셀주크 투르크족이 바로 그들이었다. 결국 1071년 비잔틴제국은 만지케르트 전투에서 셀주크 투르크에게 참패함으로써 730년에 달하는 제국 역사상 최대의 재앙을 맞았다. 이 전투에서 패한 제국은 소아시아의 아나톨리아 지방 대부분을 빼앗기면서, 주요 곡창 지대와 함께 절반 이상의 인구를 상실한 것이다. 이로부터 오랫동안 동방에서 서방으로 불던 바람이 잦아들고, 거꾸로 서방에서 동방으로 바람이 불기 시작했다. 비잔틴제국은 외부의 위협과 빈번한 제위 다툼으로 인한 내분으로 약화되어간 반면에, 교황을 중심으로 한 서방 세계는 비잔틴제국을 방패삼아 세력을 강화해갔기 때문이다.

비잔틴제국의 쇠퇴는 오랫동안 계속된 동방 교회와 서방 교회 사이의 다툼을 막바지로 몰아넣었다. 뜻밖에도 이 다툼의 결정적인 계기는 남부 이탈리아를 점령한 노르만인들이 제공했다. 1053년 교황은 노략질을 일삼는 노르만인들을 쫓아내려다가 오히려 그들의 포로가 되었다. 이때 억류 중인 교황과 비잔틴 황제 사이에 노르만인들을 몰아내기 위한 협상이 추진되었다. 하지만 양측의 의도는 좋았으나 문제는 협상 대표단 선정에 있었다. 교황은 하필 반反 비잔틴적인 훔베르트 추기경을 콘스탄티노플로 보냈다. 더구나 황제 측의 케룰라리우스 콘스탄티노플 총대주교도 그에 못지않았다. 교황의 우월권을 인정하지 않던 그는 교황과의 동맹 자체를 싫어했다. 결국 편협한 총대주교와 완고한 추기경의 감정싸움 끝에, 1054년 추기경은 소피아 대성당에서 총대주교를 파문했다. 이에 뒤질세라 총대주교도 추기경을 파문함으로써 동방 교회와 서방 교회는 공식적으로 갈라섰다. 이제 비잔틴제국은 서방 세계로부터 완전히 백안시당하게 되었다.

9.

하지만 교회가 갈라진 후 아무래도 아쉬운 쪽은 셀주크 투르크족의 위협에 시달리던 비잔틴제국이었다. 이에 비잔틴의 황제 알렉시우스 1세(재위: 1081~1118년)는 서방 세계의 도움을 받아 셀주크 투르크에게 빼앗긴 동방의 실지를 되찾으려 했다. 그는 교황 우르바누스 2세에게 성지聖地 회복을 위해 십자군을 일으키자고 제안했다. 이때 젊은 교황은 황제의 의도와는 전혀 다른 엉뚱한 생각을 품었다. 교황은 이 기회를 이용해 동방정교를 가톨릭에 흡수시키고, 세속 군주에 대한 교황권의 우위를 다지려 했던 것이다. 여기서부터 시작된 황제와 교황 간의 동상이몽同床異夢은 셀주크 투르크를 대하는 기본 입장부터 크게 엇갈렸다. 종교적 열정에 불탔던 교황에게 셀주크 투르크는 타협할 수 없는 타도 대상이었다. 하지만 현실을 다루는 황제에게 셀주크 투르크는 필요하다면 언제든지 타협해야 할 상대였을 뿐이었다.

이런 상황에서 십자군 원정이 거듭될수록 양측 사이엔 불신감이 커져갔다. 비잔틴제국은 예루살렘이나 안티오크 등 제국의 옛 실지失地를 회복한 십자군이 제 멋대로 예루살렘 왕국과 십자군 공국을 세운데 반발했다. 반면 십자군 측은 십자군과의 협조에 미온적이며 뒷구멍으로는 셀주크 투르크 측과 거래한다며 비잔틴제국을 의심했다. 이렇게 쌓인 상호불신은 결국 1202년부터 1204년까지 벌인 제4차 십자군 원정 때 폭발했다. 이교도인 이슬람 세력을 치러 간 십자군이 같은 기독교 국가인 비잔틴제국을 공격하여 멸망시킨 믿지 못할 일이 벌어진 것이다. 성벽이 축조된 이래 800여 년 동안 어느 누구에게도 함락당해본 적이 없었던 테오도시우스 성벽이 처음으로 같은 기독교도인 십자군에게 뚫린 사연은 다음과 같다.

문제의 발단은 비잔틴제국의 고질적인 내분에 있었다. 당시 비잔틴제국의 황제 알렉시우스 3세(재위: 1195~1203년)는 자신의 형인 이사키우스 2세(재위: 1185~1195년)를 밀어내고 제위에 올랐다. 이에 불만을 품은 전 황제의 아들, 즉 알렉시우스 3세의 조카가 십자군을 찾아왔다. 그런데 그가 십자군에 제의한 내용을 보면, 권력에 눈먼 사람은 자신의 영혼까지 팔아먹는다는 말이 생각난다. 그는 만약 십자군이 아버지의 제위를 되찾아준다면, 원정에 필요한 병력과 자금을 제공하고 콘스탄티노플 교회를 로마 교회의 관할 하에 두겠다고 약속했다. 자신의 능력으로는 도저히 지키지 못할 약속을 덜컥 하고 만 것이다. 마침 원정 비용을 조달하지 못해 궁지에 빠진 십자군에게 이는 꿀처럼 달콤한 유혹이었다. 그들은 굶주린 늑대 떼처럼 무방비 상태의 콘스탄티노플을 덮쳤다. 베네치아를 중심으로 자행된 제4차 십자군의 콘스탄티노플 약탈과 파괴는 '단일사건으로는 역사상 최대의 문명적 재앙을 낳았다'는 평가를 받을 정도로 극심했다. 그 만행이 얼마나 심했으면, 250여 년 후 이교도인 오스만제국의 콘스탄티노플 함락은 그에 비하면 양반이라는 평을 들었겠는가! 그 와중에 교황은 겉으로는 십자군을 비난하는 시늉을 했지만 실상은 돌아서서 웃고 있었다. 수백 년 동안의 숙적이 거꾸러졌으니 교황은 손도 대지 않고 코 푼 셈이었다. 여기서 가톨릭과 동방정교는 불구대천不俱戴天의 원수가 되어버린다. 이때 당한 원한이 얼마나 컸던지, 후에 콘스탄티노플이 오스만제국에 함락되기 직전까지도 공공연하게 비잔틴제국 내에서는 다음과 같이 말하는 사람들이 있었다.

"교황의 삼중관을 보느니 차라리 술탄의 터번을 보겠다."

   그리고 이러한 여파로 같은 남 슬라브족이면서도 가톨릭을 신봉하는 크로아티아, 슬로베니아와 동방정교를 믿는 세르비아의 관계는 돌아올 수 없는 강을 건너고 말았다. 후일담이지만, 800여 년이 지난 2001년이 되어서야 교황 요한 바오르 2세는 콘스탄티노플 총대주교에게 유감을 표명했다. 2004년 양 교회는 화해했으나 표면적인 화해였을 뿐이다. 아직도 동방정교는 그때의 악몽을 잊지 않고 있다.

   그렇다면 십자군을 끌어들인 이사키우스 2세 부자는 어떻게 되었을까? 외세에 의지해서 내부 문제를 해결한 예를 여태까지 본 적이 없다. 십자군의 힘으로 알렉시우스 3세를 끌어내고 이사키우스 2세는 다시 황제가 되긴 했다. 다만 그 황제는 하루살이 황제였을 뿐, 제멋대로 로마 교회로 가겠다고 약속했던 아버지와 아들은 결국 분노한 군중들에게 하릴없이 목숨을 잃었다. 정작 문제는 이들의 하찮은 죽음이 아니라, 비잔틴제국의 멸망이었다. 십자군은 제멋대로 비잔틴제국을 대신해서 라틴제국을 세우고, 나머지 지방은 제 맘대로 서로 나누어 가졌다. 그로부터 60년이 지난 후에야 비잔틴제국은 라틴제국을 간신히 몰아내고 부활했다. 하지만 그때는 이미 셀주크 투르크를 대신해 몰려오는 오스만 투르크의 거센 파도를 넘기에 비잔틴제국은 너무 깊은 치명상을 입은 후였다.

차례

제1장

오스만의 큰 별

아시아와 유럽 양 대륙에 걸쳐 있는 이스탄불은 모스크의 도시이자 구릉丘陵의 도시다. 지금으로부터 약 560여 년 전인 1453년 비잔틴제국이 오스만제국에게 정복당하기 전까지, 이 도시의 이름은 '콘스탄티누스의 땅'을 의미하는 콘스탄티노플이었다. 비잔틴제국의 수도였던 콘스탄티노플은 콘스탄티누스 대제大帝가 330년 제국의 수도를 로마에서 이 도시로 옮겨오면서 얻은 이름이었다. 로마에 일곱 언덕이 있듯이 콘스탄티노플에도 일곱 언덕이 있었다. 그 일곱 언덕 위에는 왕궁과 교회, 포럼forum과 스타디움Stadium 같은 공공건물들이 들어서 있었다. 하지만 오스만제국이 이 도시를 점령한 후부터는 그 많던 성당이 사라지고 대신 수많은 모스크가 들어섰다. 이렇게 이슬람의 도시로 바뀐 지 오래되었지만 시내 곳곳에는 아직도 옛 콘스탄티노플의 자취가 남아 있다. 그 중에서도 두 번째 언덕에 위치한 술탄 아흐메드 지구는 구시가지의 중심이자 오랜 역사의 전시장이다. 로마 시대 전차 경기장이었던 히포드롬 광장은 아직도 예전 모습을 간직하고 있다. 광장 안에는 이집트에서 건너온 테오도시우스 오벨리스크, 그리스에서 가져온 청동 뱀 기둥, 그리고 동로마제국이 세운 콘스탄티누스 7세 오벨리스크가 어울려 있다. 광장 너머로는 하기아 소피아가 보이고, 광장

바로 앞에는 하기아 소피아를 빼닮은 술탄 아흐메드 모스크, 일명 블루 모스크가 서 있다. 여기저기 나부끼는 터키 국기와 모스크에 덧붙인 키 높은 미나레트만 없다면, 이곳이 과연 이슬람의 도시인지 분간이 안 될 정도다.

[지도4] 이스탄불 시가도

갈라타 탑에서 본 이스탄불 전경

　중앙아시아에서 유목 생활을 하던 투르크족은 10세기경쯤부터 몽골족에 쫓겨 소아시아로 이주하기 시작했다. 오스만 투르크족도 이렇게 서쪽으로 이주해온 여러 투르크 부족 중 하나였다. 처음 오스만 투르크족은 세력이 미미해서 아무도 눈여겨보지 않았다. 어느 누구도 장차 이들이 세계적인 대제국을 이끌어갈 주인공이 되리라고는 예측하지 못했다. 하지만 오스만 투르크족은 차근차근 세력을 쌓아가기 시작했다. 초대 술탄 오스만 1세를 필두로 한 유능한 지도자들이 연이어 나오더니, 어느덧 오스만제국은 아무도 무시할 수 없는 존재로 커갔다. 그런 오스만제국을 세계적인 제국으로 도약할 수 있게끔 탄탄한 기반을 마련한 사람이 있었다. 흔히 오스만제국의 최전성기를 연 사람으로 슐레이만 대제를 꼽는다. 그런 그도 이 사람이 없었다면 그런 호사를 누리지 못했을 것이다. 슐레이만 대제가 오스만제국의 '세종世宗'이라면, 그를 있게 한 오스만제국의 '태종太宗'은 누구였을까? 지금부터 이스탄불의 여러 명소를 돌아보며 그의 발자취를 찾아보자.

터키에서 만난 사람들

50대 초반은 되어 보이는 마리아는 탁심 광장에서 그리 멀지 않은 주택가에서 한인 민박을 운영하고 있다. 18년 전 그리스의 부잣집 아들과 결혼한 그녀는 갑자기 새신랑이 죽어버린 후 혼자 살게 되었다고 한다. 얼결에 그의 유산을 받았지만 재산의 대부분을 형제들에게 나누어주고는 지금까지 자유롭게 살고 있다. 터키인 기사를 데리고 전교 활동을 다니고 있는 그녀는 TV에서 상영되는 터키 사극史劇 내용에 질렸다고 말한다. 왕위 다툼 과정에서 형제들을 죽이는 일이 다반사인 오스만 터키의 역사가 너무 폭력적이어서 끔찍하다는 것이다. 마리아는 터키인들을 알면 알수록 이들이 '유럽의 중국인'들 같아 보인다고 한다. 인근 국가들을 다루어본 경험이 많은 터키인들이 지금 또 다시 움직이는 모습에 무서운 생각도 든다. 한 예로 이 지역 경제의 중심이 벌써 오래 전에 아테네에서 이스탄불로 바뀌었다. 지금도 기회만 되면

서로 먼저 용병을 자원할 것이라며 그들의 호전성에 염증이 난다고 말하는 그녀는 그리스에 대해서는 한국만큼이나 애착을 가지고 있었다.

오르막내리막길을 따라 계속 줄지어 서 있는 테오도시우스 성벽 너머로 둥근 돔과 높은 미나레트만 빼꼼히 보이는 모스크가 숨어 있다. 기독교식 성벽과 이슬람식 사원이 그렇게 잘 어울려 보일 수 없다. 모스크 근처에서 점심식사를 마친 후 음식점 주인에게 카리에 박물관으로 가는 길을 묻자, 옆자리에 있던 마음씨 좋은 노인네가 주인 대신 나선다. 근 100m 가까이 따라오며 길안내를 해주는 노인네는 자꾸만 뭔가 떠듬거리며 말한다. 처음엔 알아듣기 힘들었지만 가만히 들어보니, 이곳에서 그리 멀지 않은 곳에 있는 파티히 자미를 먼저 가보는 게 어떻겠냐는 제의다. 카리에 박물관을 보러 왔다는 내 말에, 그곳도 좋지만 여기까지 와서 파티히 자미를 놓칠 수 있냐며 정색을 한다. 그럼 카리에 박물관을 거쳐 파티히 자미로 가겠다니까, 그래도 파티히 자미부터 가보라고 채근한다. 카리에 박물관은 비잔틴제국 시절 동방정교 수도원이었고, 파티히 자미는 오스만제국의 정복자 메흐메드 2세가 영면해 있는 모스크다. 그러니까 이 막무가내 식 노인네는 나에게 비잔틴제국의 유적보다는 자신들이 자랑하는 조상의 영묘를 강력 추천하고 있는 셈이었다. 그를 통해 아직도 터키인들의 마음속에 남아 있는 메흐메드 2세의 발자취가 얼마나 큰지 알 수 있을 것 같았다.

기독교 성벽과 이슬람 모스크

03

오리엔트 특급 열차의 종착지인 시르케지 역은 명성과는 달리 많이 쇠락해 보인다. 평일 저녁, 승객이 뜸한 시르케지 역사驛舍 안에서 세마 춤, 일명 메블라나 춤 공연이 있다. 세마 춤은 중세 메블라나라는 한 이슬람 신비주의자가 만든 춤으로서 그는 인간과 우주, 존재, 사랑에 대한 시를 많이 썼다고 한다. "우리가 죽을 때 이 땅에서 무덤을 찾지 말고 인간의 마음에서 찾자"라는 그의 시구는 지금도 터키인들이 애송하는 구절이라고 한다. 시간이 되자 아담한 대합실 안에 사람들이 모여드는데, 코스모폴리탄적인 도시만큼이나 춤 구경꾼들도 각양각색이다. 조용히 그리고 천천히 시작되는 반복적인 피리 소리가 울려 퍼지는 가운데 춤꾼인 '세마젠'들이 나온다. 긴 흰색 처마저고리 위에 검은 망토를 걸친 세마젠들은 갈색 모자를 쓰고 있다. 흰색 옷은 수의 壽衣를, 검은색 망토는 무덤을, 갈색 모자는 묘비를 뜻한다. 춤추기에 앞서 춤꾼들은 경건하게 절을 한다. 깊이 허리 숙여 계속 절하며 빙빙 도는 춤꾼들을 보면, 이렇게 절만 하다 끝나는 건 아닐까 하는 의구심 마저 든다.

이윽고 점점 크고 빠르게 전개되는 음악에 맞추어 춤꾼들의 춤사위 가 시작된다. 춤이 시작되면 오른쪽으로 고개를 살짝 떨어뜨리고는 눈 을 지그시 감고, 양팔은 자연스럽게 늘어뜨린 채 빙빙 돌며 춤을 춘다. 신神과 만나는 오른손은 위로 향하고, 인간人間과 만나는 왼손은 아래 를 향해 늘어뜨린다. 왼발을 중심축으로 빙빙 돌다 보면, 하얀 치마가 활짝 펼쳐지면서 가벼운 바람이 인다. 커다란 하얀 나비들의 군무群舞 속에 빠져든 양 잠시 몽롱한 느낌이 든다. 무척이나 어지러울 텐데도 눈을 멀거니 뜬 채 빙글빙글 돌고 있는 한 세마젠의 눈과 마주치니 좀 섬뜩한 기분도 든다. 음악이 잦아들며 춤이 끝난 후에는 시작할 때와 마찬가지로 끝없이 계속되는 절로 마무리한다. 이국적인 전통음악과 신비스러운 전통춤이 어우러지는 시르케지 역사는 별스러운 공연장이 었다.

시르케지 역사 안에서의 세마 춤

04

갈라타 다리 중간쯤에서 풍겨오는 구수한 냄새에 발길이 절로 멈추
어 선다. 낚시꾼들이 진 치고 있는 다리 중간에 조그만 손수레가 눈에
띈다. 수레 안에서는 한 아저씨가 이제 막 잡아 올린 고등어를 굽고
있다. 아! 이게 바로 말로만 듣던 고등어 케밥이구나. 구미가 동해 하
나 청했더니, 긴 빵을 듬성듬성 잘라 고등어 따로 빵 따로 잠시 굽는
다. 그리고는 구운 빵을 갈라 그 안에 고등어를 넣고 양배추, 토마토,
양파, 고추를 듬뿍 얹어서 햄버거처럼 말아준다. 갈라타 다리 난간에
기대어 오가는 배를 바라보며 먹는 고등어 케밥 맛이 참 일품이다. 하

루 종일 걸어서 식욕이 왕성해진 탓인지 몰라도, 전혀 어울릴 것 같지 않은 빵과 고등어가 이렇게나 궁합이 잘 맞을 줄은 정말 몰랐다. 고등어 있는 쪽으로 한 입 베어 물고 반대편 야채 있는 쪽으로 다시 한 번 베어 물면, 약간의 소금기 맛이 곁들여져 맛이 참 심오하기까지 하다. 집에 가서 이렇게 해먹으면 이 맛이 날까? 자유롭게 나는 저 갈매기처럼 체면 볼 사람도, 눈치 줄 사람도 없는 갈라타 다리 위에서 지는 해를 보며 고등어 케밥을 먹는 풍류는 여행의 파격 그 자체였다.

갈라타 다리의 명물, 고등어 케밥

위스크다르

　시르케지 역 근처에 있는 에니노뉴 선착장에서 위스크다르Uskdara
로 가는 배에 올라타 차 한 잔을 주문한다. 소주잔만 한 찻잔에 담
긴 짙은 갈색 차에서 모락모락 김이 피어오른다. 잠시 후 배가 떠나면
서 갈라타 다리가 멀어져간다. 뜨거운 차 한 잔 마실 시간에 배는 벌
써 위스크다르 선착장에 도착한다. 이렇게 짧은 시간에 유럽에서 아시
아로 대륙을 넘나들었다는 사실이 별스럽다. 하긴 이스탄불 시민들은
출퇴근 시 시내버스 대신 이 배를 타고 아시아와 유럽 대륙을 오간다
지. 배에서 내려 해협 따라 길게 뻗은 길을 걷는다. 제일 먼저 마주치
는 건물이 바다 쪽에 바짝 붙어 있는 아흐메드 파샤 자미다. 1580년에
지었다는 이 회교 사원은 아담하면서도 단정한 품이 마치 정갈한 사
당을 연상시킨다. 나지막한 사원 담 너머로는 푸른 파도가 넘실거리는
보스포루스 해협이 보인다.

　해변 벤치에 앉아 해협 건너편 이스탄불 구 시가지를 바라보니, 그
제야 시내에서는 보이지 않던 해안 성벽이 한눈에 들어온다. 아! 저것
이 바로 콘스탄티노플 성벽이구나. 성벽에 에워싸인 구 시가지는 하기
아 소피아를 중심으로 왼쪽에는 블루 모스크, 오른쪽으로는 톱카프
궁전이 스카이라인을 그리고 있다. 그리고는 잠깐 사이를 두고 슐레이
만 모스크와 셀렘 모스크로 이어지면서 크고 작은 모스크가 가득하
다. 1453년 콘스탄티노플이 함락될 당시의 정경은 어땠을까? 그때도
군건한 성벽 위로 하기아 소피아와 그 앞에 있는 작은 돔의 이레네 성

위스크다르의 등대 뒤로 보이는 이스탄불 전경

당은 보였겠지. 또 비잔틴제국의 왕궁과 크고 작은 성당의 종탑들이
지금의 수많은 모스크의 돔과 높은 미나레트 대신 서 있었겠지. 벤치
에 앉아 밀회를 나누는 젊은 연인들에게 꽃 파는 아줌마들이 짓궂게
장미 꽃다발을 내민다. 반쯤 시든 장미꽃을 나도 사줄 용의가 있건만,
꽃장수는 나이 든 이방인에게는 다가오지 않는다. 문득 오래 전 어렸
을 때 들었던 '위스크다르'라는 터키 민요가 생각난다.

위스크다르 가는 길에 비가 내리네.
내 님의 외투 자락이 땅에 끌리네.
내 님이 잠에서 덜 깨어 눈이 감겼네.
우리 서로 사랑하는데 누가 막으리.
내 님의 깃 달린 셔츠도 너무 잘 어울리네.

01

중앙아시아에서 유목 생활을 하던 투르크족은 10세기경쯤부터 소아시아의 아나톨리아 반도로 밀려들어왔다. 당시 이들은 몽골에 쫓겨 아나톨리아 반도로 서진西進하게 된 것이다. 이들의 주 세력은 오우즈 족이었는데, 셀주크제국을 세운 셀주크 족과 오스만제국을 세운 오스만 족 모두 이 부족의 일파였다. 이들 중 먼저 이동한 셀주크 족은 이슬람 세계의 아바스 왕조가 약화된 틈을 타서 이란과 이라크, 시리아 등지를 복속시키며 1037년 셀주크제국을 건설했다. 이들은 여세를 몰아 소아시아 방면인 아나톨리아 반도로까지 치고 들어오면서 비잔틴제국과 새로 국경을 접하게 되었다. 이에 위협을 느낀 비잔틴제국은 1071년 동東 아나톨리아의 만지케르트에서 셀주크제국과 대회전을 벌였지만 참패하고 말았다. 그로부터 10년 후인 1081년쯤 소아시아의 대부분을 장악한 셀주크제국은 그곳에 룸 술탄 국을 세웠다.

[지도5] 셀주크제국의 영역(1090년경)

원래 로마를 의미했던 '룸'은 나중엔 소아시아 지방을 지칭하는 말로 변했다. 따라서 룸 술탄 국이란 이란을 본거지로 한 셀주크제국이 소아시아 지방에 만든 방계 왕조인 셈이다. 그런데 셀주크제국의 기세는 얼마 못 가서 내분과 분열로 급속히 약화되고 말았다. 결국 셀주크제국은 창건한 지 겨우 157년 만인 1194년 멸망했다. 하지만 큰집인 셀주크제국은 망했어도, 방계인 룸 술탄국은 아나톨리아를 거점으로 13세기 전반까지 전성기를 구가했다.

한편 그때까지도 중앙아시아로부터 밀려오는 유목민의 행렬은 그치지 않았다. 이에 룸 술탄 국은 그들을 비잔틴제국과의 국경지대인 서쪽으로 보냈다. 아마도 넘쳐나는 유민들로 골머리를 앓던 룸 술탄국은 이들을 취약한 국경지대로 보내서, 유민 문제도 해결하고 비잔틴제국도 견제하려 했던 것 같다. 오스만 족도 바로 이때쯤 소아시아로 들어왔다. 셀주크 족으로부터 아나톨리아 북서쪽을 양도받은 오스만 족은 처음에는 셀주크 족의 룸 술탄 국을 섬겼다. 하지만 룸 술탄 국은 1243년 몽골 원정군에 패배한 후, 일한국의 속주로 전락하면서 휘하 부족들에 대한 통제력을 잃었다. 이 틈을 타서 오스만 족은 다른 부족들과 마찬가지로 룸 술탄 국으로부터 독립했다.

13세기 말인 1299년, 아나톨리아 반도 북서쪽에 소규모의 투르크 부족이 거주하고 있었다. 세력이 미약했던 이들은 다른 투르크 부족들로부터 별다른 주목을 받지 못했다. 더구나 이들의 부족장인 오스만 1세(재위: 1299~1326년)는 당시 스물세 살에 불과한 젊은이였다. 부족민들조차 '과연 저 젊은이가 우리를 잘 이끌 수 있을까?' 하고 우려할 정도로 부족의 앞날은 어두웠다. 당시로서는 아무도 그가 향후 600여 년을 견뎌낼 세계 제국의 초대 술탄이 되리라고는 상상도 못 했다. 하지만 이 영명한 젊은 지도자에게는 주위 정세를 정확히 볼 수 있는 능력이 있었다. 그는 소아시아 내에서 서로 물고 물려 있는 여타 투르크족들과의 진흙탕 싸움에 끼어들지 않았다. 대신 시선을 밖으로 돌린 그는 지중해 방향으로 진출하여 비잔틴제국을 물고 늘어졌다. 비잔틴제국과 티격태격하면서도 오스만 족은 그들의 선진화된 제도와 문물을 받아들였다. 이렇게 비잔틴제국과의 힘겨운 투쟁을 통해 오스만 족은 자신도 모를 정도로 내부의 힘을 키워나갔다. 그렇게 강화된 힘으로 후에 그들은 소아시아 내의 여러 투르크족들을 차례로 흡수할 수 있었다.

이슬람교의 틀 안에서 백성을 사랑하고 공평하게 다스리며 문화를 부흥시키라는 오스만 1세의 말을 후계자들은 충실히 지켜나갔다.

[지도6] 초기 오스만제국의 영역(1360년경)

　오스만제국은 오스만 1세의 뒤를 이은 제2대 술탄 오르한(재위: 1326~1362년)에 의해 탄탄한 뿌리를 내렸다. 1337년 아나톨리아 반도의 북동부 도시인 니케아와 니코메디아를 정복한 후, 그는 다르다넬스 해협의 지중해 연안으로 진출했다. 그리고는 비잔틴제국의 내분을 틈타 유럽에 발을 내딛었다. 당시 황제 자리를 놓고 내분 중이던 요한네스 6세(재위: 1347~1354년) 편을 들어 동맹자를 지원한다는 명목으로 다르다넬스 해협을 건넌 것이다. 1346년 요한네스 6세의 딸과 정략 결혼한 오르한은 다음해인 1347년 이곳 위스크다르에서 장인을 만났다. 그리고 5년 후인 1352년 오스만제국은 위스크다르를 차지했다. 이후 이곳은 오스만제국의 중요한 군사기지이자 교역의 중심지가 되었다.

루멜리 히사리

유럽의 성城이란 뜻의 '루멜리 히사리'에서 내려다보는 보스포루스 해협은 바다라기보다는 넓은 강 같은 느낌이 든다. 해협 건너편에는 아시아의 성인 '아나돌루 히사리'가 납작 엎드려 있다. 해협의 가장 좁은 지점인 이곳은 너비가 600여m에 불과해, 흡사 서울의 강남에서 강북을 바라보는 거리감밖에 느껴지지 않는다. 가파른 구릉지를 품어 안은 성벽 너머로 제2 보스포루스교인 '파히티 술탄 메흐메드 대교'가 해협을 가르고 있다. 현대식 현수교인 대교 위에는 차량의 행렬이 꼬리에 꼬리를 물고 있다. 하지만 이곳 어디쯤엔 2,500여 년 전 그리스를 공격하기 위해 페르시아의 다리우스 대왕이 배를 연결해 다리를 놓기도 했었다.

투르크인이 쌓았지만 성채 안 원형극장Amphitheatre과 목욕탕 터에서는 로마제국의 흔적이 느껴진다. 서구 문명이 로마제국을 계승한 적통자로 자부하지만, 사실은 그에 못지않게 이슬람 문명도 로마제국의 유산을 물려받은 것 같다. 성루城壘에 서면 해협을 오가는 배들이 바로 발밑을 지나고 있다. 요새는 세 개의 큰 탑이 삼각형으로 배치되어 있는 사이로 높이 15m, 폭 3m의 성벽을 두르고 있다. 성벽을 오르내리는 계단 돌에는 이런 용도로 쓰기에는 과분한 대리석이 심심치 않게 섞여 있다. 계단 돌 중에는 오래된 문양이 새겨져 있는 대리석 계단도 눈에 띈다. 그 옛날 이 성채를 지을 때 인근에 있던 동방정교 수도원을 헐어내 그 석재를 가져다 썼다는 말이 맞는 모양이다.

루멜리 히사리와 파티히 대교

오르한이 위스크다르를 차지한 지 정확하게 100년이 지난 1452년 봄, 오스만제국의 젊은 술탄은 비잔틴제국이 지켜보는 가운데 버젓이 30척의 선단을 이끌고 이곳에 닻을 내렸다. 그리고는 얼마 지나지 않아 요새 구축 공사가 시작되었다. 젊은 술탄의 이름은 메흐메드 2세(재위: 1444~1446, 1451~1481), 오스만제국의 제7대 술탄으로 당시 스무 살의 새파란 청년이었다. 이렇게 되자 아무리 다 쓰러져가는 비잔틴제국이라 해도 두 눈 뜨고 보고만 있을 수 없는 노릇이었다. 콘스탄티누스 11세는 즉각 항의 사절을 보냈다. 요새를 구축하려는 곳은 분명 우리 땅인데 누구 맘대로 공사를 강행하는가, 더구나 수도원을 부수어 그 석재로 요새를 짓는 것은 심하지 않느냐고 따졌다. 이에 메흐메드 2세는 요새가 구축되면 해적이 없어질 것이며, 이는 당신에게도 좋지 않겠냐며 받아쳤다. 그리고 얼마 후 이번에는 공사 현장의 인근 촌락이 약탈당하고 있다는 소식이 들려왔다. 이에 비잔틴 황제가 두 번째 항의 사절을 보내자, 젊은 술탄은 이번에는 일언반구도 없이 그들을 참수해버렸다. 결국 지중해 세계를 호령했던 대제국에서 이제는 도시국가로 전락한 비잔틴제국의 항의는 이렇게 항의로 끝나버렸다. 3월 말에 시작된 공사는 겨우 139일 만인 8월 중에 완성되었다. 젊은 술탄은 성채 공사를 한 사람에게 맡기지 않았다. 세 명의 대신에게 분담시켜 각각 커다란 탑을 쌓은 후 성벽을 연결하게 한 것이다. 상황이 이러했기에 세 대신은 좋든 싫든 경쟁할 수밖에 없었다. 더구나 그들 중에는 술탄이 총애하는 대신과 함께 경원하는 대신도 있었기에 더욱 그랬다.

메흐메드 2세는 1432년 술탄 무라드 2세(재위: 1421~1444, 1446~1451)의 셋째 아들로 태어났다. 그런데 두 형의 모친들은 둘째가라면 서러워할 정도로 명문 출신이었지만, 그의 모친은 천한 기독교도 노예 출신이었다. 그러니 그의 앞날이 그리 밝을 리 없었다. 아마도 두 이복형이 살아 있었다면 역사에서 그의 존재는 흔적도 없었을지 모른다. 하지만 그가 여섯 살 때 큰형이, 열두 살 때 둘째 형이 사망함으로써 운명의 여신은 그의 손을 들어준다. 그리고 오스만제국과 비잔틴제국의 운명도 함께 바뀐다. 둘째 형이 죽으면서 그동안 천덕꾸러기였던 그는 졸지에 아버지의 후계자가 되었다. 그리고 지금까지 교육다운 교육을 거의 받지 못했던 그에게 비로소 여러 선생들이 따라붙었다. 그렇게 시작은 늦었지만, 그는 대단히 비상한 인물이었음에 틀림없다. 왜냐하면 그가 실질적인 술탄으로 오를 무렵인 7년 만에 아랍어, 그리스어, 페르시아어, 헤브라이어에 두루 능통하게 되었다니 말이다.

한편 그의 아버지 무라드 2세는 신중한 성격이었지만 조금은 별난 인물이었던 모양이다. 술탄 무라드는 오스만제국이 티무르가 이끄는 몽골족에게 참패당한 직후인 1404년 태어났다. 예상 밖의 패전으로 인해 그동안 잘나갔던 오스만제국은 붕괴 일보 직전까지 갔다. 휘청거리던 오스만제국은 티무르가 급사하는 통에 다행히 회생할 수 있었지만, 예전의 국력을 회복하는 데 꼬박 20여 년이 걸렸다. 그러니 자라면서 그런 과정을 지켜본 무라드 2세로서는 매사에 신중할 수밖에 없었을 것이다. 국력을 회복한 후에 그도 콘스탄티노플을 공략해보았지만, 여의치 않자 재빨리 철수해버렸다. 그리고는 비잔틴제국을 정복하기보다는 오스만제국의 패권을 인정시키고 조공을 받는 현상유지 정책을 취했다. 그런데 그의 지나친 신중함 탓인지 아니면 변덕 탓인지는 모르지만, 무라드 2세와 메흐메드 2세 부자간에는 한 차례 서로 제위를 주고받는 희한한 일이 벌어졌다.

이 해프닝의 발단은 세르비아 정벌로부터 시작된다. 1439년 무라드 2세가 세르비아의 수도를 점령하자, 발칸의 기독교 국가들은 뒤늦게 정신이 번쩍 들었다. 얼마 전 불가리아가 오스만제국에 넘어갈 때만 해도 이들은 강 건너 불구경하듯 했는데, 이번에는 신성로마제국을 중심으로 폴란드, 헝가리, 알바니아가 연합했다. 1444년 기독교 연합군은 오스만제국의 배후인 아나톨리아 지방에 도사리고 있던 또 다른 투르크 부족인 카라만 족을 부추겨 오스만제국과의 양면 전쟁을 일으켰다. 이렇게 되자 수세에 몰린 오스만제국은 그동안 점령했던 세르비아 영토를 포기하는 조건으로 이들과 강화조약을 체결했다. 그때 무슨 생각에서인지 무라드 2세는 돌연 어린 아들에게 제위를 넘기고 아나톨리아의 마니사로 은거해버렸다. 하지만 아버지가 떠나자 정작 황당해진 건 어린 아들이었다. 둘째형의 죽음으로 뜻밖의 후계자가 되자마자 메흐메드 2세는 아무런 준비 없이 술탄이 된 것이다.

그런데 이상한 일은 은퇴한 아버지가 어린 아들에게 실질적으로 술탄의 권력을 행사할 수 있는 기회를 주지 않았다는 점이다. 무라드 2세는 자신의 심복인 대재상 할릴 파샤를 아들 곁에 심어둔 채 군사력까지 장악하고 있었다. 그러므로 메흐메드 2세에게 할릴 파샤는 자기 신하가 아닌, 아버지가 보낸 감시자에 불과했다. 이런 상황에서 어떻게 새로운 술탄이 자신의 권위를 내세울 수 있었겠는가? 엎친 데 덮친 격으로 어린 술탄을 얕본 안팎의 적들이 들고일어났다. 밖으로는 모처럼

의 승전에 신바람 난 교황이 기독교 연합군에게 무라드 2세와 맺은 강화조약을 파기하고, 발칸에서 오스만제국을 몰아내라고 재촉했다. 안으로는 처우개선을 요구하는 예니체리 친위부대가 술렁거렸다. 심지어 할릴 파샤를 비롯한 원로대신들은 공공연히 어린 술탄의 의견에 반대했다. 다급해진 메흐메드 2세는 할 수없이 은거 중인 아버지에게 도움을 청한다.

> "당신이 술탄이시라면 돌아와 당신의 군대를 이끄십시오. 제가 술탄이라면 당신에게 명령합니다. 돌아와 제 군대를 이끌어주십시오."

어떻게 정식교육을 받은 지 2년밖에 안 된 열네 살 소년이 이런 현란한 수사학을 구사할 수 있었을까 의심될 정도의 명문名文이었다. 결국 마니사에서 돌아온 무라드 2세는 기독교 연합군을 격파한 후 다시 술탄으로 복귀했다. 그리고는 아들에게 은거하라는 명령을 내렸다. 술탄이 된 지 겨우 2년 만인 1446년, 메흐메드 2세는 유배지나 다름없는 마니사로 쫓겨 갔다. 그렇다면, 준비되지 않은 어린 아들에게 제위를 넘기고 은퇴한 아버지의 속내가 무엇이었을까 알쏭달쏭해진다. 어쩌면 그는 지금까지 천덕꾸러기였던 아들을 어려울 때 자신의 총알받이로 쓰려 했던 건 아닐까? 어린 아들이 감당하기엔 역부족인 자리로 떠밀어 넣고 역시 자신이 아니면 안 된다는 걸 보여주는 동시에, 마음에 들지 않는 비천한 출신의 아들을 시험하려 했던 게 아닐까 의심되는 대목이다.

마니사로 쫓겨 온 메흐메드 2세의 앞날은 매우 암담했다. 수도 에디르네에는 아버지의 총애를 받고 있는 총비寵妃의 아들이 태어났기 때문이다. 이대로 가다간 후계자의 지위를 박탈당하는 것도 시간문제였다. 운명의 여신은 다시 한 번 메흐메드 2세의 편을 들었다. 평소에 술을 좋아했던 아버지가 1451년 한창 나이인 47세에 갑자기 쓰러져버린 것이다. 이때 메흐메드 2세의 과감한 성격이 튀어나온다. 아버지의 사망 소식을 들은 그는 "나를 따를 자는 오라!"는 한 마디를 내뱉고는 밤낮없이 말을 달려 전격적으로 에디르네로 입성했다. 1451년 초 메흐메드 2세는 5년 만에 다시 술탄이 되었다. 오스만제국의 실질적인 제7대 술탄이 등장한 것이다. 이제 열아홉 살이 된 이 청년은 아버지의 꼭두각시 노릇을 하다가 5년 전 쫓겨난 열네 살의 무기력한 소년이 아니었다. 겉보기엔 새파란 젊은이에 불과했지만, 일찍부터 산전수전山戰水戰을 겪어온 탓에 나이에 걸맞지 않게 속마음은 깊고 노회老獪했다.

03

그는 아버지의 중신들이 자신을 얼마나 경계하고 무시하는지 익히 알고 있었다. 어쩌면 5년 전에 예니체리 친위대가 들썩거린 것도 저들의 충동에 따랐는지 모를 일이었다. 오스만제국의 패권을 받아들인 속국들과 공존하는 '팍스 투르카'에 안주하고 있던 중신들의 눈에는 체제를 타파하려는 이 젊은이가 상당히 경박하고 위험한 인물로 비춰졌다. 메흐메드 2세가 비잔틴제국의 수도인 콘스탄티노플 공략을 주장했기 때문이었다. 그들은 무라드 2세에게 틈나는 대로 젊은 왕자를 헐뜯으며 아버지와 아들 사이를 갈라놓으려 했다. 그리고 그 중심엔 항상 투르크족 최고 가문 출신인 대재상 할릴 파샤가 있었다. 이런 이유로 새로운 술탄의 즉위식장에는 그야말로 팽팽한 긴장감이 흘렀다. 언제 무슨 일이 벌어질지 몰라 쩔쩔매던 대신들은 아무도 감히 젊은 술탄의 곁으로 가려 하지 않았다. 하지만 이들의 머리 위에 있는 메흐메드 2세는 결코 서두르지 않았다. 그간의 섭섭한 감정을 감추고 그는 선대 대신들을 전부 유임시켰다. 그렇게 되자 즉위식장에 감돌던 무거운 분위기가 사라졌다. 하지만 그들이 젊은 술탄의 용의주도함을 깨닫는 데는 그리 오랜 시간이 걸리지 않았다.

메흐메드 2세가 처음 손댄 건 거부할 수 없는 대의명분을 내세워 정적政敵들을 갈라놓는 일이었다. 그때까지 오스만제국의 역대 술탄들은 사후 아나톨리아에 있는 부르사에 묻혔다. 이에 착안한 젊은 술탄은 할릴 파샤와 단짝인 이샤크 파샤에게 선대 술탄의 시신을 부르사로 모시라고 명했다. 그에게 명예를 준 대신 장례 후에도 아나톨리아에 계속 머물게 함으로써 자연스럽게 둘 사이를 갈라놓은 것이다. 물론 선대 술탄이 좌천시킨 자신의 유일한 심복 자가노스 파샤를 아나톨리아에서 불러들이는 일을 빠뜨리진 않았다. 앞에서 본 '루멜리 히사리'를 지을 때 할릴 파샤와 자가노스 파샤는 세 개의 큰 탑 중에서 하나씩 맡았다. 그러니 이들 사이의 경쟁이 얼마나 치열했겠는가?

그가 취한 두 번째 조치는 그의 용의주도함을 넘어 냉혹한 면모를 여지없이 보여준다. 관례에 따라 새로운 술탄에게 인사드리려고 아버지의 총비寵妃가 즉위식장으로 들어왔을 때의 일이다. 의붓어머니의 축하를 받으면서 젊은 술탄은 공손한 태도로 그녀의 말을 경청했다. 그런 후 아나톨리아로 떠나는 이샤크 파샤에게 그녀를 처로 삼도록 했다. 이런 술탄의 관대한 배려에 좌중에 있던 모든 중신들은 안도의 숨을 내쉬었다. 하지만 화기애애한 즉위식장의 분위기와는 달리, 어린 이복동생은 하렘의 욕조 속에서 익사당하고 있었다. 술탄 즉위 직후에 형제를 살해하던 오스만제국의 암묵적인 관습은 메흐메드 2세 때 이르러선 아예 명문화되어버렸다.

그의 세 번째 조치를 보면 과연 열아홉 살의 젊은이가 그렇게 노회할 수 있을까 믿기지 않을 정도다. 그는 아버지 시대에 체결된, 비잔틴 제국을 포함한 이웃 나라와의 우호·불가침 조약을 아무 조건 없이 그대로 이어받았다. 또한 세르비아 공주 출신인 아버지의 후궁도 지참금과 온갖 선물을 듬뿍 안겨 고국으로 돌려보냈다. 그녀는 하렘에 들어와서도 자신의 신앙인 기독교를 고수하던 여인이었다. 그러자 유럽 여러 나라는 새로운 술탄에 대한 경계심을 풀게 되었다. 그들은 메흐메드 2세를 5년 전에는 아버지에게 휘둘려 변방으로 쫓겨났다가 운 좋게 술탄이 된 별 볼일 없는 인물로 보았다. 그리고 잘해봐야 선대 술탄이 남긴 영토를 유지하기에도 급급한 풋내기로 평가해버렸다. 하지만 메흐메드 2세가 노린 점은 바로 이것이었다. 즉위 초기에 시간을 벌기 위한 그의 치밀한 전략이 맞아떨어진 것이다. 그는 날카로운 발톱을 숨긴 예측 불가능한 호랑이었다.

테오도시우스 성벽

넓은 벌판 한가운데에 거대한 천막을 형상화한 원형 석조건물이 우뚝 서 있다. 건물의 하얀 석벽에는 웅대한 벽화가 파노라마처럼 펼쳐져 있다. 모스크로 바뀐 성 소피아 성당 안에서 기도하는 무슬림들의 모습, 성벽 안 옛 콘스탄티노플의 시가지 모습 등이 둥근 벽을 따라 그려져 있다. 지붕 꼭대기에 붙어 있는 전광판에는 'PANORAMA 1453!'이란 글자가 명멸하고 있다. 그런데 생각해보면 1453이란 숫자가 참으로 의미심장하다. 오스만제국의 메흐메드 2세가 콘스탄티노플을 공략해서 비잔틴제국을 멸망시킨 해가 바로 1453년 아니었던가? 점잖게 'PANORAMA 1453!'이라 했지만, 정작 이들의 속내는 'AGAIN 1453!'을 외치고 싶은 것이리라. 원형 건물에서 100여m쯤 앞에는 세월의 무게에 짓눌린 성벽이 줄지어 서 있다. 이곳저곳 무너져 내리고 잡초가 무성하지만, 천년 넘게 철옹성처럼 버티어 섰던 옛 위용마저 사라진 건 아니었다.

원형 석조 기념관 - PANORAMA 1453

[지도7] 비잔틴제국의 영역(1453년 멸망 직전)

413년 축조된 이래 콘스탄티노플 성벽, 일명 테오도시우스 성벽은 천년 동안 단 두 차례만 외적에게 무릎을 꿇은 금성철벽金城鐵壁이었다. 그 두 차례란 제4차 십자군과 오스만제국의 공격을 말한다. 방책과 외성벽外城壁, 내성벽內城壁이 차례로 서 있는 3중 성벽은 방책 밖으로 깊은 해자가 둘러 있었다. 밖에서부터 성벽에 오르려면 먼저 너비가 20m는 넘어 보이는 해자를 가로질러야 한다. 지금은 대부분 경작지로 바뀐 해자 터를 지나면 세 번째 성벽인 방책이 나온다. 어깨 높이의 방책을 넘으면 두 번째 성벽인 외성벽이 가로막는다. 방책과 외성벽 사이의 간격은 10m 정도다. 높이 10m, 너비 3m인 외성벽만도 웬만한 도시의 성벽들보다 견고할 텐데, 외성벽 너머 연이어 첫 번째 성벽인 내성벽이 버티고 있다.

외성벽에서 붉은 벽돌과 하얀 돌로 촘촘히 쌓아올린 내성벽을 올려다보면, 하늘을 가린 성벽 때문에 숨이 막힐 지경이다. 외성벽을 굽어보는 내성벽은 높이 17m, 너비 5m의 위용을 자랑한다. 하지만 이런 철옹성도 주인을 잃은 탓인지, 지금은 군데군데 무너져 내리고 잡초와 쓰레기로 몸살을 앓고 있다. 천년 성벽을 쓰다듬고 있으려니 역사의 숨소리가 생생하게 들려오는 듯하다. 성벽 위에 올라 'PANORAMA 1453!' 건물을 내려다보니, 영락없이 성문 앞에 진을 친 적장의 대형 군막軍幕처럼 보인다. 지금으로부터 560년 전인 1453년, 적색 바탕에 금빛으로 수놓은 휘황찬란한 메흐메드 2세의 군막이 저곳 어디쯤엔가 펼쳐 있었겠지. 그리고 이곳 성벽 위에는 성 밖 적진을 노려보는 비잔틴제국 최후의 황제 콘스탄티누스 11세가 있었을 것이다. 내성벽을 넘어 성벽 길 따라 걸어가다 보면, 군인들의 출입문으로 쓰였던 조그만 성문이 나온다. 차 한 대 겨우 빠져나갈 수 있는 좁은 성문을 지탱하고 있는 양쪽 대리석 기둥은 박물관으로 보내면 딱 어울릴 정도로 오래된 것이다. 하지만 로마 시대의 이 돌기둥은 오가는 차량에 긁혀서 만신창이가 되어 있다. 참 어딜 가나 주인 없는 유적지는 깨어진 뒤웅박 신세로구나.

테오도시우스 3중 성벽

01

루멜리 히사리가 완공된 지 두 달쯤 지난 1452년 어느 가을밤이었다. 이제 막 잠자리에 들려던 할릴 파샤는 술탄이 부른다는 말에 가슴이 철렁 내려앉았다. 지난 일 년 반 동안 젊은 군주를 모시면서 할릴은 몇 년 전과는 전혀 달라진 주인에게서 일말의 불가사의不可思議마저 느꼈다. 아버지 무라드는 때때로 병사들과도 어울릴 정도의 소탈한 성격에 말투도 격의가 없었다. 하지만 메흐메드는 아버지와는 전혀 달랐다. 그의 말투는 절대군주답지 않게 항상 정중하고 깍듯했다. 하지만 얼음처럼 차갑고 오만한 성격까지 감추어주지는 않았다. 더구나 어느 누구에게도 속마음을 열어 보이지 않은 채 대신들의 의표意表를 찌르는 명령을 내릴 때는 소름이 끼쳤다.

할릴은 은쟁반에 금화를 가득 쌓아들고는 술탄의 침실로 들어갔다. 그리고 실내복을 입은 채 침대에 앉아 있는 메흐메드에게 다가가서 바닥에 엎드려 공손히 머리를 조아리며 예를 표했다. 아무런 표정 없이 술탄이 입을 열었다.

"라라, 이것이 무엇입니까?"

"주인님, 깊은 밤에 신하가 주인의 부름을 받으면 빈손으로 뵈어서는 안 되는 것이 오랜 관습입니다. 그래서 저도 그에 따랐을 뿐입니다. 그리고 사실 제가 가지고 온 이것도 따지고 보면 모두 주인님의 것이지 제 것이 아닙니다."

"그대의 재물이 필요해서 부른 것이 아니요. 아니, 그대가 원한다면 얼마든지 더 줄 수도 있소. 내가 그대에게서 받고 싶은 것은 오직 하나요, 저 도시를 주시오."

'라라'란 '선생님'이란 뜻으로 무라드는 어려서부터 아들에게 할릴을 '라라'란 경칭敬稱으로 부르게 했다. 그런 할릴이 끽소리도 못 하고 물러서는 뒷모습을 바라보는 메흐메드 2세의 눈초리는 매처럼 날카로웠다. 그는 익히 알고 있었다. 콘스탄티노플을 공략하려는 자신의 계획을 반대하는 선두에 할릴이 있다는 것을. 그렇기 때문에 제일 먼저 할릴의 의표를 찔러 제압한 것이다. 바로 이 자리에서 천년 왕국인 비잔틴제국의 운명이 결정되었다. 다음해 1453년 벽두, 메흐메드 2세는 전국에 총동원령을 내렸다. 세르비아를 비롯한 속국들에게는 이미 원군 파견 요청을 마친 뒤였다. 출진에 앞서 그는 현상 유지를 원하는 중신들을 불러 모아 지금 왜 콘스탄티노플을 공략해야 하는가를 설득했다.

"지금 당장 위협이 되지 않는다 해도 비잔틴제국은 여전히 위험하다. 그들은 기회만 되면 언제든지 우리에게 위해를 가할 수 있는 타고난 음모자다. 더구나 그들 배후에는 훨씬 막강한 동맹 세력이 도사리고 있다. 그들은 자신들이 더 이상 콘스탄티노플을 방어할 수 없다고 판단하면, 틀림없이 라틴인이나 프랑크 인을 불러들여 대신 방어해달라고 할 것이다. 그때는 기회가 없다. 기회는 그들이 분열되어 있고 서방 국가들이 방관하고 있는 바로 지금이다."

1453년 4월 초, 백마를 탄 채 주홍색 망토를 휘날리며 성벽 위에 서서 새까맣게 몰려오는 적군을 착잡하게 바라보는 무장이 있었다. 비잔틴제국의 황제 콘스탄티누스 11세가 바로 그였다. 그해 마흔아홉 살의 장년인 그는 4년 전인 1449년, 후사가 없는 형의 뒤를 이어 황제가 되었다. 다 쓰러져가는 제국이었지만, 그것도 황제 자리라고 콘스탄티누스가 순조롭게 황제에 오른 것은 아니었다. 죽은 형은 그를 후계자로 지명했으나 욕심 많은 동생이 후계권後繼權을 주장했기 때문이었다. 다행히 황태후가 나서서 강력하게 그를 지지했기에 망정이지, 아니었으면 마지막 순간까지 비잔틴제국의 고질병, 즉 황위 계승권을 놓고 다투는 골육상잔이 벌어질 뻔했다. 명군의 자질을 타고 났지만 그가 날개를 펴기에 제국은 이미 골수까지 썩어 있었다. 그에게 더욱 불행했던 건, 자신보다 스물여덟 살이나 어리지만 속내를 전혀 알 수 없는 젊은 술탄이 그의 상대였다는 점이었다. 2년 전 메흐메드 2세가 즉위하면서 거짓된 유화책을 폈을 때, 콘스탄티누스는 대뜸 새로운 술탄이 위험한 존재임을 간파했다. 그래서 그는 서둘러 베네치아를 비롯한 서방 국가에 도움을 요청했다. 하지만 그들은 움직이려 하지 않았다.

이에 다급해진 황제는 온갖 수단을 동원해 젊은 술탄을 달래보았다. 친 비잔틴파인 할릴이 술탄의 계획을 알려왔을 때, 그는 서둘러 술탄에게 밀사를 보냈다. 지금보다 훨씬 많은 공물을 바칠 테니 제발 콘스탄티노플 공략 계획을 접어달라는 내용이었다. 그러나 술탄의 뜻은 확고했다. 무조건 항복한 후 황제가 수도를 떠난다면 제국 신민들의 목숨은 살려주겠다는 것이 술탄의 답변이었다. 잃어버린 로마인의 피가 되살아난 것일까, 황제는 그렇게까지 구차하게 목숨을 부지할 생각은 없었다. 최후의 교섭은 결렬되었다. 이렇게 해서 다 끌어 모아도 채 7천 명이 안 되는 병력으로 비잔틴제국은 오스만제국의 10만 대군을 맞아 56일간의 필사적인 공방전을 펼친다. 그나마 7천 명의 비잔틴제국 수비군 중에도 비잔틴 인은 5천 명에 불과했고, 나머지 2천 명은 평소엔 견원지간인 베네치아 인과 제노바 인을 중심으로 한 라틴 인과 프랑크 인이었다. 이런 콩가루 집안을 이끌고 10만 대군을 상대로 거의 두 달 동안이나 버텼다는 건 콘스탄티누스 개인의 역량에 힘입은 바 크다고 할 것이다. 그가 마지막 순간까지 장병들을 격려한 말은 '썩어도 준치'라고 로마 황제의 기개를 보여주기에 부족함이 없었다.

"인간이 목숨을 걸 만한 명분은 네 가지가 있다. 신앙, 조국, 가족, 주권이 그것이다. 이것을 위해서는 누구나 죽을 각오를 해야 한다. 물론 황제인 나 자신도 신앙, 수도, 백성들을 위해 기꺼이 한 목숨 바칠 것이다. 그대들은 위대하고 고결한 백성들이며, 고대 그리스와 로마 영웅들의 후손이다. 나는 그대들이 수도를 방어하기 위해 조상들에 못지않은 용기를 보여줄 것이며, 예언자를 예수 그리스도의 자리에 앉히려는 이교도 술탄의 음모를 막기 위해 최선을 다하리라 믿는다."

(『비잔티움 연대기 3』, 존 줄리어스 노리치 지음, 남경태 옮김,
바다출판사, p.764에서 인용)

압도적인 수적 우세에도 불구하고 메흐메드 2세의 콘스탄티노플 공략은 예상보다 훨씬 힘들었다. 천 년 전 전 유럽을 공포로 몰아넣었던 훈족의 아틸라도 한 차례 둘러보고 말없이 물러갔다는 테오도시우스 성벽이 그 막강함을 발휘한 것이다. 성벽이 세워지고 나서 그때까지 천 년 동안 딱 한 번을 제외하고 성벽은 어느 누구에게도 굴복하지 않았다. 그 한 번이란 1204년 같은 기독교 국가들인 제4차 십자군에 의해 비잔틴제국이 일시적으로 멸망한 사건을 말한다. 그 후로 비잔틴제국은 예전의 힘을 회복하지 못하고 시름시름 앓다가 결국은 지금의 파탄으로 몰리게 되었다.

의욕만 앞세우는 풋내기로 비판받았던 메흐메드 2세는 콘스탄티노플 공방전에서 천재적인 전략가의 면모를 여지없이 발휘했다.

첫째, 그는 아무도 알아보지 못한 신무기의 효능을 한눈에 알아채는 혜안慧眼을 가지고 있었다. 루멜리 히사리가 완공된 얼마 후인 지난해 가을, 우르반이라 불리는 한 헝가리인이 제국의 수도 에디르네에 나타났다. 덥수룩한 수염에 장발을 한 그는 테오도시우스 성벽을 깨뜨릴 수 있는 대포를 만들 수 있다고 큰소리를 탕탕 쳤지만 아무도 그를 믿지 않았다. 더욱이 이곳에 오기 전에 콘스탄티노플에서도 똑같은 말을 하다가 문전박대 당했다는 소문 때문에 에디르네 사람들은 그를 백안시했다. 하지만 젊은 술탄은 달랐다. 펼쳐놓은 도면을 유심히 바라보며 우르반의 말을 묵묵히 듣고 있던 술탄은 그 자리에서 그가 비잔틴 황제에게 요구했던 액수의 세 배에 달하는 보수를 주겠다고 약속했다. '우르반의 거포'로 불리는 대포는 이렇게 해서 빛을 보았다. 포신 길이만 8m가 넘고, 돌로 된 포탄의 무게가 600kg이 넘는 이 무지막지한 괴물은 잘해야 하루에 일곱 발 정도밖에 쏠 수 없었다. 하지만 그 위력은 나머지 다른 대포들을 다 합친 것보다 더 컸다고 한다. 공방전 내내 '우르반의 거포'에 시달렸던 비잔틴 측이 얼마 전 자신들이 비웃으며 냉대했던 헝가리인의 작품이 바로 이 대포였다는 사실을 알았다면 어떤 기분이었을까?

둘째, 메흐메드 2세가 공방전 과정에서 골든 혼金角灣을 전격적으로 장악한 방법은 가히 기상천외奇想天外하다고 볼 수밖에 없다. 비상시마다 비잔틴제국은 골든 혼 입구의 양안을 쇠사슬로 봉쇄해왔다. 이는 해상으로부터 적의 침입을 막아주면서 지원 세력은 받아들일 수 있는 양수걸이의 전략이었다. 젊은 술탄은 콘스탄티노플을 포위할 때부터 이 점을 감안해 기발한 방법을 고안해냈다. 골든 혼을 사이에 두고 콘스탄티노플 성과 마주보고 있는 갈라타 언덕에 뒷길을 낸 것이다. 새로운 길에는 기름 바른 둥근 나무를 연이어 깔고, 그 위로 선박을 올려 황소와 사람이 끌게 했다. 이런 방법으로 하룻밤 사이에 70m 높이의 갈라타 언덕을 넘어 골든 혼 쪽으로 72척의 배를 이동시켰다. 이 도로는 지금의 마르마라 연안의 톱하네에서 탁심 광장을 넘어 골든 혼의 카슴파샤를 연결하는 곳이라고 한다('지도 4: 이스탄불 시가지도' 참조). 혹시 그는 코끼리 떼를 몰고 알프스를 넘었던 한니발에게서 그런 영감을 얻지 않았을까?

옛 콘스탄티노플 성과 골든 혼 봉쇄 쇠사슬. 이스탄불 고고학 박물관

이상하게도 투르크 청년인 그는 자신의 선조들보다는 알렉산더 대왕과 로마 황제, 교황들과 프랑크 왕들의 이야기에 빠져 있었다. 콘스탄티노플이 오스만제국의 손에 넘어간 이듬해인 1454년, 베네치아 공화국에서 파견된 특사의 눈에 비친 메흐메드 2세의 인상은 다음과 같았다.

메흐메드 2세의 동상

"술탄 메흐메드는 22세, 균형 잡힌 몸매에 키는 보통 사람보다 큰 편이다. 무술에 능하고 친근감보다는 위압감을 풍기는 사람이다. 웃을 때가 거의 없고 신중하며, 어떠한 편견에도 사로잡히지 않는다. 한 번 정하면 반드시 실행에 옮기는데, 이때 그 행동이 실로 대담하다. 알렉산더 대왕에 맞먹는 영광을 바라면서 이탈리아인 시종으로 하여금 매일 로마 역사를 낭독하게 하고 여기에 귀를 기울인다. 헤로도투스, 리비우스 등의 역사책이나 교황들의 전기, 황제들의 평전, 프랑크 왕들의 이야기를 즐기는 편이다. 터키어, 아랍어, 그리스어, 슬라브어를 말할 줄 알고, 이탈리아 지리를 소상하게 알고 있다. 특히 지배욕이 강하며 가장 관심을 두는 분야는 지리와 군사 기술이다. 우리 서 유럽인들에게 유도 심문을 할 때에는 혀를 내두를 정도로 교묘하다. 이렇게 만만치 않은 인물을 우리 기독교도들이 상대해야 하는 것이다."

(『콘스탄티노플 함락』, 시오노 나나미 지음, 최은석 옮김, 한길사, p.256에서 인용)

하기아 소피아

"이 건축물의 빼어난 아름다움은 원주 위로 치솟아 오른 거
대하고 둥그런 돔에서 나온다. 그 형상이 마치 견고한 석조 건
물에 토대를 둔 것이 아니라, 하늘에서 내려온 황금 사슬에
매달려 우주를 덮고 있는 것 같다."

(천 오백년 전 프로코피우스의 『건축기』 중에서)

"저희는 천상에 있는지 지상에 있는지 가늠할 수가 없습니
다. 그러한 아름다움이 존재하지 않기 때문입니다. 그것을 어
떻게 설명해야 할지 모르겠습니다. 저희가 아는 한 가지 사실
은 그곳에 신이 존재하며 그들의 예배가 다른 나라들의 의식
보다 훨씬 아름답다는 것입니다. 저희는 그 아름다움을 잊을
수 없습니다."

(천 년 전 키예프의 사절단이 한 말 중에서)

하기아 소피아로 빨려 들어가면 제일 먼저 건물 중앙에 까마득히
솟아오른 거대한 중앙 돔에 압도당한다. 바닥에서 높이 55.6m, 직경
32m의 돔 테두리에 낸 마흔 개의 창문에서 쏟아져 들어오는 햇빛은
그야말로 천상의 빛처럼 신비로움마저 자아낸다. 그 옛날 프로코피우
스는 돔이 황금 사슬에 매달려 있다고 했는데, 현대식으로 말하자면
마흔 개의 창에서 빛을 발하는 거대한 우주선이 공중에 붕 떠 있는
것 같기도 하다. 어떻게 초석을 놓은 지 5년 만에, 그것도 지금으로부

터 무려 천오백여 년 전에 이런 건물을 완공할 수 있었을까? 성당 건립을 명한 유스티니아누스 황제가 처음 성당에 들어왔을 때의 일이란다. 아무 말도 하지 못한 채 오랫동안 서 있던 그는 간신히 들릴까 말까한 소리로 "솔로몬, 난 당신을 이겼노라."라고 중얼거렸다고 한다. 가로 69.5m, 세로 73.5m의 이 우람한 성당이 당대의 사람들에게는 기적으로 보였는지 성당과 관련된 전설도 많다. 노아의 방주로 쓰였던 목재로 성당 문을 만들었다는 둥, 천사가 공사를 감독해서 성당이 무너지지 않을 것이라는 둥, 신화에 가까운 이야기들이 사람들의 입에 오르내렸다.

하기아 소피아 내부

그 웅대함과 함께 하기아 소피아를 더욱 돋보이게 하는 건 성당의 벽면과 갤러리를 장식하고 있는, 천년 세월이 무색할 정도로 화려하고 정교하기 그지없는 모자이크 이콘icon이다. 모자이크 벽화 속의 인물들은 예수 그리스도와 성모 마리아, 그리고 이 성당을 헌정했거나 증축한 비잔틴제국의 여러 황제와 황후들이다. 벽화의 바탕은 황금을 깔아놓은 것 같이 금색 유리 돌을 모아 박았고, 이들이 쓰고 있는 왕관을 장식한 빨간색, 초록색 유리 돌들은 영롱한 루비와 에메랄드를 박아놓은 듯하다. 특히 성당 2층 벽면을 장식한 모자이크화가 일품인데, 수백 년 동안 덮여 있던 회반죽이 걷히면서 다시 모습을 드러낸 벽화의 아름다움은 얼이 다 빠질 지경이다.

1935년부터 역사박물관으로 바뀐 하기아 소피아는 기구한 팔자를 타고난 귀부인에 비유할 수 있다. 537년 완공된 이래 비잔틴제국이 멸망한 1453년까지 정확히 916년 동안 하기아 소피아는 기독교 성당으로서 동방정교의 성지였다. 그러나 콘스탄티노플의 함락과 함께 성당은 이슬람 사원으로 개조되었다. 그 후 지금의 역사박물관으로 바뀔 때까지 481년 동안은 모스크로 쓰였으니 말이다. 이런 연유로 건물 내부는 기독교적인 바탕 위에 이슬람적인 색채가 덧붙여져 있다. 내부를 자세히 살펴보면, 우상숭배를 금하는 이슬람의 교리에 따라 성상과 성화를 떼어낸 흔적이 곳곳에서 보인다. 그 대신 노란색이 주종을 이루는 성당 내부에 전체 색감과는 어울리지 않는 회색 이슬람 건축물들이 덧붙여져 있다. 미흐랍과 민바르[說敎臺], 술탄의 정자 등이 그 대표적인 예다. 그리고 천정 사면에는 검은색 바탕에 금빛 아랍 문자를 일렁이는 파도처럼 휘갈겨 써놓은 대형 원판이 걸려 있다. 간결하면서도 힘찬 필체로 코란의 한 구절을 써놓은 원판 사이로 아기 예수를 안은 성모 마리아의 천정 벽화가 오랜 잠에서 깨어나 있었다.

1453년 5월 26일, 메흐메드 2세는 중신들을 모아놓고 작전 회의를 열었다. 공방전이 시작된 지 벌써 50일이 넘었건만, 콘스탄티노플 함락은커녕 아직 외성벽조차도 돌파해보지 못한 초조함이 깔려 있는 회의였다. 술탄은 "이제 이만하면 포위는 충분했다."라고 말하며 운을 뗐다. 이때 젊은 주인의 뜻을 잘못 넘겨짚은 할릴 파샤가 대뜸 나섰다. '베네치아 함대가 출항했다는 정보가 있는데, 만에 하나 헝가리가 협약을 파기하고 공격한다면 우리는 안팎으로 협공을 당할 수 있다. 선대 술탄께서도 사정이 여의치 않자 현명하게 철수한 전례도 있다. 그러니 명예롭게 철수할 수 있을 때 기회를 놓치지 말고 철수하자'라는 게 그의 논지였다. 나이에 걸맞지 않게 노회한 술탄은 아무런 표정 없이 노재상의 발언을 듣고 있었다. 하지만 그의 심복 자가노스 파샤는 자리를 박차고 일어나 할릴에게 격렬하게 반박했다. '유럽 여러 나라들은 이해관계가 달라 서로 반목하고 있으니 헝가리가 우리와의 조약을 파기할 리 없다. 또한 설혹 베네치아의 함대가 온다 해도 우리의 10만 대군에는 대적할 수 없다. 알렉산더 대왕은 우리의 반밖에 안 되는 군사로 세계의 반을 정복했다. 그러니 지금 철군 운운하는 건 말도 안 된다. 지금은 오직 공격뿐이다.' 두 사람의 엇갈린 주장을 다 듣고 난 술탄은 "사흘 뒤에 총공격을 감행한다."라고 결연히 말했다. 이로써 비잔틴제국의 운명은 최종적으로 결정되었다. 콘스탄티노플 측은 술탄의 결정 내용을 즉시 알게 되었다. 누군가가 화살에 회의 결과를 적은 글을 매달아 쏘아 보냈기 때문이었다. 그러거나 말거나 술탄은 콘스탄티노플을 공략하는 자신의 심정을 다음과 같이 토로했다.

"어젯밤 나는 잠들지 못했다. 흥분한 나머지 밤새도록 베개 한쪽을 쥐어뜯다가 또 다른 쪽을 쥐어뜯었다. 부디 로마인들의 매수에는 넘어가지 말라. 무기는 우리가 우세하므로 그렇게 하면 승리할 수 있을 것이다."

사흘 뒤인 5월 29일 아침, 지난 밤 계속된 오스만제국의 공세 앞에 난공불락이었던 테오도시우스 성벽도 마침내 무너지고 말았다. 무너져 내리는 성벽과 함께 천년 왕국의 역사도 스러져갔다. 성벽이 세워진 이래 스물아홉 차례의 공격을 받은 이 도시가 내통에 의하지 않고 함락된 것은 이번이 처음이었다. 예로부터 제국에는 오랜 신화가 있었다. 제국을 창건한 황제가 콘스탄티누스이듯이, 제국의 마지막 황제도 콘스탄티누스일 것이라는 예견이 이제 실현된 것이다. 그래도 콘스탄티누스 11세는 천년 왕국의 기개를 혼자 끝까지 지켰다. 약속대로 그는 구차하게 목숨을 구걸하느니 전쟁터로 온몸을 던진 것이다. 진정한 로마제국 최후의 황제였던 그는 검을 뽑아들고 물밀듯이 밀려오는 적군 한가운데로 뛰어들었다. 그가 마지막으로 남긴 말은 다음과 같았다.

"내 심장에 창을 꽂아줄 기독교도가 이렇게 한 명도 없단 말인가?"

그는 시대도 잘못 타고난 데다 상대도 잘못 만난 불운한 황제였다.

피어보지도 못한 명군이 비잔틴제국을 다시 일으키기엔 때가 너무 늦었던 것이다.

1453년 5월 29일 오후, 하얀 터번에 하얀 망토, 하얀 옷에 녹색 허리띠를 맨 메흐메드 2세는 평소 즐겨 타던 흑마 대신 백마를 타고 콘스탄티노플로 입성했다. 공성 기간 내내 백마 위에서 병사들을 격려하던 콘스탄티누스 11세의 모습이 그에게 깊은 인상을 남긴 것일까? 카리시우스 문을 지나 성 소피아 대성당까지 쭉 뻗어 있는 넓은 대로를 따라 천천히 말을 몰고 가는 그의 머릿속은 온갖 상념으로 가득했으리라. 한편으로는 콘스탄티노플을 공략하려던 자신의 계획을 무모하다고 질타하던 선대 술탄과 중신들, 설상가상으로 예니체리 군단과의 갈등이 불거지면서 마니사로 쫓겨났던 7년 전의 쓰라림이 생각났을지 모른다. 또 한편으로는 이 도시를 장악함으로써 그토록 선망했던 로마제국의 계승자로 거듭난 자신의 모습에 뿌듯함을 느꼈을지도 모른다. 아무튼 그 속내를 알 수 없는 젊은 술탄은 시내 곳곳에서 벌어지고 있는 병사들의 약탈 행위에는 눈도 주지 않았다. 그가 향하고 있는 곳은 오직한 군데, 성 소피아 대성당이었다.

하기아 소피아

대성당 앞에 도착한 메흐메드 2세는 말에서 내린 후 공손히 몸을 숙였다. 그리고 손으로 흙을 한줌 쥐어 터번 위에서부터 흩뿌렸다. 이런 영광을 내려준 알라 신에게 최대한의 겸손을 표한 것이다. 그리고는 성당 안으로 걸어 들어갔다. 수많은 사람들이 찬탄을 금치 못했던 소피아 대성당이었지만 젊은 술탄은 아무 말 없이 둘러볼 뿐이었다. 그러다 한 병사가 성당의 아름다운 대리석 포석을 떼어내려는 모습을 보고는 갑자기 노성을 터뜨렸다. 물건이나 포로를 약탈하는 것은 허용하지만, 도시와 건물은 파괴하지 말라는 경고였다. 성당 벽면에 가득한 모자이크 아이콘에서 뿜어 나오는 영롱한 색채의 향연에 취한 술탄은 비로소 찬탄의 눈길을 보냈다. 하지만 그도 잠시, 냉정을 되찾은 술탄은 대신들에게 즉시 성당을 모스크로 바꾸라고 명령했다. 그리고 벽화를 파괴하는 대신 두터운 회칠로 이를 감추어버리도록 지시했다. 혹시 평소 로마제국의 후계자를 자처하던 술탄의 마음속에 천상의 그림 같은 모자이크 벽화에 대한 미련이 남아 있었던 게 아닐까? 기독교도인 모친을 두었기에 기독교에 대한 술탄의 거부감이 적었을지도 모른다. 아무튼 그 덕분에 600년 가까이 지난 지금, 우리는 비잔틴제국의 속살을 제대로 들여다볼 수 있게 되었다.

대성당에서 나온 술탄은 근처에 있는 예전 황궁 터로 향했다. 삼면이 바다로 둘러싸인 콘스탄티노플은 구릉의 도시다. 로마와 마찬가지로 일곱 개 언덕 위에 자리 잡은 콘스탄티노플에서 황궁은 본래 첫 번째 언덕을 차지하고 있었다. 하지만 당시 황궁은 테오도시우스 성벽 북단과 골든 혼이 만나는 곳으로 옮긴 지 오래되었고, 이곳은 황폐할 대로 황폐해 있었다. 다 쓰러져가는 황궁을 본 메흐메드 2세는 만감이 교차했는지, 페르시아 시구를 한 구절 읊었다고 한다.

"황제의 궁전에는 거미줄만 무성하고, 아프라시압 탑에는 부엉이만 우는구나."

후일담이지만, 콘스탄티노플을 점령한 25년 후인 1478년 메흐메드 2세는 이 터에 향후 오스만제국의 중추가 될 톱카프 궁전을 짓는다. 돌아오는 길에 그는 오랫동안 방치된 로마식 전차 경기장인 히포드롬도 둘러보았다. 옛 황궁과 히포드롬을 둘러보며 술탄은 무슨 생각을 했을까? 아마도 쇠락할 대로 쇠락해버린 비잔틴제국의 잔영을 보았을 것이다. 황폐한 옛 황궁과 석재만 앙상하게 남아 있는 콘스탄티누스 오벨리스크가 더욱 그런 분위기를 자아냈을지 모른다. 히포드롬의 중앙 분리대인 스피나를 장식하기 위해 세워놓은 이 오벨리스크는 벌써 250년 전인 1204년 제4차 십자군이 표면을 장식했던 청동 조각을 다 뜯어간 뒤로 방치되어 있었다.

03

콘스탄티노플을 함락시킨 사흘 후 메흐메드 2세는 전격적으로 할릴 파샤를 체포해 투옥시켰다. 그리고 20일 뒤 할릴은 에디르네에서 참수형에 처해졌다. 비잔틴제국과 내통했다는 게 그의 죄목이었다. 돌이켜 보면 젊은 술탄과 늙은 원로대신과의 악연은 그 뿌리가 깊었다. 선대 술탄인 무라드 2세의 신임을 한 몸에 받았던 할릴의 눈에는 출신 성분도 좋지 않은 메흐메드 2세가 오만하고 경박하게 보였을 것이다. 비잔틴제국이 쓰러지기를 기다리면 될 것을 왜 그리 서두르는지 이해하지 못했을 수도 있다. 아버지도 포기했던 일을 어느 누구와도 상의하지 않고 독단적으로 결정해버리는 젊은 술탄에게 거부감을 느꼈음 직도 하다. 더구나 비잔틴제국 내에는 이미 오래전부터 이런저런 이해관계로 알고 지내는 사람들이 많았는데, 콘스탄티노플이 함락될 경우 밀어닥칠 변화도 두려웠을지 모른다.

반면 메흐메드 2세로서는 처음부터 할릴이 버거웠을 것이다. 어려서부터 '라라'라는 존칭으로 불러야 했던 노재상은 첫 번째 재위 때는 아버지가 보낸 감시자로서, 두 번째 재위 때는 말없는 불평자로 존재해 왔다. 제국 내 명문 중에서도 명문 출신인 할릴은 한 번도 자신의 편에 서주지 않았다. 아니, 그런 모든 걸 떠나 가장 참을 수 없는 건 변함없이 현상 유지를 주장하는 할릴의 고집이었다. 젊은 술탄은 벼르고 별렀지만 결코 서두르지 않았다. 첫 번째 실패를 거울삼아 두 번째에는 더욱 더 용의주도해졌다. 할릴의 동조 세력을 제거하고 예니체리 부대의 지지를 확보한 후 콘스탄티노플을 함락시킴으로써 자신의 힘을 보여줬다. 이제 모든 권력이 술탄에게 집중된 것이다. 이렇게 모든 일이 끝났을 때 젊은 술탄은 지체 없이 자신의 최대 정적을 제거해버렸다. 어떻게 스물한 살의 젊은이가 이처럼 냉철하고 노회할 수 있을까?

혜안慧眼이란 연륜이나 경륜과 꼭 비례하지는 않나 보다. 역사는 말해준다, 젊은 술탄의 혜안이 노재상의 연륜과 경륜을 뛰어넘었다는 사실을. 콘스탄티노플, 아니 이제는 이스탄불로 개명된 도시를 얻은 오스만제국은 그 후 명실공히 세계적인 제국으로 발돋움한다. 그리고 이 도시의 변함없는 중요성은 메흐메드 2세의 정복 후 정확하게 470년 후인 1923년, 후손들에 의해 다시 한 번 확인된다. 제1차 세계대전에서 패한 터키 공화국은 1923년 연합국과 로잔 조약을 체결했다. 조약의 내용은 에게 해의 여러 섬들을 그리스에게 양보하는 대신, 터키는 이스탄불과 보스포루스 인근 지역을 보유한다는 것이었다. 터키의 발전을 위해서는 서구와의 연결고리인 이스탄불이 무엇보다도 중요하다는 판단에 의한 것이었다. 이에 따라 현재 에게 해와 지중해의 섬들은 대부분 그리스 령이다. 소아시아의 해변도시에서 '새벽에 닭 우는 소리가 들릴 정도로 가까운 섬조차도 모두 그리스의 섬'이란 터키 사람들의 한탄은 여기서 연유한다.

🔍 뒤돌아보기 (1): 할릴 파샤의 노욕

할릴 파샤와 비슷한 사례는 동서고금을 막론하고 한 조직의 권력이양 시점에서 흔히 볼 수 있다. 물론 현대를 사는 우리에게도 전혀 남의 이야기는 아니다. 작은 예로 회사란 조직을 들어보자. 많은 회사의 경우 창업자에서 2대, 3대로 경영권이 승계된다. 바로 이때가 전문 경영자들에게는 기회이자 위기의 순간이다. 예나 지금이나 새로운 권력자는 서두르기 쉽다. 이들은 부황父皇 덕에, 또는 아버지 덕에 권좌에 오른 것이 아니라, 자신의 실력으로도 충분히 그 자리를 차지할 수 있다는 것을 보여주고 싶어 한다. 따라서 통상 실무 경험이 부족한 이들이 초기에 제시하는 경영방침은 교과서로선 훌륭하지만 현실 감각이 결여된 경우가 종종 있다. 이런 신임 회장에 대한 전문 경영자의 태도, 그 중에서도 특히 선대 회장의 신임과 총애를 받던 원로들의 태도는 크게 둘로 갈라진다.

대부분은 재빨리 젊은 신임 회장의 뜻을 받들고 변화를 수용하는 측이다. 이들은 설사 방향이 틀렸다 해도 신임 회장의 경영방침에 순응하며 어떠한 반대의사도 표하지 않는다. 이들이 기다리는 건 시간이다. 어느 정도 시간이 흐르면서 서로 익숙해지고 신임 회장의 신뢰를 얻은 후에야 자신의 의견을 개진하는 현명한 사람들이다. 이들은 새로운 권력자 밑에서 오래 갈 수도 있다. 문제는 소수의 불평하는 사람들이다. 그리고 통상적으로 선대 회장의 신임과 총애를 더 많이 받은 사람일수록 이 범주에 속할 가능성이 높다. 이들은 자꾸만 선대 회장과 젊은 신임 회장을 비교한다. 이들의 눈에는 신임 회장이 아직도 어려 보이고 매사에 신중치 못하며 충동적으로 서두르는 위험인물로 비춰진다. 이럴 경우 비록 겉으로 내색은 안 한다 해도 상대방은 귀신같이 알아챈다. 왜냐하면 처음에는 자신감이 부족한 신임 회장도 부하들이 자신을 어떻게 볼 건지 신경을 곤두세우고 있기 때문이다. 이런 사람들은 아무리 평판이 좋고 능력이 출중하며 실적이 탁월해도 아무 소용이 없다. 조만간 조직에서 물러나게 될 사람들이다.

　범상한 젊은 회장도 그 정도이거늘, 하물며 천부적인 자질을 타고난 메흐메드 2세의 눈에 할릴이 어떻게 비춰졌겠는가? 평범한 군주 같았으면 할릴은 메흐메드 2세가 즉위할 때 벌써 목숨을 잃었을 것이다. 그렇게 많은 기회를 줬건만 할릴은 자기 틀에만 갇혀 결국 몸을 망치고 말았다. 할릴에게 아쉬운 점은 이것이다. 어차피 새로운 술탄에 맞출 수 없었다면 왜 자리를 버리고 고향으로 돌아가지 못했을까? 젊은 회장 눈에 벗어나면 회사를 그만둘 뿐이다. 그러나 젊은 술탄의 분노를 사면 자신의 목숨뿐만 아니라 집안 전체가 패가망신한다. 노욕老慾이란 정녕 이렇게나 무서운 것일까?

파티히 자미

콘스탄티노플을 점령한 지 28년 후인 1481년 5월 3일, 시리아와 이집트 공략을 준비하던 메흐메드 2세는 49세의 나이로 갑자기 세상을 떴다. 그는 생전에 자신을 로마 황제, 즉 카이사르라고 거침없이 말할 정도로 로마제국의 계승자임을 자처했다. 이런 유지를 받들어 제8대 술탄 바예지드 2세(재위: 1481~1512)는 네 번째 언덕 위에 조성된 복합 종교단지인 퀼리예 안에 있는 영묘靈廟에 아버지를 모셨다. 그런데 여기에는 매우 의미심장한 뜻이 담겨 있었다. 본래 이 언덕에는 성 사도 교회가 있었던 곳이기 때문이다. 콘스탄티노플 함락 당시 이미 천년이 넘은 이 교회는 337년 콘스탄티누스 대제가 묻힌 이후 역대 비잔틴 황제들의 주된 매장 장소였다. 메흐메드 2세는 비잔틴제국을 정복한 지 10년이 되는 해에 성 사도 교회를 헐어낸 후, 거기서 나온 석재로 대규모 퀼리예를 지었다. 지금의 '파티히 자미' 또는 '술탄 메흐메드 모스크'로 불리는 복합 종교단지가 바로 그것이다. 아마도 그는 비잔틴제국의 황제들이 묻혔던 곳을 자신의 영묘로 바꿈으로써 자신이 그들보다 우위에 있음을 보여주고 싶었을지 모른다. 퀼리예에는 종교학교(메드레세), 순례자 숙박소(테브하네), 공동 취사장(이마레트), 병원(다뤼쉬쉬파), 초등학교(메크테프), 도서관(퀴티파네), 공중 목욕탕(하맘) 등을 설치했다. 또한 퀼리예에 딸려 있는 시장(차르쉬)은 지금도 여전히 사람들로 번잡하다.

파티히 자미

이제 막 영묘 안으로 들어온 아낙네가 꿇어 엎드려 슬피 흐느낀다. 그리 넓지 않은 영묘 한가운데 유리벽 안엔 메흐메드 2세의 검은색 관이 안치되어 있다. 여인네의 흐느낌은 이내 코란의 낭송 소리에 묻혀버린다. 서너 명씩 모여앉아 코란을 읽다가는 고개 숙여 기도하는 무슬림들의 모습이 신실해 보인다. 현대를 살아가는 터키인들의 마음에 벌써 500년도 넘은 메흐메드 2세란 존재가 아직도 저렇게 큰 비중을 차지하고 있다는 사실이 참 이채롭다. 영묘는 세계사의 흐름을 바꾼 인물의 그것이라기엔 의외일 정도로 소박하고 아담하다. 발칸반도와 소아시아를 종횡무진 누벼서 '정복자(파티히)'란 별명까지 얻었건만, 결국 그가 마지막으로 얻은 땅은 이렇게 몇 평 되지 않는구나. 하지만 보기엔 그래도 이 영묘는 다른 어떤 곳보다도 터키인들에겐 대단히 중요한 성지다. 메흐메드 2세가 이곳에 묻힌 이후로 새로 즉위한 술탄들은 정복자의 묘소를 참배했으며, 이 전통은 제국 말기까지 이어져왔다. 또한 정복자의 영묘는 종교 성지가 되어 오늘날까지 유명한 순례 장소로 남아 있다.

파티히 영묘 내부와 외부

01

　스물한 살, 약관의 나이로 콘스탄티노플을 점령한 메흐메드 2세는 잘해봤자 아버지의 유산을 지키기에 급급한 그저 그런 인물에서 일약 역사의 흐름을 뒤바꾼 영웅으로 재평가 받게 되었다. 메흐메드 2세는 할릴 파샤가 우려했듯 젊은 혈기만으로 아버지가 못 한 것을 자기는 할 수 있다고 과시하려 콘스탄티노플을 원한 것이 아니었다. 젊은 술탄은 교통의 요충이자 수도인 콘스탄티노플을 장악해야 전 동지중해 세계를 얻을 수 있다는 전략적 차원에서 '저 도시'를 원했던 것이다. 콘스탄티노플 점령 후 그가 취한 조치를 보면 가히 불가사의한 느낌마저 든다. 어떻게 정식교육을 받은 지 겨우 10년밖에 안 된 스물한 살의 젊은이가 향후 450년을 버텨나갈 오스만제국의 근간을 세울 혜안을 가질 수 있었을까. 이는 하늘이 그에게 준 천부의 재능이자 제국의 행운이라고밖에 볼 수 없다.

　콘스탄티노플을 함락시킨 후 메흐메드 2세는 콘스탄티누스 11세의 주검 다음으로 게오르기오스란 인물을 찾았다. 로마 교회와의 통합을 끝까지 반대했던 전력 때문에 젊은 술탄은 그를 콘스탄티노플 교회의 총대주교 적임자로 꼽았던 것이다. 술탄은 정확하게 알고 있었다. 그리스인들이 다 떠나버린다면 콘스탄티노플이란 도시는 빈 껍질만 남는다는 사실을 말이다. 그렇다면 그리스인들을 잡아놓을 방법이 무엇일까? 그들의 종교를 인정하고 행동의 자유를 보장해주는 것이 최선의 방안이었다. 술탄은 비잔틴제국이 제정일치 국가였다는 사실에 착안했을 것이다. 비잔틴제국에서 황제는 12사도와 동격으로 교회의 정점이었고, 총대주교의 임명권을 가지고 있었다. 황제가 사라진 지금 술탄은 자신이 황제의 자리를 차지하고 싶었다. 이는 이슬람교의 술탄이 기독교의 수장이 되는 기묘한 모양새였다. 이와 같은 술탄의 제의에 게오르기오스는 고민에 고민을 거듭했다고 한다. 신앙의 순수함을 지키기 위해서는 나라의 멸망까지도 감수할 수밖에 없다고 믿었기에 로마 교회와의 통합을 반대했던 그는 결국 그 신앙을 지키기 위해서 술탄과 타협했다. 오스만제국의 지배체제를 받아들이는 대신에 종교의 자유와 신변의 안전을 보장받은 것이다.

1454년 1월, 총대주교가 된 게오르기오스가 하기아 소피아를 대신하여 새로 총대주교 본당이 된 성 사도 교회로 부임할 때의 일이다. 메흐메드 2세는 게오르기오스에게 총대주교의 지팡이를 주고 새 본당으로 향하는 행렬의 맨 앞까지 몸소 인도했다. 젊은 술탄의 이런 고도의 정치 감각은 피지배층으로 전락한 그리스인들을 안심시키고, 콘스탄티노플, 아니 이제는 이스탄불로 바뀐 도시에 정착할 수 있는 계기를 마련해주었다. 결국 술탄은 자신의 목적을 달성했지만, 콘스탄티노플 교회는 혹독한 대가를 치르게 된다. 술탄의 비호를 받는 교회를 어느 교회가 따르겠는가? 제일 먼저 러시아 정교회가 자신들이 '제3의 로마'임을 선언하며 떨어져 나갔다. 그 뒤를 이어 그리스, 불가리아, 세르비아, 루마니아 정교회 등이 콘스탄티노플 교회로부터 줄줄이 분리되어 나갔다. 이로써 콘스탄티노플 교회는 '동방정교의 총본산'이라는 위치가 무색해졌다. 어쩌면 젊은 술탄은 이 점까지 염두에 둔 게 아닐까? 아무래도 통합된 교회보다는 각자 분리된 교회를 다루는 게 더 쉬울 테니 말이다.

여담이지만, 지금도 동방정교 전체를 관장하는 콘스탄티노플 총대주교 관저는 골든 혼에 접한 이스탄불의 페네르 지구에 있다. 각국의 정교회가 독립한 현재 총대주교의 주요 업무는 서유럽, 미국 및 오스트레일리아 등지의 정교회 공동체를 지원하는 일에 국한된다. 하지만 총대주교가 이스탄불에 있다는 사실 자체가 그리스인들에게는 큰 의미를 지닌다. 오래전 사라진 비잔틴제국의 유산이 계속 계승되고 있음을 상징하기 때문이다. 어쩌면 그리스인들은 아직도 그 옛날 떠돌던 전설이 실현될 날이 오기를 기다리고 있을지 모른다. 전설의 내용은 다음과 같다.

"피의 그믐달이 뜬 비잔틴제국 최후의 날, 하기아 소피아 성당에서 미사를 집전하던 사제들 몇 명이 성소의 남쪽 벽으로 사라졌다. 그들은 콘스탄티노플이 다시 그리스도의 땅이 되는 날, 벽에서 나와 중단된 미사를 재개할 것이다."

메흐메드 2세의 원대한 포부는 그리스인을 품어 안는 데 그치지 않았다. 그는 다민족 국가로서의 오스만제국의 구조적 문제점을 정확히 간파하고 있었다. 지금까지 대부분의 갈등이 종교 문제에서부터 시작되었기 때문에, 그는 가능한 한 국가가 종교 문제에 간섭하지 않도록 했다. 그 대신 그는 종교 공동체이자 민족 종교별로 구성된 일종의 종교 자치제인 '밀레트 제도'를 만들었다. '밀레트'란 아랍어로 '국가'라는 뜻으로, 종교별로 나뉜 '밀레트'는 말하자면 제국이란 큰 틀 안에 존재하는 '작은 국가'였다. 이에 따라 각 '밀레트'는 중앙정부의 간섭 없이 종교적, 법적 문제를 자체적으로 해결할 수 있었다. 그렇다고 모든 것을 다 풀어준 것은 아니다. 범죄 사건은 반드시 술탄이 임명한 재판관만 다룰 수 있도록 함으로써 밀레트를 통제할 마지막 수단을 술탄이 쥐고 있었다. 그리스 밀레트는 그리스정교회 총대주교가, 아르메니아 밀레트는 그레고리 파 교회 총대주교가, 유대인 밀레트는 최고 랍비가 각자의 공동체를 이끌었다. 그가 도입한 이 제도는 제국 말기까지 이어졌으며, 다민족 국가였던 오스만제국을 안정적으로 지탱해주는 가장 기본적인 틀이었다.

메흐메드 2세가 죽자 유럽 여러 나라들은 '기독교의 적'이 죽었다며 기뻐했다. 횃불을 켜고 불꽃놀이를 하는가 하면, '이교도 광신자'에게 죽음을 내린 신께 감사드리기 위해 교회는 사람들로 가득 찼었다고 한다. 그렇다면 메흐메드 2세는 과연 '기독교의 적'이며 '광신자'였을까? 내가 보기에 그는 결코 '기독교의 적'도 아니었고 '광신자'도 아니었다. 정확히 말한다면 그는 '이웃나라 모두의 적'이었고, 당시로서는 보기 드문 냉철한 '현실주의자'였다. 주정복지가 발칸반도였기 때문에 기독교 국가들에게는 그가 '기독교의 적'으로 보였을 뿐이다. 사실 그는 종교와 관계없이 이웃나라들을 정벌했던 알렉산더 대왕의 길을 따라갔다. 또한 콘스탄티노플의 많은 교회를 모스크로 바꾼 그가 유럽인들에게는 '광신자'로 보였겠지만, 그것도 당시의 관행으로 보면 그리 별스러운 것도 아니었다. 오히려 그는 동방정교 성직자들을 죽이지 않고 단지 교회로부터 철수할 것을 명했을 뿐이다. 이는 예루살렘을 점령한 십자군이 이교도를 무차별로 살육하고 그들의 사원에 행했던 파괴 행위와는 비교할 수 없을 정도로 관대한 편이었다. 그가 '광신자'가 아니라는 사실은 그가 만든 '밀레트 제도'의 운영에서도 여실히 드러난다. 서로 다른 밀레트를 존중한 오스만제국 내에는 세 번의 주일이 있었다. 즉 무슬림 밀레트는 금요일, 유대인 밀레트는 토요일, 그리고 그리스와 아르메니아 밀레트는 일요일에 각각 예배를 드렸다고 한다.

03

메흐메드 2세는 오스만제국에 두 가지 유산을 남겨주었다. 하나는 '확장된 영토'였고, 이보다 더 중요한 다른 하나는 '관용寬容의 정신'이었다. 메흐메드 2세 즉위 당시 오스만제국의 판도는 약 90만㎢였던 데 비해, 그가 죽을 즈음에는 그 두 배 반인 약 220만㎢가 되었다. 명실공히 그는 '파티히', 즉 '정복자'란 별명에 어울리는 사람이었다. 또한 스스로 '두 대륙과 두 대양의 군주'라고 자부한 것에 걸맞은 명군이자 관용을 베푼 진정한 '로마 황제'였다. 재위 기간 중 그가 정복한 지역은 세르비아, 보스니아, 흑해 남안의 트레비존드, 제노바 령이었던 레스보스 섬, 베네치아 해군 기지였던 네그로폰테, 알바니아, 아드리아 해안의 여러 도시와 이탈리아 반도의 오트란토 등지였다. 그가 공략에 실패한 곳은 베오그라드와 로도스 섬 정도로 꼽힌다.

[지도8] 메흐메드 2세의 정복지(1451~1481년 중)

아버지에 비해 서른여섯 살이라는 늦은 나이에 즉위한 바예지드 2 세는 어려서부터 아버지 메흐메드 2세의 통치를 지켜보며 많은 것을 배웠던 것 같다. 그는 아버지와는 달리 '베리', 즉 '성자'로 불릴 정도로 경건한 무슬림이었다. 그는 복지와 자선사업에 열정을 쏟았고, 타 종교에 대해서도 관용적이었다고 한다. 어쩌면 그의 관용은 아버지에게서 배운 것인지도 모른다. 그는 이베리아 반도에서 추방된 세파르디 계의 유대인들을 대거 받아들였다. 1492년 이베리아 반도에 마지막까지 남아 있던 이슬람 왕국인 그라나다 왕국을 멸망시킨 페르난도-이사벨 가톨릭 부부 왕은 개종을 거부한 약 25만 명의 유대인에게 추방령을 내렸다. 이들 중에는 탈무드 학자, 과학자, 시인, 천문학자와 같은 지식인들과 유력한 상인들이 섞여 있었다. 이 추방된 유대인들을 받아들인 곳은 북아프리카의 이슬람권과 이탈리아 등인데, 그 중에서도 오스만제국이 가장 적극적이었다. 이스탄불 등지에 정착한 유대인들은 오스만제국의 상업 활동에 크게 기여했다. 바예지드 2세가 신하들에게 한 다음과 같은 말은 편협한 종교에 휘둘리지 않는 통치자의 진면목을 보여준다.

"그대들은 감히 페르난도가 지혜로운 군주라고 말하곤 하지만, 그는 스스로의 국가를 가난하게 만들고 짐의 국가를 부유하게 하는구나!"

1971년 유엔(UN)은 메흐메드 2세가 1463년 보스니아 헤르체코비나 지역을 정복한 후 내린 칙령의 내용을 유엔의 모든 공식 언어로 번역하여 그 자유와 관용의 정신을 기렸다. 점령한 보스니아의 가톨릭 프란체스코회 수도원과 수도사들에게 허락한 이 칙령은 종교의 자유를 보장하고 특히 다른 종교에 대한 관용을 선포한, 당시로서는 보기 드문 사례였다. 칙령의 내용은 다음과 같다.

"나 정복자 술탄 칸은 만방에 다음과 같이 선포하노라. 보스니아의 프란체스코회는 술탄의 이 칙령으로 보호받을 것이다. 아무도 그들과 그들의 교회에 해를 가할 수 없다. 그들은 나의 영토 안에서 평화를 누릴 것이다. (중략) 어느 누구도 그들의 생명과 재산과 교회를 위험에 빠지게 할 수 없다. 땅과 하늘을 지으신 성스런 신의 이름으로 나의 검을 들어 이 칙령을 선포하노라."

한편 네이버 지식백과에서 인용한 그에 대한 평은 다음과 같다.

메흐메드 2세는 잔인하고 난폭하여 지팡이 창으로 부하를 곧잘 때렸고, 도둑맞은 멜론을 찾으려고 시중들던 소년 열네 명의 배를 베어 갈랐다. 평소에는 관대했지만, 일단 감정이 폭발하면 마치 딴 사람처럼 거칠고 난폭해지곤 했다. 술탄이 되기 전까지 그는 남색 여색을 가리지 않는 문란한 생활을 즐겼다.

이와 같이 메흐메드 2세에 대한 후세의 평은 극과 극을 달린다. '종교적 관용을 베풀고 학문과 교양을 애호한 군주'에서부터 '잔인하고 난폭하며 남색 여색을 가리지 않는 형편없는 호색한'에 이르기까지, 도저히 동일인이라고 볼 수 없을 만큼 차이가 크다. 이는 그에 대한 혹평의 대부분이 그를 증오한 서구인들의 편향된 시각에서 나온 탓이기도 하지만, 상식적인 윤리 기준으로는 그를 재단할 수 없다는 데에도 그 이유가 있다고 본다. 또한 그가 펼친 관용에 대해서도 마찬가지 시각으로 볼 수 있다. 그의 관용은 소위 윤리적, 도덕적 기준에서 말하는 관용은 아닌 것 같다. 그의 관용은 국가라는 절대가치를 기준으로 국가 체제유지에 필요할 경우엔 관용을 베풀되, 그렇지 않은 경우엔 누구보다도 잔인해질 수 있음을 보여준다. 아마도 보스니아 프란체스코회의 경우, 그들을 인정함으로써 새로운 정복지에 안정을 가져다주고 주민의 이탈을 막을 수 있다는 계산 하에 관용을 베푼 게 아닐까? 이런 면에서 볼 때 메흐메드 2세는 독실한 무슬림이기에 앞서 뼛속까지 철저한 현실주의자였음에 틀림없다.

제2장
불가리아의 한恨

해발 2286m의 비토샤 산자락에 안겨 있는 불가리아의 수도 소피아는 이름 그대로 '지혜의 도시'이자 '녹색의 도시Green City'다. 비토샤 산과 맞닿아 있는 드넓은 중앙공원은 이 도시의 커다란 허파가 된다. 4월 중순의 비토샤 산 정상은 아직도 흰 눈이 가득하다. 시내로 들어서면 제일 먼저 눈에 띄는 회색 일색의 남루한 아파트 단지들이 얼마 전까지 이 나라가 사회주의 국가였음을 말해준다. 로마시대에 세르디카로 불렸던 이 도시는 6세기경 비잔틴제국의 유스티니아누스 황제 때 슬라브족의 침입을 막기 위해 성채를 구축했다. 그 후 비잔틴제국과 불가리아제국 간에 쟁탈의 대상이었던 소피아는 1382년 오스만제국이 점령한 후 이슬람 색채가 짙은 도시로 바뀌었다. 하지만 지금의 소피아는 1877년 오스만제국에게 승리한 러시아의 도움으로 불가리아가 해방되면서 조성된 러시아 풍의 새로운 도시다. 시내를 걷다 보면 시대에 따라 뒤바뀐 회교 사원과 기독교 교회의 처지가 눈에 띈다. 오스만제국 시절엔 위풍당당했을 회교 사원이 지금은 숨죽이고 있다. 반대로 그 당시 납작 엎드려 있던 기독교 교회가 지금은 활기 있어 보인다. 돌고 도는 명운은 종교도 비껴갈 수 없나 보다.

소피아 시내와 비토샤 산

  소피아 시내의 주요 볼거리는 알렉산더 네프스키 성당에서 시작
하여 대통령궁까지의 1km 남짓한 짜르 오스포보디텔 대로변Tsar
Osvoboditel Boulevard에 몰려 있다. 이 거리는 오스만제국을 물리
치고 불가리아를 해방시킨 러시아 황제 알렉산더 2세의 공을 기려 그
의 이름에서 따온 것이다. 우리말로는 '해방로'쯤으로 불릴 이 길은 특
히 다른 길과는 달리 황금색 보도블록이 깔려 있어 이채롭다. 길 양
쪽에는 국립예술원과 고고학 박물관, 민족학 박물관 같은 공공건물들
이 줄지어 서 있다. 오스포보디텔 대로가 끝나는 지점에는 소피아 여
신상이 우뚝 서 있다. 여신의 왼쪽 팔에는 지혜를 상징하는 부엉이가
앉아 있고, 오른손은 승리를 상징하는 월계관을 들고 있다.

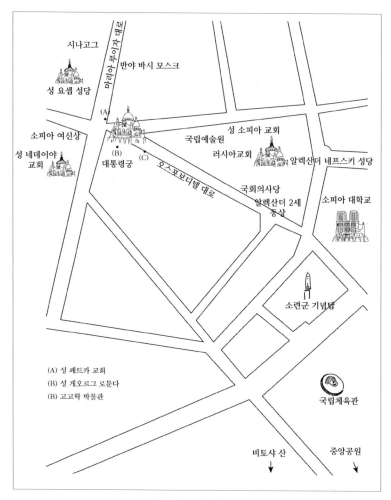

시나고그

마리아 루이자 대로

반야 바시 모스크

성 요셉 성당

(A)

소피아 여신상

성 소피아 교회

국립예술원

성 네데이야 교회

(B)

(C)

러시아교회

알렉산더 네프스키 성당

대통령궁

오스포보디뗼 대로

국회의사당

소피아 대학교

알렉산더 2세 동상

소련군 기념탑

(A) 성 페트카 교회
(B) 성 게오르그 로툰다
(B) 고고학 박물관

국립체육관

비토샤 산
↓

중앙공원
↓

[지도9] 소피아 시가도

불가리아란 이름은 투르크계의 유목 민족인 불가르족에서 유래한다. 본래 이들은 4세기경 중앙아시아로부터 훈족과 함께 유럽으로 이주해온 민족이었다. 초기 불가리아왕국은 소수의 지배층인 불가르족과 다수의 피지배층인 남 슬라브족으로 구성되어 있었다. 하지만 소수의 불가르족은 시간이 지나면서 서서히 자신의 정체성을 잃어갔다. 결국 9세기 중엽 기독교로 개종한 이후 불가르족은 그들 부족의 이름인 '불가리아'란 명칭만 남기고 남 슬라브족에 완전히 동화되어버렸다. 한편 중세 불가리아왕국은 한동안 제국으로 불릴 정도로 강성했다. 그들은 비잔틴제국의 안마당인 발칸반도를 휘어잡고 무던히도 비잔틴제국을 괴롭혔다. 9세기 초부터 시작된 불가리아 문제는 11세기 초까지 무려 200여 년 동안 비잔틴제국의 발목을 잡았다. 이렇게 불가리아에게 끌려 다니던 비잔틴제국은 1014년 단 한 번의 전투로 불가리아를 괴멸시켰다. 패전당한 불가리아는 거세당한 종마처럼 더 이상의 항거를 포기하고 빠르게 비잔틴제국에 동화되어갔다. 1014년 패전의 후유증이 얼마나 컸던지, 이후 불가리아는 다시 예전의 강성함을 찾을 수 없었다. 돌이켜볼 때 불가리아 역사에서 가장 화려했던 시기는 1014년 패전 이전의 약 200여 년간이었다. 그렇다면 중세 불가리아제국을 이끌어 당시 최강이었던 비잔틴제국을 궁지로 몰아넣었던 황제는 누구였을까? 또한 이렇듯 야생마처럼 날뛰던 불가리아를 순한 양으로 바꾼 비잔틴제국의 황제는 어떤 사람이었을까? 소피아에 남아 있는 유적지를 돌아보며 불가리아의 역사를 추적해보자.

불가리아에서 만난 사람들

01

봄기운 가득한 4월 중순 토요일 아침 9시, 이스탄불을 출발한 버스는 시내를 벗어나면서 시원하게 펼쳐지는 광활한 트라키아 평원을 내달린다. 푸른 밀밭 사이로 군데군데 스쳐가는 노란 유채꽃이 눈부시다. 왼쪽으로 잠깐씩 나타나는 에게 해에 의지한 촌락 외에는 그저 망망한 평원뿐이다. 국경 도시인 에디르네를 지나 불가리아와의 접경 지역에 도착하니 막 정오를 넘어선다. '유럽의 중국인'이라는 명성에 걸맞게 터키 측에서는 불가리아로 넘어가기 직전까지 여행객들의 주머니를 노린 휴게소와 면세점이 진을 치고 있다. 하지만 불가리아 쪽으로 넘어가면 환전소나 면세점은 물론 아무런 편의시설도 없어 황량하게 느껴지기까지 한다. 그런데 이들은 터키 쪽에서 온 사람들에 대해서는 처음부터 무언가 언짢은 마음이 드나 보다. 입국 심사관이 여권을 이리저리 뒤적이며 도통 입국 도장을 찍어줄 생각을 않는다. 답답한 마음에 무슨 문제가 있냐고 물어보지만 들은 척도 안 한다. 한참 여권 사진과 내 얼굴을 대조하면서 자기들끼리 뭐라고 하더니, 마지못해 도장을 찍어준다. 터키에서 넘어올 때는 10분밖에 걸리지 않았던 버스가 불가리아 입국 신고를 하는 데만 무려 한 시간 반 가까이 걸렸다.

정작 문제는 그 다음이었다. 겨우 입국 수속을 마치고 출발한 지 채 20분도 되지 않아 갑자기 경찰차 두 대가 버스 앞을 가로막아 선다. 경찰차를 따라 버스는 국경 방향으로 되돌아가고, 불안해진 나는 옆자리 터키 청년에게 영문을 물었다. 어깨를 한번 으쓱하면서 내뱉는 청년의 대답이 참으로 의미심장하다.

"낸들 알겠어요? 불가리아 사람들이잖아요!"

되돌아온 버스는 이번에는 검사대 위에 하치되어 샅샅이 검색 당한다. 버스 밑바닥부터 버스 안 조그만 수납함까지 불가리아 관리들이 구석구석 뒤지는 동안, 버스에서 내린 터키인들은 그저 먼 하늘만 바라보며 딴청을 피운다. 한 시간도 넘게 난리를 치고 버스가 다시 출발한 후에도 어느 누구 하나 그 일에 대해 가타부타 말하는 사람이 없다. 알고 보니 마약검사를 했다는데, 불가리아 관리들의 신경질적인 반응과 의식적으로 이를 무시하는 터키인들 사이에 눈에 보이지 않는 깊은 골이 있음이 느껴진다. 처음부터 불가리아에 대한 인상이 영 개운치 않다.

이스탄불에서 소피아로 가는 길에 들른 플로브디브의 구시가지는 한나절이면 느긋하게 돌아볼 수 있는 아담한 도시다. 좁은 길이 거미줄처럼 얽혀 있는 구시가지엔 골목마다 아름다운 저택과 교회, 박물관들이 빼곡히 들어서 있다. 아침햇살 가득한 성 콘스탄틴 교회Sveti Konstantin & Elena Church 안마당으로 들어서자 일광욕을 즐기고 있던 게오르그가 말을 건네 온다. 내 나이 또래인 듯싶은 그는 뜻밖에도 모르몬 교인이라며, 내게 어디서 왔냐고 묻는다. 불가리아 사람들은 대부분 정교를 믿을 텐데 당신은 어째서 모르몬교도냐고 물었더니 씩 웃는다. 그의 말에 따르면, 이곳 구시가지만 해도 8개의 정교 교회에 가톨릭 성당과 아르메니아 교회까지 10개의 교회가 있지만, 모르몬 교회는 없단다. 대신 신시가지에 한 군데 있는데, 교인 수는 많지 않아도 정교에 비해 결속력은 훨씬 강하다고 자랑한다. 멀리서 온 또래 여행객이 반가웠던지, 게오르그는 전문 가이드 못지않게 플로브디브에 대한 이모저모를 설명해준다.

구시가지가 지금의 면모를 갖춘 건 오스만제국의 오랜 통치에서 벗어난 후인 19세기 후반부터라고 한다. 당시 이 지방 출신 부호들이 경쟁적으로 오스만제국의 잔재를 털어내면서 유럽풍 저택을 지었다는데, 지금 봐도 원색의 목조 건물들이 무척이나 산뜻하다. 그의 말을 듣고 보니 역사가 오랜 도시답지 않게 고색창연한 건물은 드물고, 오히려 동화 속에서나 나옴 직한 알록달록한 저택들이 많은 게 이해된다. 이런 저런 이야기 중에 게오르그는 터키에 대한 불편한 심정도 감추지 않는다. 요즘 터키 남자와 불가리아 여자 사이에 태어난 아이들이 모두 터키 쪽으로 돌아선다며 투덜댄다. 한때 그리스가 잘나갈 때는 불가리아도 덕 좀 봤는데, 그리스가 빈털터리가 된 후 터키가 더욱 극성이라며 역시 돈의 힘이 대단하다고 비아냥댄다. 불가리아로 넘어와서는 억척스럽게 돈을 벌어 몽땅 터키로 가져가버린다며 터키인들을 싸잡아 욕하는 그의 얼굴에서 어제 국경지대에서 본 불가리아 국경 경비원들의 모습이 겹쳐왔다.

플로브디브의 골목길

03

　소피아에서 베오그라드로 가기 위해 소피아 국제 버스 터미널에 새벽같이 도착했다. 아침 7시 30분에 출발하는 베오그라드 행 버스 편을 확인해보지만, 전광판에서 내가 읽을 수 있는 글자란 출발 시간을 표시한 아라비아 숫자밖에 없다. 영어가 병기되어 있으면 좋으련만, 키릴문자로 된 행선지밖에 없다. 시간이 이른 탓인지 버스를 기다리는 몇몇 승객들 중에서도 젊은이들은 눈에 띄지 않는다. 혹시나 몇 사람에게 물어보았지만 영어가 통할 리 없다. 이 동네는 어디를 가려면 흡사 퍼즐 짜 맞추기 게임을 하는 기분이 든다. 전광판에 뜬 글씨 중에

행선지 안내 전광판

눈을 씻고 찾아보아도 베오그라드의 'B'자로 시작하는 출발지는 찾아볼 수 없다. 하기야 처음 소피아를 찾을 때도 'S'자가 없어 당황했는데, 나중에 보니 키릴문자로는 'S'자가 아닌 'C'자로 시작되는 'София'였지. 출발 시간만 가지고 버스를 기다리려니 답답하기 이를 데 없다. 짐작만 할 뿐 확인할 수 없는 상태에서의 대책 없는 기다림이어서 출발 시간이 다가올수록 초조해진다. 마침내 앞 유리창에 '07:30 Nis'란 팻말이 붙은 버스가 터미널로 들어온다. 운전기사에게 "베오그라드?" 하고 물으니 고개를 끄덕이는 통에 타긴 탔지만, 의아심은 도통 가시지 않는다.

커다란 가방을 힘겹게 버스 짐칸에 싣는 부인을 도와주었더니 뜻밖에도 유창한 영어로 고맙다고 인사를 한다. 이렇게 만난 엘레나는 불가리아 IOC에서 근무하고 있단다. 베오그라드를 경유해 사라예보로 간다는 그녀와 함께 자리에 앉아 그간 궁금했던 점을 물어보았다. 그녀 말이, 소피아에서 베오그라드로 직행하는 버스는 일주일에 두 편밖에 없고, 이 버스는 니쉬까지만 운행하는 버스로서 베오그라드는 그곳에서 갈아타야 한단다. 버스에 탄 승객이 몇 명 되지 않아 의아했는데, 니쉬에서 다른 승객들을 함께 모아 베오그라드로 가는 것이었다. 아무리 'B'자를 찾아보아도 엉뚱한 'N'자만 보인 이유를 그제야 알게 된 나는 엘레나에게 말할 수도 들을 수도 읽을 수도 없는 처지에 영어도 통하지 않는 불편함을 호소했다. 내 불평에 그녀는 씩 웃으며 자기도 서울 올림픽 때 똑같은 경험을 했다고 말한다. 서울과 부산을 오가며 겪었던 해프닝을 말해주며, 그때는 힘들었지만 지금 생각하니 그것도 좋은 경험이었다고 한다. 그런 그녀의 말에 조금 위안이 된다.

버스가 콘스탄티누스 대제의 고향인 니쉬에 잠깐 정차한 사이에 세르비아 사람들과 자유롭게 대화를 나누는 엘레나에게 불가리아어와 세르비아어의 관계를 물었다. 그녀의 말에 따르면, 남 슬라브 계통인 불가리아, 세르비아, 크로아티아, 보스니아, 슬로베니아 사람들 사이에는 서로 의사소통이 된다고 한다. 또 별도로 공부하지 않아도 러시아 사람들과도 대충 말이 통한단다. 하지만 같은 단어여도 어감이 다른 경우가 많기 때문에 종종 오해가 발생하기도 한단다. 그녀의 설명을 들으니 이들 간의 언어 차이는 우리와 중국 동포들과의 차이 정도가 아닐까 하는 생각이 들었다. 또 언어와는 별도로 이들에 대해 그녀가 품고 있는 감정이 조금씩 다른 것이 재미있다. 불가리아 사람인 엘레나는 세르비아와 러시아 사람들에게서 가장 가까운 동질감을 느낀다고 한다. 그런데 같은 남 슬라브 계통의 말을 쓰는데도 슬로베니아 사람들에 대해서는 체코나 슬로바키아 사람들만큼이나 거리감을 느끼며, 보스니아 사람들은 아예 자기네와는 다른 터키 사람들처럼 여겨진다고 한다. 크로아티아 사람들은 그 중간쯤 위치한다고 말하는 그녀에게 터키 사람들은 어떠냐고 물었더니 그냥 웃어넘기며 못들은 체한다. 그렇다면 게오르그나 옐레나 같은 불가리아 사람들은 왜 러시아를 좋아하는 것만큼이나 터키를 싫어할까? 이는 불가리아의 역사를 알지 못하면 결코 풀 수 없는 수수께끼 같은 문제다.

유대교 회당인 시나고그Synagogue의 분위기는 어느 곳이나 대동소이한 것 같다. 항상 굳게 닫힌 정문과 되도록 사람들의 눈에 띄지 않으려는 은밀함이 그것이다. 소피아의 시나고그도 대로변을 피해 길 안쪽에 숨어 있다. 1909년 스페인의 무어 양식으로 지었다는 시나고그는 붉은 벽돌과 흰 벽돌을 교대로 쌓아올린 외면 벽과 창문 파사드 양식에서 코르도바의 메스키타를 닮았다. 굳게 닫힌 철문 사이를 두리번대자 과연 유대인답게 안에서 나온 젊은이가 입장료 2레바를 내란다. 기어이 입장료를 받아내는 이들의 장사꾼 기질에 살짝 질린다. 우상숭배를 금기시하는 유대교 교리에 따라 시나고그 내부엔 성상이나 성화는 그림자도 찾아볼 수 없다. 대신 온갖 화려하고 기하학적인 문양이 천정과 벽면을 장식하고 있는 점에서는 블루 모스크의 그것과 진배없다. 반면 소박한 제대에는 '다윗의 별'을 수놓은 제대 보와 유대의 촛대가 놓여 있을 뿐이다.

아무도 없는 회당 안을 천천히 둘러보고 있는 중에 이스라엘에서 왔다는 두 처녀를 만났다. 아버지가 폴란드계인 이프앗Yifat과 어머니가 모로코계인 나마Naama는 같은 이스라엘인이라기엔 너무도 달라 보인다. 침술사인 이프앗이 발랄한 서구 형 미인이라면, 음악을 전공하는 나마는 전형적인 아랍계의 참한 처녀. 지금은 둘 다 군인인데 휴가를 내서 이렇게 같이 여행을 하는 중이란다. 둘이 너무 달라 보인다고 했더니, 생김새와 상관없이 전 세계 유대인은 같은 형제라고 말한다. 심지어 인도에도 유대인이 있다며, 그런 면에서 볼 때 둘 사이의 차이는 아무것도 아니라고 입을 모은다. 이들의 말을 들으니 새삼 인종, 민족, 동족, 국가와 같은 추상적인 개념들이 헷갈렸다. 정신없이 사진을 찍어대는 이프앗에게 농담 삼아 시나고그 천지일 나라에서 왔는데 무슨 사진을 그렇게 많이 찍느냐고 물었다. 이프앗은 이스라엘은 젊은 나라이기 때문에 이렇게 크고 오래된 시나고그가 없다고 대답한다. 이런 아름다운 시나고그는 생전 처음 봤다며 좋아하는 그들의 얼굴에서 유대인의 파란만장한 운명이 읽혀진다. 언젠가 안전할 때 예루살렘을 한 번 가봐야겠다며 작별인사를 건네자, 두 처녀가 갑자기 사진 찍기를 멈추고 정색을 한다. 예루살렘은 지금도 절대 안전한 도시이니 아무 때라도 괜찮다며 꼭 오라고 목소리를 높인다. 흡사 휴전선이 위험해서 서울 오기가 꺼려진다는 외국인에게 우리가 열을 올리는 것과 마찬가지다. 한참 내게 설교 아닌 설교를 하더니, 언제든지 환영한다며 이 메일 주소에 전화번호까지 적어주는 이프앗이 참 귀여워 보였다.

시나고그에서 나마와 함께

시메온 이야기

    유목 민족이었던 불가르족 출신답게 시메온의 성장 과정은 베일에 가려져 있다. 864년경 태어났고 어릴 때 비잔틴제국의 수도인 콘스탄티노플에서 유학했다는 사실 정도가 칸으로 즉위하기 전까지 그에 대해 알 수 있는 전부다. 그는 보리스 1세(재위: 852~889년)의 둘째 아들로 태어났다. 일찍부터 큰아들을 후계자로 정한 보리스 1세는 둘째 아들은 콘스탄티노플로 보내 신학을 공부하도록 했다. 이는 형제간에 발생될지도 모를 권력 다툼을 예방하는 한편, 비잔틴제국에는 인질을 보낸다는 의미도 있었을 것이다. 귀국 후 시메온은 아버지의 뜻에 따라 수도사가 되었다. 하지만 그렇다고 이 젊은이가 야망까지 접은 것은 아니었다. 어쩌면 그는 애초부터 성직자가 될 운명과는 거리가 멀었던 것 같다. 아버지와 형 사이에 일어난 생각지도 못한 갈등이 그의 길을 바꾸어놓았기 때문이다.

시메온이 태어난 다음해인 865년, 불가리아왕국의 칸인 보리스 1세는 향후 왕국의 운명을 좌우할 중대한 결정을 했다. 그 해 그는 콘스탄티노플의 성 소피아 대성당에서 세례를 받은 후 기독교인으로 개종한 것이다. 보리스 1세는 왕국 내 이질적인 집단인 불가르족과 남 슬라브족을 아우르기 위한 수단으로 통일된 종교가 필요하다고 봤다. 이렇게 불가리아를 기독교 왕국으로 바꾼 보리스 1세는 좀 특이한 인물이었던 것 같다. 무릇 스스로 권좌에서 내려오기란 힘든 일인데, 이 사람은 재위 37년 만인 889년에 흔연히 맏아들에게 왕위를 물려주고는 수도원으로 은거해버렸다. 명상을 하며 여생을 보내겠다는 소박한 바람을 안고 말이다.

그런데 문제는 믿었던 맏아들이 그의 기대를 저버렸다는 데 있었다. 왕위에 오른 블라디미르(재위: 889~893년)가 아버지에 대한 반발심이 왜 그렇게나 컸는지는 분명치 않다. 하지만 그는 칸이 되자마자 지금까지 아버지가 갔던 길과는 다른 길을 가려 했다. 기독교 왕국으로 바뀐 지 20여 년이 넘었어도 당시 왕국 내에는 아직도 종전의 부족 신을 숭배하며 새로운 종교를 배척하는 사람들이 많았다. 그 중에서도 기존 귀족층은 특권과 이교가 판치던 옛날로 돌아가려 했다. 그럴 때 하필이면 블라디미르는 그런 귀족들과 합세하여 기독교 대신 부족 신을 되살리려 한 것이다.

그는 두 가지를 착각한 것 같다. 하나는 아버지에 대한 반발심으로 귀족들과 손을 잡았지만, 그들의 힘이 강화되는 만큼 자신의 권력은 약화되리란 사실을 말이다. 그리고 더 중요한 또 하나는 '스스로 물러난 사람에게는 힘이 남아 있다는 사실'을 간과한 게 아닐까? 한동안 맏아들이 하는 짓을 참아왔던 보리스 1세는 결국 4년 만에 수도원을 뛰쳐나왔다. 간단히 정권을 재장악한 그는 블라디미르를 폐위한 후 두 눈을 실명시켰다. 그리고는 수도사인 둘째 아들 시메온에게 왕권을 넘기고 다시 수도원으로 들어갔다. 블라디미르는 뒷감당도 못 하면서 아버지의 뜻을 거스르다가 허무하게 무너졌다. 아버지의 신임을 얻었던 그가 그렇게 어리석지는 않았을 텐데 왜 그랬을까? 이는 아무리 생각해봐도 시메온이란 걸출한 인물을 역사의 전면에 내세우기 위한 하늘의 뜻이라고밖에 볼 수 없겠다.

893년 굴러들어온 호박을 덩굴째 받듯이, 스물아홉 살의 시메온(재위: 893~927년)은 형을 대신하여 그렇게도 원하던 칸이 되었다. 시메온이 칸이 되자 이웃나라인 비잔틴제국은 반색을 했다. 비잔틴제국은 이미 80여 년이 지났어도 시메온의 고조부인 크룸에게 당한 악몽을 잊지 않고 있었다. 그런데 블라디미르가 기독교를 내치고 예전의 토착신앙으로 돌아가려 하자 비잔틴제국은 매우 불안했다. 기독교로 개종한 후로 양국 관계가 원만했는데, 만약 불가리아가 예전 상태로 돌아가면 틀림없이 제국에 화근이 될 가능성이 높았기 때문이다. 그런 위험인물이 제거되고 시메온이 새로운 칸이 되자, 비잔틴제국은 앓던 이가 저절로 빠진 것 같은 개운함을 느꼈다. 더구나 그는 어렸을 때 콘스탄티노플에서 공부했던 전력이 있지 않은가? 이런 지레짐작 때문이었는지 비잔틴제국은 그만 너무 앞서 나가버렸다. 시메온이 칸이 된 다음해인 894년에 사소한 무역 분쟁을 일으킨 것이다. 그러나 시메온은 비잔틴제국이 생각하듯이 그렇게 만만한 인물이 아니었다.

시메온이 불가리아에 불리한 조치에 대해 항의할 때만 해도 비잔틴제국은 그를 만만히 보고 아예 무시해버렸다. 그러나 얼마 후 불가리아 군이 제국의 국경을 넘어오자 실수를 깨달았지만, 이미 때는 늦었다. 그래도 비잔틴제국은 나름대로 믿는 구석이 있었다. 음모의 대국답게 오랑캐로 오랑캐를 치는 이이제이以夷制夷 전법을 구사한 것이다. 상대는 수백 년 전부터 서서히 서쪽으로 이동해 온 마자르족이었다. 당시 도나우 강 너머 몰다비아와 트란실바니아로 이주해온 마자르족은 새로 이웃하게 된 불가리아와 티격태격하고 있었다. 그런 상황에서 비잔틴제국이 도나우 강을 건널 선박까지 제공하겠다고 부추기자, 마자르족은 기다렸다는 듯이 불가리아로 물밀듯 몰려왔다. 뜻밖에 배후를 찔린 시메온은 잠시 주춤했지만, 이러한 전법이 어찌 비잔틴제국만의 전매특허이겠는가? 그는 마자르족의 배후인 남러시아 평원에 웅거하고 있는 또 다른 유목 민족인 페체네그족을 매수해서 마자르족의 후방을 공격하게 했다. 이렇게 되자 마자르족은 북으로는 페체네그족, 남으로는 불가리아의 협공을 받게 되었다. 결국 그들은 할 수없이 서쪽으로 도주하여 카르파티아 분지로 들어갔다. 이곳이 바로 지금까지도 마자르족의 고향이 되어 있는 헝가리다.

마자르족의 침입을 물리친 시메온은 896년 총공세를 펼쳐 비잔틴제국에 대승을 거두었다. 다급해진 비잔틴제국의 레오 6세는 울며 겨자 먹기로 시메온에게 강화를 청했다. 오랜 협상 끝에 양국은 901년 강화 조약을 체결했다. 강화 조건은 모든 것을 무역 분쟁 전으로 되돌리는 것에 더하여 매년 불가리아왕국에 많은 공물을 바치는 것이었다. 그야말로 비잔틴제국은 혹 떼려다 더 큰 혹을 붙인 꼴이 되었다. 더욱 나쁜 점은 제국이 콘스탄티노플로 천도해온 이래 안마당이었던 발칸반도에 불편한 이웃이 똬리를 튼 것이다.

901년에 체결된 양국 간의 조약은 11년 후인 912년에 깨졌다. 레오 6세의 뒤를 이은 새 황제가 더 이상의 조약 갱신을 거부했기 때문이다. 시메온은 이를 핑계 삼아 924년까지 무려 12년 동안 어지간히 비잔틴제국을 괴롭혔다. 그 12년 동안 시메온은 비잔틴제국과 싸울 때마다 이겼다. 하지만 연이은 패배에도 불구하고 비잔틴제국은 요지부동이었다. 또한 툭하면 콘스탄티노플로 쳐들어간 시메온도 막상 본격적인 공성전은 피했다. 왜 그랬을까?

시메온이 예순 살이 되던 해인 924년, 마지막으로 그는 테오도시우스 성벽 앞에 진을 쳤다. 이 성벽은 그의 고조부인 크룸이 그랬듯, 그에게도 넘을 수 없는 한계였다. 이 성벽을 돌파하지 못하면 비잔틴제국을 굴복시킬 수 없었다. 그리고 남 슬라브족이 세운 국가는 비잔틴제국을 넘어서지 못하면 결국 자신이 쓰러질 운명을 안고 있었다. 하지만 시메온은 불가리아의 한계를 잘 알고 있었다. 아무리 불가리아군이 강하다 해도, 장기전이 되면 절대인력과 물자가 부족한 불가리아가 불리해질 수밖에 없다는 사실을 말이다. 비잔틴제국과의 전쟁에 지친 시메온은 먼저 평화 협상을 제의했다. 소나기는 피해가라고 어떻게 해서든 불가리아의 공세에서 벗어나고 싶었던 비잔틴제국은 감지덕지하는 마음으로 그의 제의를 받아들였다. 협상 결과 비잔틴제국은 불가리아왕국에 공물을 바치는 대신, 불가리아왕국은 그동안 점령했던 제국의 영토에서 철수했다.

이후 시메온은 더 이상 비잔틴제국을 집적거리지 않았다. 콘스탄티노플의 주인이 되고 싶었던 오랜 꿈을 포기한 것이다. 그 대신 그는 마음 내키는 대로 행동했다. 925년 그는 자신을 '로마인과 불가르인의 바실레오스[2]'라고 선언했다. '로마인과 그리스인의 바실레오스'인 비잔틴 황제와 동격임을 주장한 것이다. 이로써 불가리아는 왕국이 아닌 제국이 되었다. 또한 다음해인 926년에는 불가리아 대주교를 총대주교로 격상시켰다. 지금까지 콘스탄티노플 교회 밑에 있던 불가리아 교회가 독립한다는 뜻이었다. 남 슬라브족 최초의 민족 교회인 불가리아 교회는 이렇게 출현했다. 이런 도발적인 조치에 대해 비잔틴제국은 모른 체

---

2) 바실레오스: 고대 그리스 왕을 뜻하는 단어로 여기서는 로마 황제를 말함.

했다. 비잔틴제국의 황제는 시메온이 황제를 칭하자 '그런 식이라면 바그다드의 칼리프도 될 수 있을 것'이라며 비웃었을 뿐이다. 926년 비잔틴제국 대신 서부 발칸반도 쪽으로 관심을 돌린 시메온은 세르비아와 크로아티아를 공략했다. 하지만 그마저도 쉬운 일은 아니었다. 세르비아는 비교적 손쉽게 제압했지만, 크로아티아에게는 예상치 못한 패배를 당했다. 이 패배에 상심한 후 시름시름 앓던 시메온은 이듬해인 927년 예순세 살의 나이로 세상을 떴다. 그리고 그의 죽음과 함께 불가리아의 꿈도 유리알처럼 흩어졌다.

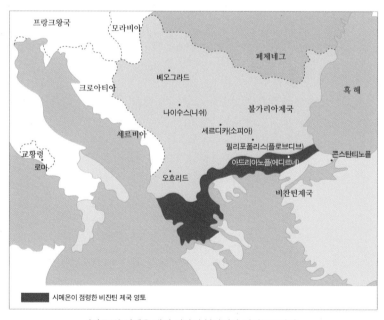

[지도10] 시메온 대제 치하의 불가리아 영역(927년경)

34년이란 오랜 세월 동안 불가리아를 이끌었던 시메온 대제는 말 그대로 상승장군常勝將軍이었다. 비잔틴제국과 벌인 수많은 전투에서 그가 패했던 전투는 어떤 기록에서도 찾아볼 수 없다. 그렇다고 그가 상대했던 비잔틴제국의 황제들이 결코 무능한 사람들은 아니었다. 레오 6세에서 로마누스 1세로 이어지는 마케도니아 왕조의 두 황제는 모두 현제賢帝였다. 객관적인 국력으로 볼 때 당시 불가리아는 비잔틴제국에 비해 잘해야 1/3~1/4의 규모에 불과했다. 이런 불리한 조건 하에서도 백전백승을 자랑했던 시메온은 과연 절세의 전략가이자 대제大帝라는 칭호에 어울리는 인물이었다. 하지만 그에 대해 무언가 아쉬운 대목이 남는 것도 사실이다. 몇 번이고 콘스탄티노플 성문 앞까지 쇄도했다가 시도조차 해보지 않고 물러난 그는 신중한 인물일까, 아니면 우유부단한 인물일까?

기호지세騎虎之勢라고, 아무리 견고한 성벽이 장애가 되더라도 연전연승의 기세를 몰아 스스로 멈추기는 힘들 텐데도 그는 매번 변죽만 울리다 말았다. 웬만한 사람이라면 정면 공격을 감행했을 바로 그 시점에서 궁지에 몰린 비잔틴제국에게 먼저 협상의 손을 내민 건 항상 그였다. 그는 익히 알고 있었으리라. 비잔틴제국을 넘어서지 못하면 결국 불가리아가 먼저 쓰러지리란 사실을 말이다. 그럼에도 불구하고 시메온은 결정적인 순간마다 전면전을 피하고 협상으로 돌아섰다. 왜 그랬을까? 나는 바로 이 점 때문에 시메온이 대제라는 칭호를 받아 마땅하다고 생각한다. 혹시 그는 '무패의 신화'가 깨지는 것을 두려워하지 않았을까? 인력과 국력 모든 면에서 열세였던 불가리아는 기습전奇襲戰과 국지전局地戰에는 강했지만, 비잔틴제국 전체를 정복할 여력은 없었을 것이다. 이는 다시 말해 비잔틴제국은 몇 번이고 패배를 당해도 다시 일어설 수 있지만, 불가리아는 단 한 번의 패배로 무너질 수 있음을 뜻한다. 다음에 말할 사무엘이 바실리우스에게 당한 사실은 이를 입증한다. 자신과 상대방의 능력을 정확히 파악하고 한정된 자신의 힘으로 상대방을 최대한 제어해 나갔던 시메온은 정녕 대제이자 현제였음에 틀림없다.

바실리우스 이야기

01

시메온이 죽은 지 45년이 지난 972년, 크고 작은 내우외환內憂外患에 시달리던 불가리아는 결국 비잔틴제국에게 멸망당하고 말았다. 크룸 이래로 한 세기 반 이상이나 비잔틴제국을 위협했던 불가리아가 드디어 무릎을 꿇은 것이다. 비잔틴제국은 불가리아의 차르를 폐위시키고, 불가리아 총대주교구도 폐지한 후 예전처럼 콘스탄티노플 교구로 귀속시켰다. 이제 불가리아는 비잔틴제국의 일개 속주로 전락했다. 이렇게 모든 일이 끝난 것처럼 보였지만 불가리아의 불씨가 완전히 꺼진 것은 아니었다. 불가리아는 멸망 전까지 서쪽으로는 마케도니아로부터 동쪽으로는 트라키아까지를 아우르는 광대한 국가였다. 아무리 약체라 해도 이런 국가를 짧은 시간 내에 완전히 장악하기란 그리 쉽지 않았을 것이다. 불가리아 동부 지방인 트라키아는 장악했지만, 상대적으로 먼 서부 지방인 마케도니아는 아직 제국의 힘이 미치지 못했다. 그리고 이 지역에서부터 비잔틴제국과 불가리아의 두 번째 전쟁이 시작되었다.

불가리아의 마지막 불꽃은 크룸 왕가 출신이 아닌, 한 지방 총독의 아들인 사무엘이 피웠다. 차르 사무엘(재위: 980?~1014년)에 대한 초기 기록도 그의 선조들과 마찬가지로 찾아보기 힘들다. 다만 그의 아버지는 불가리아가 망하기 전에 마케도니아 지방의 총독이었다고 한다. 사무엘에게는 세 동생이 있었는데, 그들은 차례로 다윗, 모세, 아론이었다.

이들 이름만 봐도 이제 기독교가 불가리아에 굳건히 뿌리내렸음을 알수 있다. 이들은 976년 비잔틴제국이 정변으로 혼란해진 틈을 타서 반란을 일으켰다. 그 해에 다윗과 모세는 전사하고, 아론과 사무엘만 남았다. 이렇게 되자 비잔틴제국은 다시 전가傳家의 보도寶刀를 꺼내들었다. 아론과 사무엘을 이간시킨 것이다. 결국 사무엘은 비잔틴제국과 내통했다는 죄목으로 아론을 죽이고 역사의 전면에 나선다.

반란을 일으킨 지 4년이 지난 980년이 되자, 사무엘은 불가리아 서부 전역을 장악했다. 그는 차르라는 황제 칭호를 다시 쓰고, 폐지된 불가리아 총대주교구도 부활시켰다. 이렇게 사무엘은 크룸 왕가를 대신하여 불가리아의 정통성을 다시 일으켜 세웠다. 그 후부터 그는 수시로 비잔틴제국의 국경을 침략했다. 당시 사무엘의 맞수가 될 비잔틴제국의 황제는 후에 불가르족의 학살자라는 뜻의 '불가록토누스'로 불리는 바실리우스 2세(재위: 976~1025년)였다. 그에게 왜 그런 무시무시한 별명이 붙었는지는 뒤에 언급하기로 하자. 바실리우스가 황제가 된 지 10년 후인 986년, 사무엘은 비잔틴제국의 변경 도시를 점령한 후 그곳 교회의 성물을 탈취했다. 이에 바실리우스는 군대를 일으켜 원정에 나섰지만, 사무엘과의 첫 번째 싸움에서 매복 작전에 걸려 많은 병사들을 잃고 간신히 도망쳐올 수 있었다. 또 다시 불가리아의 악몽이 제국을 덮어 누르는 듯했다. 하지만 바실리우스는 예전 시메온이 상대했던 비잔틴제국의 황제들과는 차원이 다른 인물이었다. 불행히도 사무엘은 제대로 된 임자를 만난 것이다.

이제 스물여덟 살이 된 젊은 황제 바실리우스는 어떤 사람이었을까? 황제가 되기 전 그는 일찌감치 아버지를 여읜 후 두 명의 의붓아버지 밑에서 근근이 목숨을 보전해야 했다. 무려 13년 동안이나 숱한 생명의 위협을 받으면서도 살아남은 끝에 황제가 되었지만, 이번에는 권신에게 휘둘려 허수아비 황제 노릇을 10년이나 해야 했다. 그러니 비록 젊은 황제였지만 참고 기다리는 일이라면 바실리우스를 당할 자가 없었다. 첫 전투에서 패배를 당했지만 바실리우스는 결코 서두르지 않았다. 사무엘에게 당한 치욕을 잊지 않고 꼭 갚아주겠다고 맹세했다. 986년의 패배 이후로 바실리우스는 당분간 사무엘과의 전면전을 피했다. 이 기간 중에 비잔틴제국은 이집트를 장악한 파티마조 무슬림왕국을 상대하는 일이 더 급했기 때문이었다. 하지만 시리아를 둘러싼 파티마조와의 갈등이 어느 정도 마무리되자 바실리우스는 다시 불가리아 문제로 돌아섰다.

986년의 전투 이후에도 비잔틴제국과 불가리아는 항시 아웅다웅했다. 인력과 자원에서 절대 열세인 불가리아는 치고 빠지는 작전을 구사했고, 그와 반대로 비잔틴제국은 차근차근 방어망을 구축하면서 장기전을 펼쳐나갔다. 이렇게 되자 시간이 흐를수록 불가리아는 한계를 느끼기 시작했다. 어쩌면 사무엘은 시메온이 극복하지 못한 똑같은 문제점을 느꼈던 것 같다. 그것을 풀기 위해 그도 시메온이 간 길을 따라갔다. 997년 사무엘은 남 슬라브족을 통합하기 위한 원정길에 나섰다. 시메온이 그랬듯 그도 장기적으로 비잔틴제국에 대항하려면 불가리아의 덩치를 키워야 할 필요성을 절감한 것이리라. 이번에도 세르비아는 비교적 쉽게 제압할 수 있었다. 하지만 크로아티아로 들어가자 생각지도 못한 적이 기다리고 있었다. 이이제이 전법의 달인인 비잔틴 제국이 아드리아 해안 도시들에 대한 관할권을 베네치아에게 넘겨버린 것이다. 도시국가라곤 해도 해상 강국으로 부상한 베네치아를 상대하기 힘들었던 사무엘은 크로아티아에서 좌절하고 말았다.

03

　역사가들은 당시의 불가리아 군을 3~5만 명, 비잔틴 군을 15만 명 정도로 보고 있다. 그러니 장기전으로 갈수록 불가리아가 열세로 몰리는 건 당연한 일이었다. 바실리우스는 수적 우세를 내세워 먼저 요새를 점령한 다음 주변 지역을 차근차근 점령하여 사무엘의 숨통을 조여 왔다. 결국 1000년을 시점으로 그 이후부터는 양국의 공수관계 攻守關係가 뒤바뀌어버렸다. 드디어 바실리우스가 자신에게 다짐한 대로 사무엘에게 복수할 날이 다가오고 있었다. 1014년 7월 바실리우스는 그동안 불가리아 군이 즐겨 쓰던 매복과 기습공격을 거꾸로 감행했다. 비잔틴 군의 뜻밖의 전략에 당황한 불가리아 군은 대패하고 말았다. 이 전투에서 바실리우스는 약 1만 5천 명의 포로를 붙잡아 불가리아 군을 괴멸시켰다. 그는 잡은 포로들 대부분을 장님으로 만들어 불가리아의 허리를 꺾어버렸다.

　"그는 자기 나라를 방어한 죄밖에 없는 1만 5천 명의 포로들에게 잔인하고도 지독한 복수를 했다. 그는 단 한 명의 한쪽 눈만을 남긴 채

100명이나 되는 모든 포로의 눈을 멀게 했다. 그 눈 하나를 가진 자가 실명한 동료 100명을 이끌고 자기들의 왕에게로 돌아가자, 그 꼴을 본 그들의 왕은 비탄과 공포에 찬 한숨을 내쉬었다."(에드워드 기번, 『로마제국 쇠망사』)

기록에 따르면 1만 5천 명의 병사 중에서 단 150명만이, 그것도 한쪽 눈만 성한 채 풀려났다는 이야기가 된다. 돌아온 병사들의 모습을 본 사무엘은 충격에 빠져 이틀 후에 죽고 말았다고 한다. 사무엘의 불행은 너무 강한 상대를 만난 것이었다. 천 년이 넘는 비잔틴제국의 역사상 바실리우스는 유스티니아누스 대제와 더불어 최고의 황제로 꼽히는 인물이었던 것이다. 바실리우스는 28년 전 사무엘에게 패한 원한을 이런 무시무시한 방법으로 풀면서 '불가록토누스Bulgaroctonus', 즉 '불가르족의 학살자'란 악명을 얻었다. 불가리아의 기개는 1014년 비잔틴제국과의 이 싸움에서 완전히 끊겼다. 사무엘의 죽음과 함께 제1 중세 불가리아제국은 완전히 사라지고 말았다. 어쩌면 1014년 패전의 여파가 너무 컸던 탓일까? 불가리아는 그 후 제2 중세 불가리아제국을 세우지만, 다시는 예전의 기백을 찾아볼 수 없었다. 심지어 1393년부터 1878년까지 약 500여 년간의 오스만제국 점령 하에서도 반항다운 반항 한번 해보지 못하고 줄곧 무기력한 모습을 보였다.

여담이지만 '불가록토누스'는 공교롭게도 딱 200여 년 후에 그 대가를 받는다. 그것도 불가르족이 아닌 같은 기독교도인 십자군에 의해서 말이다. 1204년 제4차 십자군이 콘스탄티노플을 함락시켰을 때 바실리우스의 무덤도 함께 파헤쳐졌다. 탐욕스러운 십자군 병사들은 관에서 그의 시체를 꺼내 길가에 흩뿌린 후 부장품만 챙겨가 버렸다. 참으로 역사의 윤회를 느끼게 하는 대목이다.

[지도11] 바실리우스 2세 치하의 비잔틴제국 영역(1025년경)

"신께서 나를 돌아보시고 세상을 지배하는 황제로 삼으신
후, 나의 창槍은 하루도 쉴 날이 없었다. 나는 평생을 하루도
쉬지 못하며, 서방과 동방을 가리지 않고 용감하게 원정했다.
그래서 제2의 로마를 지켜냈다."

-바실리우스의 묘비명 중에서-

무려 반세기 동안이나 제위를 지킨 바실리우스 2세는 요새 말로 워
커홀릭Workaholic이 아니었나 싶다. 그는 천년 왕국인 비잔틴제국의
역사상 수많은 황제 중에서도 최고의 황제로 꼽힌다. 벨리사리우스 같
은 명장의 도움을 받았던 유스티니아누스 대제에 비해, 바실리우스는
평생 홀로 모든 난관을 극복했기 때문에 더욱 그렇다. 키가 작고 못생
겼다는 점만 뺀다면 그는 최고 지도자로서 거의 완벽에 가까웠다. 많
은 황제들이 화려한 예식과 허례를 좋아했지만 그는 그렇지 않았다.
흡사 수도승처럼 평생 결혼도 하지 않은 그의 유일한 취미는 전쟁터
에서 말을 달리거나 집무실에 틀어박혀 공무에 매달리는 것이었다. 이
런 황제가 있었기에 이슬람 세력에 밀려 거의 빈사 상태까지 갔던 제
국은 제2의 융성기를 구가할 수 있었다. 그러나 평생 독신이었다는 별
것 아닌 것 같은 결격사유 때문에 그가 그토록 애써 이루어놓은 모든
것은 사상누각沙上樓閣이 되고 말았다. 평생 일에 파묻혔던 그는 가장
간단한 사실을 간과한 듯하다. 자신은 1대로 끝나지만 제국은 계속 가

야 한다는 사실을 말이다. 모든 점에서 완벽한 황제였지만 단 하나, 후
계자 문제를 게을리 했기에 그가 죽은 후 제국은 급전직하한다. 독신
이어서 당연히 아들이 없었던 그의 뒤를 이은 사람은 멍청하기로 소문
난 그의 동생이었다. 결국 정치에 전혀 관심이 없던 동생은 채 일 년도
안 되어 그의 모든 업적을 말아먹었다. 후계자 양성이 얼마나 중요한
지 새삼 느끼게 해주는 대목이 아닐 수 없다.

사실 이런 실수는 옛날이야기가 아니라 오늘날에도 흔히 볼 수 있
다. 평생 일에 몰두하다 후계자 문제의 중요성을 잊은 바실리우스의 실
수는 변명의 여지라도 있겠다. 문제는 평소에 후계자 양성 프로그램을
강조했던 기업에서도 막상 후계자 결정 시에는 자질과 능력이 아니라,

오너의 장남이라는 이유만
으로 결정되는 일이 다반사
다. 그리고 그 후계자는 선
대에 축적된 자원을 활용
해 새로운 시장을 개척하
는 대신, 엉뚱한 짓을 벌여
밥 먹듯 감옥을 오가는 한
심한 행태를 보이기도 한
다. 좋은 후계자를 세우는
일이 말처럼 그리 쉽지 않
음을 보여주는 대목이다.

불가록토누스 바실리우스 2세

반야 바시 모스크와 고고학 박물관

소피아 여신상에서 마리아 루이자 대로Maria Luiza boulevard 가 시작되는 도로변에 웅크리고 있는 반야 바시 모스크Banya Bashi Mosque는 한눈에 보기에도 안쓰럽다. 오스만제국 시절에는 당당한 위용을 자랑했을 이 모스크의 부속 건물은 다 헐려나가고, 지금은 본채만 겨우 남아 있다. 그나마 본채 앞 기둥 하나는 보도에 걸쳐져 있는 모습이 목숨이나마 부지한 것에 감사해야 할 처지다. 그 많던 모스

기둥이 보도까지 나온 반야 바시 모스크

크가 다 헐려버린 마당에 혼자 살아남은 반야 바시의 문은 굳게 닫혀 있다. 마치 사지가 잘린 문어가 동굴 속에 꼭꼭 숨어 있듯이 말이다. 반야Banya란 불가리아어로 목욕Bath을 뜻한다는데, 과연 모스크 뒤편으로는 로마시대부터 유명했다는 온천 터가 있다. 지금도 이곳에서는 소피아 시민들이 온천수를 받아간다.

대통령궁 맞은편에 있는 고고학 박물관Archaeologic Museum은 한눈에도 이슬람 사원인 모스크를 개조한 건물임을 알 수 있다. '대모스크Bujuk Mosque'라고 불렸던 이 건물은 이미 15세기 말부터 이자리에 있었다는데, 교회를 모스크로 바꾸는 이슬람이나 모스크를 박물관으로 바꾸는 기독교나 서로 피장파장인 것 같다. 중앙의 높은 돔아래 펼쳐져 있는 넓은 홀에 전시된 소장품 중에서 제일 먼저 눈길을 끄는 건 성 소피아 교회의 원 마룻바닥 일부다. 작은 돌들로 정교하게 모자이크 처리된 바닥은 이스탄불에 있는 하기아 소피아의 벽면을 장식한 그것과 똑같다. 2층 전시실에는 기원전 2~4세기 작품인 청동제 두상이 있는데, 안내 표지가 없다면 현대 작품으로 오인할 정도로 무척이나 사실적이다. 높은 코에 덥수룩한 턱수염, 짧은 고수머리 한 올한 올까지 현대 유럽인의 특징을 그대로 빼닮은 이 두상은 그보다 한참 뒤인 15~16세기경 제작된 조잡한 성화 벽화들을 비웃고 있는 것 같다.

불가리아 역사의 절정기였던 제1차 불가리아제국(925~1018년)은 1014년 차르 사무엘이 비잔틴제국의 바실리우스 2세에게 패하면서 멸망했다. 이후 167년 동안의 비잔틴제국 지배기(1018~1185년)를 거쳐 1185년 다시 독립을 쟁취했지만, 이미 예전의 강성했던 불가리아는 아니었다. 제2차 불가리아제국(1185~1422년)은 안으로는 빈번한 왕위계승 다툼과 밖으로는 몽골의 침입으로 약화되었다. 결국 불가리아의 주력은 1396년 욱일승천하던 오스만제국에게 힘없이 멸망당했고, 나머지 잔존 세력도 1422년까지 완전히 소탕되었다. 1만 5천 명의 병사들이 졸지에 장님이 되어버린 1014년의 악몽이 불가리아의 정기를 끊어놓은 것일까? 불가리아는 500여 년간의 오스만제국 통치 하에서도 이웃 세르비아와는 달리 별다른 저항이 없었다. 오스만제국 시절 소피아에는 회교 사원인 모스크만 해도 백여 군데가 있을 정도로 전형적인 이슬람 도시였다고 한다. 그러나 독립 후 소피아는 이슬람적인 색깔을 지워버리고, 국교인 동방정교의 색깔로 바꿔 입었다. 따라서 현재 소피아 시내에는 그렇게 많았다던 모스크는 딱 한 군데, 반야 바시 모스크를 제외하고는 찾아보기 어렵다.

성 페트카 교회

소피아 여신상이 서 있는 광장 한 모퉁이, 쉐라톤 호텔 쪽에 납작 엎드린 성 페트카 교회Sveta Petka Samardzhiiska는 오스만제국 지배 초창기인 14세기 말에 지어졌다. 노변보다 한 층 낮은 지하층에 눈에 잘 띄지 않게 숨어 있는 이 교회는 오스만제국의 종교 정책을 상징적으로 보여준다.

오스만제국은 '성서의 사람들'인 유대교도와 기독교도들에게 '밀레트'를 만들어주고 자치권을 부여했다. 하지만 모든 신민을 완전히 평등하게 대한 것은 아니었다. 어디까지나 주主는 이슬람교도들이었고, 유대교도와 기독교도들은 종從이었다. 기독교에 대해서는 교회 신축에 제한을 두었고 주일날 교회의 타종도 금지시켰다. 지금 반야 바시 모스크가 숨죽이고 있듯이 오스만제국 시절에는 교회가 숨죽여야 했다. 성 페트카 교회는 당시 교회가 겪었던 수난을 웅변적으로 보여준다. 그래도 이는 이교도들을 철저히 박멸해버리는 기독교에 비하면 양반이 아닐까?

성 소피아 교회

반야 바시 모스크가 몰락한 부잣집 아들이라면, 성 소피아 교회는 온갖 설움 다 받다가 졸지에 신데렐라가 된 가난한 집 딸과 같다. 소피아란 도시의 이름을 낳게 한 성 소피아 교회는 우람한 알렉산더 네프스키 성당에 가려 무심히 스쳐지나가기 쉽다. 5~6세기경에 벽돌로 지은 이 교회는 오스만제국 점령 후에는 모스크로 개조되었다. 그런데 1818년 발생된 지진으로 미나레트가 무너져 내리면서, 이맘의 두 아들도 죽었다고 한다. 그때 이후로 방치되었던 교회는 해방 이후 다시 재건되었지만, 10여 년 전에야 일반인에게 공개되었다. 교회 안으로 들어서면 성상과 이콘으로 가득한 여느 동방정교 교회와는 달리, 제대 위에만 성상을 모셔 단순하고 소박한 미를 자랑한다. 모스크로 개조되었을 때 칠해진 하얀 회벽은 거의 다 떨어져나가고, 붉은 벽돌로 된 맨살이 드러나 있다. 교회 밖으로 나오면 한쪽 벽면에는 두 마리의 청동 사자상이 지키는 '무명용사에게 바치는 영원한 불'이 타오르고 있다.

소피아 시내에서는 어느 나라 수도에서나 흔히 볼 수 있는 민족 영웅의 모습을 찾아보기 힘들다. 중세 불가리아제국을 비잔틴제국이나 프랑크왕국에 버금가는 반열로 올려놓은 시메온 대제나 사무엘 차르의 동상을 시내 어디서도 찾아보지 못했다. 사실 남 슬라브족들이 세운 나라 중에서 불가리아를 제외하고는 어느 누구도 콘스탄티노플의 테오도시우스 성벽 앞에서 농성해본 나라가 없다. 그런데도 불구하고 불가리아의 정신적 지주라 할 수 있는 '성 소피아 교회'에서조차도 이들의 모습은 보이지 않는다. 과연 불가리아에 민족주의란 개념이 있기는 있는 건지 의아심이 생기는 대목이다.

성 소피아 교회의 청동 사자상과 영원한 불

알렉산더 네프스키 성당

시내 한복판의 드넓은 원형 광장 한가운데 우뚝 서 있는 알렉산더 네프스키 성당Alexander Nevski Cathedral은 모스크바의 붉은 광장에 있다 해도 하등 이상할 게 없을 정도다. 청동색 돔이 첩첩이 올라간 사이로 제일 높은 중앙 돔과 52m 높이의 종탑은 황금 지붕으로 눈부시다. 러시아의 재정 지원을 받아 1912년에 완공된 이 네오 비잔틴 형식의 성당 안으로 들어서면, 시공을 뛰어넘어 이 성당이 1,400년 전에 지은 이스탄불의 성 소피아 성당을 모태로 하고 있다는 점을 알 수 있다. 높은 중앙 돔을 받치고 서 있는 거대한 기둥 둘레로 벤치 몇 개만 놓여 있을 뿐 드넓은 홀은 텅 비어 있다. 이 벤치는 노인이나 아이들을 위한 것이고, 모든 신자들은 미사 시간 내내 선 채로 미사를 본다. 가톨릭의 그것보다 더 장중한 성가가 울려 퍼지는 사이로 붉은색 바탕에 금빛 무늬 가득한 제의를 입은 성직자가 미사를 집전하고 있다.

얼핏 제례 의식이나 절차는 가톨릭과 비슷해 보여도 결정적으로 다른 점이 금방 눈에 들어온다. 신자들의 자리와 미사를 집전하는 성직자의 제대祭臺 사이의 공간이 열려 있는 가톨릭 성당과는 달리, 정교 교회는 그 사이를 성화 벽으로 갈라놓은 것이다. 성자들의 이콘으로 장식된 제대 위 성화 벽에는 성직자가 미사를 집전하면서 들락거릴 수 있는 출입구가 하나 있다. 벽을 경계로 저쪽 안의 세계와 신자들이 있는 이쪽 밖의 세계가 전혀 다른, 말하자면 성속聖俗이 보다 더 확실히 구분되는 것이다. 얼마 전까지 사회주의 체제였던 나라답지 않게 미사를 봉헌하는 신자들의 모습에선 신실함이 전해져 온다. 수백 년간 종교 전쟁을 벌였던 스페인의 성당이 오늘날 텅텅 빈 것과는 달리, 이민족의 오랜 지배와 사회주의 체제 하에서도 이렇듯 자신의 종교를 지켜 나가는 이들이 대비된다.

소피아는 500여 년 동안의 오스만제국의 잔재를 철저히 털어내는 과정에서, 이번에는 도시 곳곳에 러시아의 색채가 너무 짙게 드리워져 있다. 소피아의 랜드마크인 알렉산더 네프스키 성당을 비롯하여 시내 중심을 차지하고 있는 알렉산더 2세 동상, 러시아 교회 등을 보면, 흡사 러시아의 어느 도시에 온 것 같은 착각에 빠진다. 그리 넓지 않은 소피아 시내를 돌아다녀보면, 이 나라가 자신의 정체성을 찾으려고

알렉산더 네프스키 성당

얼마나 애썼는지 느껴진다. 수백 년에 걸친 오랜 오스만제국 통치에도 불구하고 시내에서 그 흔적을 찾기란 그리 쉽지 않기 때문이다. 사실 불가리아 교과서에는 오스만제국 시대를 암흑기로 규정하며 겨우 한 페이지 정도의 분량밖에 기술되어 있지 않다고 한다. 그와는 반대로 이곳이 러시아가 아닐까 하는 의구심이 들 정도로 시내엔 러시아 색이 짙다. 그렇다면 이러한 현상은 역사적으로 어디서 연유되는 것일까?

알렉산더 2세 동상

국회의사당 앞에는 이 나라 영웅인 시메온 대제나 사무엘 차르가 아닌, 러시아 황제 알렉산더 2세의 동상이 위풍당당하게 서 있다. 1878년 오스만제국의 오랜 통치 하에 있던 불가리아를 해방시켜 자치공국을 세우도록 도운 그를 기념하는 동상이다. 그런데 러시아가 지어준 알렉산더 네프스키 성당과 러시아 황제 기마상 사이에 끼어 있는 국회의사당 건물의 위치가 어색해 보인다. 더욱이 이들 앞에는 20세기 초 러시아 이민자들을 위해 지었다는 러시아 교회가 길 안내를 하고 있다. 이런 형국에 터줏대감인 성 소피아 교회는 뒷전에서 잘 눈에 띄지도 않는다. 국회의사당을 득의양양하게 내려다보는 알렉산더 2세의

러시아 교회

동상은 이렇게 말하는 듯했다.

'아우님께서 오랫동안 터키 이교도 밑에서 고생했는데, 이제부터는 그들과 손 끊고 우리끼리 잘 지내보세.'

비잔틴제국과의 오랜 항쟁 끝에 1014년 결정적인 패배를 당한 후 불가리아는 철저히 비잔틴제국에 동화되어갔다. 아마도 비잔틴제국이 계속 존속했다면 불가리아인들은 모든 면에서 자신들을 그리스인과 동일시했을 것이다. 그러나 비잔틴제국이 1453년 오스만제국에게 멸망당하면서 불가리아인들은 구심점을 잃어버렸다. 그때 러시아가 모스크바를 '제3의 로마'로 주장하며 비잔틴제국을 대신해서 동방정교의 수호자로 나섰다. 그러자 불가리아인들은 자연스럽게 러시아 쪽으로 기울었다. 러시아인들은 이교도이자 이민족인 터키인들과는 달리, 같은 슬라브족이자 같은 종교를 믿는 사람들이지 않은가? 이와는 반대로 비잔틴제국뿐만 아니라 불가리아마저 집어삼킨 오스만제국은 불가리아인들에게 원망의 대상이 되었다. 이에 따라 앞에서 말한 엘레나처럼 지금도 불가리아인들은 오스만제국의 후예인 터키인들을 극도로 싫어한다. 오스만제국의 오랜 지배와 서로 다른 종교 때문에 그렇겠지만, 그보다 더 뿌리 깊은 이유가 있을지도 모른다. 혹시 불가리아인들의 잠재의식 속에는 터키인들을 질시하는 마음이 있지 않을까? 자신은 영원히 극복하지 못한 상대를 어느 날 난데없이 나타난 이방인이 갑자기 쳐부숴버렸으니 말이다. 자신에게 치명타를 가한 비잔틴제국에 대해서는 향수에 젖어 있으면서도, 그보다 훨씬 온건했던 오스만제국에 대해서는 아직도 적개심을 보이는 불가리아인들의 역사 인식에 어딘가 균형감이 없어 보인다.

많은 역사가들은 오스만제국의 역사를 연구하는 객관적인 이유로
제국이 보여준 관용적인 통치를 꼽는다. 사실 오스만제국은 수백 년
동안 피지배자들을 심하게 다루지 않고 통치해왔다. 그들은 유대인과
기독교인 같은 이교도에 대해서도 '경전의 사람들people of the Book'
이라 하여 종교의 자유를 보장해주었다. 그렇기 때문에 수백 년 오스
만제국의 치하에 있었던 불가리아나 세르비아를 포함한 발칸의 기독
교도들이 자신의 종교를 지킬 수 있었다. 물론 이러한 관용이 완벽한
것은 아닌 데다 제국 말기로 갈수록 그 정신이 사라져갔지만, 그래도
당시 기준으로 볼 때 오스만제국만큼 관용을 베푼 나라도 없었다. 이
런 점을 고려할 때 현재 불가리아가 터키에 대해 품고 있는 적대감은
그 정도가 너무 심하지 않나 싶다. 더구나 오스만제국 시절 불가리아
의 지도층과 일반 서민들 간에 오스만제국에 대한 감정이 상당 부분
편차가 있다는 사실은 우리를 혼란스럽게 만든다. 다음은 계층별로
다른 이들의 투르크인들에 대한 서술을 인용해본다.

(『오스만제국사』, 드널드 쿼터드 지음, 이은정 옮김, 사계절, pp.268~269에서 인용)

> "오스만 지배자들은 '사납고 미개한 불신자들'이며 '이스마일
> 의 후예들'이고, '불신의 자식들', '들짐승들', '혐오스러운 야만
> 인들'이다."
>
> – 18세기 초반 정교회 사제이자 역사가

"그리고 폭군은 성을 내어 우리가 살던 고향을 유린한다. 창으로 꿰뚫고, 교수형에 처하고, 채찍질하고, 저주하고, 그렇게 노예화된 사람들에게 벌금을 물린다."

- 19세기 중반 작가

"투르크인들과 불가리아인들은 같이 살았고 좋은 이웃이었다. 명절이면 선물을 주고받았고 서로의 집을 방문했다."

- 1900년 이전 어린 시절을 회고한 한 시민

"우리 이웃은 투르크인으로 서로 사이좋게 지냈다. 나의 부모 모두 투르크어를 잘했다. 나의 아버지는 발칸전쟁 당시 전투에 나가고 없었다. 어머니는 혼자서 네 명의 아이를 키웠다. 이웃들은 다른 데 가지 말고 자기네와 같이 살자고 말했다. 그래서 어머니는 투르크인들과 함께 지냈다."

- 1995년 소피아에서 한 시민이 인터뷰한 내용

"상당히 문명화되었다는 몇몇 나라들 가운데 오스만제국보다 유대인들이 완전한 평등권을 누리고 있는 나라는 드물다. 술탄과 정부는 유대인들에게 가장 큰 관용과 자유주의 정신을 보여준다."

- 1893년 한 유대 집단이 세계 유대인 동맹 회보에 보낸 내용

문제는 이렇게 역사 인식이 잘못되면 첫 단추를 잘못 끼기 쉽다는 것이다. 다시 말해 현상을 정확히 인식하지 못함으로써 잘못된 판단을 내릴 개연성이 많다는 것이다. 그런 점에서 이는 향후 불가리아의 비극이 될 수도 있겠다.

제3장

세르비아의 혼魂

세르비아의 수도인 베오그라드는 야만족의 침입에 대비해 로마제국이 도나우 강변에 성벽을 구축한 요새 도시였다. 로마시대에 '신기두늄'이라고 불렸던 이 도시는 흰 벽돌로 성벽을 쌓아 '하얀Beo 성벽으로 둘러싸인 도시Grad'라는 뜻의 베오그라드로 이름이 바뀌었다. 베오그라드 시내는 도나우 강에 면한 칼레메그단Kalemegdan 성채와 그 배후지인 교외로 나뉘어 있다. 칼레메그단 성채는 현재 유적지이자 공원으로 조성되어 있다. 반면 도시의 중심은 배후지인 교외로 뻗어 있는데, 워낙 전쟁이 잦았던 탓에 유서 깊은 건물은 별로 없다. 일설에 의하면, 지금까지 베오그라드는 40여 차례나 파괴되었다가 재건되었다고 한다.

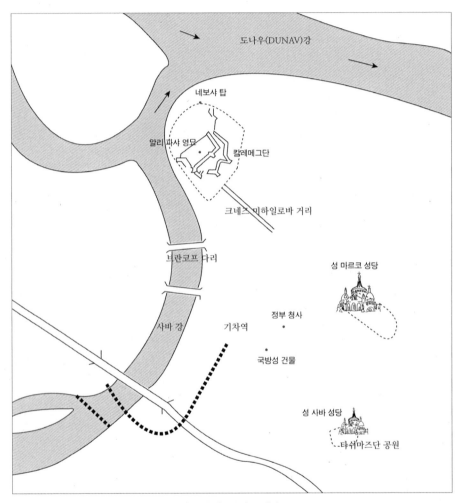

도나우(DUNAV)강

네보샤 탑

알리 파샤 영묘

칼레메그단

크네즈 미하일로바 거리

브란코프 다리

성 마르코 성당

정부 청사

사바 강

기차역

국방성 건물

성 사바 성당

타쉬마즈단 공원

[지도12] 베오그라드 시가도

남 슬라브족의 일파인 세르비아인들이 발칸반도로 들어온 시기는 대략 6세기부터였다. 초기에 소규모 부족 단위로 정착하기 시작한 이들은 점차 쥬빠Župa라는 부족 연합체를 형성해나갔다. 쥬빠는 연륜과 명망이 높은 쥬빤Župan이라 불리는 부족장이 통솔했다. 이렇게 오랫동안 부족 공동체 수준에 머물던 이들은 8세기 후반에야 독립적인 정치 체제를 구축할 수 있었다. 하지만 초기 정권은 비잔틴제국과 불가리아 그리고 헝가리의 등쌀에 기를 펴지 못하고 곧 유명무실해졌다. 이후 수백 년 동안 세르비아 지역은 여러 지방 토호 세력들이 분점하고 있었다. 이런 세르비아를 실질적으로 통합해 중세 세르비아 왕국을 창건한 이는 대쥬빠 출신인 스테판 네마냐(재위: 1166~1196년)였다. 그는 당시 비잔틴제국의 영토였던 두클라(현재의 마케도니아 지방)와 라쉬카(현재 세르비아 남부지방인 노비 파자르) 등지의 세르비아 지역을 통합하여 네마니치 왕조(1166~1371년)를 개창했다. 그러나 네마니치 왕조도 스테판 네마냐 치세 때 잠깐 반짝했을 뿐, 그 이후로는 예전과 같이 주변 강국들에게 시달렸다. 이렇게 허약한 세르비아를 처음이자 마지막으로 발칸반도의 주인공으로 부상시킨 인물은 네마니치 왕조의 제9대 왕인 스테판 두샨(재위: 1331~1355년)이었다. 세르비아는 지금도 과도한 민족주의로 주변국으로부터 경계를 받고 있는 나라다. 그런 세르비아 민족주의의 중심에는 항상 스테판 두샨이 있었다. 그렇다면 과연 그는 어떤 인물이었을까? 베오그라드에 남아 있는 유적지를 돌아보며 그의 발자취를 추적해보자.

세르비아에서 만난 사람들

01

콘스탄티누스 대제의 고향인 니쉬에서 약 200km의 거리를 두 시간 반 동안 달리면 빨간 지붕 주택들이 빽빽한 베오그라드 근교가 나타난다. 오후 2시, 베오그라드 국제 버스터미널에 도착하니 택시기사와 짐꾼들이 몰린다. 까무잡잡한 얼굴의 집시 풍 짐꾼 두 사람이 엘레나와 내 여행 가방을 카트에 옮겨 싣는 품이 소피아와는 달리 사람냄새가 물씬 난다. 엘레나는 오후 4시에 출발하는 사라예보 행 버스표를 예매하고는 이틀 후에 떠날 내 차표 예매도 챙겨준다. 잠시 만났다 헤어지지만 슬며시 서운한 마음이 든다. 그녀에게 작별인사를 하며 올림픽 주화 한 닢을 건네자, 서울 생각이 났던지 얼굴에 감회가 그득하다.

마침 버스터미널 옆에 붙어 있는 기차역 안에 여행자 안내소가 있다. 시내 지도를 얻어 살펴보니, 그리 큰 도시는 아니지만 여행 가방을 끌고 걸어 다닐 엄두는 나지 않는다. 안내소에서 소개받은 호텔 숙박비는 하룻밤에 70~80유로로 생각보다 비싸다. 인근에 10~15유로 하는 호스텔도 있다는 말에 한번 가볼까 하는 마음이 든다. 안내소에서 나와 기다리고 있던 택시기사에게 호스텔의 위치를 물었다. 내 나이 또래 되어 보이는 기사는 잠시 나를 보더니, 그런 곳은 당신과 어울리지 않는다고 말한다. 그 나이에 5~6명의 젊은이들과 한 방을 같이 쓸 수 있냐며, 자기가 제일 싸고 괜찮은 호텔을 소개해주겠단다. 어디쯤이냐고 물으니 단도직입적으로 택시비 7유로를 주면 35유로짜리 호텔로 안내하겠단다. 분명 흥정은 흥정인데 흥정처럼 들리지 않는 이 기사에게 묘한 신뢰감이 들어 두말없이 택시를 탔다. 버스터미널을 지나 오르막길을 이리저리 돌아들다 택시는 얼마 후 호텔에 도착했다. 세르비아인들은 찾아온 손님에게 절대 거짓말을 하지 않는다며 씩 웃고 돌아서는 그의 모습이 무척 인상적이다. 호텔은 과연 그의 말대로 저렴한 가격에 시설도 좋다. 프런트 직원에게 호텔 위치를 물어보니, 베오그라드 고성이 있는 칼레메그단 공원 바로 앞이다. 처음 대면한 세르비아인 기사가 꽤나 괜찮은 사람이었네.

02

지도를 보니 베오그라드 시내를 돌아보는 데 이틀이면 될 것 같다. 그렇다면 사라예보로 가는 일정을 하루 앞당겨도 되겠다. 시내 지리도 익힐 겸 버스표도 바꿀 겸, 그리 멀어 보이지 않는 버스터미널까지 되돌아가보기로 한다. 호텔에서 더듬더듬 걸어 나오자, 잠시 후 베오그라드에서 제일 번화하다는 크네즈 미하일로바 거리가 펼쳐진다. 레스토랑과 카페, 각종 상점이 가득한 거리는 여느 도시와 다름없이 발랄한 젊은이들로 넘친다. 확실히 소피아보다는 훨씬 개방된 베오그라드의 분위기에 편한 마음으로 걷다 보니, 어느 틈엔지 저 멀리 웅대한 사바 성당이 보인다.

낯선 도시에서 짐작만으로 목적지를 찾기란 그리 호락호락하지 않다. 한참 길을 찾다가 지나가는 젊은 남녀에게 물어보자 이 친구들이 자기네끼리 뭔가 소곤거린다. 그러더니 마침 자기들도 그쪽으로 가는 길이라며 같이 가자고 한다. 나도 작은 키는 아닌데 190cm는 훌쩍 넘어 보이는 젊은이와 같이 걷다 보니 겨우 이 친구 귀에 닿을 정도다. 젊은이에게 저 처녀가 부인이냐 애인이냐 묻자, 씩 웃으며 그냥 여자 친구란다. 그러면 넌 대학생이냐고 했더니 내년에 대학 간단다. 거참! 아무리 그래도 그렇지, 고등학생에게 여자 친구를 부인이냐고 묻는 내 눈이 이상한 건지 이 친구들이 정말 성숙한 건지, 도무지 어림되지 않는다. 영어 배운 지 5년 되었는데 학교에서 일주일에 3일씩 영어 수업을 받는다는 이반은 외국인과 생전 처음 영어로 말해본다며 들떠 있다. 변변찮은 내 영어 실력이 세르비아란 나라에서까지 이렇게 환대받는 것을 보면 쓴웃음이 나온다.

큰 키에 홀쭉한 체형, 짧은 머리의 이반은 영락없이 세르비아의 테니스 선수인 조코비치를 빼닮았다. 내가 조코비치 이야기를 꺼내자 이반은 그를 어떻게 아느냐며 신바람이 난다. 다음 행선지가 어디냐고 묻기에 내 여행 계획을 말해주고는, 아무 생각 없이 너는 영국이나 미국에 가봤냐고 물었다. 그러자 자기는 아직 고등학생이기 때문에 외국에 나가본 적이 없다고 한다. 이반의 말에 '아차, 또 한 번 덜 떨어진 질문을 했구나' 하는 생각이 든다. 버스터미널로 안내해준 이반은 더 도와줄 일이 없느냐며, 자기도 이곳엔 올 일이 없어서 처음 와본다고 한다. 그제야 아까 내가 길을 물었을 때 이반이 여자 친구하고 잠시 속삭이던 이유를 알 것 같았다. 이 친구가 나 때문에 일부러 여기까지 오려고 여자 친구에게 양해를 구한 모양이었다. 베오그라드에 있는 동안 필요할 때 아무에게라도 물어보면 친절히 대답해줄 것이라고 말하며 돌아서는 이반이 너무 고맙고 사랑스러웠다.

　새벽부터 서둘러 소피아에서 베오그라드로 이동하는 통에 하루 종일 제대로 된 식사를 못 했으니 저녁이라도 푸짐히 먹어야겠다. 레스토랑 밖 유리창에 붙어 있는 메뉴판을 기웃거리는데, 한 신사가 무얼 찾느냐며 물어온다. 비프스테이크를 할까 생각 중이라고 했더니, 자기는 영어가 익숙하지 않다며 종업원을 불러준다. 자리에 앉아 아무 생각 없이 미디엄으로 시켰더니 피가 흥건히 배어나올 정도의 생고기를 가져온다. 다시 종업원을 불러 우리와 기준이 달라 잘못 시켰는데 조금 더 구워주었으면 좋겠다고 했다. 싹싹한 종업원은 미안하다는 말과 함께 잠깐 기다리란다. 내가 주문을 잘못했지 자네가 미안할 일은 없다는 말에 젊은 종업원은 싱그럽게 웃는다. 이만한 고급 레스토랑에서 든든히 배를 채웠는데도 팁을 포함해서 1,600디나르(16유로 정도)면 충분하니, 이곳의 착한 물가가 마음에 든다. 잠깐 스치는 사람들에게서 그 나라의 인상이 그려진다고, '세르비아' 하면 먼저 '인종청소'가 연상되는 나라였다. 그런데 오늘 만난 점잖은 택시기사나 이반은 그런 선입견과는 전혀 거리가 멀다. 그렇다면 어떻게 이런 사람들이 그 무시무시한 '인종청소'의 당사자일 수 있을까?

성 사바St. Sava 성당

베오그라드 구시가지 남쪽, 타쉬마즈단 공원Park Tasmajdan 안에 있는 성 사바 성당은 보는 이의 기를 죽일 만큼, 속된 말로 무식하게 크다. 소피아의 알렉산더 네프스키 성당과 형제처럼 닮은 네오 비잔틴 양식으로 지은 이 성당도 그 뿌리는 이스탄불의 하기아 소피아에서 찾을 수 있겠다. 그러나 세계 최대의 정교회 건물임을 자랑하는 외양과는 달리 성당 안으로 들어서면 이내 실망감이 든다. 시멘트 철골 구조로 지은 뼈대 위에 한창 대리석과 화강암 외장재를 붙이고 있는 성당 내부는 말 그대로 공사판이다. 이런 판국에 내부 장식은 아직 엄두도 못 내어 동방정교 교회 특유의 장중한 분위기를 찾아볼 수 없다. 이 성당은 세르비아 사람들의 종교적, 정신적 지주인 성 사바St. Sava를 기리기 위해 1935년 착공되었다. 벌써 완공되었어야 할 성당은 제2차 세계대전과 연방 해체로 인한 내전으로 지연되다가, 1985년부터 공사가 재개되었다고 한다. 한눈에도 세르비아의 패권주의를 연상시키는 성당의 엄청난 외양에서 이제는 공중분해 되어 흔적조차 없어진 유고슬라비아의 잔상이 겹쳐온다. 그렇다면 중세 세르비아 시대의 인물인 사바 성인은 어떤 사람이었을까?

성 사바 성당

성 사바St. Sava는 중세 세르비아의 네마니치Nemanjić 왕조를 연 스테판 네마냐(재위: 1166~1196년)의 세 아들 중 막내였다. 30년 동안의 오랜 치세 후에 아버지는 둘째 형인 스테판 네마니치(재위: 1196~1228년)에게 왕위를 넘기고 수도승이 되었다. 이때 사바도 아버지 따라 수도 승이 되면서 라스트코라는 속명을 버리고 사바로 개명했다. 일찍이 불가리아의 칸 보리스 1세도 생전에 아들에게 제위를 물려주고 수도원으로 은거했듯이, 남 슬라브족에는 가끔 이런 사례가 있나 보다. 성직자가 된 사바는 세르비아 지역에 정교를 전파하면서 한편으로 독자적인 세르비아 교회를 세우려고 애썼다. 그 결과 1219년 비잔틴제국의 황제와 콘스탄티노플 총대주교는 세르비아 교회의 독립을 허락했다. 사바는 초대 세르비아 교구의 대주교가 되었고, 세르비아 교회의 주교 임명권을 콘스탄티노플로부터 가져왔다. 이런 점에서 아버지 스테판 네마냐가 세르비아의 정치적 지주라면, 아들 사바는 세르비아의 종교적 지주라고 볼 수 있겠다. 이렇게 생전에 세르비아 정교회를 반석에 올린 사바였지만, 사후에는 조국의 고난을 온몸으로 껴안는 험한 꼴을 당해야 했다.

세르비아는 이웃 불가리아와는 달리 오스만제국의 통치 하에서 수시로 반란을 일으켰다. 발칸반도를 장악한 오스만제국이 오스트리아 합스부르크제국과 충돌할 때마다 세르비아는 가만히 있지 않았다. 이런 세르비아의 기를 꺾으려고 오스만제국은 300년도 넘게 밀레쉐바 수도원에 안치되어 있던 성 사바의 유해를 베오그라드로 이송시켰다. 그리고는 모든 사람이 볼 수 있도록 현재 성 사바 성당이 자리 잡고 있는 브라차르 언덕에서 사바의 유해를 불살라버렸다. 1594년 4월 27일, 중세 세르비아 왕국의 정신적 지주였던 사바를 그렇게 보낼 수밖에 없었던 세르비아 사람들의 심정은 어땠을까? 선조의 유골조차 제대로 지키지 못했던 부끄러움을 씻고 싶은 마음을 모아 지금 이들은 이렇게 거대한 성당을 짓고 있는 건 아닐까?

성 마르코St. Marco 성당

부도난 집처럼 허울만 그럴싸한 성 사바 성당과는 달리, 중세 세르비아 왕국의 최전성기를 구가한 스테판 두샨Stefan Dušan(재위: 1331~1355년)이 잠들어 있는 고색창연한 성 마르코 성당은 세르비아의 정신적 중심점이다. 성당 안으로 들어서면 여느 곳에서는 느낄 수 없는 숙연한 분위기가 감돈다. 대부분의 동방정교 교회는 제대祭臺며 벽이며 할 것 없이 온통 성인들의 이콘과 벽화가 가득해서 흡사 무당집에 들어온 듯하다. 하지만 성 마르코 성당은 단정한 흰색 바탕에 별다른 장식 없는 벽면 한쪽 곁으로 스테판 두샨의 관이 안치되어 있다. 양쪽으로 칼을 든 기사의 호위를 받으며 위엄 있게 앉아 있는 그의 초상화 앞에서 간간이 세르비아 사람들이 깊은 경의를 표하고 있다. 이곳은 사진 촬영도 엄격하게 금지되어 있는 대세르비아주의의 산실이다. 과도한 민족주의 때문에 외부의 비판과 경계를 함께 받고 있는 세르비아 민족주의의 중심엔 중세 세르비아 왕국의 최전성기를 구가한 스테판 두샨이 자리하고 있다.

성 마르코 성당 안에 있는 스테판 두샨의 영묘

네마니치 왕조의 세르비아 왕국은 오랫동안 비잔틴제국과 불가리아, 헝가리 같은 이웃나라에 눌려 지냈다. 1230년에는 불가리아의 영향력 아래 놓이기도 했고, 1268년에는 헝가리에게 패해 헝가리 왕의 가신으로 전락하기도 했다. 절치부심하던 세르비아왕국이 이들의 오랜 압제에서 벗어날 수 있는 절호의 기회는 제8대 왕인 스테판 우로슈 3세(재위: 1321~1331년) 때 찾아왔다. 그 기회는 그때까지 줄곧 세르비아를 핍박해온 비잔틴제국이 제공했다. 당시 비잔틴제국은 할아버지와 손자 간에 고질적인 황위 다툼을 벌이고 있었다. 이에 세르비아는 할아버지인 안드로니크 2세를 지원하고, 불가리아는 손자인 안드로니크 3세 편으로 붙는 국제전으로 바뀌었다. 결국 1330년 벨부즈드(Velbuzhd) 전투에서 우로슈3세는 세르비아로 침공해온 불가리아와 안드로니크 3세의 연합군을 격파하고 불가리아 황제를 패사시켰다. 지금껏 비잔틴제국과 불가리아에게 당해만 왔던 세르비아가 처음으로 기를 펴는 순간이었다. 내친 김에 우로슈 3세는 조카를 불가리아 왕으로 옹립하고 비잔틴 원정에 나섰다. 하지만 그의 진짜 적은 불행히도 비잔틴이나 불가리아가 아닌 벨부즈드 전투의 영웅인 아들 스테판 두샨이었다.

02

스테판 두샨이 여섯 살 되던 해인 1314년, 네마니치 왕조는 불길한 집안싸움에 휘말렸다. 두샨의 할아버지인 우로슈 2세와 아버지인 우로슈 3세 사이에 세력 다툼이 벌어진 것이다. 이 일로 그는 아버지와 함께 비잔틴제국의 수도인 콘스탄티노플로 쫓겨났다. 콘스탄티노플에서 망명 아닌 망명 생활을 하던 두샨 부자는 6년 뒤인 1320년에야 겨우 고국으로 돌아올 수 있었다. 귀국한 다음해인 1321년, 세상을 떠난 우로슈 2세의 뒤를 이어 제8대 세르비아 왕이 된 우로슈 3세는 아들 두샨을 후계자로 지명했다. 나이는 어렸지만 아마도 이때부터 어린 후계자는 일찌감치 두각을 나타낸 모양이다. 보스니아와의 접경 지역을 맡은 두샨은 탁월한 군사 능력을 발휘하여 제 몫을 다했다고 한다. 두샨이 결정적으로 자신의 존재를 과시한 건 앞에서 말한 1330년의 벨부즈드 전투에서였다. 이 전투에서 그는 강한 기병부대를 앞세워 불가리아에게 결정적인 승리를 쟁취했다. 하지만 아들의 야심이 너무 컸던지, 아니면 아버지의 병적인 질시 탓이었는지는 모르지만, 승전 이후 부자 사이엔 미묘한 껄끄러움이 감돌았다. 어릴 적부터 할아버지와 아버지 사이에 벌어진 싸움을 보고 배웠던 것일까? 아들은 아버지에게 선수를 쳤다. 1331년 스테판 두샨(재위: 1331~1355년)은 아버지를 축출하고 네마니치 왕조의 제9대 왕이 되었다. 이때 그는 스물두 살의 팔팔한 청년이었다.

비록 출발은 찜찜했지만 재위 기간 동안 이 젊은 왕이 이룬 성과는 지금까지도 세르비아 민족주의자들의 신화가 될 만큼 대단했다. 왕위에 오른 두샨은 먼저 불가리아와의 정략결혼을 추진했다. 불가리아 황제의 누이와 결혼한 그는 비잔틴제국과 불가리아와의 관계를 단절시켰다. 불가리아를 동맹국으로 만든 두샨은 이제 마음 놓고 비잔틴제국을 공략할 수 있었다. 그 결과 그는 남쪽으로는 그리스의 코린트 만, 북쪽으로는 도나우 강까지, 그리고 서쪽의 아드리아 해로부터 동쪽의 에게 해까지를 장악했다. 이를 바탕으로 1345년 그는 '세르비아인과 로마인의 황제'임을 선포했다. 참고로 불가리아의 시메온 대제도 그랬지만, 이들이 칭제稱帝할 때엔 어김없이 자기 민족과 함께 '로마인의 황제'임을 빠뜨리지 않는다. 여기서 로마인이란 비잔틴인을 말하는 것인데, 이를 보아도 이들이 얼마나 비잔틴제국을 지향했는지 알 수 있다.

신성로마제국

리투아니아 대공국

폴란드왕국

빈

오스트리아

부다

헝가리왕국

몰다비아

교황령

세르비아제국

왈라키아

불가리아

코소보

콘스탄티노플

비잔틴제국

시칠리아
나폴리왕국

오스만제국

맘루크

[지도13] 스테판 두샨 치하의 세르비아 영역(1355년경)

두샨의 야망은 여기서 그치지 않았다. 다음해인 1346년 그는 세르비아 교회의 대주교를 총대주교로 승격시킨 후, 부활절에 세르비아 초대 총대주교로부터 황제의 관을 받았다. 이렇게 되자 종이호랑이에 불과했지만 비잔틴제국이 발끈할 수밖에 없었다. 한창 때는 이 세상에서 비잔틴제국 황제만이 유일한 황제였기에, 신성로마제국 황제의 존재마저도 무시했던 비잔틴제국으로서는 세르비아 황제를 인정할 수 없었다. 1350년 콘스탄티노플의 총대주교는 두샨과 세르비아 총대주교를 파문했다. 하지만 이미 쇠락할 대로 쇠락한 비잔틴제국의 조치에 두샨은 콧방귀도 뀌지 않았다.

하지만 비잔틴제국을 너무 몰아세운 두샨은 결국 대가를 치르게 된다. 지금은 비록 콘스탄티노플과 남부 그리스의 일부 지방만 남은 도시국가로 전락했지만, 천년 제국을 지탱해온 비장의 무기까지 녹슨 건 아니었다. 발흥하는 세르비아가 버거웠던 비잔틴제국은 예의 '이이제이以夷制夷 전법'을 들고 나왔다. 당시 신흥 세력으로 떠오른 오스만제국에 도움을 청한 것이다. 그렇지 않아도 호시탐탐 유럽 진출을 노리던 오스만제국은 비잔틴제국의 요청에 서둘러 군사를 파병했다. 비잔틴제국은 같은 동방정교를 믿는 세르비아를 견제하기 위해 이슬람을 믿는 오스만제국에 손을 내민 것이다. 이는 흡사 늑대를 피하려고 호랑이를 불러들인 격으로서, 결과적으로 비잔틴제국과 세르비아 모두 공멸共滅의 길을 택한 꼴이 되고 말았다.

슬금슬금 발칸반도로 세력을 확장해오는 오스만제국에 두려움을 느낀 두샨은 이번에는 오스만제국과의 정략결혼을 추진하지만 실패하고 말았다. 그리고 황제를 칭한 지 6년 만인 1352년 두샨은 오스만제국에게 참패를 당했다. 그동안 승승장구했던 두샨이 당한 첫 번째 패배였다. 다급해진 두샨은 눈을 돌려 서방 세계의 실력자인 로마 교황에게 도움을 청했다. 하지만 그런 최후의 시도도 결국 실패로 끝나버렸다. 가톨릭 국가인 헝가리와 분쟁 중인 동방정교 국가 세르비아를 교황이 경원해버린 것이다. 이제 고립무원이 되어버린 암울한 세르비아에게 설상가상의 불행이 닥쳤다. 1355년 한창 나이인 마흔일곱 살에 두샨이 갑자기 죽어버린 것이다. 갑작스러운 그의 사인死因과 죽은 장소는 아직도 정확히 알 수 없다고 한다. 불길한 출발만큼이나 어이없는 종말이었다. 두샨이 죽은 후 세르비아제국은 신기루처럼 흩어졌고, 귀족들이 서로 할거하는 어지러운 옛날로 되돌아갔다. 그리고 동쪽에서 밀려오는 오스만제국의 거센 파도 앞에서 세르비아는 속수무책이었다.

코소보의 추억

　기차역에서 정면으로 뻗은 대로를 따라 걸어 올라가는 길목에 사진에서 봤던 폭격 맞은 건물이 서 있다. 1999년 코소보 내전 당시 NATO의 경고를 무시한 대가로 스마트 탄 공습을 받은 세르비아 국방성 건물은 십 수 년이 지난 지금도 그대로 방치되어 있다. 견고한 건물이 이렇듯 걸레가 다 되어버렸으니 사람이야 무슨 말이 필요하겠는가? 파괴된 건물 옥상에 높이 걸려 펄럭이는 세르비아 국기에서는 '왜 우리만 탓하느냐'고 항변하는 이들의 속내가 묻어나는 것 같다. 그렇다면 '코소보'란 이들에게 어떤 의미를 가지고 있을까? 또한 유독 이들의 민족주의가 외부 세계의 눈에 과격하게 비춰지는 이유는 무엇일까?

코소보 내전 시 폭격 맞은 국방성 건물

역사의 우연인진 몰라도 두샨은 그보다 400여 년 전 사람인 불가리아의 시메온 대제와 닮은 점이 많다. 두 사람 모두 어린 시절 콘스탄티노플에서 공부하다 귀국한 후에는 누구보다도 더 비잔틴제국을 괴롭힌 장본인들이었다. 또한 20대의 젊은 나이로 왕위에 오른 후 각각 불가리아와 세르비아를 강국으로 부상시킨 현군들이었다. 그들은 각자 '불가리아인과 로마인의 황제', 또는 '세르비아인과 로마인의 황제'임을 선포했다. 남 슬라브족이 세운 국가 중에서 오직 두 사람만이 비잔틴제국을 상대해서 처음으로 칭제稱帝한 인물이었다. 심지어는 그들이 이룬 업적이 당대로 끝나버렸다는 사실까지 묘하게 일치한다. 하지만 두 사람 사이엔 무시할 수 없는 차이점이 있다.

첫째, 두 사람이 처했던 시대적 배경이 전혀 달랐다. 시메온 시절의 비잔틴제국은 당시 엄연한 강국이었다. 그가 대적했던 비잔틴제국의 황제 레오 6세나 로마누스 1세는 제국 역사상 유능한 현군이었고, 콘스탄티노플은 발칸반도와 소아시아를 아우르는 명실상부한 제국이었다. 그런 비잔틴제국을 상대로 상대적으로 빈약한 인원과 물자에도 불구하고 시종일관 전략적 우위를 지킨 시메온은 과연 '대제'라 부를 만한 영웅이었다. 하지만 두샨의 경우는 다르다. 시메온으로부터 400여 년이 지난 1300년대의 비잔틴제국은 이미 제국이라고 부를 수 없을 정도의 약소국으로 전락했다. 그는 비잔틴제국이 약화된 발칸반도에서 과도기적으로 발생된 힘의 공백을 최대한 이용해서 영토를 확장했을 뿐이다. 이는 비잔틴제국을 대신한 오스만제국이 발칸으로 진출하자, 두샨과 세르비아가 금방 무너지고 만 사실에서도 알 수 있다.

둘째, 양국의 왕가를 비교해보아도 세르비아는 불가리아에 비할 바 아니다. 시메온의 크룸 왕가(807~972년)는 시조인 크룸이 비잔틴제국을 몰아세워 수차례 콘스탄티노플 성문 앞까지 쳐들어가곤 했다. 그 후 보리스 1세를 거쳐 시메온에 이르러 불가리아왕국은 비잔틴제국이나 프랑크왕국에 대적할 수 있는 강국이 되었다. 시메온 사후에 비잔틴제국은 그의 아들과 정략결혼을 맺을 정도로 크룸 왕가의 위세가 백 년 이상 지속되었다. 하지만 두샨의 네마니치 왕가(1166~1371년)는 그에 비할 바가 아니었다. 왕가의 시조인 스테판 네마냐 이후로 세르비아는 비잔틴제국, 불가리아, 헝가리 등 인근 국가에 오랫동안 휘둘려왔다. 그러다 세르비아의 유일한 중흥기라 할 수 있는 우로슈 3세와 두샨의 시대가 왔지만, 이들 부자의 통치 기간을 다 합해도 30년을 겨우 넘길 정도로 단명했다. 여기에 크룸 왕가의 뒤를 이은 차르 사무엘까지 포함하면, 불가리아의 강성함은 세르비아의 그것과는 비교도 되지 않는다. 이런 객관적인 사실에도 불구하고 현재 불가리아와는 달리 오히려 세르비아에서 민족주의가 극성을 떠는 것은 무슨 사유일까? 여기서 '역사의 객관성客觀性'과는 상관없이 필요에 따라 뒤바뀌는 '역사의 허구성虛構性'을 읽을 수 있다. 그리고 이 중심에는 전설적인 '코소보의 전투'가 자리 잡고 있다.

두샨이 타계한 지 34년째 되던 해인 1389년 6월 15일, 오스만제국과 세르비아는 향후 발칸반도의 운명을 좌우할 건곤일척乾坤一擲의 대회전을 벌였다. 무대는 세르비아 남부 지방인 코소보 평원, 주인공은 오스만제국의 제3대 술탄인 무라드 1세와 세르비아의 라자르 공公이었다. 지금까지 발칸의 어느 나라도 강력한 오스만제국에게 정면으로 대항해본 적이 없었다. 심지어는 그들의 맹주 격인 비잔틴제국조차 무기력하게 오스만제국에 굴복한 차에 세르비아가 홀로 일어선 것이다. 세르비아 군에는 보스니아와 크로아티아의 지원군이 일부 있었지만, 대부분은 세르비아인들이었다. 비잔틴제국은 중립을 표방했고, 서구 제국諸國은 사태의 추이를 관망할 뿐이었다. 전투는 세르비아의 참패로 끝났다. 세르비아는 무라드 1세를 암살했지만 전세를 뒤집지는 못했다. 세르비아 군의 총사령관인 라자르 공은 생포되어 죽임을 당했고, 세르비아 군은 전멸을 면치 못했다. 이 전투는 쉽게 말해서 욱일승천旭日昇天하는 오스만제국에게 세르비아만 혼자 총알받이로 나선 격이었다. 코소보의 패전 이후 세르비아는 오스만제국의 속국이 되었고, 끝내는 멸망을 면치 못했다.

세르비아인들은 지금도 코소보의 치욕을 잊지 않고 있지만, 재미있는 건 '역사의 역설逆說' 또한 코소보로부터 시작된다는 사실이다. 19세기 민족주의가 열병처럼 발흥할 때, 세르비아의 민족주의자들에게 코소보의 전투만큼 좋은 화두도 없었다. 코소보의 전투는 모든 조건을 완벽히 갖추고 있었다. '이민족과의 싸움', '이교도와의 성전'에 더해 세르비아만이 항거했다는 자부심까지, 세르비아의 민족주의를 고창시키기에 이보다 더 좋은 역사적 사실은 없었다. 더구나 당시 원수였던 오스만제국이 이제는 '유럽의 병자'로 전락해버렸으니 더할 나위 없었다. 반면 세르비아에 비해 불가리아는 어땠을까? 불행히도 불가리아가 피

세르비아인들의 신화가 된 코소보 전투

튀기게 싸운 상대는 비잔틴제국이었다. 그 비잔틴제국의 승계국가承繼
國家인 그리스는 지금 와서 보니 같은 동방정교에 같은 문화를 나누는
형제 국가였다. 더구나 불가리아는 오스만제국에 저항다운 저항 한번
못 해보고 쓰러졌다. 또한 오스만제국 통치 하에서는 끽소리 한번 못
하고 참기만 했다. 이런 불가리아에게 무슨 발언권이 있었겠는가?

🔍 뒤돌아보기 (5): 과격한 세르비아의 민족주의

세르비아의 민족주의가 과격하다는 비판에 대해서는 나도 공감한다. 세르비아는 지금의 마케도니아와 알바니아 등 옛 비잔틴제국과 접한 남쪽 지방에서부터 발상된 왕국이었다. 그러나 코소보 패전 이후 나라가 멸망하면서, 많은 세르비아인들이 이 지방을 떠나 북쪽으로 이주해갔다. 그리고 그들이 떠난 자리에 알바니아인을 비롯한 다른 민족들이 들어와 현금現今의 복잡한 문제가 야기되었다. 지금은 비록 남의 땅이 되었지만, 민족의 발상지인 코소보에 집착하는 세르비아인들의 심정은 충분히 이해된다. 하지만 그런 식으로 따진다면, 그들이 북쪽으로 이동하면서 새로 얻은 영역은 또 어떻게 할 것인가? 다른 예를 들 것도 없이 베오그라드만 해도 본래는 헝가리의 국경 도시였다가 나중에 세르비아로 양도된 도시다. 세르비아 민족주의자들은 두샨 치세의 최대 강역을 세르비아의 영역으로 주장하지만, 내가 보기에 그건 아전인수我田引水에 불과하다. 그런 식으로 말하자면 크로아티아도, 보스니아도, 또 헝가리를 포함한 발칸유럽의 모든 나라들이 할 말이 있다. 이들 나라들이 각자 자국 역사상 최대 영역을 고집한다면 지금의 발칸반도가 두 배라도 모자란다. 바로 이 점이 세르비아 민족주의가 과격하다고 비난받는 이유가 아닐까?

반면 세르비아 민족주의가 배타적이라는 주장에 대한 내 생각은 좀 다르다. 앞서 말한 코소보 전투에서도 보듯이, 세르비아는 어느 누구의 도움 없이 혼자 오스만제국에 항거하다 멸망했다. 또한 오스만제국

치하에서도 진심으로 세르비아를 도운 나라는 없었다. 세르비아는 오스만제국에 붙어 있는 불가리아나 오스트리아 합스부르크제국에 붙어 있는 헝가리와는 달리 두 제국 틈새에 끼어 있었다. 따라서 오스만제국과 합스부르크제국이 충돌할 때마다 세르비아는 고래 싸움에 새우등 터지는 신세가 될 수밖에 없었다. 세르비아의 눈에는 억압하는 오스만제국이나 도와주겠다는 합스부르크제국이나 모두 믿을 수 없는 상대였다. 처음에는 합스부르크제국에 기대를 걸어보았지만 배신당하기 일쑤였다. 합스부르크로서는 목숨 걸고 세르비아를 지킬 이유가 없었다. 자신들이 필요할 때엔 감언이설로 세르비아를 충동질해서 오스만제국에 저항하도록 했다가, 오스만제국과의 협상이 타결되면 헌신짝처럼 세르비아를 내버리곤 했다. 그들은 세르비아를 단지 오스만제국의 공세에 대비한 방패막이 정도로밖에 보지 않았던 것이다. 이런 역사적 교훈 때문에 세르비아인들은 아무도 믿지 않는 배타성을 키우지 않았을까? 이제는 사라진 유고슬라비아의 '비동맹非同盟 운동'도 따지고 보면 이런 역사적 배경의 산물로 볼 수 있겠다.

칼레메그단Kalemegdan 공원

도나우 강과 사바 강이 만나는 두물머리 지점, 우뚝 솟은 언덕에 베오그라드의 옛 성이 서 있다. 강변 쪽은 가파른 절벽에 기대어 한 겹 성벽만으로도 충분하지만, 내륙 쪽은 2중, 3중의 성벽이 겹겹이 둘러 있다. 철옹성 같은 성은 고슴도치처럼 숨어 있는 네댓 개의 성문을 차례로 지나야 겨우 들어갈 수 있다. 외싸 성벽과 내찌 성벽 사이를 가르는 넓은 해자는 이미 오래 전에 풀밭이 되어버렸다. 이 해자 터 일부에 테니스장과 주차장이 들어서 있어 이들의 유적 관리 방법에 고개가 갸웃거려진다. 성의 정문인 내외 스탐볼 문Outer and Inner Stambol Gate을 지나면 키 높은 탑이 홀로 서 있고, 넓은 공터가 나

칼레메그단 성 안에서 만난 이반

온다. 공터에는 탱크와 대포 같은 중무기가 전시되어 있어서 호전적인 분위기가 감돈다. 이곳이 40여 차례나 함락 당했다가 다시 일어난 베오그라드 성의 중심부다.

요새Kale와 전쟁터Megdan란 두 단어가 합하여 칼레메그단 Kalemegdan이 되었다는 이곳은 이름 그대로 전형적인 요새 도시다. 이제는 치열했던 세르비아 역사의 중심에서 벗어나 한가로운 공원으로 탈바꿈했지만, 공원 곳곳에 남아 있는 역사의 자취마저 지울 수는 없나 보다. 무너져 내린 성벽 돌이 어지러이 뒹굴고 있는 사이로 아직도 남아 있는 '로마의 우물터Rimskibunar'에서 옛 로마인의 흔적이 보인다. 한가한 성 안을 걷는데, 처음에는 무심히 스쳤던 아담한 전각

알리 파샤의 영묘

이 눈에 띈다. 육각으로 벽을 두르고 빨간 기와로 단장한 지붕 꼭지에 이슬람의 상징인 초승달과 별 모양의 표지가 있다. 안을 들여다보니 놀랍게도 이스탄불의 어느 모스크에서 보았던 것과 똑같은 영묘靈廟가 보인다. 영묘 안에는 아랍문자가 새겨진 초록색 천으로 뒤덮인 관이 놓여 있고, 안벽에는 터키 국기와 나자르 본주3)가 걸려 있다. 영문 안내판을 보니 무덤의 주인은 다마트 알리 파샤Silahdar Damat Ali Pasha로, 오스만제국의 술탄 아흐메드 3세(재위: 1703~1730년) 때 대재상 Grand Vizire을 지낸 인물이다.

오스만제국은 술레이만 대제(재위: 1520~1566년) 때에 이르러 최전성기를 구가한다. 하지만 온 유럽을 공포로 몰아넣은 오스만제국도 17세기 후반부터는 서서히 쇠퇴하기 시작했다. 거기에 불을 지른 사건이 1683년 제2차 빈 공방전이었다. 탐색전 성격이 강했던 1529년의 제1차 빈 공방전과는 달리, 오스만제국의 온 국력을 쏟은 제2차 빈 공방전의 패퇴는 제국이 몰락하는 전주곡이 되었다. 지금까지 수비에 치중했던 합스부르크제국이 공격으로 전환한 것이다. 합스부르크제국에 밀리기 시작한 오스만제국은 1716년 베오그라드 북서쪽에 있는 페트로바라딘 Petrovaradin 요새에서 반격을 시도했다. 하지만 이 전투에서 오스만제국의 총사령관 알리 파샤는 외젠 공Prince Eugene of Savoy이 이

---

3) 나자르 본주: 파란색 바탕의 구슬에 악마의 눈을 그려 넣은 장식물로서, 악마로부터 재앙과 화를 막아주는 효능이 있다고 믿는다.

끄는 합스부르크 군에게 패해 전사하고 만다. 그 후 1741년에야 이 무덤을 조성했다니, 무려 270여 년 동안이나 알리 파샤는 홀로 외롭게 머나먼 이국땅에 묻혀 있는 셈이다.

그런데 세르비아의 심장부인 칼레메그단 요새 한복판을 버젓이 차지하고 있는 그의 영묘가 참으로 불가사의해 보인다. 가령 경복궁 한가운데에 일본 관동군 총사령관의 무덤이 남아 있을 수 있을까? 알리 파샤의 이름 앞에 붙어 있는 시라흐다르Silahdar는 '신랑 또는 부마'란 뜻으로, 오스만 황실과 연계된 최고위층임에 틀림없었을 것이다. 그렇다면 무려 400여 년 가까이 오스만제국의 지배를 받았던 세르비아로서는 치가 떨릴 인물일 텐데, 무슨 생각으로 문화적, 예술적인 가치도 없어 보이는 그의 무덤을 용납하고 있는지 모르겠다. 더구나 안내판에는 버젓이 '이 무덤은 터키 정부의 재정 지원으로 보존되고 있다'고 쓰여 있기까지 하다.

칼레메그단 언덕 위에서 도나우 강과 사바 강이 합류해 도도히 흘러가는 모습을 내려다보면 가슴속이 다 시원해진다. 건너편 강변 무성한 숲 너머론 또 어떤 세상이 펼쳐져 있을까? 유장하게 흐르는 강물 따라 심심찮게 오가는 화물선을 보며, 비로소 이곳에서 오스만제국과 기독교 연합군 간에 수전水戰이 벌어졌다는 사실이 실감난다. 내륙 한복판에서 웬 수전인가 의아했었는데, 저 넓은 도나우 강을 보니 잘못된 기록이 아니었구나. 1456년 이 강 위에서 베오그라드 성을 포위한 메흐메드 2세의 선단船團과 헝가리를 중심으로 한 기독교 연합군의 선단 사이에 교전이 벌어졌다. 결국 이 수전에서 패한 메흐메드 2세는 베오그라드의 포위를 풀고 철수했다. 통상 도나우 강변 도시라면 '푸른 도나우 강'으로 대표되는 오스트리아의 수도 빈이 연상되지만, 베오그라드도 마찬가지라는 사실이 우리에겐 매우 낯설다. 하지만 지금 보니 베오그라드는 도나우 강변에 성채를 세운 전형적인 성곽 도시였다. 본래 내가 지금 서 있는 이 높은 언덕 위에는 상시上市/Gornji Grad가 들어서 있고, 발밑 저 아래 강변과 접한 평지에는 하시下市/Donji Grad가 자리 잡고 있었다.

옛 베오그라드 성

상시의 성문을 나서서 가파른 언덕길을 내려가면 이곳도 공원으로 바뀐 하시와 연결된다. 지금은 상시와 하시 모두 폐허가 되었지만, 특히 하시 터에서는 베오그라드를 두고 각축을 벌였던 오스만제국과 합스부르크제국의 발자취가 뚜렷이 남아 있다. 광장에는 이제는 퇴색한 합스부르크제국의 개선문이 힘겹게 버티고 서 있는가 하면, 한편으로는 아직도 멀쩡한 터키 목욕탕이 자리 잡고 있다. 도나우 강변에는 이 두 강대국 간의 고래 싸움이 벌어질 때마다 새우등 터졌던 세르비아의 역사를 대변하는 네보이샤 탑 박물관이 고단하게 서 있다.

도나우 강과 네보이샤 탑

네보이샤Nebojša 탑

　네보이샤 탑은 1460년경 메흐메드 2세의 침략에 대비해 구축한 베오그라드 요새의 일부분으로서 본래는 포대 탑이었다. 도나우 강변의 길목을 지키는 네보이샤 탑은 오스만제국의 침략을 저지하는 첨병 역할을 했지만, 1521년 여름 술레이만 대제에게 함락당하고 만다. 그 후 이 포대 탑은 본래의 기능 대신 세르비아인들을 감금하고 고문하는 지하 감옥으로 바뀌었다. 외관이 육각형 타워인 박물관 내부는 4층으로 되어 있다. 1층엔 개돼지처럼 묶여 지하 감옥에 처박힌 죄수들의 모습이 보기에도 처연하다. 그 중에서도 제1차 세르비아 봉기(1805~1813년) 때 세르비아 민중을 학살하는 오스만제국의 만행을 담은 3층 전시실은 가히 충격적이다.

세르비아인들의 처형 장면. 네보이샤 탑 박물관

사람의 목을 따서 주렁주렁 매달아놓은 사이로 굴비두름 엮듯이 묶인 세르비아인들을 처형하는 방법이 악랄하기 그지없다. 사람을 산적散炙처럼 나무 꼬챙이에 꿰어 죽이는 잔혹함에서 오스만제국의 진정한 모습이 무엇인지 혼돈스럽다. 도대체 이스탄불에서 본 오스만제국의 관용은 다 어디로 가버렸단 말인가? 이곳에서 드러난 오스만제국의 광기는 이미 정상적인 제국과는 거리가 멀었다. 그렇다면 오스만의 황금기인 16세기에 비해 전혀 달라진 300여 년 후인 19세기의 오스만제국을 어떻게 설명해야 할까?

오스만제국의 쇠퇴에는 여러 가지 요인이 있겠지만, 내가 보기에 가장 중요한 요인은 술레이만 대제(재위: 1520~1566년) 이후로 더 이상 유능한 술탄이 나오지 않았다는 사실이다. 오스만제국의 역사를 단순화시켜본다면, 초대 오스만부터 10대 술레이만까지 처음 10명의 술탄은 모두 현명하고 능력 있는 군주들이었다. 하지만 그 이후의 술탄들은 평범하거나 무능한 군주들이 대부분이었다. 왜 이런 일이 일어났을까? 과연 이러한 현상을 나라의 명운이나 우연으로만 돌릴 수밖에 없는 것일까?

술레이만 이전까지의 역대 술탄들은 대부분 형제들과의 치열한 경쟁을 거쳐 술탄이 되었다.

그들은 선대 술탄이 죽은 후 서로 죽이고 죽는 혈투 끝에 제위를 차지하는 일이 다반사였다. 메흐메드 2세도 술탄 즉위 당일에 어린 이복동생을 살해한 사실은 앞에서 말한 바 있다. 이렇게 초기 오스만제국에서는 새로운 술탄이 형제들을 살해하는 것이 하나의 전례가 되었다. 이는 어린 독수리 새끼 두 마리 중에서 큰놈이 작은놈을 제거한 후 부모의 먹이를 독차지하는 적자생존의 법칙을 연상시킨다. 하지만 이런 살벌한 전통이 불가피할지언정, 그것이 패륜이라는 사실을 그들인들 왜 몰랐겠는가? 후에 제국의 기반이 안정되면서 1603년에 즉위한 제14대 술탄 아흐메드 1세는 형제 살인의 전통을 금지시켰다. 이렇게 야만적인 전통을 철폐한 것까지는 좋았으나, 이번에는 그 방법이 문제였다. 형제를 죽이는 대신에 그들을 하렘에 유폐시키고 그들의 행동을 철저히 통제했던 것이다. 그러다 보니 하렘에서 기약 없이 살아가는 미래의 술탄 후보들은 눈앞의 쾌락에 빠져들거나 세상 물정에 어두운 무능력자로 전락하기 일쑤였다. 좁은 우리에서 사육당하는 살찐 돼지처럼 야성을 잃어버린 사람들에게서 어떻게 유능한 술탄이 나올 수 있겠는가?

유능한 술탄이 사라지자 이번에는 유능한 재상들이 술탄을 대신해서 제국을 이끌었다. 하지만 매번 유능한 재상이 나오란 법이 없다는 데에 제국의 고민이 있었다. 절대군주국인 오스만제국의 특성상 최고 통치자가 흔들리는 순간 국가의 기강은 쉽게 무너지기 마련이다. 결국 주인이 통제력을 잃자 주인을 지키는 충견이었던 예니체리 부대가 이젠 주인을 잡아먹는 늑대로 돌변했다. 제국 내에서 가장 무서운 이익 집단으로 변한 그들은 마음에 들지 않는 술탄을 갈아치우는가 하면, 각 지방에서 무소불위의 권력을 휘둘렀다. 이러한 현상은 제국 내에서도 중앙정부와 멀리 떨어진 세르비아와 보스니아 지방의 경우가 특히 더 심했다.

02

제1차 세르비아 봉기(1805~1813년)는 상기 시대적 배경 하에서 발발했다. 1801년 베오그라드에는 중앙정부에서 파견한 관리를 불법으로 살해한 예니체리들이 점거하고 있었다. 그들은 베오그라드를 무법천지로 만들었다. 이런 예니체리의 폭정에 신음하던 세르비아인들은 이를 시정해줄 것을 요구하며 봉기를 일으켰다. 분명한 사실은 이들이 처음부터 세르비아의 독립을 요구하지는 않았다는 것이다. 하지만 예니체리들은 세르비아의 명망가와 성직자들을 무참히 참수하는 강경책을 썼다. 네보이샤 박물관에서 본 당시 처형 장면이 바로 그랬다. 예니체리들에 대한 통제력을 상실한 중앙정부가 중재에 나섰지만 아무런 소용이 없었다. 이제 더 이상 중앙정부에 기대할 것이 없게 된 세르비아인들은 오스트리아와 러시아에 도움을 청했다. 그리고 이번에는 아예 독립을 요구하고 나섰다. 예니체리는 호미로 막을 수 있는 사태를 가래로도 막을 수 없을 만큼 악화시켜버린 것이다. 이렇게 극단적 집단이기주의자들인 예니체리를 통제하지 못한 제국은 정상적인 제국의 생명을 다해가며 그들에 휘둘려 빈사 상태로 내몰렸다. 그렇다면 예니체리들은 이후 행복했을까? 과도한 집단이기주의의 말로가 어떤지는 나중에 역사가 말해준다.

도나우 강변에는 한가롭게 산책하는 사람들과 벤치에 앉아 신문 보는 노인네들만 간간이 보일 뿐, 그저 바람 부는 대로 살랑거리는 수면만이 적막을 깰 뿐이다. 옛날 배를 타고 이곳을 지나던 사람들이 갑자기 나타나는 흰색 건물이 가득한 성을 보고 "하얀 도시(베오그라드)!"라고 소리쳤다지. 하지만 지금은 무너진 성벽만 남아 있으니 세월이 무상하다. 어쨌건 오스만제국의 자취가 이 먼 곳까지 남아 있다니, 새삼 그들의 힘이 대단해 보인다. 반면에 오랫동안 그처럼 박해받던 세르비아인들이 이번엔 거꾸로 '인종청소'의 주역이라니, 역사란 이렇게 물고 물리는 관계일까?

무라드 1세가 창설한 예니체리 부대는 '예니'(새로운)와 '체리'(병사)를 합한 말로 '새로운 병사', 즉 '신식 군대'를 말한다. 무라드 1세는 1380년 향후 제국을 지탱하는 한 축이 될 데브시르메 제도를 도입했다. 데브시르메란 '소집'을 뜻하는 말로, 투르크족이 아닌 피지배민족 중에서 우수한 인재를 선발하는 제도를 말한다. 이 제도는 17세기 초까지 지속되어, 소년을 징발하는 관리들이 아나톨리아와 발칸반도의 기독교 마을과 보스니아의 무슬림 집단을 정기적으로 방문했다. 선발된 소년들은 오랜 훈련 과정을 거친 후 두 그룹으로 나뉘었다. 일부는 국가의 엘리트 계층인 군 지휘관과 재상이 되었다. 나머지는 예니체리 군단에 편입되어 술탄의 친위부대가 되었다. 출생에 관계없이 능력에 따라 인재를 선발하는 데브시르메 제도를 지켜본 신성로마제국의 대사는 다음과 같이 말했다고 한다.

"술탄은 누군가를 관직에 임명할 때 출신이나 계급 따위에 신경 쓰지 않는다. 자신의 능력에 따라 높은 가문과 지위를 가질 수 있고 또 망칠 수도 있었던 오스만제국의 모습이 낯설고도 경이롭다. 지중해를 차지하고 대제국을 건설한 오스만의 원동력이 무엇인지 이해할 수 있을 것 같다."

실제로 오스만제국의 전성기였던 1453년부터 1623년까지 술탄 바로 아래 직위로 재상격인 대 베지르Veliki Vezir를 역임했던 47명 중 5명만이 투르크족 출신이었다. 나머지 42명은 모두 알바니아인, 남 슬라브인, 그리스인, 이탈리아인, 조지아인, 아르메니아인 등 이민족 출신이었다고 한다.

(『보스니아 역사』, 김철민 지음, 한국외국어대학교출판부, p.52에서 인용)

데브시르메 제도를 통해 배출된 예니체리는 최정예 부대로서 오스만 군의 근간이 되었다. 하지만 이는 어디까지나 이들을 통제하는 술탄이 유능했을 때의 이야기다. 술레이만 대제 이후로 무능하고 유약한 술탄들이 출현하자 예니체리는 통제 불가능한 집단으로 변모해갔다. 심지어 1622년에는 오스만 2세가 예니체리에게 살해당하는 불상사가 발생하기도 했다. 시간이 지날수록 이들의 행패가 심해지면서 중앙정부에서 멀리 떨어진 곳일수록 그 폐해가 더 심했다. 앞에서 말한 세르비아가 그 대표적인 경우다. 이들은 술탄이 내놓은 모든 개혁정책을 거부하며 오직 눈앞의 이익만 챙겼다. 제국의 기둥이었던 이들이 이젠 제국의 발목을 붙잡는 암적癌的 존재가 된 것이다. 결국 1826년 제국은 예니체리를 해산시켜버렸다. 이들의 폐해가 얼마나 심했으면 이들이 붕괴된 날을 '바카이 하이리예'(경사스러운 사건)의 날로 불렀겠는가. 수많은 예니체리들이 죽임당한 와중에 일부 생존자들만 지하로 숨어들어 이스탄불의 공중목욕탕 아궁이에서 살았다고 한다. '아궁이의 남자들'로 불렸던 이들 가운데 어떤 이는 처연한 비가悲歌를 지어 불렀다니, 어쩌면 이들은 때늦은 후회를 했을지도 모른다. 그래도 이들은 어느 나라의 특정 집단에 비하면 순진하다고 볼 수 있지 않을까? 나라가 망하든 말든, 주인이 바뀔 때마다 재빠른 변신을 통해 마술처럼 일신의 안위를 지켜나가는 이 땅의 일부 기득권층은 이들의 우직함을 비웃을 것이다. 예니체리는 그런 현란한 변신에는 서툴렀기 때문이다. 각설하고, 현재도 이스탄불의 지하 술집에서 불리고 있다는 예니체리의 비가를 언젠가는 꼭 한번 들어보고 싶다.

제4장

보스니아의 길道

광활한 평원을 달리는 버스의 차창 밖으로 가끔씩 세르비아의 황폐한 국경 마을이 스쳐간다. 베오그라드를 출발한 지 두 시간 만에 드리나 Drina 강을 사이에 둔 보스니아 헤르체고비나와의 국경에 도착한다. 간단한 출입국 수속을 마치고 강을 건너면, 홀연 드넓은 평원이 사라지며 버스는 갑자기 첩첩 산길로 접어든다. 산길로 들어서자마자 세르비아와는 사뭇 다른 산악 국가 보스니아의 진면목이 드러난다. 이렇게 시작된 산길은 국경에서 140km 떨어진 사라예보까지 계속 이어진다. 인적이 드문 길가에는 벌목한 나무를 가공하는 원목 공장만 하나 둘 눈에 띈다. 골짜기마다 몇 채씩 모여 있는 산집 앞에는 겨우 양 몇 마리 풀어먹일 산비탈이 손바닥만 하다. 햇볕이 잘 들지 않는 가파른 고갯길엔 4월 하순인데도 아직 잔설이 남아 있다. 가끔씩 굼뜬 화물 트럭이라도 만나면 직선 도로가 나올 때까지 꼼짝없이 발이 묶인다. 전나무가 울창한 산들이 얼핏 보기엔 목가적이다. 하지만 조금만 안쪽을 들여다보면 계곡 구석구석에 버려진 페트병과 나뭇가지에 걸려 나부끼는 비닐 조각들이 눈에 거슬린다.

몇 시간 동안 첩첩산중을 헤매던 버스는 고갯길 저 아래 산골짜기 틈새로 펼쳐진 도시로 향한다. 흡사 칠성고개에서 원통 시내를 굽어보는 것같이 사라예보는 그렇게 나타난다. 고갯길을 내려온 버스가 시내로 들어서자 허름한 버스 터미널이 제일 먼저 눈에 들어온다. 설마 할 사이도 없이 버스는 그곳에 정차한다. 명색이 국제 버스터미널이지만 웬만한 시골 역만도 못하다. 같이 온 영국인 단체 여행객들은 대기하고 있던 투어 버스에 올라타고, 아무도 없는 횡한 터미널에 나만 홀로 남았다. 아니, 터미널에 아무도 없는 건 아니었다. 손님을 기다리며 줄지어 서 있는 택시가 유일하게 나를 반긴다. 택시기사들에게 영어가 통하는 사람 있냐고 묻자, 두 번째로 기다리던 아저씨가 나선다. 여행자 안내소까지 15분 거리에 10마르카를 달라기에 가자고 했더니, 어럽쇼! 앞의 기사에게 인계한다. 의사소통이 전혀 되지 않는 택시를 타려니 불안했지만 달리 방법도 없어서 탄 것이 결국 화근이 되었다. 내리라는 시늉에 50마르카짜리 지폐를 건네자 거스름돈으로 30마르카만 준다. 아무리 옥신각신해봤자 영어 한마디 못 한다는 기사가 유독 "텐 유로(10Euro)!"만은 열심히 외쳐대는 데는 어쩔 도리가 없었다. 공교롭게도 1유로의 환율이 약 2마르카였기에 벌어진 일이었다.

보스나Bosna 강의 지류인 밀랴카Miljacka 강이 시내를 관통하는 사라예보는 1461년경 오스만제국이 건설한 도시라고 한다. 그래서인지 '성城 주변의 들판'이라는 투르크어에서 파생되었다는 사라예보는 유럽의 어느 도시보다도 젊은 도시다. 첫눈에 보기에도 참 독특한 이 도시는 어느 지점에서 두부모 자르듯이 유럽 풍 시가지와 터키 풍 시가지로 확연히 구분된다. 독특한 분위기를 풍기는 터키 풍 구시가지는 관광객들로 붐비는 반면, 유럽 여느 도시에서나 볼 수 있는 유럽 풍 시가지는 한산하다. 사방이 산으로 둘러싸인 좁고 긴 분지 사이로 흐르는 밀랴카 강을 따라 도시는 길게 들어서 있다. 흡사 우리의 교회나 성당 옆에 절이 있듯이 모스크와 성당이 시내 곳곳에 뒤섞여 있는 모습이 이채롭다. 토요일 밤에 들려오는 아잔 소리에 터키로 다시 돌아왔나 싶더니, 일요일 새벽엔 성당의 종소리가 아침잠을 깨운다. 사람들의 생김새도 우락부락하게 생긴 불가리아인이나 깡마르고 키 큰 세르비아인과는 달리 아담하면서도 이목구비가 뚜렷하다. 팁을 받은 레스토랑 종업원이 손님에게 깊이 고개 숙여 절하는 모습이 사뭇 동양적이다.

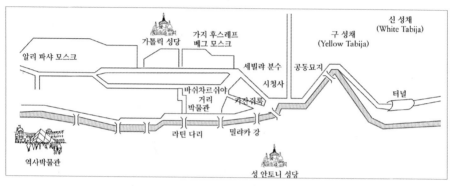

[지도14] 사라예보 시가도

　펜션 창문 너머로 폭격을 맞아 지붕이 두 동강 난 집이 보인다. 무너져 내린 반쪽은 방치한 채 나머지 반쪽 지붕과 건물 벽을 얼기설기 엮어 사람이 살고 있다. 건너편 산등성이에 빼곡히 들어서 있는 우리네 달동네를 닮은 집들 사이엔 모스크의 미나레트Minaret가 키 높은 굴뚝처럼 곧추 서 있다. 겉보기엔 멀쩡해 보이지만 사라예보는 아직도 내전이 남긴 상처로 몸살을 앓고 있는 도시다. 뒷골목으로 접어들면 벽면에 총탄 자국이 어지러운 건물들이 예사로 보이고, 도심에서 벗어날수록 폭격 맞은 건물 잔해들이 곳곳에 널려 있다. 도대체 이 아름다운 도시에서 무슨 일이 벌어졌기에 이 지경일까? 어떤 연유로 기독교도들이 살고 있는 발칸반도 한가운데에 위치한 보스니아에 '보스니악Bosniaks'으로 불리는 이슬람교도들이 살고 있을까?

보스니아에서 만난 사람들

01

한 손으로는 여행 가방을 끌고 또 한 손으로는 연신 사라예보 시내 지도를 보며 여행자 안내소에서 소개받은 펜션을 찾아가는 길에 지갑을 흘려버렸다. 그날 쓸 소액 현금과 신용카드가 들어 있는 지갑을 잃어버리니 별것 아니라도 서운하다. 혹시나 하는 마음에 프런트 아가씨에게 사정 이야기를 했더니, 여권은 어떻게 되었냐며 화들짝 놀란다. 큰돈과 여권은 전대 안에 넣어 다닌다니까 자기 일처럼 가슴을 쓸어내리며 안도의 숨을 쉰다. 저녁 8시에 근무가 끝나면 같이 가까운 경찰서에 가보자는 그녀의 이름은 '머리하'다. 아름다움(Beauty, Smart)을 뜻한다는 이름에 걸맞게 머리하는 갈색머리에 전형적인 서구 미인 형이지만, 사실은 이슬람교를 믿는 보스니악이다. 대학에서 영문학을 전공한 그녀는 앞으로 영문학자나 교수가 되는 게 꿈이란다. 무슬림 부모 슬하에 남동생 둘이 있는데, 집에서는 아무도 자기편을 들어주지 않는단다. 하긴 헤자브hijab를 벗어버리고 서양식 사고방식에 익숙한 딸이 전통적인 이슬람 집안에서 환영받기는 힘들 것 같다. 서로 다투기만 하는 보스니아에 염증을 느낀다며, 한국에서도 종교 문제로 자기네들처럼 싸우느냐고 묻는다. 어느 해 겨울엔 눈이 2m 넘게 내린 적도 있다는 사라예보의 겨울은 무척이나 춥고도 길어서 질린단다. 머리하는 내게 발칸 지방의 인상이 어떠냐고 묻는다. 아직 다 돌아보지는 않았지만 곳곳에서 터키의 영향이 눈에 띈다고 하자 고개를 끄덕인다.

자기는 이스탄불엔 가보지 않았지만 프라하엔 가봤다며, 입에 침이 마르도록 프라하의 아름다움을 칭찬한다. 그런 그녀의 모습에서 문득 보스니아 젊은이들이 겪고 있을 정체성 문제가 느껴왔다.

머리하의 말대로 경찰서는 펜션에서 아주 가까운 곳에 있었다. 젊은 경찰은 그녀의 설명을 들으면서 귀찮아하는 기색이 역력하다. 시민들은 하나같이 참 친절하던데, 공무원 특유의 관료주의는 어디나 다름없는 것 같다. 영어로 분실 신고서를 작성하려면 번역할 사람이 필요한데, 며칠 걸릴 것 같다면서 웬만하면 그냥 가라는 식이다. 영어 번역은 내가 알아서 할 테니 너희는 보스니아어로 작성하면 된다고 쏘아붙였더니 젊은 경찰은 멀뚱멀뚱한다. 서류를 작성한 후 상사에게 보고하는 절차만도 이틀은 걸린다는 말에 기가 질린다. 할 수 없이 머리하에게 서류를 부쳐달라고 부탁하며 10마르카를 줬더니, 자기는 돈 때문이 아니라며 펄쩍 뛰는 모습이 참 순수해 보인다.

다음날 오후 누군가가 잃어버린 내 지갑을 놓고 갔다고 프런트의 또 다른 여직원이 알려준다. 지갑 속에는 현금만 빼고 신용카드와 함께 모스타르 행 버스표까지 온전히 들어 있다. 펜션 명함을 지갑에 꽂아놓았더니 현금만 빼고 나머지는 돌려준 것이다. 그녀는 누군지 확인해서 현금을 찾자고 했지만, 난 그만두자고 했다. 내일 아침이면 떠날 텐데 별 가능성도 없거니와 지갑을 돌려받은 것으로 충분했기 때문이었다. 그 새 버스표를 또 사서 두 장이 되었으니 한 장은 환불이 가능한지 터미널에 확인이나 해달라고 부탁했다. "환불이 가능한지 모르겠네요, 보스니아잖아요."라며 전화를 거는 이 보스니아 아가씨에게서 옛날 우리 어른들의 모습이 겹쳐진다. 지금은 그런 말이 없어졌지만, 어릴 때 "엽전이 별 수 있나?" 하면서 스스로를 비하하던 어른들을 많이 봐왔던 기억이 떠올랐기 때문이다.

사라예보 시내를 돌아다니다 보면 사람들이 너무너무 친절하다. 시내 지도를 들고 길이라도 찾을 양이면 틀림없이 누군가 다가와서 말을 건다. 트램을 타려고 두리번거리면 "May I help you?" 하며 다가서는 여인네가 있고, 영어 한마디 못 하면서도 어떻게든 도와주려고 애쓰는 노신사도 있다. 시내 지도에 표시되어 있는 명소엔 작은 사진까지 꼼꼼히 붙어 있어 가고자 하는 곳을 짚으면 손짓발짓으로 열심히 알려주는 품이 참 정겹다. 끔찍한 내전으로 많이 피폐했을 텐데도, 어려움을 겪어본 사람만이 남의 어려움을 헤아릴 줄 아는 걸까? 지금까지 지나온 어느 곳보다도 더 친절한 사라예보 사람들의 푸근함에, 잃어버린 지갑도 내 불찰로 분실한 것이지 도난당했으리란 생각은 도무지 들지 않는다.

시내 뒷골목에 꽁꽁 숨어 있는 가톨릭교회인 성 안토니 성당을 찾아가는 언덕 길목에서 대낮부터 얼큰히 술에 취해 흥얼거리는 집시 아저씨와 눈이 마주쳤다. 얼추 내 나이와 비슷해 보이는 그는 나를 보더니 이리 와 앉으라고 손짓한다. 세상사 근심 걱정 다 털어낸 양 마냥 즐거워하는 그의 눈망울이 나이와 걸맞지 않게 정말 천진해 보인다. 꼭지를 알록달록하게 칠한 조롱박이 예뻐서 바라보니, 별 가진 것도 없는 집시 아저씨는 그마저도 가져가라고 내게 내민다. 말 한마디 통하지 않는 두 중늙은이가 각자 자기 말을 하다가는 눈이 마주치면 서로 박장대소한다. 그런 모습을 쳐다보며 지나가는 행인들의 표정이 볼만하다. 이렇게 말 한마디 통하지 않음에도 불구하고 상대방의 감정이 느껴져 오는 게 참 신기했다.

스타리 모스트로 유명한 모스타르 교외에 이슬람 전통가옥이 서너 채 모여 있는 동네가 있다. 그 중 대문이 활짝 열려 있는 집으로 들어서니 50은 넘어 보이는 남정네가 마당 화단을 한창 일구고 있다. 입장료 2유로를 받지만 지금은 성수기도 아니고 집을 보수하느라 어수선하니 그냥 구경하라는 집주인이 무척이나 후덕해 보인다. 그렇다고 냉큼 들어가기도 뭣해서 2마르카(1유로)를 줬더니 뜻밖에 이 양반은 하던 일을 멈추고 집안 이곳저곳의 내력을 설명해준다. 하얀 벽이 돋보이는 이 전통 목조 가옥은 300여 년 전 레바논에서 들여온 삼나무로 지은 집이란다. 보스니아 내전 당시 지금은 돌아가신 할머니가 혼자 남아 지킨 덕분에 지붕만 파손됐을 뿐 가옥 자체는 온전할 수 있었단다. 아무도 없었던 이웃집은 폭삭 내려앉았다는데, 가만히 보니 그 집은 기둥에서부터 기와지붕까지 다 새로 지은 집이다. 1층엔 부엌과 농기구나 곡물을 넣어두는 창고가 있고, 사람이 사는 거실과 침실은 2층에 있다. 훈제 고기를 걸어놓은 높은 부엌 천장은 아궁이에서 올라온 장작 연기로 시커멓게 그을었다. 2층으로 올라가자 사방으로 소파를 두른 거실 안에 물 담뱃대와 이슬람식 도자기, 메카의 전경을 담은 액자가 보인다. 스페인 안달루시아 지방의 어느 무슬림 집안에서 보았던 것과 진배없다. 하얀 커튼이 하늘거리는 넓은 들창 밖으로 얼핏얼핏 스쳐 보이는 바깥 풍경이 참 싱그럽다. 잠시 후 흙이 잔뜩 묻은 종아리에 짧은 바지를 입은, 나이가 더 들어 보이는 아저씨가 올라와 반갑게 인사한다. 알고 보니 이 보스니악 형제는 여름철 관광객들을 맞이할 집 단장을 하고 있는 중이었다.

모스타르 교외에 있는 보스니악의 전통 집

대부분의 관광객들이 스타리 모스트를 보고는 부근에 있는 메주고리예Medugorje 수도원으로 빠지는 통에 이곳까지 오는 사람은 별로 없다며, 나더러 어떻게 알고 왔냐고 묻는다. 비슷한 연배에 마음이 편해졌는지, 묻지도 않는데 보스니아 내전 때 이 집을 지키려고 자기 할머니가 목숨까지 걸었다고 말한다. 이런저런 이야기가 오가는 중에 나는 사라예보와 모스타르에서 보고 느낀 심정을 말했다. "종교나 정치, 국가관보다 더 중요한 것은 개인의 양심과 휴머니즘과 같은 순수한 감정이라고 본다. 서로가 상대방의 종교를 인정할 때 이런 무의미한 소모적 싸움이 끝날 것이다."라는 요지의 내 말에 갑자기 그의 표정이 굳어진다. 잠시 뜸을 들이던 그는 "하고 싶은 말은 많지만 내 영어 실력으론 더 이상 토론을 이어가기가 어렵겠다."며 서둘러 자리를 털고 일어난다. 예상 밖의 반응에 머쓱해진 나는 그제야 내 서툰 영어 때문에 그가 뜻하지 않은 상처를 받았음을 알아챘다. 사실 난 도시 곳곳에 널려 있는 무덤을 보며 느꼈던 충격과 허탈했던 소회를 말한 것인데, 그는 자기네를 비난한다고 오해한 모양이다. 무척이나 답답해하는 그의 표정에 미안한 마음이 들었지만, 그렇다고 돌아서는 그를 다시 불러 세워 내 뜻을 설명하기도 구차했다. 하릴없이 나도 발길을 돌리는데, 마음이 마냥 씁쓸했다.

보스니아 헤르체코비나 역사박물관
Historijski muzej BiH

보스니아 헤르체코비나 역사박물관은 도심에서 좀 떨어진 밀랴카 강변에 자리 잡고 있다. 웅장하고 거창한 외관을 뽐내는 다른 나라들의 박물관과는 달리, 보스니아 헤르체코비나 역사박물관은 가건물이 아닐까 싶을 정도로 허름하다. 박물관 안으로 들어서면 허름한 외관 못지않게 전시물 또한 빈약하다. 하지만 비록 외관과 전시물은 부실해 보여도, 이곳이야말로 서구 중심의 제3자 시각이 아닌 보스니아인들 자신의 목소리를 직접 들을 수 있는 곳이다. 박물관에는 중세 보스니아 왕국의 역사, 오스만제국 침략사侵略史, 그리고 최근의 보스니아 내전과 관련된 자료와 사진이 빼곡히 전시되어 있다. 그 중에서도 보스니아 내전 당시 세르비아의 공습에 얼이 빠진 채 땅바닥에 나둥그러진 사라예보 시민들의 모습을 담은 사진은 압권이었다. 정신없이 어딘가를 응시하는 시민들의 공포 어린 눈망울은 인간이 처할 수 있는 극한 상황을 적나라하게 보여주고 있다.

01

발칸의 여러 나라 중에서도 보스니아 헤르체코비나는 왜 하필이면 '발칸 속의 작은 발칸'으로 불릴 만큼 인종, 종교, 문화 등 모든 면에서 모자이크와 같은 나라가 되었을까? 보스니아 지방이 최초로 역사에 출현한 건 395년 로마제국이 동서東西로 분할된 때였다. 제국이 동로마제국과 서로마제국으로 나뉠 때 보스니아를 가로질러 경계선을 책정하면서 보스니아는 동로마제국에 귀속되었다. 그런데 사실 이는 우연이 아니었다. '발칸의 스위스'란 명성에 걸맞게 험준한 산악 지역인 보스니아는 국경선으로 책정되기에 적합한 곳이었다. 이는 지리적 특성상 보스니아가 외부와 떨어진 산악 지역으로, 자체적으로 고유한 문화나 종교가 형성되기 쉬운 곳이었음을 말한다.

보스니아에 일단의 남 슬라브족이 정착한 시기는 세르비아보다 약간 늦은 6세기 말에서 7세기 초였다. 본래 동로마제국, 즉 비잔틴제국의 영토였던 보스니아는 오랫동안 주변국들에게 '국가'가 아닌 단순한 '지역'으로 취급되어왔다. 이는 세르비아나 크로아티아와는 달리 보스니아는 인구도 적고, 또 산악 지방에 흩어져 살아서 늦게까지 통일된 정치체제를 구축하지 못했기 때문이다. 10세기에서 12세기 사이에 보스니아는 주변국가인 세르비아, 크로아티아, 불가리아, 비잔틴제국, 헝가리에게 수시로 점령당했다. 하지만 그들 중 어떤 나라도 보스니아를 최종적으로 점유하진 못했다.

이런 보스니아가 '국가'로 발돋움한 시기는 아이러니하게도 오스만제국의 발흥으로 세르비아를 비롯한 주변국들이 쇠퇴하던 때였다. 그리고 그 중심에는 트브로트코 1세(재위: 1353~1391년)가 있었다. 세르비아에 '두샨의 황금기'가 있었듯이, 비록 짧지만 보스니아에도 '트브로트코 1세의 전성기'가 있었다. 그는 세르비아를 비롯한 기독교 연합군이 오스만제국에 패한 1364년과 1371년의 두 차례 마리차Marica 강 전투 이후 오히려 보스니아의 영토 확장에 나섰다. 1374년에는 지금의 헤르체코비나 지역인 훔Hum 지역을 세르비아로부터 탈취했고, 이어서 달마티아를 포함한 크로아티아의 영토 일부를 획득했다. 이때부터 보스니아 지배자의 칭호는 봉신封臣을 뜻하는 '반Ban' 대신 왕王을 뜻하는 '크랄뤼이Kralj'로 바뀌었다. 1377년 트브로트코 1세는 '세르비아와 보스니아의 왕'으로 추대되었다. 그는 이후에도 합스부르크 왕가와 헝가리 사이에 벌어진 분쟁을 이용하여 크로아티아 영토의 상당 부분을 획득했다.

하지만 보스니아도 앞서 간 세르비아의 전철을 벗어나지는 못했다. 비잔틴제국과 불가리아의 쇠퇴에 힘입어 두샨이 성공했듯이, 트브로트코의 약진도 세르비아의 힘이 약화된 틈새를 이용한 하루살이 왕국에 불과했다. 불가리아(1396년)와 비잔틴제국(1453년), 세르비아(1459년)를 차례로 집어삼킨 오스만제국이 1463년 보스니아로 눈을 돌리자마자 그의 왕국은 와르르 무너졌다. 이로써 크로아티아와 세르비아, 그리고 보스니아에 이르기까지 공교롭게도 이들이 자랑하는 영명한 군주의 영광은 본인 당대로 끝나버렸다. 그리고 이는 남 슬라브족의 비극이기도 했다. 박물관에는 보스니아를 정복한 메흐메드 2세의 초상화가 걸려 있었다. 특유의 매부리코가 돋보이는 그를 이곳에서도 보게 되다니, 과연 그의 족적은 발칸의 어디까지 미치고 있는 것일까?

02

역사박물관 정원 안에는 돌 십자가와 함께 커다란 석관이 전시되어 있다. 특이한 형상의 돌 십자가도 이채롭거니와, 스테차크Stećak라 불리는 중세 보스니아의 돌무덤에서 출토된 석관은 더욱 독특하다. 이들은 당시에도 이미 보스니아가 세르비아나 크로아티아와는 다른 특유의 문화와 역사를 가지고 있었음을 보여준다. 앞에서 말한 바와 같이 보스니아를 중심으로 동·서 로마제국이 분리된 이후, 정치·종교·문화 등 모든 면에서 양측은 서로 다른 길을 갔다. 서쪽의 크로아티아와 슬로베니아는 가톨릭 문화권으로 들어간 반면, 동쪽의 불가리아와 세르비아는 동방정교를 받아들였다. 이렇게 되자 양측의 접점接点에 있던 보스니아는 가톨릭과 동방정교 간에 치열한 쟁탈의 대상이 되었다. 하지만 보스니아는 그 어느 쪽에도 기울지 않았다. 대신 그들은 양 교회의 특성과 의식에 더해 자신의 고유 민간 신앙과 전통을 접목시킨 연합교회 성격의 '보스니아 교회'를 만들었다. 이는 가톨릭 국가인 헝가리나 동방정교 국가인 세르비아가 보기엔 이단이었다. 보스니아를 탐낸 그들은 이를 빌미로 수시로 보스니아를 침공했다. 1235년부터 1241년까지 이단인 보스니아 교회를 구한다는 명목으로 대규모 십자군을 파병했던 헝가리가 그 대표적인 예다. 이렇게 보스니아는 이슬람교가 들어오기 전에도 소위 정통 그리스도교와는 거리가 있는 이단으로 백안시白眼視당했다. 이런 상황에서 오스만제국의 침입과 함께 이슬람교가 들어오자, 보스니아에는 다른 어떤 지역보다도 훨씬 많은 기독교도들이 별다른 거부감 없이 이슬람교도로 개종하게 되었다.

한편 이 점에 대해 서구와 보스니아 양자의 시각이 극명하게 엇갈리고 있는 점이 재미있다. 먼저 서구 주류학자들의 주장을 들어보자.

돌 십자가와 스테차크

"험준한 지형으로 인해 가톨릭과 동방정교 양대 교회 모두로부터 고립된 보스니아인들의 신앙심은 상대적으로 약했다. 이런 지정학적 특성 때문에 기독교 보급이 어려워지자 보스니아 교회는 이단으로 빠졌다. 이런 배경 하에 오스만제국의 침공 이후 보스니아가 대규모 이슬람 개종을 단행한 것은 오스만제국이 신앙심이 약한 귀족들에게 약속해준 기득권 때문이다."

사실 보스니아는 오스만제국이 침공해왔을 때 별다른 저항을 하지 않았다. 하지만 이에 대한 보스니아의 목소리는 다르다. 역사박물관에 전시된 설명문을 인용해본다.

"보스니아에 최초로 기독교가 전파된 시기는 9세기 이후부터였다. 초기 서쪽 해안지방으로부터는 로마 교회에서 파견한 선교사들이, 동쪽 내륙지방으로부터는 콘스탄티노플 교회 소속의 선교사들이 전도 활동을 폈다. 그러나 그들 사이에 지나친 경쟁과 선교사들의 낮은 자질 때문에 보스니아 민중의 마음속에 깊이 파고들지는 못했다. 보스니아 교회의 교리는 기본적으로 가톨릭 이론을 따랐음에도 불구하고, 이웃 국가들로부터 이단시되어 배척과 핍박을 받았다. 이를 핑계로 그들은 틈만 나면 보스니아로 쳐들어와 그들의 종주권을 주장했다. 그들이 물러가고 오스만제국이 새로 들어왔을 때 이슬람교도 함께 들어왔다. 우리는 지금까지 우리가 믿어온 종교와 새 종교의 차이점을 면밀히 비교해보았다. 그 결과 새 종교가 우리를 하나님께 인도하는 가장 좋은 길임을 확신했다."

당사자들은 당시 처한 조건과 환경 하에서 그들의 처지를 가장 잘 이해해주는 새로운 종교, 즉 이슬람교를 선택했다는데 제3자들은 신앙심이 약해서였다고 매도하니, 보스니아의 무슬림인 보스니악들로서는 참 답답한 일이겠다.

터키 전통 거리: 바쉬차르쉬야

4, 5층 높이의 르네상스 풍 석조 건물이 줄지어 서 있는 유럽 거리가 끝나면, 이번에는 연이어 나지막한 지붕에 난쟁이처럼 납작 엎드린 목조 건물들이 다닥다닥 붙어 있는 터키 거리가 이어진다. 한 도시에 이렇게 서로 전혀 다른 두 동네가 공존한다는 사실이 믿기지 않는다. 목조 건물이 빼곡한 골목골목마다 주석을 두드려 주전자와 찻잔 같은 전통 공예품을 만드는 망치 소리가 퍼져 나온다. 그 와중에 상점들 사이사이로 모스크가 들어서 있다. 발칸 지방에서 10대 모스크 중 하나라는 가지 후스레프 베그 모스크Gazi Husrev-Beg's Mosque 건너편에는 종교학교인 메드레세, 순례자들의 숙박소인 테브하네가 보인다. 규모는 작아도 복합 종교단지인 퀼리예가 그 형태를 아직도 보존하고 있는 것이다. 메드레세 안벽에 줄줄이 걸려 있는 내전에서 희생된 이 학교 출신 교수와 학생들의 명패만 없다면, 이곳은 전형적인 터키의 어느 지방도시다. 터키 풍이 완연한 세빌랴Sebija 광장 분수대에서 인솔교사의 설명을 열심히 듣고 있는 터키 수학여행단을 만났다. 빨간 바

탕에 초승달과 별이 선명한 터키 국기를 들고 전통공예 거리인 카잔쥐룩Kazandziluk 골목길로 빠져드는 여학생에게 말을 걸었다. 고향이 에디르네에서 가깝다는 여학생은 홀연 고향으로 돌아온 것 같다며 함빡 웃는다. 문득 저 학생들은 이 길을 걸으며 무슨 생각을 할까 궁금해진다.

세빌랴 광장의 무슬림 여인들

　1463년 오스만제국에 별다른 저항 없이 순순히 투항한 보스니아는 그 대가로 제국 내 열 개 행정구역 가운데서도 가장 많은 자치권을 부여받았다. 또한 강제적이 아니라 자발적으로 많은 사람들이 이슬람교로 개종했다. 본래 이슬람교는 기독교와는 달리 이교도에 대한 강제 개종을 종용하지 않는다. 그렇다면 보스니아는 오스만제국의 통치 하에서 누구보다도 더 중앙정부에 협조적이었을까? 천만의 말씀이다. 17세기 이후 서구 유럽 국가에 뒤지기 시작한 오스만제국은 그들을 모델로 삼아 개혁정책을 추진했다. 이때 보스니아는 어느 지역보다 더 중앙정부의 개혁조치에 강력하게 반대했고 그에 대한 협조를 격렬히 거부했다. 아이러니하게도 제국으로부터 가장 많은 혜택을 받은 지역이 제국의 정책에 가장 반발한 것이다. 제국 내에서도 개발이 제일 더디고 전근대적 행정체계 하에 있던 보스니아가 얼마나 사사건건 중앙정부의 방침을 거슬렀는지, 오죽하면 보스니아를 재정복再征服해야 한다는 말이 나올 지경이었다. 이는 오스만제국 점령 당시 대부분의 기득권을 인정받은 보스니아 귀족 출신들의 극단적인 집단이기주의에서 비롯된 바 컸다. 그들은 제국이 환골탈태換骨奪胎해도 살까말까 한 절박한 상황에서도, 모든 개혁조치를 거부하며 오직 자신들의 기득권 지키기에 급급했다. 그들도 예니체리와 똑같이 숲을 못 보고 나무만 보는 식이었다. 그래서 과연 그들은 그 후 자신들의 기득권을 지키고 행복했을까? 지금 사라예보 시내 곳곳에 널려 있는 무덤의 임자들은 무언無言의 항변으로 절대 그렇지 않다고 외친다.

1683년의 제2차 빈 공방전 이후 공세로 돌아선 이래 합스부르크제국은 1697년 오스만제국을 격파했다. 그 결과 2년 뒤인 1699년 카를로비츠Karlowitz 조약이 체결되었다. 지금까지 팽창만 해온 오스만제국은 이 조약에서 제국 역사상 처음으로 영토를 할양하고 철수하는 치욕을 당했다. 합스부르크제국에 헝가리, 크로아티아, 슬로베니아, 트란실바니아 등지를 할양했고, 베네치아, 폴란드, 러시아에도 몇몇 지역을 할양해야 했다. 이보다 오스만제국에게 더 나빴던 것은 그때 이후로 '유럽의 호구虎口'로 처지가 전락해버린 것이었다.

[지도15] 카를로비츠 조약(1699년) 결과 오스만제국이 할양한 지역

이렇게 되자 보스니아는 졸지에 오스만제국과 합스부르크제국 간의 경계선이 되어버렸다. 이에 위기의식을 느낀 오스만제국은 나름 이런저런 개혁정책을 펴보았다. 하지만 기득권층과 보스니아, 세르비아를 비롯한 각 지방의 저항으로 별다른 성과를 얻지 못했다. 그러는 사이에 제국은 계속 쇠퇴의 길을 걸으면서 발칸의 나머지 영토마저 지킬 힘을 잃어갔다.

오랫동안 서구로 밀려오던 오스만제국은 1878년 러시아와의 전쟁에서 패배하면서 최종적으로 발칸에서 철수할 수밖에 없었다. 패전한 오스만제국은 러시아에 화평을 구걸하여 그해 3월 산 스테파노 조약을 체결했다. 이 조약에서 오스만제국은 세르비아와 불가리아, 그리스 등 발칸유럽 내 여러 민족들의 독립을 인정했다. 또한 그해 6월 베를린 회의에서는 보스니아의 행정권을 오스트리아로 넘겼다.

그런데 여기서 간과할 수 없는 대목이 있다. 즉 보스니아는 세르비아나 인근 국가들과는 달리 독립 대신 오스트리아의 영향권으로 들어갔다는 사실이다. 이로 보아 중세 이래 보스니아를 '국가'로 인정하지 않는 뿌리 깊은 전통이 그때까지도 계속되어왔음을 알 수 있다. 물론 보스니아가 이슬람화되었다는 사실도 독립에 걸림돌이 되었겠지만 말이다. 어쨌든 이는 대단히 중요한 의미를 가진다. 기왕에 보스니아가 '국가'가 아닌 '지역'이라면, 누가 그 연고권을 갖느냐 하는 문제가 제기되기 때문이다. 이웃 나라 중에서 지금까지 보스니아에 대한 종주권을 행사했던 나라는 불가리아, 크로아티아, 헝가리, 세르비아였다. 그리고 그들 중에서 모든 면으로 볼 때 제1순위는 단연 세르비아였다. 그런데 현실은 아무 연고도 없는 오스트리아가 갑자기 끼어들어 보스니아를 가로채간 형국이 된 것이다. 이후 이들은 오스만제국이 남긴 유

산을 둘러싸고 이전투구泥田鬪狗를 거듭한 끝에 결국 제1차 세계대전
으로까지 이어졌다.

라틴 다리

사라예보 시내를 가로지르는 밀랴카Miljacka 강에는 열세 개의 크
고 작은 다리가 걸려 있다. 그 중 1798년에 놓인 라틴 다리는 어디서
나 볼 수 있는 평범하고 아담한 로마식 돌다리일 뿐이다. 프라하의 카
를 교처럼 고풍스럽지도 않고, 모스타르의 스타리 모스트처럼 아름답
지도 않다. 하지만 이 다리에는 한 젊은이의 열정적인 신념 때문에 결
과적으로 4년 반 동안 6,000만 명이 참전한 가운데 900만 명이 사망
한 제1차 세계대전을 일으킨 참혹한 사연이 깃들어 있다. 무심한 라틴
다리를 건너면 길모퉁이에 조그만 박물관이 들어서 있다. 그날의 사건
을 보존한 박물관에는 피의자 신분으로 사진기 앞에 선 퀭한 눈빛의
프란치프 가브릴로의 사진이 걸려 있다.

라틴 다리와 기념박물관

01

    19세기 말은 전 유럽이 민족주의民族主義의 열병에 몸살을 앓던 때였다. 오스만제국이 물러간 자리에 그리스는 비잔틴제국의 부활을, 불가리아는 시메온의 불가리아제국으로의 회귀를, 세르비아는 두샨의 세르비아제국을 재건하고 싶어 했다. 모든 기준이 자국 중심自國中心이었기에, 이들의 욕구대로라면 발칸반도가 두 배로 늘어나도 모자랄 판이었다. 설상가상으로 이런 발칸반도에 두 강대국, 오스트리아-헝가리 이중제국과 러시아가 뛰어들었다. 돌이켜보면 발칸에 영향력을 확대하여 '제3의 로마제국'이 되고 싶었던 러시아의 욕망은 오스트리아의 강박관념에 비하면 그래도 덜 위험했다. 1870년 독일제국의 성립과 함께 전통적인 독일 지역에서 쫓겨난 오스트리아는 심한 상실감에 빠져 있었다. 신성로마제국의 맹주로서 독일 지역의 만형이었던 오스트리아는 동생 프러시아가 주도한 독일제국에서 배제되어버린 것이다. 화려했던 과거는 온데간데없고 이제는 제국의 존망마저 걱정해야 될 처지로 내몰린 오스트리아는 발칸에서 자신의 활로를 찾으려 했다. 그리고 이런 오스트리아의 불만을 잠재우기 위해 독일은 오스트리아를 지원했다. 독일은 아무 연고도 없는 보스니아를 오스트리아가 품어 안도록 힘을 몰아준 것이다. 영국과 프랑스 등 다른 열강들도 오랫동안 이민족들을 다루어본 경험이 많은 오스트리아에게 이 골치 아픈 지역을 떠넘기는 데 반대하지 않았다. 결국 강대국 간의 이해관계에 따라 보스니아의 운명이 결정된 것이다.

세기의 비극적인 사건이 벌어진 것은 1914년 6월 28일, 오스트리아-헝가리 이중제국二重帝國의 황태자 페르디난트 부처가 탄 차가 이 다리를 지날 때였다. 이때 군중 속에 있던 젊은이가 쏜 총에 황태자 부처는 그 자리에서 즉사하고 말았다. 그의 이름은 프란치프 가브릴로, 당시 나이 스무 살의 앳된 세르비아계 청년이었다. 오스트리아는 이 암살 사건을 세르비아의 사주로 몰아세우면서, 세르비아로서는 도저히 받아들일 수 없는 조건을 강요했다. 결국 오스트리아의 최후통첩을 거절할 수밖에 없었던 세르비아에게 오스트리아가 선전포고를 하면서 제1차 세계대전이 발발했다. 그렇다면 왜 하필 사라예보에서 이런 일이 일어났을까?

1908년, 지난 30년 동안 명목상으로만 오스만제국의 속령이었던 보스니아가 마침내 오스트리아-헝가리 이중제국에 합병되었다. 그러자 세르비아의 민족주의는 벌집을 쑤신 것처럼 난리가 났다. 그들에게 보스니아는 엄연히 세르비아의 일부였기 때문이었다. 다민족 국가인 오스트리아-헝가리 이중제국은 잘 알고 있었다. 민족주의야말로 제국을 공중 분해시킬 수 있는 시한폭탄이라는 사실을 말이다. 그런 시한폭탄을 세르비아는 계속 건드리고 있었다. 그들은 제국 내 세르비아계를 중심으로 소수민족들을 끊임없이 충동질하면서 남 슬라브족의 통합을 추진했다. 남 슬라브족의 통합은 오스트리아-헝가리 이중제국에게는 제국의 와해를 뜻했다. 제국은 크로아티아, 슬로베니아, 보스니아 등의 남 슬라브족을 끌어안고 있었기 때문이다. 그렇지 않아도 술렁이는 제국을 안정시키기 위해서는 어차피 꼭 한번은 손봐줘야 할 세르비아였다. 노회한 제국은 이런저런 강온책強穩策을 구사하며 세르비아를 시험했다.

우선 오스트리아는 보스니아의 다수를 차지하고 있는 무슬림과 손잡았다. 당장 중요한 것은 종교가 아니라 보스니아 내 세르비아계의 준동을 막는 일이었다. 그래서 가톨릭 국가 오스트리아는 같은 기독교인 동방정교 국가 세르비아를 견제하려고 이교도인 보스니아의 무슬림을 지원했다. 이런 오스트리아의 정책에 힘입어 보스니아의 무슬림들은 발칸 지방의 다른 곳의 무슬림들과는 달리 살아남아 지금까지 건재할 수 있었다. 역사의 아이러니지만, 지금은 불구대천不俱戴天의 원수가 된 세르비아가 보스니아의 무슬림들을 살려준 격이었다. 더 나아가 오스트리아는 제국 내 소수민족들을 포용할 적극적인 방안을 추진했고, 그 중심에 페르디난트 황태자가 있었다. 그는 필요하다면 현재 헝가리와의 이중제국을 확대해 크로아티아를 포함한 삼중제국三重帝國, 보스니아까지 포함한 사중제국四重帝國, 더 나아가서는 오스트리아 연방聯邦까지를 구상했다. 하지만 페르디난트의 이러한 구상은 세르비아 민족주의자들에겐 절대 생각조차 할 수 없는 악몽이었다. '대大 세르비아'를 지향하는 그들에게 황태자는 제거되어야 할 인물로 각인되었다.

이런 상황에서 운명의 날인 1914년 6월 28일이 밝아왔다. 이날은 사라예보에서 오스트리아-헝가리 이중제국 군의 열병식이 거행되는 날이었다. 그런데 열병식을 하필 6월 28일로 잡은 오스트리아의 심사가 꽤나 얄궂었다. 이날은 세르비아의 성령축일이자 1389년 코소보에서 오스만제국에 참패한 바로 그날이었다. 그날의 의미를 오스트리아가 모를 리 없었다. 하지만 오스트리아는 보란 듯이 열병식을 강행해 세르비아의 자존심을 시험하고 싶었던 것이다. 그리고 세르비아인들은 프란치프 가브릴로를 보내 오스트리아의 도발에 답했다. 라틴 다리의 비극이 도화선이 되어 제1차 세계대전이 발발했던 사실은 위에서 말한 바와 같다. 참고로 세르비아는 이 전쟁으로 당시 인구의 23%가 사망하는 참사를 당했지만 지금도 살아남아 있다. 하지만 오스트리아-헝가리 이중제국은 공중분해 되어 지금은 그 잔해만 남아 있다.

이름 모를 공동묘지

[1967~1992], [1971~1992], [1975~1994], ······.

구舊 성채Yellow Tabija/Old Military Fortress를 찾아 언덕길을 오르던 중에 마주친 공동묘지는 처음 멀리서 볼 때엔 하얀 꽃이 만발한 배 밭처럼 보였다. 하지만 가까이 갈수록 그곳은 하얀 대리석 말뚝이 수도 없이 꽂혀 있는 공동묘지였다. 파란 아침 하늘 아래 눈부시게 서 있는 하얀 묘비에 새겨진 숫자를 보며 나도 모르게 눈물이 나왔다. 그것이 무엇을 뜻하는지 알게 된 순간부터 보고 싶지 않았지만, 숫자들은 서럽게 내 가슴을 파고들었다. 그곳엔 잠시 이 세상을 스쳐간 수많은 젊은이들이 누워 있었다. 종교와 문화, 인종과 같은 그런 골치 아픈 것들은 다 접어두고라도, 이들이 이렇게 하루살이 삶을 살다 가버린 의미는 과연 무엇일까? 차라리 [1945~1992], [1956~1993], ······과 같은 숫자는 그나마 봐줄 수 있겠는데 말이다. 그런데 우리는 왜 평소엔 당연히 여겨 아무 생각 없이 살다가, 남의 불행을 보고서야 비로소 그 당연한 것에 감사한 마음이 드는 걸까? 얼추 60년을 살아온 나는 과연 이들에 비해 뭘 잘했기에 아직도 이렇게 하루 종일 걸을 수 있는 건강과 천하를 주유할 특권을 부여받았을까? 이 감당할 수 없는 하느님의 은총 앞에서 나는 어떻게 살아야 할지 되새겨본다. 배낭 멘 등짝에 쏟아지는 아침 햇살 사이로 성당의 종소리가 무심히 퍼져나가고 있었다.

보스니악의 공동묘지

　구舊 성채Yellow Tabija를 지나 저 멀리 머리 위로 보이는 신新 성채 White Tabija로 이어지는 골목길이 미로처럼 얽혀 있다. 산골집 안마당에서 우는 닭소리가 정겹지만, 이곳도 내전이 할퀴고 간 상처는 지천으로 널려 있다. 골목길을 돌아서면 전사자들에게 바쳐진 꽃다발이 성벽에 걸려 있고, 또 한 구비 돌아들면 희생자들의 영정과 안내판이 서 있다. 보스니아 내전 당시 사라예보를 포위한 세르비아 군대에 맞서기 위해 구축한 신 성채는 겉은 멀쩡해 보여도 속은 너저분한 잔해와 쓰레기가 가득하다. 아직 이런 곳까지 손보기엔 내전의 상처가 너

신 성채에서 바라본 사라예보 전경

무 깊었던 모양이다. 그래도 이곳에서 바라보는 사라예보의 정경 하나
만은 일품이다. 사방이 푸른 산으로 둘러싸인 사라예보 시내는 보석
처럼 박혀 있는 빨간 지붕의 집들과 이곳저곳에서 솟아오른 회교 사원
의 미나레트, 하얀 배꽃 밭 같은 묘지들이 역설적으로 색의 향연을 벌
이고 있었다.

　여기까지 올라오는 데 웬만한 야산 하나는 넘었으니, 여행길에 낯선
도시에서 생각지도 않은 산행을 한 셈이다. 성문을 나와 바깥 내리막
길로 접어들자, 굽이굽이 돌아드는 품이 속리산 말티고개가 무색하다.
소담한 민들레꽃과 화사한 벚꽃, 안남미처럼 꽃잎이 길쭉길쭉한 개나

리꽃, 흰 눈처럼 내려앉은 하얀 배꽃이 어우러진 산길은 이제 막 봄이 한창이다. 밭을 갈아엎는 일꾼들을 감독하던 푸짐한 농장 주인이 나를 보더니 손을 흔들어준다. 바로 밑에 길이 보이는데도 한참 돌아가야 하는 구불구불한 산길에 원색의 젊은이들이 자전거를 타고 올라온다. 한참을 쉬엄쉬엄 내려오면 산길은 밀랴카 강변길과 만난다. 길가에 놓인 벤치마다 기부한 사라예보 주재 각국 대사들의 기념 사인sign이 있다. 조깅하는 젊은이와 산책 나온 노부부, 애들을 데리고 소풍 나온 보스니악 부부가 한가로워 보인다. 길이 끝나는 곳에 있는 터널을 빠져나오면 곧바로 구舊 시청 건물이 나타난다. 사라예보의 매력은 무덤이 넘쳐나는 도심지보다, 이렇게 바깥으로 잠깐 벗어나면 마주치는 아름다운 산과 강을 낀 전원 풍경에 있다.

6세기 말쯤 발칸반도로 들어온 이래 남 슬라브족들은 무려 1,400여 년 동안 통합된 국가를 가져본 적이 없었다. 이들이 실질적인 통합국가를 구축한 건 양차 세계대전 후인 1945년이 되어서였다. '남 슬라브인들의 땅'이란 의미의 유고슬라비아 민주연방으로 출발한 이래 유고슬라비아 인민공화국, 유고슬라비아 사회주의 연방공화국으로 이름이 바뀐 이 통합국가는 그러나 거의 46년 만인 1991년 해체되고 말았다. 뜨거운 민족주의에 힘입어 출발한 유고슬라비아는 왜 그렇게 단명했을까? 바로 여기에 민족주의라는 이데올로기의 허상이 있다. 어쩌면 그들은 너무 이상적이었을지 모른다. 같은 민족, 같은 언어를 사용하는 이들이었기에 통합 국가를 당연한 것으로 받아들였지만 현실은 달랐다. 오랫동안 떨어져 살면서 종교와 문화적으로 그들은 너무나 다른 길을 걸어왔다. 같은 기독교이면서도 가톨릭과 동방정교의 오랜 적대관계는 그들을 생소하게 만들었고, 여기에 이슬람교가 끼어들면서 한층 문제가 복잡해졌다. 종교뿐만 아니라 지역 간 편차가 심한 경제 수준과 서로 다른 문화도 더욱 더 그들을 낯설게 했다. 결국 짧은 만남 끝에 갈라선 그들은 차라리 만나지 않았다면 더 좋았을 정도로 그 과정이 참혹했다.

그 중에서도 보스니아는 더 심했다. 산악 지역인 보스니아는 지리적 특성상 지역마다 고립되어 있었다. 세르비아에 가까운 지역엔 동방정교가, 크로아티아에 인접한 지역엔 가톨릭이 우세했지만, 오스만제국의 관용정책 덕분에 이슬람교까지 어울려 세 종교는 서로 평화롭게 공존했다. 그 결과 보스니아인들의 거주 지역은 표범 무늬처럼 서로 뒤섞여 있었다. 그리고 이러한 현상은 유고슬라비아 연방 시절까지도 계속되었다. 하지만 연방의 와해는 이 모든 것을 앗아가 버렸다. 앞서 말했듯이, 주변국들은 전통적으로 보스니아를 '국가'가 아닌 '지역' 개념으로 보았다. 이는 다시 말해 무주공산無主空山인 보스니아를 먼저 차지하는 쪽이 임자가 된다는 걸 뜻한다.

먼저 나선 쪽은 물론 세르비아였다. 연방 군권軍權을 장악했던 세르비아는 보스니아 내 세르비아계를 지원한다면서 보스니아로 진입해왔다. 이렇게 되자 상대적으로 열세였던 보스니아 이슬람 세력과 크로아티아계는 서로 힘을 모아 세르비아계에 대항했다. 한때 보스니악과 크로아티아계 연합 세력이 세르비아계를 막아내면서 보스니아 내전은 진정되는가 싶었다. 하지만 이때 처세의 달인 크로아티아가 변신하면서 사태는 더욱 꼬여버렸다. 약삭빠른 크로아티아는 어차피 보스니아의 상당 부분을 차지할 세르비아에 맞서 자신도 일정 지분을 먼저 챙기겠다는 속셈으로 돌연 함께 싸우던 보스니악을 공격한 것이다. 참 대단한 크로아티아다. 모든 싸움 중에서도 형제 싸움이 제일 무섭다고, 보스니아 내전은 이렇게 확산되었다. 자국 중심의 극단적인 이기주의의 광풍 속에 어제까지 다정했던 이웃이 불구대천不俱戴天의 원수가 되어 싸웠다. 그리고 어른들이 벌여놓은 불장난에 애꿎은 젊은 생명들이 하릴없이 스러져갔다.

모스타르로 가는 길

사라예보에서 모스타르로 가는 120km의 여정은 참 아기자기하다. 사방이 산으로 둘러싸인 사라예보에서 남쪽 방향으로는 유일한 출구가 모스타르로 가는 길이다. 도심을 벗어나면서 여기저기 널려 있는 기독교도들의 무덤에 마음이 울적해질 즈음에, 네레트바 강을 끼고 펼쳐지는 절경은 그 모든 것을 잊게 한다. 버스는 기차와 함께 앞서거니 뒤서거니 하면서 산자락을 돌아든다. 분명 가는 도중에 오르막길이 없는데도 가끔 한 번씩은 한계령을 연상시키는 급한 고갯길로 떨어진다. 그럴 때마다 네레트바 강은 황색 강물을 급히 쏟아낸다. 이렇게 사라예보에서 모스타르 가는 길은 계속되는 내리막길이다. 급히 흐르던 강물은 어느 때부턴가 순해지더니 에메랄드가 무색한 옥색 호수로 변한다. 여기에 기기묘묘한 석회암 산들이 호수면에 빠져들어 가히 환상적이다. 그런데 이렇게나 아름다운 곳에 사는 사람들의 마음이 어찌 그리 강퍅해질 수 있는지 모르겠다. 네레트바 강과 석회암 산들이 어울린 두 시간 반 동안의 파노라마를 즐기다 보면 모스타르에 도착한다. 모스타르란 도시 이름은 '다리의 수호자Mostari'를 뜻하며, 스타리 모스트라는 다리로 유명한 곳이다.

버스에서 내리자 한 젊은이가 다가와서는 "Gentleman, do you need a room?" 하고 묻는다. 그래, 이제 고생 끝에 낙원이라고, 더 이상 숙소 찾아다니는 생존 게임을 안 해도 되겠구나. 도미토리는 하룻밤에 10유로라고 한다. 그 말에 싱글 룸은 얼마냐니까 20유로 내란다. 착한 가격이 마음에 드는데, 비수기여서인지 이 젊은이는 저 혼자 금방 18유로로 깎아준다. 이름이 밀란이라는 젊은이를 따라가니 시내가 손바닥만 해서인지 채 5분도 되지 않아 집에 도착한다. 집에는 세 살짜리 인형 같은 딸과 예쁜 아내가 이런 보릿고개에 눈먼 손님 물고 온 남편을 반긴다. 크로아티아계인 밀란의 집은 아기자기한 꽃이 가득한 정원이 참 맘에 든다. 집 두 채를 엮어 안채는 주인이 쓰고 바깥채는 여행객 차지인데, 손님이라곤 나 혼자여서 어차피 도미토리도 독방같이 쓸 뻔했다.

모스타르 시내를 가로지르는 네레트바 강의 다리 중에 '오래된 다리'라는 뜻을 가진 스타리 모스트가 있다. 보스니아에서 무슬림과 기독교도들이 뒤섞여 사는 곳이 꼭 이곳만은 아니련만, 이 다리를 보려고 이 작은 마을에 관광객이 몰린다. 이곳에서도 장삿속 빠른 사람들은 다리가 잘 보이는 명당자리에 카페나 레스토랑을 열고 사람들을 유혹한다. 하지만 때로는 이렇게 가까이에서보다는 한 발 멀리 떨어져서 볼 때 또 다른 아름다움을 발견할 수 있다. 많은 사람들이 스타리 모스트에서 북적일 때, 강 하류 쪽에 걸린 다음 다리 중간에서 스타리 모스트를 바라보면 그 전체 모습이 보인다. 이곳에서 보는 옥빛 네레트바 강물 위에 걸쳐 있는 흰색 아치 석조 다리는 흡사 푸른 하늘에 둥실 떠 있는 반달 같다. 실용성을 강조한 로마 다리의 육중함에 더해, 교각을 한껏 들어 올려 다리의 아치를 최대한 넓힌 스타리 모스트의 미적 감각은 가히 일품이다. 흡사 같은 기와지붕이라도 투박해 보이는 중국식 전각보다, 날아갈듯 처마를 살짝 치켜 올린 우리네 기와지붕이 훨씬 아름다운 것과 같은 이치다.

별다른 조각이나 장식도 없는 단순한 형식의 다리가 보는 방향에 따라 이렇게 다양한 아름다움을 뽐내다니, 그저 놀라울 뿐이다. 그 중에도 강변으로 내려와 올려다보는 다리는 또 다른 풍취가 느껴진다. 다리의 아치가 만들어내는 공간 저 너머로 보이는 구시가지는 피안의 세계다. 모스크의 미나레트가 하늘 높이 솟아 있는 마을과 좁은 골목길 따라 오가는 사람들의 모습은 동화 속 난쟁이 마을 같은 환상을 불러일으킨다. 석회질을 가득 품은 강물은 쉼 없이 흐르면서 옥색 실을 자아내고, 물속에서 조약돌 구르는 소리가 귀를 간질이며 마음을 보듬어준다. 요즘 보기 힘든 제비란 놈들이 수면에 낮게 날아다니는 품이 혼자 바빠 보인다. 그 틈새로 갈매기도 한두 마리 보이는데, 이 내륙에 웬 갈매기람. 놈은 강물 위에 내려앉자마자 저 아래로 떠밀려 가 버린다.

다시 세운 스타리 모스트

대리석 다리 바닥은 사람들의 발자국에 반들거리다 못해 움푹움푹 패어 있다. 다리 위에는 강가에서 주운 돌 위에 스타리 모스트를 그려 파는 젊은 화가가 있다. 한 점 샀더니 화가는 이런 돌을 한국어로는 어떻게 부르냐며 적어달란다. 아무 생각 없이 '자갈'이라고 써주고 돌아서려니, 왠지 공사판이 연상되는 삭막한 어감이 마음에 들지 않는다. 다시 발길을 돌려 '조약돌'로 고쳐 써주자, 한국 관광객들이 오면 뒷면에 써줄 것이라며 환하게 웃는다. 그런 젊은 화가의 얼굴이 강물빛보다 더 맑다.

하지만 이렇게 아름다운 다리도 인간의 욕심 때문에 험한 꼴을 당해야 했다. 길이 29m, 높이 25m의 아담한 스타리 모스트는 1556년 술레이만 대제 시절에 놓인 다리다. 이 다리를 넘나들며 네레트바 강 양안의 크로아티아계 가톨릭교도와 무슬림이 몇 백 년 동안 이웃해서 살아왔다. 그러나 이 오랜 평화는 보스니아 내전으로 깨어졌다. 1993년 무슬림은 크로아티아계와 힘을 합해 세르비아계 민병대의 공격을 힘겹게 물리쳤다. 하지만 세르비아가 물러난 자리에 이번엔 크로아티아가 쳐들어왔다. 내전을 이용해서 영토 확장을 꿈꾸는 크로아티아의 사주로 크로아티아계 가톨릭교도들이 돌연 무슬림을 공격해온 것이다. 그 와중에 스타리 모스트는 1993년 11월 9일, 크로아티아계의 포격으로 무너져 내렸다.

동방정교의 세르비아계, 가톨릭의 크로아티아계, 그리고 무슬림인 보스니악이 서로 물고 물리며 싸운 보스니아 내전 중에서도 모스타르의 크로아티아계와 보스니악의 싸움은 더 비참하고 허무했다. 그들은 오랫동안 한 동네에서 아무 갈등 없이 살아오던 사람들이었다. 서로가 서로를 잘 알고 지내던 이웃이었는데, 어느 날 새삼스럽게 종교가 다르다는 이유로 이웃에게 총을 겨눈 것이다. 무너진 다리는 9년 동안의 공사를 거쳐 2004년에 복원되었다. 강물 속으로 흩어져버린 돌조각 하나하나를 찾아내어 퍼즐 맞추듯이 그렇게 짜 맞췄다고 한다. 그러나 아직도 강 건너에 살고 있는 내 부모와 아들, 딸을 죽인 사람들을 봐야 하는 당사자들의 마음은 어떻게 짜 맞출 수 있을까? 'Don't forget '93'이라고 무심히 쓰여 있는 돌 비석 하나가 저 너머 다리를 지키고 있었다.

Don`t forget `93

　다리 건너 가톨릭 지구에는 종탑이 까마득히 높은 성당이 버티고 서 있다. 화요일 저녁 평일 미사인데도 그 큰 성당 안에는 빈자리 하나 없이 신자들로 빽빽하다. 빨간 제의를 입은 젊은 신부님은 온몸으로 열정적인 강론을 이어가는데, 성당 입구까지 신자들이 선 채로 미사를 보고 있다. 나도 잠시 성당 입구에 서서 신부님의 강론을 들어본다. 나는 한 마디도 알아들을 수 없는데, 신자들은 신부님의 강론에 빠져든 듯하다. 얼핏 들여다본 성당 내부는 몇 점의 성화와 성상이 걸려 있을 뿐, 시멘트벽이 그대로 드러나 황량해 보인다. 아마도 내전 후 급히 지은 듯한데, 날림으로 지은 성당 건물에 비해 종탑은 어마어마하게 높다. 옆에 있는 10층 아파트의 높이가 종탑의 반에도 미치지 못한다. 삐쭉 치솟은 종탑은 마치 대지에 커다란 대침을 꽂아놓은 형상이다. 그 위세에 눌린 건너편 모스크의 미나레트가 무색할 정도다. 더구나 한편 산봉우리의 정상을 점거한 십자가는 흡사 홀로 고군분투하는 성당을 지원하듯이 시내를 굽어보고 있다. 조금이라도 건드리면 용서하지 않겠다는 결기가 느껴지는 이런 공격적인 외관의 구조물들을 본 적이 없다. 이래서야 어디 무슬림과 가톨릭교도들 사이의 지속적인 화해와 공존이 가능하겠는가? 건물 모양새만 봐도 이들 사이가 순탄치 않겠다는 생각이 든다.

　이곳도 온 천지가 무덤으로 뒤덮였다. 시내에는 모스크 안마당마다 흰 비석의 무슬림 묘지가 가득하고, 메마르고 황량한 뒷산에는 검은 비석의 기독교도 무덤이 산자락을 수놓고 있다. 죽어서도 이렇게 서로

가톨릭 성당 종탑과 산상 십자가

편을 갈라 누워 있구나. 그 와중에 어떻게 살아남았는지 묘지 곁에는
집시들이 얼기설기 집을 지어 하나둘씩 들어와 살고 있다. 그들은 정
말 잡초처럼 강인한 사람들이다. 얼핏 보이는 겉모습과는 달리 모스타
르의 속살은 아직도 내전이 남긴 상처로 몸살을 앓고 있다. 건물 벽에
무수히 패인 총탄 자국은 차라리 애교 수준이고, 포탄에 맞아 아예 뻥
뻥 뚫린 폐허가 골목골목에 널려 있다. 사라예보는 모스타르에 비하
면 또 양반이다. 관광객들의 발길이 잦은 명소는 우선 급한 대로 복구
를 마친 모양인데, 상당수의 일반 주택은 아직도 복구의 손길이 미치
지 못하고 있다. 이런 폐허와 함께 일상을 살아가는 모스타르 사람들
의 마음은 이미 무뎌질 대로 무뎌졌는지, 겉으로 봐서는 아무렇지도
않아 보인다.

으스름해지는 저녁, 네레트바 강변 카페에 앉아 스타리 모스트를
바라본다. 북적이던 사람들도 사라지고, 카페 주인은 하얀 식탁보를

벌집처럼 총탄 자국이 가득한 주택

걷어내고 있다. 강물이 흘러가는 것일까, 아니면 역사가 흘러가는 것
일까? 쓰레기가 흘러가는 것일까, 아니면 인간의 오점이 쓸려 내려가
는 것일까? 수면 위를 얕게 나는 제비들만 홀로 바쁠 뿐, 다리도 거리
도 이제 깊은 침묵에 빠져든다. 저녁 여섯 시 교회 종소리가 들려온
다. 강물 소리에 종소리가 빠져드는 걸까, 아니면 종소리에 강물 소리
가 숨죽이는 걸까? 다리의 아치는 저리도 유연한데, 사람들의 아집은
어찌 그리 각박할까? 강변에 아무렇게나 굴러다니는 조약돌에 예쁜 그
림을 그려 사람들에게 나누어주는 다리 위 화가처럼, 우리도 그렇게
살 수는 없을까? 식탁보를 걷어낸 주인은 내일을 준비하며 새 식탁보
를 다시 편다. 철 이른 시즌에 나 홀로 자리를 지킨다. 주인은 이제 등
불을 켠다. 하나둘 켜진 등불이 네레트바 강을 비춘다. 오늘은 한나절
내내 스타리 모스트를 이리저리 바라보고, 이모저모 쓰다듬으면서 보
냈구나.

🔍 뒤돌아보기 (7): 남 슬라브족의 역량

보스니아의 비극은 종교와 인종 문제를 빙자한 자국 중심의 극단적인 이기주의가 표출된 데서 기인한다고 본다. 오랜 세월 외세에 억눌려 지내왔기에 어쩌면 이들은 마음의 여유가 더 없었을지 모른다. 그로 인해 전체를 생각하기에 앞서 먼저 '우리부터'라는 강박관념에 휩쓸린 남 슬라브족은 그 유례를 찾아보기 어려운 '야만의 힘'에 호소했다. 종교란 잣대를 내세워 바로 어제까지만 해도 다정한 이웃이었던 사람들을 개돼지 도축하듯이 죽여버렸다. '인종청소'란 희한한 개념으로 '우리'가 아니라고 판단된 사람들을 잡초 뽑듯이 제거해버렸다. 그런데 그 많은 사람들을 죽인 '종교'나 '인종'이란 과연 얼마나 절대적인 가치를 가지고 있는 개념일까? 일찍이 프랑스의 프랑수와 1세는 합스부르크제국에 대항하기 위해 오스만제국의 술레이만 대제와 동맹을 맺었다. 불신동맹不信同盟으로 알려진 이 동맹은 왜 프랑스나 오스만제국이 강대국인지 알게 해주는 대목이다. 오스트리아도 세르비아의 준동을 막기 위해 보스니아 내의 무슬림을 지원한 사실은 앞에서 말한 바 있다.

이렇게 역량 있는 국가나 민족은 특정 이데올로기로서의 종교에 매몰되지 않고, 상황에 따라 유연하게 행동한다. 더구나 '인종'이란 개념으로 들어가면 그 기준은 더욱 모호해진다. 다 같은 남 슬라브족인데 종교가 다르다고 인종이 달라지는가? 물론 종교나 인종을 들먹이며 몰아가는 지도자들도 문제지만, 이들의 선동이 먹혀들어가는 사회의 내부 역량도 큰 문제라고 본다. 그런 점에서 보스니아의 비극은 역시 스스로 뿌린 씨를 스스로 거두는 게 아닐까? 다만 그런 보스니아의 비극이 강 건너 불처럼 꼭 남의 일만은 아닌 것 같아서 씁쓸하다. 눈만 뜨면 보수네, 진보네, 좌파네, 우파네, 신주단지 모시듯 하며 편 갈라 싸우기에 바쁜 우리의 모습은 이들과 얼마나 다를까? 과연 우리의 내부 역량은 남 슬라브족들에 비해 얼마나 높을지 궁금해진다.

제5장

크로아티아의 처세處世

크로아티아의 수도 자그레브는 뒤로는 메드베드니차 산자락에 의지하고, 앞으로는 탁 트인 벌판을 흐르는 사바 강을 바라보고 있다. 어느 무더운 여름날, 싸움에 지친 군인이 우물가 소녀에게 물을 떠달라고zagrabiti 부탁한 데서 그 이름이 연유했다는 자그레브는 듣던 대로 아담한 도시다. 기차역에서 나오면 앞으로 넓고 긴 광장이 펼쳐지며 길 건너편에 우뚝 서 있는 토미슬라브Tomislav의 동상이 제일 먼저 눈에 들어온다. 같은 남 슬라브족 국가인 불가리아에 크룸 왕가(807~972년)와 세르비아에 네마니치 왕가(1166~1371년)가 있다면 크로아티아에는 트르삐미르 왕가(845~1091년)가 있다. 시메온 대제가 크룸 왕가를, 두샨 황제가 네마니치 왕가를 대표하듯이, 토미슬라브 왕은 트르삐미르 왕가를 대표한다.

기차역에서 1km 남짓 길게 뻗은 광장이 끝나는 곳에 시내에서 가장 번화한 반 엘라쥐치 광장Trg Bana Josip Jelačića이 있다. 이 광장에서 평지가 끝나며, 그 뒤편부터는 두 개의 언덕이 시작된다. 바로 이두 언덕이 자그레브 구시가지의 중심이다. 베오그라드의 칼레메그단과같이 자그레브 구시가지도 상시上市인 고르니 그라드Gornji Grad와 하시下市인 도니 그라드Donji Grad로 나뉜다. 왼쪽의 높은 언덕이 상시인 그라데쯔Gradec이고, 오른쪽의 낮은 언덕이 하시인 카프톨Kaptol이다. 중세 이래로 경쟁 관계였던 두 지역은 1850년이 되어서야 통합되었다고 한다. 그래선지 그리 높지 않은 두 언덕은 서로 지척이지만 분위기는 사뭇 다르다. 서민들의 마을로 시작된 그라데쯔에는 지금 대통령궁과 의회, 시청사 같은 공공건물들이 들어서 있다. 이곳은 15세기 오스만제국의 침입에 대비해 쌓은 성벽이 아직도 군데군데 남아 있다. 반면 성직자들의 마을이었던 카프톨에는 1094년부터 대교구로 책정된 자그레브 대성당이 들어서 있다. 자그레브 시내를 잠깐 돌아보면 이 도시가 얼마나 전형적인 가톨릭 도시인지 금방 알 수 있다.

토미슬라브의 동상

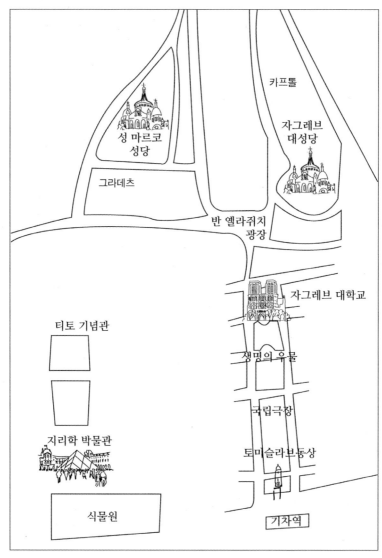

[지도16] 자그레브 시가도

크로아티아는 7세기 초, 일단의 남 슬라브족이 판노니아 평원에서 북부 달마티아까지 진출하여 기존의 아바르족을 몰아내고 느슨한 형태의 부족 동맹체를 형성하면서 출발했다. 이 지역은 비잔틴제국에 인접한 불가리아나 세르비아와는 달리 서쪽의 프랑크왕국과 국경을 접하고 있었다. 따라서 크로아티아는 일찍부터 이들의 영향권 안에 들어, 803년에는 샤를마뉴의 종주권을 인정하고 가톨릭으로 개종했다. 여기서부터 남 슬라브족의 양대 세력兩大 勢力인 세르비아와 크로아티아는 서로 다른 길을 가게 되었다. 본래 같은 민족이었던 이들은 시간이 지날수록 서로 다른 종교와 문화 때문에 멀어졌다. 그랬던 이들은 발칸반도로 들어온 지 무려 1,400여 년 만에 처음으로 통합 국가를 세웠다. 하지만 유고슬라비아로 불렸던 이 통합 국가는 채 50년도 못가 사라지고 말았다. 유고슬라비아가 해체된 데에는 여러 요인이 있지만 이들 두 나라, 즉 세르비아와 크로아티아 사이의 상호불신과 경쟁심을 결정적인 요인으로 꼽는다. 그리고 이들의 이런 관계는 유고슬라비아가 사라진 지금까지도 진행형이다. 그렇다면 왜 크로아티아인들은 세르비아인들을 '짐승'이나 '노예'로 비하하며 싫어할까? 그리고 그 와중에 양국이 첨예하게 대립하고 있는 '역사 전쟁'의 실체는 무엇일까?

크로아티아에서 만난 사람들

01

　새벽부터 후드득 떨어지는 빗소리가 한껏 을씨년스러운 모스타르 버스 터미널에서였다. 아무도 없는 승강장에서 젊은 처녀와 달랑 둘이 아까부터 시계를 보며 오지 않는 버스를 기다리고 있었다. 아침 7시 출발 예정인 두브로브니크 행行 버스는 시간이 다 되었는데 도통 올 기색이 없다. 터미널 직원에게 뭐라고 물어보고 온 처녀에게 버스가 취소되었냐니까, 손님이 적어서 다른 경유지를 거쳐 오는 버스로 대체 하느라 조금 늦을 거란다. 모스타르에서 법학을 전공한다는 처녀의 이름은 안드레아다. '안드레아'라면 남자 이름 아니냐고 했더니, 바다 건 너 이탈리아에서는 그렇겠지만 크로아티아에서는 남녀 구분 없이 쓴 다며 웃는다. 두브로브니크가 고향이라는 안드레아는 두브로브니크엔 법대가 없어서 처음에는 스플리트로 가려다가 시집 간 언니가 살고 있는 모스타르로 유학 왔단다. 자기 나라 도시인 스플리트 대신 이제 는 엄연히 다른 나라 도시가 된 모스타르로 온 안드레아를 보니, 크로 아티아와 보스니아 사이의 얽히고설킨 복잡한 관계가 새삼 실감난다. 하긴 유고슬라비아가 붕괴되기 전에는 같은 식구였으니 이상할 것도 없겠다. 졸업 후에 어디서 살 생각이냐고 묻자, 좋은 사람 만나면 언니 처럼 모스타르에 남을 것이라며 살짝 웃는다.

두브로브니크 버스터미널에 도착하자 예의 민박집 주인이 접근해온다. 슬라브코Slavko라는 이름의 젊은이는 근처에 자기 집만 한 곳도 없다며 하루에 20유로만 내란다. 그동안 만났던 착한 보스니아 사람들이 연상되어 별 고민 없이 슬라브코를 따라나섰다. 그런데 자기 차를 타자는 그의 말에 문득 의아심이 든다. 가깝다더니 웬 차를 타냐고 묻자, 자기 집에서 구시가지까지는 걸어서 30분 거리라며 걱정 말란다. 그래, 이 작은 도시에서 멀어야 얼마나 멀겠나 하는 생각에 못 이기는 체 차를 탔다. 그런데 문제는 그의 집에 와보니 다 좋은데, 일반 주택가여서 딱히 눈에 띄는 지형지물이 없다는 점이었다. 하얀 담에 빨간 지붕 일색인 집들은 그 집이 그 집 같아 보인다. 또 다른 손님 찾기에 마음 바쁜 슬라브코는 대충대충 내 질문에 답하는 시늉만 하다가 명함 한 장 쥐어주고는 가버린다. 불안해진 나는 그의 집에서 나오는 길에 군데군데 사진까지 찍어가며 돌아올 길을 확인했다. 걸어서 30분이면 충분하다던 두브로브니크 성城까지는 족히 한 시간 가까이 걸렸다.

느지막이 올라간 스르지 산 정상에서 바라보는 두브로브니크의 그림 같은 풍광에 빠져버린 것일까, 시간 가는 줄 모르다 내려오니 벌써 어둠이 깔려 있다. 택시를 탔으면 아무 문제없었으련만, 마침 시내버스가 보이기에 잡아 탄 것이 그날 밤 해프닝의 단초가 되었다. 깜깜한 밤에 달리는 버스 차창 밖으로 초행길을 찾아 가겠다는 무모함은 도대체 어디서 나왔을까. 몇 푼 되지도 않는 택시비를 아끼려는 욕심이 잠깐 내 눈을 가린 모양이다. 해안을 끼고 달리던 버스가 언덕길로 오르나 싶더니, 그 다음부터는 인가가 뚝 끊겨버린다. 뭔가 잘못되었다는 직감에 옆자리에 앉은 학생에게 물었더니 벌써 서너 정거장은 지났단다. 급히 다음 정거장에서 내려 반대편 버스를 기다리자니, 깜깜한 밤에 차량도 뜸하고 인적은 아예 묘연하다. 한참을 기다린 후에야 나타난 버스가 구세주처럼 반갑다. 하지만 버스에서 제대로만 내리면 민박집 찾는 건 '식은 죽 먹기'라고 생각했던 것이 큰 오산이란 사실을 깨닫는 데 그리 오랜 시간이 걸리지 않았다. 밤 9시밖에 되지 않았지만 동네는 이미 깊은 잠에 빠져 있었다. 상점은 다 문을 걸어 잠근 데다, 이제라도 택시를 타려 했지만 눈을 씻고 찾아봐도 택시 비스름한 것도 없다. 심지어 길 물어볼 사람들도 너무너무 귀하다. 슬라브코가 준 번호로 전화를 걸어보지만 도통 연결이 되지 않는다. 벌써 한 시간째 주택가를 맴도는 중에 지나가는 행인은 겨우 네 사람 보았다. 그 중에 마지막 만난 젊은이가 유창한 영어로 시원시원하게 알려주기에 이제는 되었나 싶었는데, 결과적으로 헤매기는 마찬가지다.

난감한 마음에 잠시 길모퉁이에 서 있으려니, 나이 들어 보이는 남자가 대문 앞에 오토바이를 세우고는 집안으로 들어가려 한다. 염치고 체면이고 따질 겨를도 없이 그를 붙잡고 다시 한 번 길을 물었다. 어설픈 영어로 설명하려는 그의 말을 가로채고 사정 이야기를 했다. 벌써 몇 사람째 물었지만 길을 못 찾았다, 한 시간도 넘게 찾았으나 실패했다, 그러니 당신이 이 명함 주인에게 전화해서 민박집 위치를 정확히 확인해줬으면 좋겠다고, 마치 빚쟁이처럼 당당하게 요구했다. 그만큼 내가 절박해 보였는지, 이름이 바츠카라는 크로아티아 신사는 빙긋이 웃고는 알았다고 고갯짓한다. 잠시 후 집에서 나온 바츠카는 나더러 오토바이에 타란다. 연락이 닿으면 슬라브코가 픽업 나오리라 기대했는데, 아까 감언이설로 나를 꼬이던 이 인간은 얼씬도 않고 애꿎은 바츠카가 이 늦은 시간에 나설 줄은 생각도 못 했다. 이렇게 해서 비슷한 연배인 그의 허리춤을 붙잡고 야밤에 두 중늙은이가 주택가를 누볐다. 시내에서 공구상工具商을 한다는 독일계인 바츠카는 이렇게 혼자 돌아다닌다는 내 말에 깜짝 놀란다. 오토바이로도 한참을 이 골목 저 골목 왔다 갔다 한 끝에 겨우 민박집을 찾았다. 잠시였지만 이 크로아티아 신사에게 진 신세가 너무 고마워 올림픽 기념주화를 한 닢 건넸다. 그러자 바츠카는 돈인 줄 알고 펄쩍 뛰며 그냥 내빼려 한다. 백인이라면 조금은 냉정하고 오만하며 시끄러운 사람들, 특히 미국인들이 연상되는데, 이렇게 수줍고 소박한 백인을 보니 일면 낯설기도 하다. 기념주화를 받고 기뻐하면서도 멋쩍어하는 바츠카와 같이 세상에는 순수한 사람들도 많구나. 집 찾느라 저녁도 못 먹었지만 마음은 한없이 풍요로웠다.

자다르 버스터미널에 내리니 이곳부터는 민박집 주인 모습이 보이지 않아 또 다시 현지에서 숙소를 찾아야 했다. 이럴 때 우선 의지할 수 있는 곳이 여행자 안내소(i)다. 성문을 들어서니 구시가지가 손바닥만 해서 i 표시를 찾기가 수월하다. 시내 중앙에 있는 i를 찾아가니 관광도시답게 여직원이 무척 친절하다. 내 형편에 비싼 호텔은 여유가 없고 그렇다고 젊은이들과 함께 방 쓰기도 민폐니, 독방 하나 알아봐 달라고 부탁했다. 그러지 않아도 자다르는 호텔 사정이 좋지 않고 더욱이

주말이라 호텔 방은 아예 동나버렸단다. 그러면서 마침 가까운 곳에 적당한 민박집이 있으니 5분만 기다리란다. 채 2~3분도 되기 전에 건장한 할머니가 들어오는데 이름이 올가라고 한다. 민박집은 i에서 엎어지면 코 닿을 거리에 있다. 독일계인 올가네 집은 주인이 사는 안채와 여행객이 머무는 바깥채로 나뉘어져 있다. 숙박비로 200쿠나를 내라는 올가는 찔러도 피 한 방울 날 것 같지 않은 인상이다. 그녀의 기세에 눌려 두 말 없이 숙박비를 줬더니, 기분이 좋은지 와인 병을 들고 와서는 소주잔만 한 잔으로 딱 한 잔 따라주고는 건배하잔다. 이 와인 한 잔이 그녀로서는 얼마나 큰 인심을 쓴 것인지 바로 다음날 알게 된다.

다음날 아침이었다. 모처럼 늦잠을 잤더니 기분이 개운한데 올가가 커피 마시러 오란다. 무지막지하게 큰 커피 잔에 그에 못지않게 큰 우유 통, 그리고 한 입 베어 물면 하얀 설탕 분말이 입 가장이에 묻어나는 무식한 빵 한 조각이 그녀의 아침식사다. 플리트비체로 가는 버스 시간이 오후 두 시 반인데, 민박집의 체크아웃 시간은 오전 열한 시다. 한두 시간 큰 가방만 맡아달라고 올가에게 부탁했더니, 이 할머니 갑자기 영어를 못 알아듣는 시늉을 한다. 참 인심 한번 야박하다. 방으로 돌아와 짐 정리하고 샤워하러 화장실에 갔더니 벌써 온수기도 꺼져 있고 비누와 샴푸도 치워버렸다. 그새 밖에 나갔는지 아무리 문을 두드려봐도 이 지독한 할망구 기척이 없다. 별수 없이 가져간 빨래비누로라도 머리를 감아야 할 판인지라 혹시나 하고 밑의 수납장을 열어보니 비누와 샴푸가 얌전히 모셔져 있다. 참 대단한 독일계 할머니다.

버스터미널까지 가기도 번거로워서 정오쯤 돌아올 요량으로 큰 가방을 바깥 복도 한 옆에 두고 나온 것이 불찰이었다. 산책 겸 성 안을 한 바퀴 돌다 보니 아무래도 체크아웃 시간이 마음에 걸린다. 그래,

좀 일찍 가서 가방 끌고 공원에서 쉬다 가면 되겠다는 생각에 반시간 늦은 오전 11시 30분에 민박집으로 돌아왔다. 그랬더니 아무리 두드려도 이 할망구가 문을 열어주지 않는다. 분명 안에서 기척은 들리는데 문을 열어주지 않으니 참 고약하다. 문밖에서 한참을 기다리니 안에서 전화 벨 소리가 울리고 그제야 올가는 마지못해 문을 열어준다. 참 못됐지만 당장 소변이 급해 화장실을 쓰자 했더니 "No good! No good!" 하면서 막아선다. 문득 저 얼굴을 어디선가 본 것 같다. 완고하고 인색하며 정情이라고는 아무리 약에 쓰려고 찾아봐도 없는 저 표정 말이다. 아하! 도스또엡스키의 '죄와 벌'이 생각났다. 주인공 라스코리니코프에게 살해당한 전당포 할망구가 바로 저 얼굴이었을 거야. 아휴! 경치가 좋으면 뭐하고 도시가 아름다운들 무슨 의미가 있을까, 사람이 이 모양인 걸. 어디서나 사람들과 이해관계에 얽히면 자신도 모르는 사이에 각박해지고 모질어지나 보다.

자다르의 중심인 성 도나타 성당과 로마 포럼

　금요일 정오가 막 지날 즈음, 자다르 시내의 아담한 광장에는 각양
각색의 아름다운 드레스를 입은 처녀들과 단정하게 넥타이를 맨 총각
들이 삼삼오오 모여든다. 서로 포옹하기도 하고 끼리끼리 모여 사진도
찍는 모습이 참 보기 좋다. 막 피어난 봄꽃보다 더 화사하게 성장한 처
녀들은 하나같이 모두 미인들이고, 감색 양복에 같은 색의 넥타이를
맨 총각들의 수려함도 결코 그녀들에 뒤지지 않는다. 이들의 모습에
광장은 한층 화사한 봄기운이 가득하다. 결혼식 피로연에 참석한 친구
들이 아닐까 생각하면서, 이런 선남선녀들의 축복 속에 결혼하는 신혼
부부는 누굴까 궁금해진다.

자다르 대학 졸업식 세리머니

오후 늦게 자다르 대학교 앞을 지나다 광장에서 보았던 옷차림의 젊은이들을 다시 만났다. 학교 앞 주점에는 테이블에 앉아 이야기꽃을 피우는 축이 있는가 하면, 다른 한쪽에서는 아코디언 반주에 맞춰 모두 일어나 합창을 하고 있다. 각자 맥주 한 잔씩 들고 남녀가 어우러져 부르는 노래 속에는 모두를 끌어안는 묘한 흡인력이 묻어난다. 반주라고는 아코디언 하나뿐인데도 화음이 어찌나 잘 맞는지, 손님을 불러 모으려 주점에서 일부러 초빙한 합창단 같다. 이 젊은이들의 노는 모습을 보고 있노라면 참 자연스럽다는 생각이 절로 든다. 함께 노래하는 간간이 슬쩍슬쩍 몸을 흔들어 추는 춤은 어려서부터 몸에 배지 않고는 저렇게 자연스러울 수가 없다. 그렇다고 술을 많이 마시는 것도 아니다. 어쩌다 맥주 한 모금 마시고는 무슨 이야기를 저렇게 재미있게 나누며, 요란하지 않으면서도 저렇게 예쁜 춤을 출 수 있는지 모르겠다. 이들이 마음껏 발산하는 젊음의 힘에 이끌려 나도 옆에 있는 레스토랑 야외 테이블에 앉았다.

마침 제법 술기가 오른 젊은이가 내 테이블 쪽으로 다가오더니 어디서 왔냐고 묻는다. 한국에서 왔다는 말에, 그렇게 먼 나라에서 어떻게 혼자 오셨느냐, 크로아티아는 마음에 드시냐며 눈이 둥그레진다. 잠시 후 이반이라는 이 친구를 따라 대여섯 명의 젊은 남녀들이 내 테이블을 에워싼다. 오늘이 무슨 날이라도 되냐고 물으니, 이구동성으로 오늘이 바로 졸업식이라고 한다. 아하! 4월 말에 졸업식이 있으리라고는 꿈에도 생각 못 했는데, 이렇게 좋은 계절에 거행된 졸업식 뒤풀이를 하고 있구나. 너희들이 지금 신나게 부르던 노래는 크로아티아 전통음악이냐 물으니 세르비아 노래란다. 어째 너희 노래가 아닌 세르비아 노래를 부르냐고 하니, 이런 자리처럼 다 함께 흥을 돋우기에는 세르비아 노래가 더 어울린다며 깔깔댄다. 하긴 '축배의 노래'와 같이 좌중의 모든 사람을 응집시키는 그런 분위기가 물씬 풍기는 노래였는데, 이곳에서 뜻하지 않게 세르비아의 힘이 느껴지는 노래를 듣게 된다. 이반과 친구들은 멀고 먼 동양에서 온 중늙은이가 무척이나 신기한지 이것저것 동시다발적으로 물어온다. 크로아티아의 젊은 대학 졸업생들과 이런저런 이야기를 나누는 중에도 예의 세르비아 노래가 울려 퍼지고, 라일락 향기 짙게 풍기는 자다르 대학 앞 주점엔 싱그러운 낭만이 넘쳐난다. 술 취한 와중에도 잘 다녀가시라며 예의를 잃지 않는 이반 일행과 헤어지며 문득 우리네 졸업식과 대비시켜본다. 가만히 생각해보니, 경찰까지 동원하지 않으면 통제가 어려운 우리의 졸업식장과 틈만 나면 일탈하는 우리 학생들을 탓할 일이 아니다. 우리가 언제 그들에게 노는 방법을 가르쳐준 적이 있었던가?

자그레브 버스터미널에 도착하자마자 다음 행선지인 류블랴나 행 버스표를 예매하려고 창구로 갔다. 그런데 창구 직원이 하는 말이, 자그레브에서 류블랴나로 가는 버스 편은 일주일에 한 번, 그것도 금요일에만 있다며 기차역으로 가보란다. 택시를 잡아타고 기차역으로 향하는데, 기사가 기차역엔 왜 가냐고 묻는다. 류블랴나 행 기차표를 예매하러 간다니까, 그렇다면 이곳에서 그리 멀지 않으니 자기 차로 가잔다. 기차역까지 잠깐 오는데도 27쿠나(우리 돈으로 약 7,000원) 나오던데, 이 사람들은 동양인이라면 모두 부자로 보이나 보다. 지금 당장 출발

할 건 아니라며 거절했지만, 명색이 국경인데 택시를 탄 채 통과할 수 있다니 새삼스러워 보인다.

그만큼 다녔으면 요령이 생길만도 한데, 움직일 때마다 생각지도 않은 해프닝이 한 번씩 벌어지곤 한다. 자그레브에선 하룻밤만 머물 요량으로 번거로운 여행 가방을 기차역 라커에 보관하고 간단한 배낭 하나만 메고 민박집을 찾아 나섰다. 그라데츠 언덕을 한참 찾아 올라간 민박집은 지금까지 머물렀던 어느 집보다도 넓고 아늑했다. 언덕에 의지한 집은 들어갈 때는 지하층으로 내려가지만, 창문 쪽으로는 아기자기한 정원이 보이는 일층이다. 18유로만 내라는 민박집 아줌마에게 두말없이 숙박비를 주고 나니, 이 넓은 독채가 오늘 하루는 내 차지다. 역사박물관은 내일로 미루고 오늘은 오후 한나절 가볍게 발길 닿는 대로 시내를 걸어본다. 이리저리 걷다 보니 벌써 기차역 근처까지 왔다. 돌아온 김에 가방 속에 있는 사진기 충전 코드를 꺼내려고 라커를 열었다. 그런데 잠시 후 라커를 잠그려니 아무리 해도 잠기지 않는다. 별고장 날 것도 없는 간단한 장치인데 거참! 이상하다. 다른 라커를 쓰자니 멀쩡한 15쿠나가 또 들어갈 판이다. 마침 지나가는 역무원에게 말했더니 얼마 동안이나 라커 문을 열어놓았냐고 되묻는다. 5분 정도 되었다고 하자, 1~2분 이내에 문을 닫지 않으면 다시 돈을 넣어야 한다. 아니, 15쿠나를 넣으면 24시간 동안 유효하다고 분명 여기 쓰여 있는데 무슨 이런 경우가 다 있냐고 입에 거품을 무니, 규정이 그렇다며 역무원은 어깨만 으쓱할 뿐이다. 아무리 푼돈이라도 평시에는 그냥 넘어갈 일이 여행길에서는 그렇지 않다. 동양에서 온 중늙은이가 포기하지 않고 따지자, 할 수 없다는 듯 젊은 역무원은 자기를 따라오란다. 역무실로 안내한 그가 자기는 24시간 근무하니 이곳에 보관했다가 내일 찾으러 오란다. 가만히 보니 역무실 한구석에는 나 같은 사람이 또 있었는지 대여섯 개의 가방이 놓여 있다. 석연치는 않았지만 중요한 물건은 배낭에 챙겨 넣은 터라 그 친구 말대로 하기로 했다. 다음날 가방 찾으러 갔더니 역무원은 싱긋 웃으며 아는 체를 한다. 이렇게 낯선 도시를 다니다 보면 조금씩 서로 다른 시스템 때문에 엉뚱한 해프닝이 일어나고, 이런 일은 새로운 도시에서도 반복된다.

자그레브 대학과 국립극장 사이엔 '생명의 우물The Well of Life'이라는 독특한 야외 조각품이 설치되어 있다. 우물가에 빙 둘러앉아 물을 푸려고 애쓰는 군상群像을 보고 있으려니 어깨 너머로 누군가 말을 걸어온다. 고개를 돌려보니 내 또래 아저씨가 작품이 의미하는 바를 설명해준다. 그의 말인즉, 인간의 삶과 독립에 대한 열정을 표현한 작품이란다. 음, 내 눈에는 벌거벗은 남녀노소가 서로 뒤엉켜 있는 모습이 지옥에 떨어져 신음하는 군상으로 보이는데 말이다. 얼마 전에 정년퇴직했다는 니콜라 씨는 내가 한국에서 왔다니까 대뜸 '씨저'를 아냐고 묻는다. '씨저'라니, 갑자기 로마 황제 시저를 묻는 건 아닐 텐데 무슨 말인지 의아해진다. 자기는 일본의 고시조인 '와카'나 '하이쿠'를 공부하면서 한국의 '씨저'에도 관심을 갖게 되었단다. 이 크로아티아 아저씨가 설마 우리의 '시조時調'를 말하리라고는 꿈에도 생각지 못한 나는 그제야 화들짝 놀랐다. 교수도 아니고 문인도 아닌 일반 회사원 출신으로 이렇게 희한한 취미를 가진 그가 참 대단해 보였다. 그의 말에 따르면, 자그레브에는 일본 고시조를 연구하는 동호회가 있고, 해마다 일본 교토 시와 정기적인 교류를 갖고 있다고 한다. 어제 들른 자그레브 식물원에서도 종이로 접은 천 마리의 학을 걸어놓은 소나무 밑에 일본에서 기증한 나무라고 쓰인 팻말이 보이던데, 아무튼 세계 곳곳에 스며 있는 문화 강국 일본의 존재감이 은연중 느껴진다.

만나서 반갑다며 작별인사를 하는 니콜라 씨에게 티토 기념관이 어디 있냐고 묻자 갑자기 신바람을 낸다. 티토는 정말 훌륭한 지도자였는데, 짐승beast 같은 세르비아인들 때문에 그의 업적이 무산되어버렸다며 흥분한다. 그처럼 점잖은 사람이 '짐승'이라는 거친 표현까지 써가며 세르비아인들을 비난하는 모습이 무척 생경했다. 작별인사를 마친 니콜라 씨는 건너편 길가에 주차된 차로 가다가 다시 뒤돌아 내게로 뛰어온다. 카프톨Kaptol에 있는 대성당으로 가는 길인데, 간다면 태워주겠다고 제의하는 그의 선량한 얼굴이 조금 전의 표정과 겹쳐진다. 도대체 크로아티아인들은 왜 그토록 세르비아인들을 싫어하는 것일까?

자그레브 대성당

1094년 헝가리 왕 라슬로 1세가 카프톨 지역에 대교구를 설치한 이래로 자그레브 대성당은 크로아티아 가톨릭의 중심이자 정신적 지주가 되었다. 정면 양쪽에 높은 첨탑을 세운 고딕식 성당 건물 자체는 어느 성당과 크게 다를 바 없다. 정작 이 성당이 이채롭게 보이는 건

성당의 3면을 둘러싼 육중한 성벽과 성벽 모퉁이에 우뚝 선 고깔 모양의 성탑이다. 단단한 요새 속에 성당이 흡사 똬리를 튼 것 같은 형상으로서, 이는 오스만제국의 침공에 대비한 것이다. 크로아티아가 오스만제국의 직접적인 통치를 받은 건 1526년 헝가리 크로아티아 연합군이 모하치Mohács 전투에서 패배한 후부터였다. 이후 1699년 카를로비츠 조약이 체결될 때까지 약 170여 년간 크로아티아는 오스만제국의 지배하에 있었다. 하지만 지금 자그레브에 오스만제국의 자취는 거의 남아 있지 않다. 다만 오스만제국의 침입에 대비해 쌓은 성벽 일부가 그라데쯔 지역과 자그레브 대성당 주위에 남아 있을 뿐이다.

자그레브 대성당의 고깔 탑

트르삐미르 왕가를 개창한 트르삐미르Trpimir(재위: 845~864년)는 852
년, 크로아티아 내륙과 해안까지 세력을 뻗친 비잔틴제국과 불가리아를
몰아낸 후 '크로아티아인의 군주君主'임을 자칭했다. 하지만 트르미삐르
이후 크로아티아는 주변 강대국들의 입김에 휘둘려 그 세력이 미미해
졌다. 크로아티아의 군주 중에 최초로 왕王으로 칭한 사람은 토미슬라
브(재위: 910~930년)였다. 토미슬라브는 크로아티아 지역에서 헝가리를 몰
아낸 후 판노니아 지역을 병합했다. 또한 926년에는 시메온 대제가 보
낸 불가리아 원정군을 격파했다. 앞의 불가리아 편에서 보았듯이, 시메
온의 야망을 좌절시킨 사람이 다름 아닌 토미슬라브였던 것이다. 또한
그는 비잔틴제국이 약화된 틈을 타서 달마티아 지역을 손에 넣었다. 그
의 통치 기간 중에 크로아티아는 국가적인 기반을 굳건히 다졌다.

하지만 크로아티아의 전성기도 그리 오래가지는 못했다. 1091년 무
리하게 십자군 원정을 추진하던 즈보르미르Zvormir 왕이 귀족들에
게 암살당하면서 트르삐미르 왕가는 단절돼버렸다. 이를 틈타 그의 처
남이었던 헝가리 왕 라슬로 1세(재위: 1077~1095년)는 슬로베니아와 크로
아티아 지역을 손에 넣었다. 그리고 라슬로 1세의 뒤를 이은 칼만 1세
(재위 :1095~1116년)는 정식으로 크로아티아의 왕위 계승권을 이어받았
다. 이에 따라 1095년 칼만 1세가 헝가리 왕으로 즉위하면서, 양국은
동일한 왕의 통치를 받는 연합왕국이 되었다. 여기서부터 향후 800여
년에 걸친 헝가리와 크로아티아와의 끈질긴 인연이 시작된다. 칼만 1
세는 1105년에 크로아티아와 달마티아 지역을 완전히 헝가리 왕국의
지배권 하에 두었다. 이 사실을 두고 지금까지 크로아티아와 헝가리,
그리고 세르비아 사이에 첨예한 역사 전쟁歷史戰爭이 벌어지고 있다.

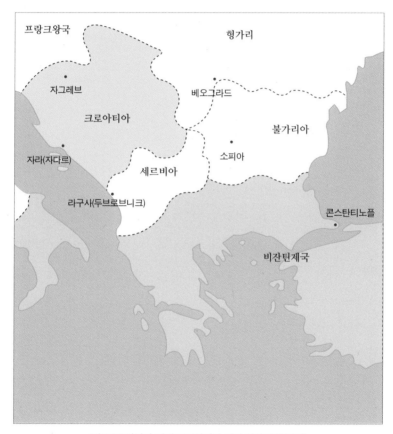

[지도17] 전성기 때의 크로아티아 최대 영역(1050년경)

성 마르코 성당

화요일 이른 아침이라고는 하지만 성 마르코 광장은 쥐 죽은 듯 조용하다. 갈색, 청색, 흰색 타일을 섞어 아름다운 모자이크로 장식한 높은 지붕을 자랑하는 성 마르코 성당도 조용하기는 매한가지다. 왜 이렇게 인기척이 없나 했더니, 이 성당은 토요일과 일요일에만 개방한다는 안내서가 붙어 있다. 하릴없이 성당 바깥을 서성이다 보니 아침 햇살에 반짝이는 성당 지붕이 일품이다. 지붕에는 방패 모양의 커다란 문장 두 개가 새겨져 있는데, 성城 모양의 문양이 들어간 오른쪽은 자그레브 도시 문장이고, 크로아티아의 국기 문양이 들어간 왼쪽은 크로아티아 국가 문장이다. 이렇게 성당 기와지붕을 모자이크로 장식하는 이슬람 풍風 건축 양식은 부다페스트의 마차시 성당, 프라하의 성 비투스 대성당, 빈의 성 슈테판 대성당의 지붕에서도 공통적으로 볼 수 있다. 광장 둘레에 있는 크로아티아 역사박물관도 문을 닫아걸기는 마찬가지다.

대통령궁 정문을 지키는 경비병에게 오늘이 무슨 날이냐고 묻자, 이 친구 우물우물하며 대답을 못 한다. 자기도 답답한지 '음, 음, 불라, 불라……' 하며 애쓰는데 영어 단어가 생각나지 않나 보다. 독립기념일이냐 아니면 축일이냐고 묻자 고개를 저으며 한참 생각하더니 "오늘이 노동절"이라면서 자기 딴에도 시원한지 씩 웃는다. 여행길에는 생각날 때마다, 기회 있을 때마다 그때그때 해치워야 한다는 말이 정말 맞다. 어제 공연히 여유부리며 역사박물관을 오늘로 미룬 게 결국 이렇

지붕 기와가 예쁜 성 마르코 성당

게 되고 말았다. 우리도 5월 1일이 근로자의 날이기는 하지만, 얼마 전 만 해도 사회주의 국가였던 크로아티아의 노동절은 우리와 의미가 상 당히 다르다는 걸 미처 몰랐다. 그래서 이렇게 온 시내가 조용하구나.

반 옐라쥐치 광장

자그레브 시내에서 가장 번잡한 반 옐라쥐치 광장 동쪽에는 이 도
시의 이름이 유래된 만두쉐바츠 분수가 있고, 광장 한가운데는 오른
손에 칼을 치켜든 반 옐라쥐치의 기마상이 서 있다. 반Ban이란 세르
비아, 보스니아, 크로아티아 등지에서 지방 영주를 뜻하는 경칭이다.
1866년 처음 세워진 그의 동상은 유고슬라비아 시절인 1947년에 철거
되었다가 1990년 복원되었다. 옐라쥐치는 오랜 세월 강대국 틈새에 낀
크로아티아가 어떤 처세술處世術로 살아남았는지를 상징적으로 보여주
는 인물이다.

반 옐라쥐치 광장과 만두쉐바츠 분수

앞에서 말했듯, 헝가리와 크로아티아의 관계는 크로아티아의 주장에 의하면 1091년부터 동일 군주가 통치하는 연합 왕국이었다. 하지만 헝가리는 이런 주장을 일축하고 크로아티아를 완전 합병했다고 주장한다. 그런데 이런 모호한 관계는 1526년 모하치 전투에서 헝가리가 오스만제국에 참패하면서 더욱 이상해졌다. 어차피 헝가리나 크로아티아나 모두 오스만제국의 지배를 받는 처지가 된 마당에, 양자 간 관계는 아무런 의미가 없어진 것이다. 이때 크로아티아의 눈부신 변신술이 펼쳐진다. 헝가리에 더 이상 기댈 것이 없어지자, 크로아티아는 재빨리 오스만제국의 점령을 면한 일부 지방을 싸들고는 오스트리아를 찾아간다. 그리고 오스트리아 합스부르크제국의 황제에게 크로아티아의 왕이 되어줄 것을 요청한다. 참 대단한 크로아티아다!

170여 년간의 오스만제국 통치기를 거쳐 1699년 카를로비츠 조약에 따라 헝가리와 크로아티아에 대한 종주권은 합스부르크제국에게로 넘어갔다. 그렇게 되자 헝가리 대신 합스부르크제국을 선택했던 크로아티아는 별다른 불만이 없었다. 하지만 오랫동안 독립을 꿈꿔온 헝가리는 속이 뒤집혔다. 오스만제국이 물러나기만을 기다렸던 헝가리는 크로아티아에 대한 종주권은커녕 자신도 합스부르크제국의 지배 아래 들어가게 된 처지에 분노했다. 하지만 어찌하겠는가? 남의 도움으로 오스만제국의 손아귀로부터 벗어난 헝가리는 또 다시 주인만 바꾸어 합스부르크제국에 편입된 신세를 탓할 수밖에 없었다. 이후 합스부르크제국 체제 아래서 헝가리의 불만이 가끔씩 터져 나왔지만, 그때마다 합스부르크제국은 이를 적절히 무마해나갔다. 하지만 1848년 2월의 파리 혁명은 이들의 관계를 근본적으로 흔들었다.

처음엔 반동적인 빈 체제에 항거해 발발한 파리 혁명은 점차 민족주의 색채가 강한 반봉건적反封建的 혁명으로 발전하면서 유럽 각국으로 번졌다. 그에 따라 당시 오스트리아의 지배하에 있던 헝가리에서도 혁명의 횃불이 타올랐다. 마자르 국수주의자들이 오스트리아로부터 헝가리의 독립을 요구한 것이다. 이렇게 되자 크로아티아의 입장이 미묘해졌다. 오스트리아와 헝가리 사이에서 크로아티아는 엉거주춤했다. 그렇다면 1848년 헝가리가 오스트리아에 반기를 들었을 때 크로아티아는 어느 편을 들었을까? 크로아티아의 유력자였던 반 옐라쥐치 사령관은 크로아티아에 주둔하고 있던 오스트리아 군대를 이끌고 헝가리 공격 선봉에 섰다. 헝가리와의 전투에서 그가 얼마나 큰 활약을 했으면 후에 합스부르크 왕가가 그의 공을 치하해 동상까지 세웠겠는가? 그런 크로아티아의 처세술은 오스트리아 제국 내에서 크로아티아의 발언권을 강화시켜주었다. 수많은 소수민족을 끌어안고 있던 오스트리아 제국에서 크로아티아는 헝가리 다음으로 중요한 존재로 떠올랐으니 말이다.

니콜라 씨는 왜 그리도 세르비아를 싫어할까? 크로아티아 최남단인 두브로브니크에서 북쪽의 자그레브로 이어지는 길가엔 아직도 간간이 파괴된 가옥과 버려진 무기들이 눈에 띈다. 1991년 유고 연방에서 탈퇴한 크로아티아를 응징하기 위해 침공한 세르비아의 흔적을 고이 간직하고 있는 것이다. 니콜라 씨는 그런 세르비아의 만행을 잊지 못하고 있는 것일까? 하지만 크로아티아와 세르비아 간의 애증愛憎의 원인遠因은 이보다 훨씬 오랜 900여 년 전의 일로 거슬러 올라간다.

1091년 트르삐미르 왕가가 단절되자 크로아티아는 왕실과 인척관계인 헝가리 계系 칼만을 왕으로 옹립했다. 그에 따라 1095년 칼만 1세(재위: 1095~1116년)가 헝가리 왕으로 즉위하면서 양국이 한 왕국으로 합쳤다는 이야기는 앞에서 말한 대로다. 문제는 여기서부터 크로아티아와 헝가리 사이에 해석이 다른 데다 세르비아가 헝가리 편에 가세하면서 불꽃 튀는 역사 전쟁으로 비화했다는 것이다. 먼저 크로아티아의 주장을 들어보자.

"크로아티아와 헝가리는 1091년부터 공통의 군주를 모시는 연합 왕국이었다. 왜냐하면 1091년 이후에도 크로아티아에는 자체 의회인 사보르가 건재했으며, 법률상으로는 독립 왕국의 지위를 인정받았기 때문이다. 이러한 내용은 1102년의 '팍타 콘벤타Pacta Conventa'에 명확히 규정되어 있다."

결국 이는 한마디로 말해 크로아티아인들은 지금까지 자신들이 헝가리에 속해 있었다는 사실을 인정해본 적이 없다는 것이다. 반면 헝가리는 이런 크로아티아의 주장을 근거 없는 강변이라고 일축하며 다음과 같이 주장한다.

"크로아티아에 부여한 자치권은 국가 차원이 아닌 지방 세력가나 자치도시에 부여한 제한된 특권에 불과하다. 크로아티아가 내세우는 소위 '꽉타 콘벤타'도 14세기에 위조된 문서다. 크로아티아는 그런 거짓 문서를 들먹이느니 1105년 칼만 1세가 크로아티아와 달마티아 지역을 완전히 헝가리 왕국의 지배권 하에 두었던 역사적 사실을 직시해야 한다."

사실 이 문제는 크로아티아로서는 아킬레스건과 같은 민감한 부분이었다. 게다가 객관적으로 볼 때 크로아티아의 주장은 헝가리 측에 비해 설득력이 부족한 것도 사실이었다. 가뜩이나 이런 상황에서 세르비아가 헝가리의 주장에 동조하고 나서자 크로아티아의 분노는 머리 끝까지 뻗쳤다. 여기서 크로아티아의 극단적 민족주의자들은 세르비아를 '노예 종족이며 가장 역겨운 짐승'으로 비하하고 나섰다. 심지어는 '양심도 없고, 읽을 줄도 모르며, 아무것도 배울 수 없고, 현재 상태보다 더 좋아질 수도 더 나빠질 수도 없는 종족'으로까지 세르비아인들을 매도했다. 그렇다면 세르비아는 무슨 억하심정으로 크로아티아의 등에 비수를 꽂은 것일까? 여기엔 남 슬라브족의 맹주 자리를 놓고 크로아티아와 세르비아가 벌인 암투가 주된 원인일 것 같다. 19세기 민족주의가 발흥하면서 발칸반도에서도 분열되어 있던 남 슬라브족을 통합하려는 운동이 일어났다. 여기에 누가 주체가 될 것인지를 놓고 남 슬라브족의 다수를 차지하는 세르비아와 상대적으로 세勢가 약한 크로아티아 사이에 치열한 다툼이 벌어졌다.

어쩌면 세르비아는 아무것도 하지 않은 크로아티아가 이제 와서 세르비아의 우월권을 인정하지 않는 태도에 거부감을 느꼈을지 모른다. 1389년 코소보 전투에서 보듯이 세르비아는 거의 홀로 오스만제국에 항거하다 멸망했다. 그 후 오스만제국을 피해 수많은 세르비아인들이 코소보를 비롯한 남부 세르비아 지역을 떠나 북쪽의 오스트리아 합스부르크제국과의 국경 지역으로 몰려들었다. 그곳에서 그들은 오스트리아의 사주를 받아 오스만제국을 막는 첨병 역할을 해왔다. 또한 오스만제국이 쇠퇴하면서 세르비아는 틈나는 대로 오스만제국의 통치에 반기를 들어왔다. 이후 오스만제국이 물러난 자리에 오스트리아-헝가리 이중제국이 진출해왔을 때도, 세르비아 혼자 남 슬라브족의 권리를 주장했다. 결국 이로 인해 제1차 세계대전이 벌어지고 세르비아는 만신창이가 되었다. 한마디로 말해 세르비아는 외세에 대항하여 홀로 모든 피를 바쳐 희생해온 것이다.

그런 자신들에 비해 크로아티아는 도대체 무엇을 했단 말인가? 그들은 시류時流에 따라 헝가리에 붙었다 오스트리아에 붙었다 하면서 보신하기에 바쁘지 않았던가? 그런 그들이 1091년 이후에도 크로아티아 왕국이 존재해왔다고 주장하는 저의는 무엇일까? 1455년 오스만제국에 멸망당한 우리보다 더 우월한 역사를 갖고 있단 말인가? 아마도 세르비아의 이런 직선적인 접근 방식에 가뜩이나 세르비아의 팽창을 두려워한 크로아티아가 반발하면서 두 나라는 돌아올 수 없는 다리를 건넌 것 같다.

두브로브니크 가는 길

01

모스타르에서 두브로브니크로 가는 버스에 오르면 지금까지와는 전혀 다른 분위기가 느껴진다. 운전석 위에 붙어 있는 성모 마리아 성화聖畵와 운전대에 걸려 있는 묵주가 제일 먼저 눈에 띈다. 여기서부터는 가톨릭의 세계인 것이다. 잠깐 사이에 모스타르 시내를 벗어난 버스는 네레트바 강을 따라 내달린다. 양쪽 시야를 가리던 협곡이 저 멀리 물러나며 하늘이 열리는가 싶더니, 출발한 지 채 한 시간도 못 되어 크로아티아와의 국경에 도착한다. 예의 간단한 출입국 심사를 마친 버스는 이제 협곡을 완전히 벗어나 드넓게 펼쳐진 올리브 밭을 가로지른다. 이렇게 또 한 시간이 지나면 처음 봐서는 호수인지 바다인지 분간이 안 되는 아드리아 해가 모습을 드러낸다. 내륙으로 깊이 파고들었다가는 홀연 저 멀리 물러나버리는 호수 같은 바다를 바라보며 차창 가득히 들어오는 화사한 아침 햇살에 취해본다.

협곡을 빠져나온 네레트바 강이 아드리아 해의 품에 안길 때쯤 처음으로 만나는 해안도시가 네움Neum이다. 아드리아 해안선 따라 길게 뻗은 크로아티아 영토 중간에 유일하게 해안선과 맞닿은 보스니아 령領 도시인 것이다. 이 도시가 보스니아에 속하게 된 데는 사연이 있다. 17세기경 현 크로아티아의 해안 지역인 아드리아 해 연안의 달마티아 지방 대부분은 베네치아 공화국의 영토였다. 당시 동 지중해를 제패한 베네치아가 계속 남하해오자, 이에 위협을 느낀 라구사 공화국(현 두브로브니크)은 두브로브니크와 스플리트 사이에 낀 해안가 일부를 오스만제국에 팔아넘긴다. 말하자면 오스만제국의 힘을 이용해 베네치아를 막자는 이이제이以夷制夷 전략의 산물이 바로 지금의 네움이다. 그 후 오스만제국의 유산을 물려받은 보스니아가 이를 승계했으니 그 역사적 유래가 재미있다. 그런데 크로아티아 정부는 자국 영토에 쐐기처럼 박혀 있는 네움이 눈엣가시로 보이나 보다. 현재 네움을 우회해 스플리트와 두브로브니크를 연결하는 해상도로를 낼 계획이라는데, 굳이 이 아름다운 해안가에 많은 돈을 들여 흉물스러운 해상도로를 건설할 필요가 있을까? 어차피 네움 앞바다에 병풍처럼 둘러쳐져 있는 섬들이 모두 크로아티아 령領이니, 사실 유사시에 네움은 항구로서의 전략적 기능이 전혀 없는데 말이다. 이는 결국 이 도시를 고사시키려는

네움과 아드리아 해

의도로밖에 볼 수 없으니, 아무튼 형제 싸움이 더 무섭다. 보스니아의 도시라 해도 네움의 분위기는 크로아티아에 훨씬 가깝다. 모스크의 미나레트 대신 성당의 종탑이 있고 해변 따라 줄지어 늘어선 서구식 호텔들은 보스니아 본토에서는 보기 힘든 풍경이기 때문이다.

여행길에 오르기 전 지도에서 크로아티아와 보스니아 간의 국경선을 보고 욕심 사나운 크로아티아를 탓했다. 바다 쪽으로의 모든 출구를 봉쇄하고 보스니아를 내륙으로 몬 채, 아드리아 해안선 따라 길게 내뻗은 크로아티아의 달마티아 지방이 부자연스럽게 보였기 때문이다. 하지만 그런 류의 오해는 현지에 한 번이라도 가보면 금방 사라진다. 두브로브니크에서 자다르까지 아드리아 해를 따라 올라가는 해변 길은 호수같이 고요한 바다와 삭막하고 험준한 디나르알프스 산맥이 만나는 좁은 통로를 타고 가는 길이다. 이 길은 흡사 구룡포에서 포항으로 넘어가는 해안도로를 연상시킨다. 바로 뒤편은 산으로 둘러막힌 채 앞에 펼쳐진 바다에 의지해 살 수밖에 없는 그곳 사람들과 마찬가지로, 이곳도 내륙과는 절연된 채 바다 쪽으로만 출구가 열려 있다. 그러니 달마티아 지방에서의 크로아티아와 보스니아 간의 국경선은 자연 경계선인 것이다. 결국 두브로브니크에서 자다르까지의 해안도로에서 내륙으로 이어지는 유일한 길은 네움을 거쳐 모스타르로 빠지는 길밖에 없는 셈이다.

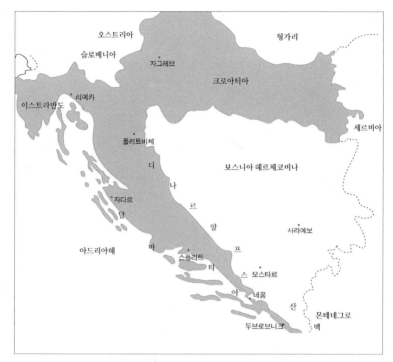

[지도18] 크로아티아와 보스니아 헤르체코비나

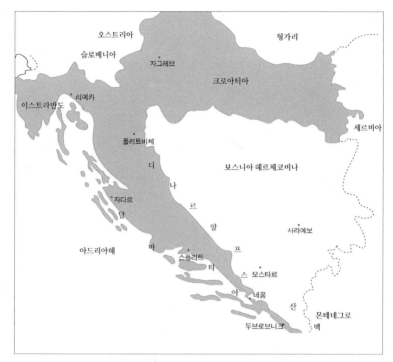

02

삭막한 회백색 산줄기가 새파란 아드리아 해로 가파르게 떨어지는 그곳에 산색과 똑같은 회백색 성벽을 두르고 웅크려 앉은 해안 성벽도시가 두브로브니크이다. 바로 뒷산에서 돌을 캐서 쌓은 성벽은 도시 규모에 비해 턱없이 높고 견고하다. 성城 안 가득 들어찬 집들의 빨간 지붕은 푸른 하늘, 푸른 바다와 대비되어 무척이나 강렬하다. 깊은 해자를 건너 성 안으로 들어서면 흡사 화려한 오페라 무대가 펼쳐진 느낌이 든다. 시원하게 뻗은 플라차 거리엔 사람들의 발길로 반질반질하게 닳은 대리석이 깔려 있다. 대리석 위로 반사되어 들어오는 정오의 햇살에 눈뜨기가 힘들다. 성문 한 옆에는 반원형 붉은 벽돌 지붕에 회색 대리석 벽으로 16각을 세운 오노프리오 분수가 있다. 인근의 물을 끌어들이려고 무려 5백여 년 전에 건설한 수도 시설의 종착점이라는 이 분수는 거대한 거북이를 연상시킨다. 대리석이 깔린 도로나 예술작품처럼 아름다운 분수는 한때 베네치아와 치열하게 경쟁하며 번성했던 두브로브니크의 옛 영화를 말해준다. 그런데 몇 걸음 걷기도 전에 이 도시는 지금까지 거쳐온 베오그라드나 사라예보 같은 옛 유고슬라비아의 도시들과는 전혀 다른 느낌이 든다. 아니, 그들보다는 오히려 이탈리아의 어느 해변도시가 아닐까 하는 착각마저 든다. 새삼 이렇게 서로 다른 색깔의 도시들을 묶어 잠시나마 한 국가 체제를 만들어낸 티토란 위인이 대단스러워 보인다.

노천카페에 앉아 늦은 점심을 주문한다. 세계적 관광지란 유명세 탓인지 음식 값이 장난이 아니다. 갑자기 비싸진 물가에 위축되어 그 중에서 제일 만만한 오믈렛을 시켰더니 아뿔싸, 쌀밥이 아닌 빵 몇 조각이 고작이다. 혼자 4인석 자리를 차지하고 느긋하게 앉아 즐기기에는 내 몰골이 이 도시 분위기와 너무 어울리지 않는다. 대로변마다, 골목길마다 성내城內 곳곳에서 연인과 친구, 부부와 가족끼리 이야기꽃을 피우는 와중에 이렇게 혼자 칙칙한 모습이라니. 역시나 이런 도시엔 누구하고라도 같이 오는 게 맞다. 갑자기 밀려오는 궁상맞음을 박차고 성벽에 오른다. 바다 쪽으로는 가파른 암벽 위에 다시 깎아지른 성벽을 세웠고, 육지 쪽에는 높은 성벽 주위로 깊은 해자를 둘렀다. 거기에 성문 쪽에는 이중삼중으로 옹벽을 쳤으니, 가히 철옹성이라 할 만하다.

성벽 길을 걷다 보니 스페인의 아빌라 성이 떠오른다. 아빌라 성벽 위에서 드넓고 삭막한 무채색의 메세타 고원을 원 없이 바라보았다면, 두브로브니크 성벽 위에서는 광활하고 시원한 푸른 아드리아 해를 한없이 내려다보고 있다. 성 밖 풍경은 달라도, 붉은 지붕의 집들이 가득한 성 안 모습은 같다. 각양각색의 사람들이 성벽을 거닐고 있는 틈에 한국인 처녀 두 사람이 보인다. 한눈에 일본인을 알아보는 나를 무척이나 신기해하던 모스타르의 밀란에게 "그럼 자네는 독일인이나 프랑스인을 몰라보느냐?"라고 묻자, 그는 내 말에 금방 고개를 끄덕였었지. 잠시 바람에 스쳐가는 사이라도 내 나라 사람들과 나누는 몇 마디 인사말에 외로움이 스르르 날아가 버린다.

03

둘레 2km 남짓한 성벽을 한 바퀴 돌다 보니 벌레 먹은 것처럼 폐허로 변한 집터가 심심치 않게 보인다. 오래된 도시라 그러려니 했지만, 성벽에서 내려와 골목길 어귀에 붙어 있는 안내판을 보고 그 이유를 알게 되었다. 안내판에는 1991~1992년에 세르비아와 몬테네그로로 구성된 유고슬라비아 연방군의 공격을 받아 파괴된 가옥과 건물 현황이 자세하게 표시되어 있다. 파괴된 건물에 번호까지 붙여놓은 치밀함에서부터 당시 구시가지의 70%가 파괴되었다는 구체적인 정황까지 빼곡하게 적어놓은 품이 결코 이 일을 잊지 않겠다는 크로아티아의 속내를 느끼게 한다.

　사건의 개요는 이렇다. 1980년 티토가 죽은 후 유고슬라비아 연방을 구성했던 슬로베니아, 크로아티아, 보스니아 헤르체코비나, 세르비아, 마케도니아와 몬테네그로의 6개 나라는 구심점을 잃고 각자 제 갈 길을 모색한다. 같은 남 슬라브족이지만 이들은 오래전부터 종교와 문화, 역사적 배경이 서로 달랐다. 이들 중에서 가톨릭을 신봉하며 상대적으로 경제 수준이 높은 슬로베니아와 크로아티아가 제일 먼저 1991년 연방 탈퇴와 함께 독립을 선포한다. 이에 유고슬라비아 연방의 주축인 세르비아가 연방의 와해를 우려하여 이들의 독립을 저지하면서 내전이 발발한다. 이 과정에서 세르비아는 아드리아 해에 면한 크로아티아의 최남단 도시인 두브로브니크에 포격을 감행했다.

해안 절벽에 세운 두브로브니크 성벽

그런데 내가 보기에 당시 세르비아가 이 도시의 역사적 배경을 감안했다면, 결코 그런 만용蠻勇을 부리지는 않았으리란 생각이 든다. 두브로브니크는 7세기 슬라브족과 아바르족의 침략을 피해 도망 온 로마 시민들이 이 바위섬에 정착하면서 시작된 도시다. 비잔틴제국의 보호령이었던 두브로브니크는 비잔틴제국이 쇠퇴하면서 한때 불가리아나 세르비아의 영향권에 들기도 했다. 하지만 역사적으로 볼 때 두브로브니크와 지속적으로 깊은 관계에 있었던 나라는 베네치아였다. 두브로브니크는 한때 베네치아에 점령당한 적도 있었지만, 대부분의 기간 동안 자치국으로 베네치아의 경쟁자였다. 1358년 자치권을 획득한 라구사 공화국(지금의 두브로브니크)은 비록 1526년부터 오스만제국에 조공을 바쳤으나 자치권은 지켜나갔다. 독립을 지키기 위한 라구사 공화국의 외교 정책은 상당히 정교했다. 오스만제국의 제2차 빈 공략이 실패한 다음해인 1684년에는 합스부르크제국과 오스만제국 양측 모두에게 명목적인 주권을 인정하며 양다리 정책을 펼 정도였으니 말이다. 1699년에는 베네치아를 견제할 목적으로 앞서 말한 네움을 오스만제국에 양도하기도 했다.

아무튼 이 도시는 디나르알프스 산맥에 의해 발칸 내륙과는 단절된 자연환경 하에서, 베네치아를 비롯한 이탈리아 도시들이나 오스트리아 등의 서구 제국과 밀접한 관계를 갖고 영향을 받아왔다. 이는 이렇게 좁은 성 안에 가톨릭교회의 양대 축인 프란체스코회 수도원과 도미니크회 수도원이 함께 있고, 여기저기 성당이 들어서 있는 것을 봐도 알 수 있다. 세르비아는 자국의 과도한 민족주의에 경계를 품고 있던 서방국가를 자극하는 어떠한 행위도 금기로 해야 할 판에, 그런 두브로브니크를 공격하는 결정적인 실수를 범하고 말았다. 물론 세르비아도 할 말은 있다. 한때 두브로브니크는 세르비아의 도시이기도 했다. 하지만 그건 옛 이야기이고, 현재의 두브로브니크는 엄연히 동방정교의 동유럽 도시가 아닌, 가톨릭의 서유럽 도시인 것이다. 그렇다면 칼자루를 쥔 서구 제국이 같은 값이면 동방정교의 세르비아와 가톨릭의 크로아티아 중 어느 편을 들겠는가? 결국 세르비아는 크로아티아의 독립을 저지하지도 못했고, 이후 내란이 진행되는 과정에서도 엄청난 불이익을 당하게 된다.

여담이지만, 당시 두브로브니크를 공략했던 유고슬라비아 연방군의 구성이 재미있다. 다른 연방 구성국들은 다 빠진 상태에서 세르비아에 합세한 유일한 나라가 바로 몬테네그로이고, 마지막까지 연방에 잔류했던 나라 또한 몬테네그로이다. 왜 유독 몬테네그로는 세르비아와 그렇게 돈독한 관계였을까? 여러 가지 요인이 있겠지만, 내 생각에는 현 몬테네그로 지방이 원래 중세 세르비아 왕국의 근거지였었다는 역사적 사실과도 관계있지 않을까 싶다. 그런 점에서 볼 때 면면히 이어져오는 역사적 인과관계가 참 끈질기기도 하다.

두브로브니크의 동문East Gate인 플로체 성문으로 나오면 성벽 옆해자 터에 수많은 차들이 주차되어 있다. 이들 중 대부분은 성 안에 거주하고 있는 주민들의 차다. 성 안에서 바다 쪽에 면한 평지 위의 집들이야 괜찮겠지만, 산 쪽에 의지해 있는 집에 사는 사람들은 하루에도 여러 차례 등산을 해야 한다. 가파른 언덕길은 두 사람이 스쳐가기엔 너무 비좁은 골목길이다. 한두 채의 집들 건너 골목길이 그물처럼 퍼져 있는데, 그 좁은 공간에서도 집집마다 예쁜 화초를 피워낸다. 성 밖에 차를 주차하고는 하루에도 수없이 이런 까마득한 비탈길을 오르내리려면 장난이 아닐 텐데, 대체 두브로브니크의 어떤 매력이 이 사람들로 하여금 이런 불편을 감내하게 만드는 걸까?

스르지 산 정상으로 올라가는 케이블카 매표소 앞에서 벌써 반시간 가까이 망설이고 있다. 순리대로라면 산은 내일 걸어 올라가고, 오늘은 와인 한 병 챙겨 느긋이 해변에 앉아 아드리아 해로 떨어지는 석양을 보다가 민박집으로 돌아가는 거다. 하지만 내일 또 다시 이 아름다운 도시에서 나 혼자 칙칙한 모습으로 배회할 마음이 도저히 들지 않는다. 두브로브니크를 두고 '죽기 전에 꼭 한 번 가봐야 할 낙원'이라는 둥, '아드리아 해의 보석'이라는 둥의 찬사가 지금 내게는 '그림의 떡'일 뿐이다. 결국 오후 6시가 다 되어 케이블카를 탔다. 케이블카 왕복 요금이 87쿠나인데, 어떻게 계산했기에 이처럼 정확한지 의아스럽다.

산 위에서 바라보는 두브로브니크 성의 전경은 가히 환상적이다. 해안에서 툭 튀어나온 바위 곶에 견고한 성벽을 둘러친 두브로브니크 성 안에는 붉은색 건물이 가득하다. 푸른 바다와 붉은 성채가 강렬히 대비되는 사이로 번져나가는 감미로운 석양의 노을이 신비롭기까지 하다. 산 정상엔 내전에서 산화한 이를 기리는 나무십자가의 그림자가 길게 드리워 있다. 저 아름다운 도시를 지키려다 이 황량한 산 위에 묻힌 무명용사에게 남은 것은 이제 아무렇게나 엮어놓은 나무십자가에 돌무더기뿐이구나. 잠시 멎었던 시간 개념을 되찾아 산에서 내려오니 이미 회백색 성벽엔 어둠이 짙게 내려앉아 있었다.

스르지 산에서 본 두브로브니크 전경

팍타 콘벤타Pacta Conventa로 대변되는 크로아티아의 역사 왜곡 행위는 그 후 필요할 때마다 반복되는 것 같다. 사실 '인종청소'란 무지막지한 야만 행위도 그 원조는 크로아티아다. 제2차 세계대전 당시 나치와 손잡은 크로아티아는 자국 내에 거주하던 약 70만 명의 세르비아인과 집시를 집단 학살하거나 추방했다. 이때 벌써 이들은 순수한 크로아티아인만을 위한 국가 건설과 종교 개종을 획책한 것이다. 또한 1,400여 년 만에 출현한 유고슬라비아의 붕괴도 따지고 보면 크로아티아의 이탈이 결정적이었다. 크로아티아 출신인 티토가 연방 의장이었을 때 가만히 있던 크로아티아는 티토 사후 기다렸다는 듯 연방을 뛰쳐나왔다. 물론 여러 복합적인 이유가 있었겠지만, 이는 세르비아가 보기엔 공평한 게임이 아니었다. 세르비아야말로 티토 치하에서 알게 모르게 불이익을 당했으나 연방의 결속을 위해서 참아왔었다. 그런데 티토가 죽자마자 흡사 단물만 빨아먹고 내팽개치듯이 크로아티아는 연방을 버린 것이다. 이런 객관적인 사실에도 불구하고 세르비아가 크로아티아와 부딪칠 때마다 서방 국가들은 주로 크로아티아 편을 들었다. 이는 종교, 문화적으로 더 가까운 크로아티아의 손을 들어주는 것이 인지상정이었겠지만, 그 이상의 무엇이 있는 것 같다. 혹시 곡선적인 크로아티아에 비해 직선적인 세르비아가 상대적으로 더 손해 보는 건 아닐까? 세상사에도 객관적인 사실과는 달리 다혈질적이고 직선적인 사람들이 항상 손해 보게 마련이기 때문이다.

자그레브에서 류블랴나까지는 기차로 2시간 20분 걸리지만 국경선에서 지체한 시간을 빼면 두 시간 남짓 거리다. 이러니 어제 택시기사가 자기 차로 가자고 할만도 했다. 자그레브를 출발한 지 반시간 만에 기차는 슬로베니아와의 국경에 도착한다. 비록 반시간 거리지만 국경을 넘어서면 차창 밖 풍경은 또 달라진다. 평원이 사라지면서 무성한 숲과 산들이 많아진다. 터키에서 여기까지 오는 동안 국경선을 넘을 때마다 산세나 지형이 바뀌는 걸 보면 국경선이 아무렇게나 책정된 것은 아닌 모양이다. 같은 산악 국가지만 슬로베니아의 첫인상은 보스니아와는 달리 무척이나 깨끗하고 정갈하다. 푸른 숲 너머 저 멀리 설산雪山이 보이는가 싶더니, 기차는 이윽고 류블랴나에 도착한다.

'사랑스럽다'는 의미의 슬라브어 Ljubit에서 유래되었다는 슬로베니아의 수도 류블랴나는 이름 그대로 참 안온한 도시다. 도시를 닮아 강이라기보다는 작은 운하 같은 류블랴니차 강이 시내를 관통하면서, 흐르는 듯 마는 듯 숨죽이고 있다. 한 나라의 수도라기엔 너무 작은 시내엔 빨간 지붕의 집들과 교회들이 류블랴니차 강 양안에 옹기종기 모여 있다. 지금까지 거쳐온 남 슬라브족의 어느 도시보다도 정치색이 옅은 류블랴나는 오스트리아나 스위스의 도시들과 닮아 있다. 역사적으로 슬로베니아는 남 슬라브족 국가들 중에서 오스트리아에 가장 밀착해 있었다. 이는 지금도 류블랴나가 오스트리아로 가는 철도와 도로 교통의 요지라는 사실이 입증해주고 있다. 일찍이 1277년부터 합스부르크가家의 지배를 받아온 슬로베니아였기에 류블랴나 시내 곳곳에는 아직도 오스트리아의 자취가 남아 있다.

그런데 구舊 유고 연방 구성국 중에서 제일 먼저 유로 존Euro Zone에 가입한 슬로베니아의 물가가 장난이 아니다. 숙박비만 해도 지금까지 거쳐온 나라들에 비해 갑자기 2~3배로 치솟는다. 그것도 여행자 안내소에서 저렴하다고 소개받은 호스텔의 숙박비가 하룻밤에 50유로다. 사흘 치 숙박비로 150유로를 지불하면서 문득 내가 조삼모사朝三暮四에 놀아난 원숭이가 된 기분이다. 아마 일정을 바꿔 거꾸로 슬로베니아를 거쳐 크로아티아로 갔다면 이와는 정반대 기분이리라. 총액은 같아도 사흘 치 숙박비로 150유로 내다가 60유로를 내는 게 그 반대의 경우보다 훨씬 행복할 테니 말이다. 그런 걸 보면 국민소득은 물가와 연계해서 보아야 의미가 있을 것 같다.

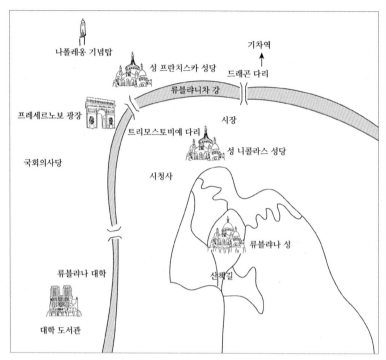

[지도19] 류블랴나 시가도

슬로베니아에서 만난 사람들

　호스텔 뒷골목엔 레스토랑과 찻집이 아기자기하게 들어서 있다. 저녁하늘이 갑자기 시커멓게 바뀌더니 요란한 천둥번개와 함께 비가 쏟아진다. 서둘러 잔잔한 음악이 흘러나오는 아담한 레스토랑으로 들어서니, 궂은 날씨 탓인지 손님은 젊은 일본인 부부밖에 없다. 아코디언과 기타를 연주하던 두 중년 남자가 나에게 싱끗 눈인사를 건넨다. 잠시 후 한 노신사가 들어오더니 이들의 반주에 맞춰 흥얼흥얼 노래를 부르며 흥겨워한다. 동양에서 온 손님들과는 달리 이 슬로베니아 노인네의 감정 표현은 참 자연스럽다. 가벼운 왈츠 풍風으로 시작한 음악은 차츰 열정적인 슬라브 무곡 풍으로 넘어간다. 음악이 끝날 때마다 박수를 쳐주었더니, 연주자들보다 노인네가 더 좋아한다. 이 집에 드나든 지 30년도 넘었다는 노인네는 부인은 어디 있냐고 묻는다. 역사 공부하러 혼자 왔다는 내 말에, 아름다운 자연을 보러 왔으면 모를까, 슬로베니아 역사는 별로 볼 게 없을 거라며 껄껄거린다. 말은 그렇게 하면서도 기왕에 왔으니 어디어디는 꼭 들러보라는 그의 말투에서 나라 사랑이 묻어난다. 언제 갔는지 일본인 부부도 보이지 않고 노인네도 가버린 레스토랑에 나 혼자만 남았다. 천둥번개가 몰아치고 변덕스러운 봄비 내리던 날, 낯선 도시의 뒷골목에는 아코디언만큼 어울리는 악기도 없는 것 같다. 지나온 세월만큼이나 완숙한 아코디언과 기타 연주에 취한 나는 마냥 그렇게 앉아 있었다.

노동절 휴일로 자그레브 역사박물관에 들르지 못한 아쉬움은 다음 날 류블랴나에서 겪은 일에 비하면 아무것도 아니었다. 알고 보니 이 나라는 노동절 휴일이 연휴(5/1~5/2)였던 것이다. 그나마 연휴 첫날인 어제는 노천시장이라도 열었지만, 둘째 날인 오늘은 모든 상점이 철시해버렸다. 그야말로 쥐 죽은 듯 조용한 시내에서 우물쭈물하다간 밥 한 끼 사먹을 곳이 없다. 서둘러 류블랴나에서 한 시간 거리에 있는 블레드 호수Lake Bled로 탈출 아닌 탈출을 했다.

이제 막 신록의 기운이 한창 피어오르는 산속에 블레드 호수가 숨어 있다. 이 호수를 '디나르알프스의 보석'이라 부르는 걸 보면, 저 멀리 보이는 설산은 틀림없이 디나르알프스의 연봉이리라. 호수 둘레에 유독 혼자 높이 솟아오른 절벽 위에는 동화에나 나올 법한 예쁜 블레드 성이 까치집처럼 둥지를 틀고 있다. 제법 가파른 절벽을 타고 올라가면 옥색의 눈부신 호수가 발 아래로 펼쳐진다. 호수 한가운데 떠 있는 앙증맞은 섬 하나가 자칫 밋밋했을 수도 있는 호수에 화룡점정畵龍點睛을 한다. 교회 한 채 품어 안기가 벅찰 만큼 섬은 조그맣다. 흡사 자연이 빚어놓은 옥색 수반 안에 조그만 조약돌 하나 띄워놓은 것 같다. 파란 하늘을 가득 품어 안은 옥색 호수, 연두색과 초록색으로 짜낸 카펫처럼 싱그러운 주위의 산들, 그 산 너머 아직도 머리에 흰 눈을 쓰고 있는 설산, 그 설산 밑에 아스라이 빨간색 지붕들이 모래알처럼 점점이 흩어져 있는 산야, 이것이 바로 슬로베니아의 전형적인 풍경이다. 블레드 성은 1004년 이 지방 주교가 신성로마제국의 황제에게 하사받은 후 쌓은 성이라고 한다. 이로 미루어보아도 슬로베니아는 일찍부터 오스트리아의 영향권에 속했음을 알 수 있다.

성에서 내려와 호수를 한 바퀴 돌아본다. 호숫가 오솔길에는 자전거 타는 이, 조깅하는 이, 연인이나 가족과 함께 산책하는 이, 나처럼 혼자 걷는 이 등이 심심찮게 스쳐간다. 호숫가에는 달랑 타월 한 장 펼쳐놓고 하루 종일 마냥 뒹구는 사람들도 보인다. 보기엔 쉬워 보여

절벽에 둥지 튼 블레드 성

도 저것도 안 해본 사람은 오금이 쑤셔서 절대로 저렇게 망중한忙中閑
을 즐길 수 없다. 호수 중간쯤 왔을 때 바로 앞에는 교회가 오뚝한 작
은 섬이, 그리고 그 뒤로는 절벽 위 블레드 성이 중첩되어 보이는 명당
자리가 나온다. 젊은 연인이 밀담을 나누고 있는 긴 벤치 한쪽에 염
치 불구하고 앉았다. 슬며시 끼어든 이방인이 마뜩하지 않을 텐데도
젊은 연인은 웃음으로 나를 맞아준다. 방해해서 미안하다고 하자, 별
말씀 다한다며 오히려 내 쪽으로 다가앉는다. 섬을 오가는 플레타나
plctana란 나룻배를 젓고 있다는 쥬판쥐치는 오전 일을 마치고 여자
친구와 데이트를 즐기고 있단다. "자네 이름을 들으니 자그레브에서
본 옐라쥐치란 인물이 생각나는데, 무슨 연관이라도 있냐?"고 물었다.

율리안 알프스의 보석 블레드 호수

이 동네에는 '-쥐치'로 끝나는 이름이 많다며 아무 상관없단다. '쥬판'이라면 '영주領主'를 뜻할 텐데 조상이 영주였냐고 묻자, 이번에는 손사래까지 쳐가며 아니라고 한다. 벌써 몇 대째 이곳에서 플레타나를 젓고 있다는 쥬판쥐치는 자기는 그저 아버지 뒤를 이어 평범한 사공이 되는 게 꿈이란다. 지금까지 제일 멀리 가본 곳이 오스트리아 빈이라는 그는 지구 반대편에서 온 나를 외계인 정도로 보는 눈치다. 꼭 한번 플레타나를 타보고 가시라는 그의 눈매가 무척이나 선량해 보였다.

류블랴나 성

울창한 숲 사이로 구불구불 돌아가는 오솔길이 숨바꼭질하잔다. 이른
아침 류블랴나 성으로 올라가는 길에 끊임없이 지저귀는 새들의 울음소
리는 산뜻한 아침 공기만큼이나 정신을 쾌청하게 해준다. 유럽의 많은
성채들이 그렇듯, 류블랴나 성도 류블랴니차 강이 굽이돌아 흐르는 강
변 어느 지점부터 유난히 가파르게 솟아오른 구릉 위에 고슴도치처럼 틀
어 앉아 있다. 성에서 내려다보는 류블랴나는 하얀 베일처럼 아침안개가
덮여 있는 중에 도심 너머로 넓은 평원이 펼쳐지고, 평원이 끝나는 곳에
푸른 산들이 빙 둘러서 있다. 그 중에도 북쪽 방향으로 보이는 피라미드
처럼 생긴 저 돌올嵂兀한 설산은 분명 알프스의 연봉이리라.

위협적이지 않은 류블랴나 성

11세기경 처음 축성된 류블랴나 성은 후에 오스만제국의 침입에 대비하기 위해 증축되었다. 당시 오스트리아 합스부르크제국의 지배하에 있던 슬로베니아는 오스만제국의 침략에 대비한 전초기지 역할을 했다. 이런 전략적 목적 때문에 성은 오스만제국의 정복 활동이 한창이었던 15세기경에 국경 수비를 강화하기 위해 증축되었다. 성 안에는 성 게오르그 예배당, 슬로베니아 역사박물관과 함께 예식장으로 개조된 건물과 레스토랑까지 들어서 있다. 자칫 무거울 수도 있는 성 안 분위기는 산뜻한 레스토랑과 예식장 덕분에, 딱딱한 역사 현장이라기보다는 편한 공원 같은 느낌을 준다. 성 게오르그 예배당 안으로 들어서면 이곳이 오스트리아의 어느 예배당 아닌가 하고 착각할 정도다. 예배당 천정 벽에 합스부르크가家 황제들의 문장이 빼곡하기 때문이다. 역사박물관의 사료도 슬로베니아의 독자적인 역사는 없고, 합스부

합스부르크 가문 출신으로 최초로 신성로마제국 황제가 된 루돌프의 문장

르크제국에 속한 한 지방의 관점에서 기술되어 있다. 이는 같은 남 슬라브족이지만 슬로베니아가 세르비아나 크로아티아와는 달리 얼마나 합스부르크제국에 밀착되어 있었는지를 보여주는 장면이다.

슬로베니아는 남 슬라브족 중에서 제일 먼저 프랑크제국의 영향권에 편입되었다. 이미 샤를마뉴 대제(재위: 742~814년) 시기부터 서유럽의 정치, 종교, 문화를 받아들인 이래, 슬로베니아는 프랑크제국의 후예인 신성로마제국과 떼려야 뗄 수 없는 관계가 되었다. 또한 이는 신성로마제국의 황제 자리를 차지한 오스트리아 합스부르크제국과의 관계로 이어졌다. 사실 슬로베니아는 6세기경 발칸반도로 이주해온 이래 다른 남 슬라브족과는 달리 1918년 오스트리아-헝가리 이중제국이 해체될 때까지 자체의 독립왕국을 가져본 적이 없다. 그래서인지 그들에게서는 불가리아의 시메온 대제, 세르비아의 두샨 황제, 크로아티아의 토미슬라브 왕과 같은 민족 영웅을 찾아볼 수 없다.

류블랴니차 강변의 두 다리

류블랴나 시내를 가로지르는 류블랴니차 강의 너비는 10m나 될까 말까한 작은 강이다. 류블랴니차 강에 걸려 있는 다리 중에 슬로베니아의 정체성을 상징적으로 보여주는 두 개의 다리가 있다. 첫 번째 다리는 네 마리의 용이 다리 양쪽 끝을 지키고 있는 드래곤 다리다. 도시를 닮아서인지 용답지 않게 앙증맞은 마스코트 같은 이 용들은 도시 곳곳에서 보인다. 신화에 의하면, 이아손과 그가 이끄는 아르고호의 영웅들이 이곳에서 용을 물리치고 류블랴나를 발견했다고 한다. 이를 기리기 위한 다리라지만 어쩐지 생뚱맞아 보인다. 이곳을 그리스 신화에 갖다 붙이기에는 공간적, 시간적으로 거리가 있기 때문이다. 이는 아마도 그리스 로마 문명과 비잔틴제국을 동경하던 남 슬라브족의 슬로베니아인들이 만들어낸 신화가 아니었을까? 두 번째 트로모스토비예Tromostovje 다리는 시내에서 가장 번화한 프레셰르노브 광장과 강 건너 구 시가지를 연결해준다. 이 다리는 특이하게도 연이어 세 개의 다리가 W자 모양으로 강에 걸려 있다. 그 중 가운데 다리는 류블랴나를, 그리고 좌우의 다리는 빈과 베네치아를 상징한다고 한다. 이는 역사적으로 불가분의 관계인 오스트리아와 이탈리아 사이에 끼어 있는 약소국 슬로베니아의 처지를 말해준다.

슬로베니아의 운명을 상징하는 트로모스토비예 다리

역사적으로 슬로베니아의 내륙 지방은 합스부르크제국의 지배하에, 그리고 아드리아 해안 지역은 베네치아의 영향을 받아왔다. 이런 상태에서 1918년 제1차 세계대전 종전 후 오스트리아-헝가리 이중제국이 해체되자 슬로베니아의 고민은 컸다. 세르비아-크로아티아-슬로베니아 중심의 남 슬라브족 통합 국가에 합류할 것인지, 오스트리아에 잔류할 것인지를 두고 슬로베니아인들은 설왕설래했다고 한다. 투표 결과 오스트리아에 남자는 의견이 60% 넘게 나온 지역이 속출했다니, 오스트리아와 슬로베니아의 관계는 단순히 지배자와 피지배자의 관계는 아닌 것 같다. 민족주의의 광풍이 불던 시대에 왜 유독 슬로베니아인들은 독립보다 옛 종주국인 오스트리아에 잔류하자는 의견이 많았던 것일까? 혹자는 오스트리아에 의존할 수밖에 없는 경제구조나 이스트라 지방을 병합한 이탈리아에 대한 두려움 등을 그 이유로 든다. 다 일리 있는 말이지만 그 이상의 무엇, 즉 합스부르크제국의 유연성 柔軟性과 흡인력吸引力을 빼고 이야기할 수는 없겠다. 아무튼 슬로베니아는 1989년 구舊 유고 연방에서 독립함으로써 발칸으로 이주한 이래 1,500여 년 만에 처음으로 독자적인 국가를 갖게 되었다.

프레셰르노브 광장Prešernov Trg

류블랴나 시내에서 가장 번화한 프레셰르노브 광장은 젊은이들이 만남의 장소로 애용하기에 딱 좋을 만큼 아기자기하다. 칙칙하고 우중충

해 보이는 대부분의 성당들과는 달리, 화사한 분홍색 외관이 돋보이는 성 프란체스카 성당 계단에는 젊은이들과 여행객들이 뒤섞여 앉아 있다. 이 광장에는 민족 영웅 대신에 프란츠 프레셰렌(1800~1849년)이란 민족 시인의 동상이 있다. 그리고 동상 건너편 건물에는 창가에 기대 그윽이 그를 바라보고 있는 청순한 처녀의 석상이 보인다. 어느 날 성당에서 우연히 만난 처녀에게 말 한마디 건네 보지도 못한 시인이 평생 그녀에게 바치는 시를 썼단다. 짝사랑으로 끝나버린 시인의 애틋한 사랑을 안타까워한 사람들이 뜻을 모아 그의 동상을 세웠다는데, 사실 그는 시인이자 슬로베니아의 고유 언어를 지킨 사람이었다. 현재 슬로베니아의 국가國歌인 '즈드라블리짜Zdravljica(축배)'도 그가 지은 시라고 한다. 생각해보니 이곳에는 알렉산더 네프스키 성당도, 스테판 두샨의 무덤도, 토미슬라브의 동상도 없다. 영원한 청년 시인 프란츠 프레셰렌의 지고지순한 사랑만이 있을 뿐이다. 프레셰르노브 광장에서 류블랴나 대학 쪽으로 올라오는 길목에는 나폴레옹 기념탑이 높게 서 있다. 흰 화강암 기념탑 중간에는 월계관을 쓴 황금빛의 나폴레옹 두상이 걸려 있다.

나폴레옹과 슬로베니아는 아무 연관이 없을 것 같지만 그렇지 않다. 나폴레옹은 1809년 합스부르크제국을 격파한 후 슬로베니아, 달마티아와 크로아티아의 일부 지역을 묶어서 일리리아 속주를 세웠다. 합스부르크제국을 약화시킬 목적으로 이들을 분리해낸 것이다. 이로 봐서도 슬로베니아를 포함한 이들 지역이 역사적으로 얼마나 오스트리아 합스부르크제국에 밀착되어 있었는지 알 수 있겠다. 아무튼 이 속주는 나폴레옹의 몰락과 함께 1813년 사라졌지만, 짧은 기간 동안이나마 류블랴나는 일리리아 속주의 수도였던 것이다.

류블랴나의 사랑방 프레셰르노브 광장

나폴레옹 기념탑

류블랴나: 사랑스러운 도시

사흘 밤을 보낸 이 깜찍한 도시와 작별할 때가 되었다. 짐 잘 챙기고 아침 일찍 프런트에 갔더니 문이 닫혀 있다. 보증금 10유로를 돌려받아야 하는데 어쩌란 건가? 그제야 아침 8시 이전에 퇴실할 사람은 전날 미리 알려달라는 메모가 눈에 들어온다. 내 개인적인 경험인진 몰라도 이런 점에서 남녀의 뇌 구조가 서로 다른 모양이다. 아마도 프런트 직원이 남자였다면 틀림없이 이 내용을 미리 말해줬을 것이다. 그렇다고 여자가 남자보다 무책임하다는 이야기가 아니다. 길을 물어볼 때는 젊은 처녀만큼 친절하고 자세하게 설명해주는 남자를 본 적이 없다. 다시 말해 여자는 남자에 비해 현재의 상황as-is에 대해서는 보다 구체적인데, 앞으로 일어날 일to-be에 대한 예측은 상대적으로 취약한 것 같다. 우연일지 몰라도, 베오그라드의 호텔에서도 첫째 날 여직원이 다음날 아침식사 안내를 해주지 않은 통에 몰랐는데, 둘째 날 남직원에게서 호텔 요금에 아침식사가 포함되어 있다는 말을 들었다. 아무튼 기차 시간 때문에 마냥 기다릴 수도 없고, 비싼 숙박비에 보증금까지 돌려받지 못해 속이 쓰렸지만 어쩔 도리가 없다.

기차역에 다 와서야 새삼 아침 8시 15분 출발이 맞는지 확인해봐야겠다는 생각이 든다. 항상 15(fifteen)와 50(fifty)은 헷갈리지 않았던가. 역사로 들어서자마자 부리나케 시간표를 확인했다. 아뿔싸! 역시나 8시 50분 출발이 맞다. 차라리 처음 시간이 맞는다면 속이나 편할 텐데, 왕복 20분 이상은 족히 걸릴 호스텔로 다시 가야 할지 말아야 할지 참 애매하다. 그것도 무거운 여행 가방을 질질 끌면서 말이다. 잠시

제6장 슬로베니아의 꿈夢 **267**

서울에서라면 어떻게 할까 생각해본다. 갔다 올 시간은 충분한데, 고작 10유로 때문에 생난리를 피워야 하나? 그래도 결국 10유로를 찾아와야겠다는 생각이 든다. 배낭 메고 여행가방 끌고 물집 잡혀 아린 발을 끌며 터덜터덜 다시 걸어가서 보증금을 받아오니 아침부터 맥이 빠진다. 그런데 오가는 길에 보니 이 도시 정말 웃기는 도시다. 엊그제는 노동절 연휴라 그러려니 했다지만, 오늘은 평일인데도 택시는 오다가다 딱 한 대밖에 못 봤다. 하기야 블레드 호수에서 돌아오는 날 중국집이 없었다면 저녁마저 굶을 뻔했다. 첫날 한 팩pack에 5유로나 한다고 투덜댔던 딸기는 물론 심지어 물 한 병도 살 곳이 마땅히 없었다.

하루 종일 기차를 타야겠기에 기차 안에서 때울 간단한 점심을 준비하려 맥도날드로 들어갔다. 메뉴판에서 그 중 가장 실해 보이는 5.9유로짜리 빅 맥Big Mac을 시켰더니 기상천외한 답변이 돌아온다. 아침엔 가벼운 식사easy breakfast만 된다며, 3.5유로짜리가 가장 무거운heavy 것이라네. 우리와는 너무도 다른 이들의 장삿술에 잠시 어안이 벙벙해진다. 아니 손님이 원하고 자기네도 비싼 것 팔면 좋지 어째서 아침에는 안 된다는 건지, 정말 희한하기 짝이 없다. 하긴 어제 시장에서도 상인들이 저녁 여섯 시가 되기 무섭게 전부 문 닫아걸고 가버리더군. 늦은 밤까지 진 치고 있는 우리와 칼 퇴근하는 이 사람들 중 누가 꼭 더 잘산다고 말할 수는 없겠다. 하지만 한 가지 확실한 건, 삶의 질은 이 사람들이 우리보다 훨씬 높을 것이다. 그래도 이 모든 불편을 보상해주는 류블랴나의 매력은 '사랑스럽다'는 도시 이름 한 마디에 그대로 압축되어 있다.

　이스탄불부터 시작된 여행길은 위로 올라갈수록 국경에서의 출입국 심사 절차가 간단해진다. 류블랴나에서 아침 8시 50분에 출발한 기차는 세 시간 후인 오전 11시 50분 국경도시 오르모쯔Ormož에 도착한다. 잠시 후에는 헝가리 쪽으로 넘어갈 텐데 여권 보자는 사람이 없다. 크로아티아에서 슬로베니아로 넘어올 땐 분명 입국 심사를 거쳤는데, 어찌된 영문인지 불안해진다. 지나가는 역무원에게 물어보니 슬로베니아와 헝가리 사이엔 출입국 심사가 필요 없단다. 미심쩍어 다른 역무원에게 물어도 같은 대답이다. 그 사이에 스쳐가는 역사驛舍에는 벌써 헝가리 국기가 걸려 있다. 광활한 평원에 끝없이 펼쳐지는 농경지, 경작지와 경작지 사이에 웅크린 무성한 숲, 아기자기한 산과 강, 가끔씩 스쳐가는 마을을 보다 보면 텅 빈 기차 칸에 하루 종일 혼자 있어도 심심치 않다. 다만 평상시 같으면 꽤나 아름답게 느껴질 헝가리 전원 풍경이 이렇게 무덤덤하게 보이는 이유는 무엇일까? 아무래도 슬로베니아의 청정무구한 자연과 비교되기 때문이리라. 같은 숲이라도 헝가리의 숲은 슬로베니아의 숲보다 인간의 손때가 더 묻었고, 그만큼 덜 깨끗해 보인다. 인간의 손때가 더 자주 눈에 띌 즈음에 모처럼 우리 눈에 익숙한 번잡한 도시가 저 멀리 나타난다. 류블랴나에서 출발한 지 9시간 만인 오후 5시 40분에 기차는 부다페스트 역으로 들어섰다.

서울이 한강을 경계로 강북江北과 강남江南으로 나뉘듯이, 부다페스트는 도나우 강을 두고 강서江西인 부다와 강동江東인 페스트로 구분된다. 도심 한가운데 큰 강을 품어 안기는 두 도시가 마찬가지지만, 도시의 형성 과정이나 자연 지형은 판이하게 다르다. 서울은 강북 중심에서 최근에 강남으로 확장된 반면, 부다페스트는 애초부터 부다와 페스트가 서로 다른 도시였다가 1873년에야 통합되었다. 또한 서울은 강북에 북한산이 있다면 강남엔 관악산이 있듯이, 양 지역 간의 지형적 차이가 없다. 그러나 부다페스트의 경우 부다 지구가 오밀조밀한 구릉인 반면 페스트 지구는 드넓은 평원으로, 강 하나를 사이에 두고 양 지역의 지형이 전혀 다르다.

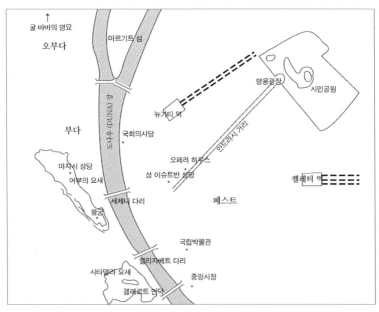

[지도20] 부다페스트 시가도

한편 도시의 오랜 역사에 비해 부다페스트는 의외로 젊어 보인다. 그 중에서도 부다 지구보다는 페스트 지구가 더 젊어 보인다. 백오십여 년에 걸친 오스만제국의 점령에도 불구하고 오부다 지구를 제외한 도심에서 그들의 자취는 거의 지워졌다. 대신 성 이슈트반 성당, 국회의사당, 국립 오페라 하우스와 같이 페스트 지구를 대표하는 대부분의 건물들은 1867년 오스트리아-헝가리 이중제국이 출현한 시기를 전후하여 건축된 것이다. '헝가리의 샹젤리제 거리'로 불리는 안드라시 Andrassy 거리도 마찬가지다. 이런 면에서 볼 때 역설적으로 오스트리아-헝가리 이중제국 시절이 부다페스트란 도시에게는 중흥기가 아니었을까? 하지만 이렇게 아름다운 부다페스트가 태어나기 위해 헝가리가 얼마만한 대가를 치렀는지 안다면 이야기는 달라질 것이다.

세체니 다리와 왕궁

헝가리인들의 조상은 투르크계의 마자르족이다. 우랄산맥 동쪽이 고향이었던 그들은 오랫동안 서쪽으로 이동해온 결과 896년경 카르파티아 분지에 정착했다. 이후 그들의 역사는 정착 초기에 잠깐 반짝했던 때를 빼고는 이민족의 침입과 지배로 점철되어 있다. 중세 이래로 헝가리는 몽골제국과 오스만제국의 침략이 있을 때마다 유럽의 방파제 역할을 했다. 그리고 그들이 물러난 뒤에는 합스부르크제국에 편입되어 170여 년 동안 지배를 받았다. 이런 헝가리가 반쪽이나마 자체 정부를 갖게 된 것은 1867년 오스트리아-헝가리 이중제국이 출범한 후부터였다. 하지만 오래지 않아 이중제국은 제1차 세계대전의 패배로 해체되면서 헝가리도 공중분해 되어버렸다. 그렇다면 이런 헝가리의 운명은 어쩔 수 없었을까? 아니다. 헝가리에도 일찍부터 이런 사태를 피하려고 애쓴 선각자들이 있었다. 대표적으로 중세시대의 마챠시 1세나 이중제국 시절의 코슈트가 바로 그들이었다. 하지만 헝가리인들은 그들의 말에 귀 기울이는 대신 그들을 암살하거나 무시해버렸다. 물론 그들의 말대로 했다고 해서 꼭 성공하리란 보장은 없었다. 하지만 시도도 해보기 전에 내부의 반대로 좌절해버린 것은 참으로 아쉬운 대목이다. 실제로 그 후 헝가리 역사가 진행된 과정을 보면 그들이 우려했던 대로 흘러갔고 그 결과 또한 너무나 참혹했다. 그렇다면 헝가리의 선각자였던 마챠시 1세와 코슈트가 어떤 인물이었는지, 부다페스트의 여러 명소를 돌아보며 살펴보자.

헝가리에서 만난 사람들

01

혼자 떠도는 동양 중늙은이가 만만해 보여서인지 시내에 들어서기 무섭게 좀도둑이 따라붙는다. 류블랴나에서의 궁기窮氣를 털어내리려고 시내에서 가장 큰 중앙시장을 찾았다. 알록달록한 타일 지붕이 일품인 시장 건물은 박물관 뺨칠 정도로 한껏 고풍스럽다. 과일가게가 즐비한 1층에서 사과와 딸기까지는 잘 샀다. 그런데 문제는 엉뚱하게 와인 가게에서 불거졌다. 헝가리에서는 꼭 토카이 아수Tokaj Aszu 화이트 와인 맛을 보라는 말이 생각나서 와인가게로 갔다. 괜찮아 보이는 와인에 할인가로 4,250포린트(Forint/HUF)라는 가격표가 붙어 있다. 그런데 그냥 5,000포린트(우리 돈으로 약 25,000원)짜리 지폐를 냈으면 됐을 텐데, 쓸데없는 결벽증이 화근이 되었다. 먼저 지갑에서 5,000포린트 지폐 한 장을 꺼내 시내 지도와 함께 왼손에 쥐었다. 그리고 오른손으로는 과일 사고 남은 동전이 번거로워서 주머니 속에서 250포린트를 세었다. 5,250포린트를 주고 거스름돈으로 1,000포린트 지폐를 받을 요량이었다. 지폐와 동전을 합해 와인 값을 지불하려는 순간 당연히 왼손에 있어야 할 5,000포린트 지폐가 감쪽같이 없다. 흘렸나 해서 눈을 씻고 주위를 둘러봐도 소용없고, 혹시나 하고 지갑을 다시 열어봐도 없다. 분명이 꺼낸 것이다. 세상에 눈 감으면 코 베어가는 세상이라지만, 이건 눈 뜨고 귀신에 홀린 격이다. 어떻게 오른손으로 주머니 속 동전을 세고 있는 사이에 왼손에 쥐고 있던 지폐를 빼 갈 수 있을까?

기가 막혀 쓴웃음이 나오면서도 어떤 친군지는 모르지만 그 정도 신기神技라면 5,000포린트 챙길 자격이 충분하다는 생각이 든다. 한 병을 두 병같이 먹어야 할 판이다. 조금은 허탈한 마음을 털어내고 오페라 티케팅이나 해야겠다. 홧김에 제일 싼 1,200포린트짜리 티켓을 샀지만, 종로에서 뺨맞고 한강에서 화풀이하는 기분이 들었다.

어제 델리Deli 역에서 브라티슬라바 행 기차표를 예매할 때도 이해할 수 없는 일이 일어났다. 표 값을 물어보니 매표소 아줌마가 눈을 찡끗하며 왕복표를 사란다. 왕복표가 필요 없다는데도 불구하고 아무 소리 말고 사라는 말에 표 값을 물어보았다가 내 귀를 의심했다. 왕복표는 5,160포린트인데 편도표는 8,000포린트란다. 거꾸로 말한 거 아니냐고 확인해봐도 똑같은 대답이 돌아온다. 너무 황당해서 일단 예매를 미룬 후, 저녁에 민박집 주인에게 확인해보았다. 그의 말인즉 관광객을 잡아놓기 위해 그럴 수 있다는데, 무슨 도깨비 같은 소린지 모르겠다. 오늘 중앙시장 온 김에 켈레티Keleti 역까지 걸어가서 다시 알아봤다. 역시나 매표소 창구에서는 같은 답변이 돌아온다. 싸게 샀다는 안도감보다는 은근히 부아가 난다. 아니, 모르면 당할 수밖에 없는 이런 엉터리 같은 시스템이 세상에 어디 있단 말인가?

성 이슈트반 성당 정문을 오르는 계단에 앉아 광장을 둘러본다. 저녁 무렵이 되면서 계단을 찾는 사람들이 많아진다. 그 중에는 스케치에 열중하고 있는 젊은 엄마가 있는데, 그 곁에 어린 두 딸이 병아리처럼 모여 있다. 저쪽 젊은 연인은 커다란 와인 잔까지 챙겨 와서는 기분을 내고 있다. 광장 한쪽 노천카페에서는 이제 막 휴가 나온 수병水兵들이 맥주잔을 부딪치며 떠들썩하다. 오가는 관광객들이 성당을 배경으로 사진을 찍다가는 유리알처럼 금방 흩어진다. 자전거를 개조해 만든 인력거에 앉아 손님을 기다리는 인력거꾼이 곤해 보인다. 연인끼리, 친구끼리, 아니면 나처럼 혼자 앉아서 광장을 내려다보는 이들은 지금 무슨 생각을 하고 있을까? 한 가지 확실한 건 낯선 사람 틈에서도 두브로브니크에서처럼 외롭지 않다는 사실이다. 어쩌면 난 저 젊은 엄마처럼 성당의 해 저무는 풍경을 마음속에 그리고 있는지도 모르겠다.

그런데 내가 봉으로 보이는 게 맞긴 맞나 보다. 성당 계단에서 내려와 골목길로 접어들자 옛날 삼류 영화에서나 나올 법한 글래머 풍의 여인이 수작을 걸어온다. 담뱃불 좀 빌리자는 상투적인 말에 장난기가 동해 말대꾸를 해주었다. 주위에 있던 상점 주인이 싱긋 웃는 품이 '또 속물 하나 걸려들었네.' 하고 생각하는 것 같다. 오스트리아와의 국경지대가 고향이라는 그녀는 독일어와 헝가리어가 똑같은 모국어母國語라고 한다. 내일 브라티슬라바로 간다는 내 말에 한때 그 도시가 헝가리의 수도였다며 아는 체한다. 역사 공부하러 왔다는 내 말에 신바람이 난 그녀는 오스트리아-헝가리 이중제국과 엘리자베트 황후의 일화도 한마당 늘어놓는다. 가슴이 다 보일 정도로 천박해 보이는 옷차림과는 어울리지 않게 그녀의 영어는 유창했고 역사 지식 또한 제법이었다. 결국 분위기가 잡혔다고 보았는지, 그녀는 나에게 카페에 가서 술 한 잔 하잔다. 이 사람아, 자네 나이가 사십도 안 되어 보이는데 하필이면 나 같은 중늙은이와 놀자고 하나? 당신과 어울리기엔 내 나이가 좀 들었다며 돌아서는 내 등 뒤로 나이가 무슨 상관이냐는 그녀의 항의가 들려온다.

국회의사당 광장 앞 벤치에 앉아 쉬는데 옆에 있던 노인네가 말을 걸어온다. 의사당 앞에 서 있는 동상이 누군지 아느냐고 묻는다. 자세히는 모르지만 코슈트Kossuth(1808~1894년)라는 헝가리 정치인이라고 말했더니, 이번에는 뭐하는 사람이었느냐고 묻는다. 이 양반이 알고도 물어보는 건지, 진짜 궁금해서 물어보는 건지 모를 정도로 어투가 야릇하다. 뉴욕에서 산다는 노인네는 나이 70에 은퇴한 기념으로 아들과 함께 여행을 다니고 있단다. 프라하와 빈을 거쳐 이곳으로 왔다는 그는 대뜸 일본은 원자력 발전소를 폐기하기로 했다면서 내 얼굴을 빤히 쳐다본다. 흡사 너희는 도대체 뭐하고 있느냐고 따지듯 물어보는 품이 영 기본적인 예의가 없다. 살짝 기분이 상한 나는 일본이 그런 결정을 한 건 쓰나미를 당한 후 그들 나름의 여건에 따라 결정한 것 아니겠느냐고 대꾸했다. 그렇지만 일본은 마음만 먹으면 언제든지 핵무기를 제조할 능력이 있지 않느냐는 내 말은 싹 무시해버린다. 잠시 후 40은 넘어 보이는 구레나룻 덥수룩한 아들이 다가오는데, 부자 사이라기보단 형제간처럼 보인다. 리Lee라고 소개하는 내 말에 옆에 있던 심술 맞은 영감이 한국에는 김Kim이나 리Lee가 온 천지에 널려 있다고 내뱉는다. 한국을 제법 알고 있는 이 냉소적인 네오콘Neocons 영감이 영 호감가지 않아서 서둘러 자리를 떴다.

　단돈 1,200포린트(우리 돈으로 약 6,000원)로 볼 수 있는 오페라는 어떨까 하는 궁금증을 안고 안드라시 거리에 있는 국립 오페라 하우스를 찾았다. 최소한의 예의를 차린답시고 일부러 재킷까지 챙겨 입고 극장 정문으로 들어선 시간이 오후 다섯 시 반쯤 되었다. 오페라는 저녁 여섯 시에 시작되지만, 프런트에는 벌써부터 드레스를 차려입은 부인들과 정장한 신사들이 북적대고 있다. 안내원에게 티켓을 내보이자 내 좌석으로 가려면 일단 밖으로 나가서 건물 옆에 따로 있는 출입구로 들어가란다. 무색한 마음에 개구멍을 찾으려니 새삼 시장에서 만난 얼굴 모를 절대 고수가 원망스럽다. 4층까지 정확히 세어서 118개 계단을 걸어 올라가는 중에 앞서 가던 두 부인은 숨이 턱 밑까지 찬다. 그 와중에도 나를 보고는 목례目禮를 잊지 않는다.

오페라 하우스의 화려한 내부

원형극장을 연상시키는 극장 내부에서 내 자리는 맨 꼭대기인 4층의 측면 좌석이다. 자리에 앉아보니 저 아래 까마득히 보이는 무대는 로열 박스에 가려 1/3이 아예 보이지도 않는다. 그래도 국내에서는 전편을 접해보지 못한 비제의 '카르멘Carmen'을 감상할 수 있는 좋은 기회라고 자위하며 막이 오르기를 기다렸다. 오페라 공연은 중간휴식 시간까지 포함해 세 시간 넘게 계속되었다. 내용은 알고 있었지만 영어 자막이 있었으면 하는 아쉬움이 남는다. 혼자 온 이방인에게 중간 휴식 시간은 휴식 시간이 아니라 난감한 시간이 되어버린다. 이야기꽃이 만발한 휴게실에서 홀로 '꿔다 놓은 보릿자루' 신세가 되기 때문이다. 그렇다고 공연장에 우두커니 앉아 있기도 좀 그렇다. 평일 저녁 몰려온 그 많은 사람들을 보며 그들의 높은 문화 수준을 실감한다. 다시 공연이 속개되고 화면이 2/3밖에 나오지 않는 영화를 보는 것 같은 답답함도 계속된다. 그 중에서도 무대가 너무 멀어 가수들의 섬세한 얼굴 표정을 볼 수 없는 게 가장 아쉬웠다. 하기야 단돈 1,200포린트로 이만큼 즐겼으면 족하지 않겠는가. 오페라가 끝나고 극장 밖으로 나오니 이미 깜깜한 밤이다. 수많은 등불을 밝힌 오페라 하우스는 어둠 속에서도 아름다움을 한껏 뽐내고 있었다.

부다페스트 북쪽, 완행열차로 한 시간 반 거리에 에스테르곰이란 도나우 강변도시가 있다. 한적한 시골 마을이지만 이곳에는 도시 규모에 어울리지 않게 유럽에서 세 번째로 큰 바실리카가 홀로 우뚝 서 있다.

본래 이곳은 10세기경부터 13세기까지 헝가리 왕국의 수도였다. 헝가리 최초의 기독교 군주였던 이슈트반 1세(재위: 997~1038년)가 대주교 교구로 책정한 이래 이곳은 지금까지 헝가리 가톨릭교회의 총본산으로 남아 있다. 그러므로 지금은 비록 변변치 않지만 이곳이야말로 헝가리가 처음 출발한 곳으로서, 이 바실리카가 마자르족에게는 얼마나 상징적인 의미를 지니는지 짐작할 수 있다. 바실리카 앞 완만한 정원 길을 오르는데 점점 다가오는 바실리카 건물이 참으로 장엄하다. 주위에 아무것도 없이 홀로 서 있기에 더욱 더 장엄해 보인다. 높이 102m의 중앙 돔을 떠받치고 있는 우람한 열주들은 흡사 하늘을 떠받치고 있는 형상이다. 중앙 돔을 중심으로 바실리카 양쪽으로 날개를 활짝 펼친 듯 종탑이 솟아 있고, 그 밑으로는 아치문이 시원하게 뚫려 있다.

도나우 강 너머 슬로바키아 쪽에서 본 에스테르곰 대성당

바실리카 출입문 옆에서 중세풍 의상과 가죽신을 신은 남자가 크고 작은 두 개의 피리를 솜씨 좋게 불어댄다. 마침 일본인 관광객들이 지나가자 약삭빠르게 일본 전통음악인 샤미센으로 바꿔 불며 관심을 끌어 모은다. 그들이 지나간 후 '피가로의 결혼' 중 서곡이 들리는가 싶더니, 어느 틈에 헝가리 무곡으로 넘어간다. 참 자유자재다. 벤치에 앉아 잠시 쉬고 있는 사이에 생각지도 못한 '위스크다르'가 들려온다. 이스탄불이 아닌 이곳에서 그 음악을 들으니 기분이 참 묘해진다. 바실리카로 들어가기 전에 나는 그에게 다시 한 번 '위스크다르'를 불러달라고 청했다. 의외의 청중에 고무된 그는 자세를 고쳐 앉더니, 도입부부터 시작해서 진지하게 피리를 불기 시작한다. 그의 피리소리에 한 달 전 위스크다르 해변 길을 걸으며 해협 건너편 이스탄불을 바라보던 생각이 절로 난다. 그 옛날 오스만제국의 세력이 이곳까지 미쳤다는 사실이 새삼스럽다.

에스테르곰의 피리 부는 악사

일요일이어선지 이제 막 오후 4시가 넘었는데, 기차역에서 바실리카까지 오가는 꼬마 관광열차가 벌써 운행을 멈추었다. 할 수 없이 기차역까지 가는 길을 물으려니 정작 길가에서 사람 구경하기가 힘들다. 대충 방향을 잡고 걸어가는 도중에 마침 저쪽에서 길을 건너오는 사람이 보인다. 별 생각 없이 다가갔더니 하필이면 대낮부터 술 취한 집시 남자다. 비록 횡설수설하지만 나름 열심히 일러주려는 그의 성의가 고마워 참을성 있게 듣고 있는데, 어느 틈에 나타난 경찰차에서 두 명의 경찰이 내린다. 그리고는 먼저 내가 괜찮은지 확인한 후 집시 쪽으로 돌아선 그들의 태도에서 찬바람이 싹 인다. 조금이라도 이상하다 싶으면 곧바로 체포라도 할 기세다. 집시 사나이에게 미안해진 나는 경찰에게 길 물어본 것이라고 말해줘도 막무가내다. 내게는 친절하게 대해주는 경찰이 집시 남자에게는 마구잡이로 대한다. 공연히 길을 묻는 통에 낭패를 보고 있는 집시 사나이에게 미안한 마음이 들었다.

06

평소엔 전혀 신경 쓸 일 없다가 여행길에 나서면 새삼 만만치 않은 일이 하루 세 끼 밥 챙겨먹는 일이다. 부다페스트에 도착한 첫날부터 날치기를 당한 탓에 의기소침해져서 일주일 동안 제대로 된 저녁식사 한번 못 했다. 부다페스트를 떠나기 전에 그럴듯한 레스토랑에서 헝가리의 대표적 전통 음식인 굴라시Goulash를 시켰다. 푹 곤 소고기가 담긴 접시와 함께 소스를 듬뿍 친 감자와 스튜가 또 한 접시 나온다. 내가 낙타도 아닌데 지금까지 부실하게 먹다가 한꺼번에 이 많은 음식을 먹을 수 있을까? 그런데 고소한 맛 뒤에 따라오는 느끼한 맛을 씻어내리려고 맥주 한 병 마신 게 큰 화근이 될 뻔했다. 하루 종일 걸어 파김치가 된 몸에 알코올 기운이 들어가자 곧바로 나른해진다. 문득 1,200포린트짜리 오페라를 보고 한 끼 식사비로 5,000포린트를 지불하는 나 자신이 좀 우스워진다.

아무려나, 거나한 기분으로 레스토랑에서 나오는 길에 얼핏 뒤에서 누가 부르는 것 같다. 돌아보니 종업원이 카메라를 그냥 두고 일어섰다며 챙겨준다. 순간 술기운이 확 깨면서 뒤통수를 얻어맞은 듯 멍해진다. 고맙다는 인사도 제대로 못 한 채 카메라를 받아들고 100m쯤 걸어가다가 비로소 제 정신이 든다. 너무 경황이 없어 마치 도둑맞은 물건 되돌려 받듯이 했지만, 이건 사람의 도리가 아니다. 여행도 거의 끝나가는 지금 카메라를 잃어버렸다면 그 무슨 낭패란 말인가? 다시 발길을 돌려 레스토랑으로 들어갔다. 그리고 천사 같은 종업원에게 2,000포린트를 찔러 넣어주었다. 손님 물건 챙겨주는 일도 당연히 자기 몫이라며 환히 웃는 젊은이가 참 싱그러워 보였다.

영웅 광장

페스트 지구를 시원하게 가로지르는 안드라시Andrassy 대로는 성이슈트반 성당에서 시작하여 영웅 광장에서 끝난다. 1896년에 조성된 영웅 광장 한가운데엔 36m 높이의 기념비가 있고, 그 아래로 아르파드Árpád를 위시한 헝가리 초기 일곱 부족장의 기마상이 호기롭게 서 있다. 광장을 둘러싼 좌우의 열주랑列柱廊에는 성 이슈트반 1세를 위시하여 헝가리 역사에 큰 족적을 남긴 14명의 영웅 동상이 도열해 있다. 그런데 이 광장은 동서양이 뒤섞여 있는 독특한 분위기를 풍긴다. 집은 분명 서양식 집인데, 그 안에는 동양인이 살고 있는 식이다. 열주랑 위를 장식한 로마시대의 전차들과 기념비 꼭대기에 서 있는 가브리엘 천사의 동상은 전형적인 그리스 로마양식이다. 반면에 아르파드를 비롯한 일곱 부족장의 복장이나 생김새는 아시아에서 온 유목 민족의 모습이다. 이 광장에는 자신의 정체성을 지키려는 헝가리인들의 의지와 상처받은 민족의 자존심을 일으켜 세우려는 안간힘이 묻어난다.

동·서양이 융합된 영웅 광장

헝가리의 주인인 마자르족은 본래 투르크계 종족의 일파로서, 원거주지는 우랄 산맥 동쪽으로 추정된다. 이들은 동쪽에서 계속적으로 밀려오는 유목 민족들을 피해 오랜 세월 동안 서쪽으로 이동해왔다. 영웅 광장의 일곱 부족장 기마상은 이들이 이동하는 과정에서 새로운 부족들이 합류하여 부족 연합체를 구성했음을 말해준다. 이들은 895년과 896년에 걸쳐 아르파드의 지도하에 카르파티아 분지로 들어왔다. 마자르족이 카르파티아 분지로 들어오게 된 것은 불가리아의 시메온 대제와 깊은 관련이 있다. 비잔틴제국의 사주로 불가리아를 공격하던 마자르족이 오히려 시메온 대제에게 매수당한 페체네그족에게 배후를 찔려 카르파티아 분지로 도주했음은 불가리아 편에서 말한 바 있다. 당시 마자르족을 무사히 카르파티아 분지로 이끈 아르파드는 헝가리 최초 왕조인 아르파드 왕조의 개창자로 추앙받고 있다. 헝가리인들은 카르파티아 분지에 정착한 896년을 헝가리 국가의 기원으로 보고 있다. 1896년 영웅 광장을 조성한 것도 1000년 전의 이 역사적인 사건을 기념하는 사업의 일환이었다.

성 이슈트반 성당

성 이슈트반 성당은 안드라시 대로가 시작되는 지점에 우뚝 서 있다. 웅장한 돔 지붕과 하늘 높이 치솟은 종탑은 페스트 지구에서 가장 높아 보인다. 겉모습으로만 봐서는 여느 성당과 다름없어 보이지만, 이 성당의 내부는 한 가지 매우 독특한 점이 있다. 성당 안으로 들어서면 높은 돔 천장 아래로 화려한 제대祭臺가 보인다. 그런데 제대 위에 마땅히 있어야 할 예수 그리스도의 성상과 십자가는 잘 눈에 띄지 않는다. 그 대신 헝가리 최초의 기독교 국왕인 이슈트반 1세Szt. István(재위: 997~1038년)의 입상이 서 있다. 이렇듯 성당 내부의 여러 성화와 성물들도 이슈트반을 기리기 위한 것이라는 인상을 지울 수 없다. 헝가리 건국 1000년을 기념하기 위해 1851년부터 건축된 이 성당은 어쩌면 가톨릭 성당이라기보다는 이슈트반의 거대한 영묘靈廟라고 해도 크게 틀리지 않을 듯하다.

이슈트반 성당 내부의 제대

카르파티아 분지에 정착한 헝가리인들은 새로 이웃하게 된 서유럽 지역으로 침략해 들어갔다. 당시 이들의 기세가 얼마나 등등했던지 서유럽 수도원에서는 "주여, 헝가리인들의 화살로부터 저희를 구해주소서!"라는 기도문까지 나돌 지경이었다고 한다. 처음에는 유목 민족 특유의 기동성을 살려 역습에 능한 헝가리인들에게 서유럽인들은 고전을 면치 못했다. 하지만 차츰 이들은 헝가리에 대응하는 방법을 알게 되었다. 서유럽인들은 견고한 성을 쌓아 헝가리의 기동성을 무력화시켰던 것이다. 결국 955년 신성로마제국의 오토 1세(재위: 936~973년)는 아우구스부르크에서 헝가리 군을 대파했다. 이 결정적인 패전으로 헝가리는 두 번 다시 서유럽을 넘볼 수 없게 되었다. 뿐만 아니라 오히려 민족의 존속을 걱정해야 할 궁지로 내몰렸다.

위기에 직면한 헝가리는 당시로서는 생각하기 힘든 역발상적인 방법을 택했다. 과감하게 유목 민족의 전통을 버리고 로마 가톨릭을 수용해 기독교 문화권으로 탈바꿈한 것이다. 이런 선견지명을 발휘한 인물은 게저Géza(재위: 972~997년)와 그의 아들인 이슈트반이었다. 특히 일찍부터 기독교 방식으로 교육받은 이슈트반은 바이에른 영주의 딸과 결혼하여 아르파드 가문을 유럽 왕가의 일원이 되게 했다. 이후 그는 헝가리를 기독교 왕국으로 재편한 뒤 1000년 말 헝가리 최초의 기독교 왕인 이슈트반 1세가 되었다. 이때 교황과 신성로마제국은 얼른 그를 왕으로 인정했다. 그들은 비잔틴제국의 영향력이 헝가리에 미칠 것을 우려해서 선수를 친 것이다. 이슈트반 1세는 재위 기간 동안 왕국의 국가 기반을 확고히 했다. 내부적으로는 아직 남아 있던 씨족 사회를 무너뜨리고 중앙 집권화를 꾀했다. 또한 외부적으로는 숙적 불가리아를 격파하여 카르파티아 분지 전체를 왕국의 영토로 확정지었다. 이후에도 왕국을 넘보는 신성로마제국을 물리치고 헝가리의 주권과 독립성을 인정받았다. 1083년 성인聖人으로 추대된 그의 동상은 엘리자베트 황후의 동상과 함께 헝가리에서 가장 흔히 볼 수 있다.

왕궁

베오그라드의 칼레메그단과 마찬가지로 부다페스트의 왕궁도 도나우 강변 언덕 위에 우뚝 서 있다. 이 왕궁은 몽골의 침략을 받은 후인 1265년, 몽골의 재침再侵을 막기 위해 건설된 요새로부터 시작되었다. 왕궁의 출입문 옆에는 마자르족의 토템인 '투룰Turul'이란 독수리를 닮은 새의 동상이 있다. 헝가리 최초 왕조인 아르파드 가문이 이로부터 유래했다는 투룰은 왕권을 상징하는 칼을 움켜쥔 독수리 모양을 하고 있다. 당당함과 화려함을 한껏 뽐내는 왕궁이지만, 막상 건물 뒤편으로 돌아서면 흡사 폭격 맞아 엉망이 된 폐허를 방불케 한다. 기실 헝가리 역사와 운명을 함께해온 이 왕궁은 벌써 몇 번째인가 파괴되었다가 다시 재건된 역사를 가지고 있다. 멀리는 몽골과 오스만제국의 침입에 의해, 가까이로는 제2차 세계대전의 소용돌이 속에서 잿더미가 되었다. 벽돌과 돌 부스러기가 어지러이 널려 있는 예전 왕궁의 폐허 터는 이들의 고단했던 역사를 대변해준다. 그 위에 또 다시 일으켜 세운 저 새 왕궁은 앞으로 얼마나 버티려는지 아무도 모르지만 한 가지 확실한 사실은 있다. '너희들이 아무리 부수어도 우리는 기필코 다시 세우리라'는

폐허 위에 다시 세운 왕궁

헝가리의 불굴의 의지가 지금의 왕궁 곳곳에 배어 있었다.

이슈트반 1세 이후 착실히 봉건국가 체제를 수립해나가던 헝가리가 처음으로 절체절명絕體絕命의 위기를 맞이한 것은 벨러Béla 4세(재위: 1235~1270년) 때였다. 위기는 동쪽에서 찾아왔다. 1237년 몽골 제국은 러시아의 전신인 키예프 공국을 무너뜨린 후 유럽 정벌의 교두보를 확보했다. 그리고 4년 뒤인 1241년, 몽골 제국은 본격적으로 유럽을 정벌하려고 칭기스 칸의 손자인 바투 칸Batu Kan을 서쪽으로 보냈다. 바투는 군대를 둘로 나누어 폴란드와 헝가리로 연이어 쳐들어왔다. 몽골군의 전광석화電光石火 같은 공격을 당할 수 없었던 헝가리는 이듬해인 1242년까지 속수무책으로 전국토를 유린당했다. 몽골군은 아드리아 해변으로 도주한 벨러 4세를 추적하기 위해서 체코의 서부 지방인 보헤미아를 넘어 오스트리아와 달마티아 지방까지 진출했다. 바야흐로 몽골의 거대한 파도가 유럽을 집어삼키려는 순간이었다. 그때 기적이 일어났다. 몽골 제국의 제2대 황제 우구데이Ogodei(재위: 1229~1241년)의 사망 소식이 뒤늦게 알려진 것이다. 몽골의 율법에 따르면, 대大칸을 선출하는 쿠릴라이를 열기 위해서는 모든 몽골 왕족이 참석해야 했다. 이 소식을 듣자마자 바투의 몽골군은 유럽에서 썰물처럼 빠져나가 본국으로 향했다.

몽골군의 직격탄을 맞은 헝가리는 간신히 멸망만은 면했지만, 당시 인구 200만 중에서 반 이상이 살해되거나 노예로 끌려갔다고 한다. 한편 오스트리아를 비롯한 유럽 국가들로서는 헝가리를 방패삼아 소나기를 피할 수 있었다. 그들은 한때 손댈 수 없을 만큼 흉포한 야만족이었던 마자르족을 기독교로 개종시킨 결실을 톡톡히 거두었다. 기독교로 순화된 헝가리는 몽골의 침입으로부터 유럽을 지키는 방파제 역할을 충실히 수행했던 것이다. 그리고 헝가리의 이러한 역할은 이후 오스만제국이 출현했을 때도 다시 발휘된다.

마챠시 성당과 어부의 요새

도나우 강 너머 부다 지구의 오른쪽 언덕엔 마챠시 성당이 높이 솟아 왼쪽 언덕에 있는 왕궁과 함께 멋진 스카이라인을 만들어낸다. 빈의 슈테판 대성당, 자그레브의 성 마르코 성당과 같이 마챠시 성당도 이슬람 풍 모자이크 지붕이 이채롭다. 화려한 색상으로 장식된 성당 지붕은 멀리서도 한눈에 들어온다. '성모 마리아 대성당'이 본래 이름 인 이 성당은 1470년 마챠시 1세가 남쪽 첨탑을 증축하면서 그의 이름을 붙여 마챠시 성당으로 바뀌었다. 중세 헝가리왕국의 마지막 불꽃을 피운 마챠시 1세는 어떤 사람이었을까? 이 성당은 역대 헝가리 왕의 대관식과 결혼식이 거행되던 곳으로서 시대에 따라 헝가리와 운명을 같이해왔다. 1541년 오스만제국이 부다를 점령할 당시 이 성당은 제일 먼저 회교 사원인 모스크로 바뀌는 비운을 당해야 했다. 그 후 다시 가톨릭 성당으로 바뀌기까지는 꼬박 145년이 지난 1686년, 오스만제국이 물러가고 나서였다.

마차시 성당과 이슈트반 1세의 동상

마챠시 성당을 빙 둘러 장벽처럼 늘어선 어부의 요새는 방금 지은
듯이 깨끗한 순백의 돌로 쌓았다. 긴 회랑으로 연결된 요새 중간 중간
에 연이어 서 있는 일곱 개의 앙증맞은 고깔 탑은 마자르족의 일곱 부
족을 상징한다고 한다. 마챠시 성당과 어부의 요새 사이의 광장에도
이슈트반 1세의 동상이 어김없이 서 있다. 기실 마챠시 성당이나 어부
의 요새 모두 헝가리 건국 1000년을 기념하여 개축 또는 신축되었으
니, 헝가리 건국의 상징인 그가 이곳을 지키는 것은 너무도 당연하겠
다. 요새에서 내려다보는 부다페스트의 전경은 참으로 일품이다. 도나
우 강 이쪽 부다 지구는 울퉁불퉁한 구릉이 가득한 반면에, 강 건너
페스트 지구는 넓은 평지가 좍 펼쳐져 있다. 강 건너 왼쪽 강변에 자
리 잡은 국회의사당 건물은 흡사 물 위에 떠 있는 천궁天宮 같아 보인

흰빛 가득한 어부의 요새

다. 높이가 일정한 페스트 지구에서 유독 홀로 삐죽 솟은 건물은 성이슈트반 성당임에 틀림없다. 요새의 한 귀퉁이를 차지한 카페 안에서 깽깽거리는 바이올린과 징징대는 더블 베이스가 서로 어울려 도나우 강으로 떨어지는 석양을 배웅하고 있다. 이 모든 것이 다 좋은데, 마챠시 성당 옆으로 흡사 성당의 부속 건물인 양 슬쩍 붙어 있는 쉐라톤 호텔이 눈에 영 거슬린다.

01

중세 헝가리왕국의 전성기를 연 마챠시 1세(재위: 1458~1490년)는 왕족 출신이 아니다. 사실 그는 헝가리 왕가王家와는 아무 관련이 없는 귀족가문 출신이다. 그런 그가 1458년 열다섯 살의 나이로 전국 의회에서 왕으로 선출되자 많은 논란이 일었다. 헝가리 왕가의 피를 물려받은 신성로마제국의 황제 프리드리히 3세를 비롯하여 여러 사람들이 헝가리 왕위 계승권을 주장했기 때문이다. 그렇다면 헝가리 전국 의회는 무엇을 보고 어린 그를 왕으로 선출했을까? 물론 다루기 편한 어린 왕을 내세운 그들의 속내가 뻔히 들여다보이긴 하지만, 마챠시 1세의 아버지가 누군지 안다면 이야기는 또 달라진다. 그의 아버지는 최근 미국의 한 잡지에서 발표한 '세계 100대 명장名將'의 반열에 꼽힌 헝가리 역사상 최고 명장인 후냐디 야노시Huhyadi János(1407~1456년)였다. 여담이지만, 이 잡지는 세계 100대 명장 중에서 1위는 칭기스 칸, 이순신 장군은 54위, 후냐디는 91위로 꼽았다. 헝가리 역사에서 결코 빠질 수 없는 후냐디 부자父子에 대해 말하기 전에, 몽골 침략 이후 헝가리와 오스만제국의 관계를 먼저 살펴보자.

1241~1242년의 몽골 침입으로 인구가 반감된 헝가리는 국가 재건을 위해 전후 많은 이민족들을 받아들였다. 그 결과 헝가리는 러요시 Lajos 1세(재위: 1342~1382년) 때에 안정을 되찾아 경제와 문화 발전을 이루어나갔다. 그는 탄탄한 경제력을 바탕으로 영토를 크게 확장하여, 헝가리 역사에서는 그를 러요시 대제로 부른다. 하지만 러요시 1세의 영광도 남 슬라브족의 국가들처럼 남쪽에서 밀려오는 거센 파도로 곧 사상누각沙上樓閣이 되어버린다. 그 거센 파도란 다름 아닌 오스만제국이었다. 발칸반도 남쪽으로 진출하려던 헝가리는 거꾸로 발칸반도 북쪽으로 밀고 들어오는 오스만제국과 충돌할 수밖에 없었다. 더구나 오스만제국이 불가리아와 세르비아를 차례로 점령하자 헝가리의 위기감은 커져갔다. 이에 혼자서는 도저히 오스만제국과 맞설 수 없었던 헝가리는 두 번에 걸쳐 십자군을 일으켰다.

첫 번째 십자군은 1396년에 결성되었다. 1393년 불가리아를 멸망시킨 오스만제국은 이듬해인 1394년엔 비잔틴제국의 수도 콘스탄티노플을 포위했다. 다급해진 비잔틴제국이 서방에 도움을 요청하자, 서유럽 국가들은 십자군의 필요성에 공감했다. 특히 오스만제국과 직접 대치하고 있던 헝가리가 적극 나서서 1396년 8월, 10만 명이 넘는 십자군이 부다에 집결했다. 이들은 도나우 유역을 따라 하류 방향으로 진군한 지 한 달 후 니코폴리스에 도착하여 포위전을 준비했다. 하지만 상대는 동에 번쩍, 서에 번쩍 한다고 해서 '일디림(천둥)'으로 알려진 술탄 바예지드 1세(재위: 1389~1402년)였다. 양쪽이 맞붙었지만 결과는 뻔했다. 통일된 지휘 체계가 없었던 십자군은 오스만제국의 기습에 간단히 무너지면서 대학살을 면치 못했던 것이다. '니코폴리스 십자군'으로 불리는 이 원정은 오스만제국과 유럽 가톨릭 국가들이 정면으로 맞붙은 첫 번째 회전이었다.

두 번째 십자군은 첫 번째 이후 46년 만인 1442년에 결성되었다. 니코폴리스에서의 승전 이후 오스만제국은 금방이라도 발칸을 집어삼킬 기세였다. 하지만 오스만제국은 생각지도 못한 적에게 일격을 맞고 휘청거렸다. 1402년 바예지드 1세는 소아시아에서 혜성처럼 나타난 티무르에게 뜻밖의 참패를 당한 후 분사憤死하고 말았다. 오스만제국은 이 패전으로 졸지에 국가 존망의 위기로 내몰렸지만, 1405년 티무르가 병사病死하는 통에 간신히 한숨 돌리게 되었다. 패전 이후 은인자중하던 오스만제국이 정복 활동을 재개한 것은 메흐메드 2세의 아버지인 무라드 2세(재위: 1421~1444, 1446~1451년) 때부터였다. 1443년에 무라드 2세는 헝가리의 가신국家臣國인 세르비아를 침공했다. 이에 헝가리는 다시 한 번 십자군을 일으켰고, 후냐디 야노시에게 십자군의 지휘를 맡겼다. 뛰어난 전략가였던 후냐디는 오스만 군을 몰아붙인 끝에 불가리아의 소피아를 점령했다. 이는 유럽 국가들이 일찍이 오스만제국을 상대로 거둔 최초의 승전이었다. 패배한 오스만제국은 세르비아의 중립을 조건으로 세르비아의 영토를 반환하고, 양자 사이에 10년간의 휴전협정을 맺었다.

하지만 여기까지가 십자군의 봄날이었다. 문제를 일으킨 측은 교황이었다. 승전 소식에 기가 오른 교황은 과욕을 부렸다. 이참에 발칸에서 오스만제국을 몰아내려는 교황은 휴전협정을 파기하고 오스만제국을 공격하라고 촉구했던 것이다. 이에 교황청, 헝가리, 폴란드, 부르고뉴, 베네치아, 제노바의 동맹군은 1444년 오스만제국과 다시 맞붙었다. 앞의 오스만제국 편에서 메흐메드 2세가 은퇴한 무라드 2세에게 다시 돌아와 줄 것을 요청한 때가 바로 이때였다. 하지만 교황의 기대와는 달리 기독교 동맹군은 참패를 당했다. 헝가리 왕은 전사했고, 후냐디만 간신히 도주할 수 있었다.

후냐디를 '세계 100대 명장'의 반열로 올려준 결정적인 계기는 1456년 세르비아를 침공한 메흐메드 2세가 제공했다. 3년 전인 1453년 콘스탄티노플을 함락시킨 메흐메드 2세는 헝가리와 오스만제국 모두와 가신 관계를 맺고 있는 세르비아를 직접 통치하기로 결심했다. 이에 그는 10만 대군을 동원해 베오그라드로 진격했다. 헝가리 왕은 빈으로 도주했고, 후냐디 혼자 메흐메드 2세를 맞을 판이었다. 국내의 귀족들은 서로 눈치만 보는 상황에서 그나마 교황만이 그의 모병을 도와주었다. 10여 년의 세월을 두고 아버지 무라드 2세와 그의 아들 메흐메드 2세를 상대하게 된 후냐디는 4만 병력을 이끌고 오스만 군에 포위된 베오그라드로 향했다. 그의 부대는 도나우 강을 지키던 오스만 함대를 격파하고 베오그라드 성 안으로 들어갔다. 앞의 세르비아 편에서 본 도나우 강의 수전水戰이 바로 이 전투였다. 성 안에 진입한 후냐디는 일주일 뒤에 성을 포위하고 있던 오스만 군을 급습해 메흐메드 2세에게 결정적인 패배를 안겼다. 일설에 의하면 메흐메드 2세는 자살을 시도할 정도로 패전의 충격에 빠졌고, 반대로 후냐디는 '기독교 세계의 방패'란 칭호를 얻을 만큼 영웅이 되었다고 한다. 후냐디는 베오그라드 전투 후 곧바로 페스트에 걸려 세상을 떴지만, 그 덕분에 헝가리는 이후 70여 년 동안 오스만제국으로부터 안전할 수 있었다.

이런 아버지의 후광에 힘입어 1458년 왕이 되었지만, 마챠시 1세는 처음부터 그를 선출해준 귀족들을 불신했다. 사실 그가 왕위에 오른 과정은 험난했다. 2년 전 아버지 후냐디가 죽자마자 귀족들은 고질적인 세력 싸움을 벌였다. 그 와중에 형은 국왕 라슬로 5세(재위: 1444~1457년)에게 살해당하고 자신도 인질이 되어 프라하로 쫓겨 가는 신세가 되었다. 아마도 라슬로 5세가 갑자기 사망하지 않았다면 자신도 죽은 형의 길을 따랐을지도 몰랐다. 이렇게 어렵게 왕위에 올랐지만 일단 왕이 되자 마챠시 1세는 과연 후냐디의 아들이 어떻게 다르다는 것을 확실히 보여줬다. 나이에 걸맞지 않게 옹골찬 이 소년 왕은 왕위 계승을 도운 외가外家를 멀리하고, 대신 어릴 때부터의 스승인 비테즈Vitéz를 중용했다. 아버지의 탁월한 능력을 물려받은 마챠시 1세는 군사 분야뿐만 아니라 통치 능력, 정치 감각, 외교 수완에 예술 감각까지 두루두루 갖추었다고 한다.

왕위에 오른 지 6년 후인 1464년부터 마챠시 1세는 본격적으로 오스만제국과 충돌하게 되었다. 하지만 오스만 군과 직접 부딪쳐본 그는 헝가리 혼자 힘으로는 도저히 오스만제국을 당할 수 없음을 절감했다. 이에 그도 십자군의 힘을 빌리려 했지만, 서유럽 국가들은 이 핑계 저 핑계 대며 헝가리의 요청을 외면했다. 그러다 보니 헝가리는 울며 겨자 먹기로 홀로 오스만제국과 싸워야 했다. 돌이켜보면 헝가리왕국은 거의 60여 년 동안 홀로 유럽의 방어를 도맡아왔었다. 여기서 마챠시 1세의 생각이 바뀌었다. 결국 유일한 해결책은 자신의 힘을 키우는 방법밖에 없다는 사실을 깨달은 그는 재위 기간 중 여러 가지 혁신적인 조치를 취했다.

대내적對內的으로 마챠시 1세는 재정 및 세제 개혁을 단행하여 국가 재정을 튼튼히 했다. 그리고 이를 통해 확보된 수입으로 군 체제를 근대적으로 개선하고자 했다. 새로운 제도는 대지주들이 누리던 특별 면세 혜택을 폐지하는 대신 소지주, 상인, 농민들의 세금 부담은 경감시키는 공평 과세가 주요 내용이었다. 이에 불만을 품은 대지주 중심의 고위 귀족들은 외국 세력과 결탁해 반란을 일으키기도 했지만, 마챠시 1세의 강력한 의지를 꺾을 수는 없었다. 반면 새로운 제도의 시행으로 혜택을 입은 소지주, 상인, 농민층은 그의 정책을 환영했다. 오늘날까지도 헝가리인들은 그를 '정의正義의 마챠시'라는 애칭으로 부른다.

대외적對外的으로 마챠시 1세가 취한 조치는 앞의 불가리아 편에서 보았던 시메온 대제의 발상과 비슷하다. 마챠시 1세도 오스만제국에 대항하려면 헝가리의 몸집을 키워야 한다고 보았다. 이를 위해 그는 헝가리를 중심으로 한 도나우제국의 창설을 꿈꿨다. 그가 구상한 도나우제국 안에는 헝가리와 폴란드, 보헤미아와 모라비아(현 체코와 슬로바키아), 그리고 독일의 슐레지아 지방까지를 아우르고 있었다. 그래서 그는 1470년부터 시작하여 재위 마지막 20년 동안 도나우제국 건설에 매진, 헝가리왕국의 영토를 모라비아와 슐레지아 지역으로까지 넓혀나갔다. 이러한 그의 구상은 어느 정도 성공을 거두어 1485년에는 오스트리아의 빈을 점령하고 1490년 죽을 때까지 빈에서 헝가리왕국을 통치했다. 하지만 그가 추진했던 도나우제국은 결정적인 약점을 안고 있었다.

첫째, 도나우제국의 영역은 신성로마제국 및 폴란드와 이해관계가 상충되는 곳이 많았다. 사실 즉위 초부터 마챠시 1세의 정통성을 부인해오던 그들에게 도나우제국의 출현은 악몽 그 자체였다. 폴란드는 헝가리 밑으로 들어갈 마음이 추호도 없었고, 신성로마제국의 합스부르크가도 자신의 영지를 잠식해오는 헝가리에게 위협을 느꼈다. 이에 도나우제국을 꿈꾸는 헝가리에 대항하여 신성로마제국과 폴란드는 연합전선을 구축했다. 그리고 양측이 보헤미아를 두고 전쟁을 벌이자 사태는 이상하게 돌아갔다. 본래의 취지와는 달리 오스만제국과의 전쟁은 뒷전으로 밀리면서 가톨릭 국가들 사이에 이전투구泥田鬪狗가 벌어진 것이다.

둘째, 더욱 심각한 문제는 헝가리 국내에서 일어났다. 마챠시 1세의 대외정책에 대해 의구심을 품어오던 고위 귀족들은 국왕을 위험인물로 보았다. '기독교 세계의 방패'로 추앙받던 아버지와는 달리 그 아들은 '기독교 세계의 화근'으로 보였던 것이다. 그리고 불행히도 그들의 중심에는 스승으로 의지했던 비테즈가 있었다. 재위 32년 만인 1490년, 마흔일곱 살의 한창 나이에 마챠시 1세는 갑자기 세상을 떴다. 아니, 더 정확히 말하면 암살당했다. 그리고 그의 죽음과 함께 도나우제국은 신기루처럼 사라졌다. 그렇다면 자신들의 왕을 처단한 헝가리인들은 그 후 행복했을까? 아니다. 그들은 말할 수 없는 대가를 치르게 된다. 그 뒤로 무려 400여 년 가까이 그들 자신의 나라를 갖지 못했던 것이다.

마챠시 1세를 돌아보면 조선시대 광해군이 연상된다. 이교도인 오스만제국을 물리치는 게 우선이라는 헝가리 귀족들의 고루한 사고방식은 마챠시 1세의 안목을 따라가지 못했다. 명분론에 매몰되어 다 쓰러져가는 명明에 목숨 걸던 조선의 사대부들은 청淸을 상대로 실리외교를 펼치는 광해군이 패륜아로만 보였다. 한쪽은 암살당했고, 다른 쪽은 반정反正으로 쫓겨났다. 암살한 사람들과 반정을 일으킨 사람들은 기실 아무런 대책도 없었다. 오직 자신들의 이해관계만 따질 뿐, 막상 위기에 처했을 때는 모두가 나 몰라라 했다. 그리고 그 대가는 아무 죄 없는 민초들이 떠안았다.

귤 바바Gul Baba의 영묘

귤 바바Gul Baba의 영묘靈廟를 찾아가는 오부다 지구의 언덕길은 이스탄불의 어느 골목길과 너무도 흡사하다. 촘촘히 돌을 박아 포장한 도로는 군데군데 움푹움푹 꺼지고 울퉁불퉁 튀어나와 자동차가 다니기 쉽지 않은 낡은 길이다. 골목길을 돌아서면 주위의 집들과는 어울리지 않는 돔형 지붕 위에 이슬람의 상징인 초승달이 걸린 건물이 보인다. 붉은 장미꽃이 한창인 정문 입구에는 터번을 둘러쓴 바바의 동상이 서 있다. 안으로 들어서니 육면체 석조 건물에 원형 돔 지붕을 얹은 그의 영묘가 보인다. 비오는 날 그의 영묘에는 관리인 두 사람과 나밖에 없다. 잠시 영묘 안을 기웃거리자 한 아저씨가 친절하게 문을 열어준다. 바닥에 깔린 양탄자, 벽에 걸린 코란 구절, 영묘 한가운데 안치되어 있는 녹색 천으로 덮인 관, 관머리를 장식하고 있는 터번 등 모든 것이 이스탄불에서 보아온 그것과 하등 다를 바 없다. 이곳에서 귤 바바는 베오그라드를 지키고 있던 다마트 알리 파샤처럼 혼자 외롭게 부다페스트를 지키고 있다. 터키어로 '장미Gul의 아버지Baba'란 뜻의 이름을 가진 그는 과연 어떤 사람이었을까?

외로워 보이는 귤 바바의 영묘

그는 1541년 오스만제국의 슐레이만 대제가 부다를 점령한 후 이를 축하하는 종교의식 자리에서 급사했다고 한다. 이슬람 금욕파의 수도자이자 시인이었던 그는 슐레이만 대제의 가까운 측근이었는데 생전에 장미를 매우 좋아했다. 오부다에 있는 그의 영묘는 1686년 오스트리아 합스부르크제국이 부다를 점령한 후엔 성 요셉 예배당St. Joseph's Chapel으로 바뀌기도 했다. 그 후 1885년에야 다시 복원된 영묘는 현재 터키 정부 소유로 관리되고 있다. 이렇듯 사연 많은 그의 영묘만큼이나 당시 기독교도와 이슬람교도 사이에는 그의 사인死因을 두고 말이 많았다. 일설에 따르면, 그는 승리를 자축하는 자리에서 얼마나 기독교를 모독했던지, 그 자리에 있던 모든 기독교도들이 치를 떨었다고 한다. 그런데 문제는 이러한 종교의식이 한창 진행되던 도중 갑자기 그가 죽어버렸다는 데 있다. 기독교도들이 천벌을 받았다고 수군거리자, 이슬람교도들은 그가 심장마비로 죽었다고 둘러대며 서둘러 매장했다고 한다. 아무튼 그 진위야 어찌되었든 간에, 이 일화에서 우리는 당시 오스만제국에 대한 헝가리 사람들의 적대감이 얼마나 컸는지 짐작할 수 있다. 그럼에도 불구하고 그의 영묘가 아직도 이곳에 버젓이 남아 있고 지금도 이슬람교도들의 순례지가 되고 있다니, 베오그라드에서와 마찬가지로 우리로서는 선뜻 이해되지 않는 부분이다.

그의 영묘에 머문 지 한 시간이 넘었건만 결국 손님은 나 혼자뿐이었다. 부슬부슬 내리는 봄비에 붉게 핀 장미꽃은 마냥 싱싱했다. 나오면서 관리인 아저씨에게 물으니 본래 월요일은 문을 닫는 날이란다. 무식하면 오히려 더 용감해진다고, 이런 사실도 모르고 무턱대고 들어와서 기웃대는 이방인에게 친절한 아저씨가 넌지시 영묘의 문까지 열어주었구나. 돌아오는 길에 보니 영묘 주위를 둘러싼 집집마다 정원에 붉은 장미를 피우고 있었다. 이 언덕을 '장미의 언덕'이라 부른다던데, 저들은 이 붉은 장미의 유래를 알고나 있을까?

1526년 여름, 헝가리 남부 평원지대인 모하치Mohács에선 향후 헝가리의 운명을 좌우할 대회전이 벌어졌다. 흡사 137년 전인 1389년 코소보의 대회전이 세르비아의 운명을 결정했듯이 말이다. 그때의 세르비아나 지금의 헝가리나 상대방은 변함없이 오스만제국이었다. 또한 세르비아가 거의 홀로 싸웠듯이 헝가리도 고립무원孤立無援의 상태에서 홀로 싸워야 했다. 아니, 헝가리의 경우는 더욱 심해서 그나마 자신의 힘도 다 결집시킬 수 없었다. 그 와중에도 서로 치고받으며 싸우던 귀족들이 왕을 도울 생각을 하지 않았기 때문이다. 반면 상대방은 다름 아닌 슐레이만 대제, 오스만제국 역사상 최고의 명군이었다. 더구나 오스만제국의 10만 대군에 맞서기 위해 겨우겨우 긁어모은 헝가리 군은 2만 5천에 불과했다. 헝가리 역사에서 '영광스러운 민족 역사의 매장埋葬'으로 불리는 모하치 전투는 그렇게 시작되었다. 하지만 싸움이 시작되자마자 헝가리는 단 두 시간을 버티지 못하고 박살났다. 패배한 헝가리 왕은 도망치다 익사했고, 수많은 헝가리인들이 떼죽음을 당했다.

한 세기 넘게 오스만제국의 공격으로부터 유럽을 지키는 방파제 역할을 했던 헝가리는 모하치의 패전으로 기진맥진 쓰러져버렸다. 이제 헝가리인들은 민족의 존립 자체를 걱정해야 할 처지가 되었다. 그럼에도 불구하고 그들은 정신 못 차리고 또 다시 내분에 빠졌다. 오스만제국이 잠시 철수하자마자 외부 왕가 출신의 인물을 왕으로 추대하려는 고위 귀족층과 헝가리 출신의 왕을 옹립하려는 중하위 귀족층이 싸움을 벌인 것이다. 이들이 각자 선출한 두 명의 왕은 망해가는 헝가리 왕국을 분할하고 서로 으르렁거렸다. 1541년 양자 사이에 부다를 두고 싸우자, 오스만제국은 그야말로 꽃놀이패를 쥔 격이었다. 슐레이만 대제는 이 기회에 아예 부다를 점령한 후, 중부 헝가리 지역의 전략적 요충지로 만들었다. 앞서 말한 귤 바바가 급사한 때가 바로 이때였다.

1541년 오스만제국의 부다 점령을 계기로 헝가리는 1686년까지 약 150년 동안 세 부분으로 분할되었다. 오스만제국은 중부 헝가리 지역을 직접 차지한 후 동서로 점령지를 확장해가는 정책을 취했다. 오스만제국은 헝가리를 빈으로 들어가는 전진 기지로 봤다. 또한 슐레이만 대제는 동부 헝가리 지역인 트란실바니아를 간접 통치 지역으로 만들어, 실질적으로는 헝가리의 2/3를 차지했다. 이제 남은 곳은 합스부르크제국과 오스만제국을 갈라놓는 회랑처럼 길게 늘어선 서부 및 북부 헝가리 지역뿐이었다. 중세 헝가리왕국의 명맥을 잇게 된 이곳의 수도는 앞서 거리의 여인이 말한 브라티슬라바였다. 이곳에서 헝가리인들은 합스부르크제국의 지원을 구걸하며 합스부르크 왕가의 대공을 계속적으로 헝가리 국왕으로 선출했다. 하지만 정작 합스부르크제국의 생각은 달랐다. 그들에게 남은 헝가리는 어디까지나 오스만제국의 침략을 막아내는 바람막이에 불과했다. 오스만 군이 빈으로 진격해온다면, 합스부르크제국은 헝가리 땅을 방패삼아 자국의 피해를 최소화하려는 생각뿐이었다. 마챠시 1세를 암살한 불쌍한 헝가리인들은 끝까지 합스부르크제국에 대한 짝사랑을 버리지 못했다.

신성로마
제국

리투아니아

모라비아왕국

키예프

오스트리아

폴란드왕국

빈

브라티슬라바

부다페스트

헝가리

트란실바니아

자그레브

부쿠레슈티

베오그라드

불가리아

소피아

에디르네

이스탄불

로마

오스만제국

앙카라

——— 신성로마제국 경계선		오스만제국 직접 통치령
——— 분할되기 전 헝가리 국경선		오스만제국 간접 통치령
		헝가리왕국

[지도21] 셋으로 분할된 헝가리(1560년경)

🔍 뒤돌아보기 (10): 모하치 전투의 미스터리

오늘날까지도 헝가리 사람들은 자신에게 불행이 생기면 "모하치에서 보다 더 많이 잃었는데!"라고 말한다고 한다. 헝가리는 왜 아무 승산도 없는 전투를 벌였을까? 세르비아는 그나마 무라드 2세를 암살하는 기개라도 보였다. 하지만 아무 대책 없는 왕을 앞세운 헝가리는 속수무책으로 무너졌다. 아무도 도와주지 않는 상황에서 왜 헝가리만 혼자 나서야 했는지 내게는 정말 수수께끼 같다. '기독교의 방패'라고 추켜세우던 유럽 세계는 어느 한 나라도 나서지 않았다. 소낙비는 피해 가라고 했는데, 왜 아무 준비도 없이 술레이만이라는 강적과 정면 대결해야 했을까? 그런 희생을 치렀기에 전투에 참여하지 않은 귀족들까지 나중에 합스부르크제국으로부터 대우를 받았다고 한다면 할 말은 없다. 하지만 아무 죄 없는 민초들이 떠안은 고통은 어떻게 설명할 것인지 모르겠다. 모하치의 수수께끼가 남의 일처럼 보이지 않는 건 우리에게도 비슷한 전력이 있기 때문이다. 정묘호란과 병자호란을 불러들인 당시 지배층의 사고방식과 비교해보자.

"우리나라가 명나라를 섬겨온 것이 200년으로 의리로는 곧 군신이며 은혜로는 부자父子와 같다. 임진년에 재조再造해준 은혜는 만세토록 잊을 수 없어 선왕(선조)께서는 평생 서쪽을 등지고 앉지도 않으셨다. 광해는 배은망덕하여 천명을 두려워하지 않고 속으로 다른 뜻을 품고 오랑캐(청)에게 성의를 베풀었으며, 황제가 자주 칙서를 내려도 구원병을 파견할 생각을 하지 않아……."

-인목대비가 인조의 즉위를 허락하는 교서의 일부-
(『송시열과 그들의 나라』, 이덕일 지음, 김영사, p.42 중에서 인용)

　임진왜란 당시 조선을 도와준 명나라에게 고마운 마음을 갖는 것은 당연하다. 하지만 국왕이 서쪽을 등지고 앉지도 않을 정도로 명을 섬겼다는 말은 당시 국제 정세로 봐서 순진하다기보다 무지에 가까운 말이 아닐까? 당시 명나라는 조선과의 의리도 있었지만, 자국이 전쟁터가 되는 것을 피하기 위한 목적도 있었으니 말이다. 그렇다면 한국전쟁 때 미국이 우리를 도와준 것은 명나라의 그것과 얼마나 다를까 궁금해진다.

겔레르트 언덕과 엘리자베트 다리

5월의 부다페스트는 민들레 홀씨가 눈처럼 흩날려 온 거리가 하얗게 변한다. 일명 사슬다리로 알려진 세체니 다리 양쪽 끝을 지키는 사자 석상 위에도 민들레 홀씨가 잠시 내려앉았다가 도나우 강으로 떨어져 내린다. 한껏 성장한 귀부인같이 화려한 세체니 다리를 건너 부다 지구의 왼편 강변으로 접어든다. 오래된 성벽과 반쯤 무너진 성문이 도나우 강을 따라 힘겹게 버티고 서 있다. 그래도 발아래 뱀을 움켜쥔 두 마리의 사자 석상은 왕권을 상징하며 위엄 있게 서 있다. 엘리자베트 다리가 가까워지면서 겔레르트 언덕이 머리 바로 위에 있다. 이슈트반 1세의 동상만큼이나 자주 보이는 엘리자베트 황후 동상이 언덕 입구에 다소곳이 서 있다. 헝가리인들이 엄연한 외국인인 합스부르크제국의 황후를 이렇게나 사랑했던 이유는 무엇일까? 계단 길을 올라 언덕 중간쯤에 이르면 겔레르트의 석상과 그를 둘러싼 회랑이 나온다. 이탈리아 출신 선교사였던 겔레르트Gellért는 마자르족을 가톨릭으로 개종시킨 사람이다. 십자가를 높이 든 겔레르트 앞에 공손히 무릎 꿇고 있는 마자르족의 모습에서 더 이상은 유목민의 기상이 보이지 않는다. 저녁나절이면 더욱 무거워지는 발걸음으로 정상에 올랐더니 '자유의 여신상'이 나를 반긴다. 월계수를 받쳐 든 높이 40m의 여신상은 제2차 세계대전 후 독일군을 물리친 소련군이 세웠다고 한다. 언덕 위에는 1848년 헝가리 혁명 이후 헝가리인들의 동향을 감시하기 위해 합스부르크제국이 건설한 시타델라Citadella 요새가 웅크리고 있다. 그리 넓지도 않은 이 언덕을 오스트리아와 소련에 내준 헝가리란 나라도 꽤나 파란만장한 역사를 살아왔구나.

겔레르트 언덕과 엘리자베트 다리

1683년 제2차 빈 공방전 이후부터 합스부르크제국의 대 헝가리 정책도 바뀐다. 그전까지 합스부르크제국은 오스만제국이 빈을 직접적으로 공략하지 않는 한 헝가리에서는 어떤 짓을 하든 방관했었다. 합스부르크제국으로서는 프랑스를 비롯한 서유럽 국가들과의 문제가 중요 관심사였기 때문에, 가능하면 후방의 오스만제국과는 충돌을 피했었다. 심지어 헝가리인들이 오스만제국에 항거해 독립투쟁을 벌일 때도 문제가 커지는 것을 꺼려 도와주기는커녕 억제할 정도였다. 서유럽 국가들과 경쟁하기 위해서 필요하다면 헝가리는 희생시킬 수 있다는 게 지금까지 합스부르크제국의 전략이었다.

하지만 1683년 이후 합스부르크제국은 적극적인 공세로 돌아섰다.

오스만제국이 종이호랑이에 불과하다는 사실을 알게 된 합스부르크 제국은 그들을 헝가리에서 쫓아내기로 결정한 것이다. 마침 교황의 성전聖戰 독려에 폴란드와 베네치아가 합세하자 합스부르크제국의 기세는 더 올랐다. 1686년 기독교 연합군은 마침내 부다를 탈환했다. 150여 년에 걸친 오스만제국의 헝가리 지배가 끝나는 순간이었다. 승세를 탄 합스부르크제국은 중부 헝가리 지역에서 오스만제국을 계속 밀어붙였다. 궁지에 몰린 오스만제국은 1699년 헝가리와 크로아티아, 그리고 슬로베니아를 합스부르크제국에 양도하는 카를로비츠Karlowitz 조약을 체결할 수밖에 없었다.

그러나 오스만제국의 지배에서 벗어났다고 해서 헝가리가 좋아할 이유는 하나도 없었다. 물론 셋으로 갈렸던 왕국이 재통일되기는 했지만, 그 왕국의 주인은 헝가리인들이 아니었다. 남의 힘을 빌려 되찾은 왕국은 종전의 오스만제국에서 새로운 합스부르크제국으로 주인만 바뀌었을 뿐이다. 새 주인이 된 합스부르크제국은 헝가리 귀족들의 왕위 선출권을 빼앗고는 자신이 스스로 헝가리 국왕을 세습했다. 이로써 헝가리는 합스부르크제국의 일개 지방으로 전락했다. 그리고 전쟁 비용 및 제국군 주둔 비용까지 모두 헝가리인들에게 부담시키는가 하면, 토지와 재산을 함부로 몰수해 합스부르크제국의 귀족과 군인들에게 나누어주었다. 심지어 신앙의 자유를 허용했던 오스만제국과는 달리, 합스부르크제국은 신교도들인 헝가리인들을 가톨릭으로 개종하도록 강요했다. 믿을 놈 아무도 없다더니, 헝가리인들은 여우를 피하고 나니 늑대를 만난 격이었다. 이제 헝가리인들은 투쟁 대상을 오스만제국에서 합스부르크제국으로 바꿀 수밖에 없었다.

1697년 농민 반란으로 시작된 헝가리의 봉기는 1703년에 본격적인 독립 전쟁으로 번졌다. 당시 합스부르크제국은 스페인 왕위계승 전쟁 (1701~1713년)으로 프랑스, 스페인 연합 세력과 대치하고 있었다. 이 틈에 헝가리 반란군은 프랑스와 연대하여 국경까지 진격하기도 했다. 그러나 1711년에 결국 합스부르크제국에 진압당하고 말았다. 한편, 반란을 진압한 합스부르크제국은 특유의 유연한 정책으로 돌아섰다. 스페인 왕위계승 전쟁 결과 1713년에 체결된 위트레흐트 조약에서 스페인령 네덜란드와 나폴리 왕국 등지를 획득해서 배가 부른 합스부르크제국은 헝가리에 대해서는 유화정책을 쓴 것이다. 그들은 강압적으로 헝가리를 합스부르크에 동화시키려는 정책을 포기하고, 제국의 틀 안에서 일정 부분의 자치를 부여했다. 그리고는 헝가리 고위 귀족들을 회유해 합스부르크 편으로 만들었다. 합스부르크의 교묘한 정책으로 헝가리 지도층의 불만이 잠들자, 헝가리는 완전히 합스부르크제국의 틀 안에서 안주하게 되었다.

국회의사당

부다 지구에서 도나우 강 건너편에 우뚝 선 국회의사당을 바라보다 보면, 과연 천궁天宮이 있다면 바로 저런 모습이 아닐까 싶을 만큼 환상적이다. 중앙의 높은 돔을 중심으로 좌우대칭인 이 건물은 반대편 거울을 들여다보는 듯이 완벽해서, 오히려 파격의 미가 아쉬울 정도다. 아무튼 좌우대칭이 아닌 건 건물 지붕 위 양쪽 게양대에서 바람에 펄럭이는 국기뿐이다. 건국 1000년을 맞이하여 1884년부터 시작해서 10년에 걸쳐 지었다는 건물은 장중하면서도 아름답다. 의사당 정원에는 헝가리 독립을 위해 투쟁했던 코슈트 러요시(1802~1894년)의 동상이 있다. 그런데 헝가리 역사를 돌아보면 아름다운 이 건물이 오히려 부담스러워진다. 사실 현재 부다페스트의 명소라는 곳들, 국회의사당을 포함해 성 이슈트반 성당, 어부의 요새, 영웅 광장 등 대부분이 1867년 오스트리아-헝가리 이중제국 성립 이후에 지은 것들이다. 오스만제국과 합스부르크제국의 오랜 지배에서 벗어난 지 얼마 되지도 않은 시점에서 당시 헝가리의 국력에 걸맞지 않게 화려하고 거창한 건물과 기념물을 세운 헝가리인들의 심리는 무엇이었을까?

천상의 궁전, 헝가리 국회의사당

나폴레옹 전쟁(1796~1815년) 이후 19세기 들어 유럽은 새로운 사상과 정치 체제로 들끓었다. 오랫동안 합스부르크 체제에 안주했던 헝가리도 1848년 2월 유럽을 휩쓴 혁명의 물결에 휩싸였다. 그해 3월 부다페스트에서 시민혁명이 발발한 것이다. 의회는 봉건 질서를 타파하고 시민사회로 나가는 새로운 법률을 통과시켰다. 하지만 이를 용인할 수 없었던 오스트리아 제국4)은 9월 크로아티아에 주둔하고 있던 군대를 헝가리로 진입시켰다. 그 사령관이 다름 아닌 크로아티아의 옐라취치였음은 크로아티아 편에서 말한 바 있다. 헝가리 독립투쟁은 이듬해인 1849년까지 계속되었지만, 오스트리아 제국의 요청에 의해 참전한 러시아 때문에 실패로 돌아갔다. 오스트리아는 시민혁명의 확산을 원치 않는 동병상련同病相憐의 러시아를 설득해 급한 불을 끈 것이다. 앞의 겔레르트 언덕 위에 웅크린 시타델라 요새는 바로 이 시기에 구축되었다.

1848년 혁명의 실패로 좌절감에 빠져 있던 헝가리에게 1866년 발발한 프로이센와 오스트리아의 전쟁은 생각지도 못한 행운(?)을 가져다주었다. 독일 통일의 주도권을 놓고 다툰 이 전쟁에서 오스트리아 제국은 프로이센에 완패하고 만 것이다. 가뜩이나 제국 내 소수민족들이 들썩이던 판에 뜻밖의 패전을 당한 오스트리아 제국은 휘청거렸다. 이때 다시 한 번 제국의 유연한 정책이 진가를 발휘한다. 술렁이는 소수민족들을 다잡고 제국의 안정을 기하기 위해 그들은 제국 내 소수민족들 중에서 가장 영향력이 크고 인구가 많은 헝가리에게 손을 내밀었다. 1867년 성립된 오스트리아-헝가리 이중제국은 이러한 타협의 산물이었다. 이중제국은 동일한 군주 하에 독자적으로 주권을 보유한 두

---

4) 나폴레옹 전쟁에서 패배한 오스트리아 합스부르크제국은 1806년부터 그동안 공식적으로 써온 신성로마제국의 황제 직함을 버리고 대신 오스트리아 황제로 행세했다.

개의 왕국이 존재하는 국가 형태를 취했다. 1867년 6월 8일, 마챠시 성당에서는 헝가리가 낳은 세계적인 음악가 프란츠 리스트가 작곡한 '헝가리 대관 미사곡'이 울려 퍼지는 가운데 프란츠 요제프 1세와 엘리자베트 황후의 헝가리 왕 대관식이 거행되었다.

[지도22] 오스트리아-헝가리 이중제국 내의 헝가리(1914년)

　오스트리아-헝가리 이중제국의 출범으로 반쪽이나마 자체 정부를 갖게 된 헝가리인들은 실로 오랜만에 자신감을 회복했다. 더구나 이중제국 출범 후 서유럽에서 가장 빨리 경제성장을 이루자 헝가리인들은 한껏 들떴다. 그들은 지금껏 상처받은 민족의 자존심을 되살리려는 양, 건국 1000년이 되던 해인 1896년을 기념해 온갖 대규모 토목공사와 거창한 축제를 열었다. 여기까지는 그렇다 쳐도, 진짜 문제는 이들이 배타적인 민족주의에 매몰돼버렸다는 것이었다. 모진 시집살이로 고생했던 시어머니가 정작 며느리에게 더 독하게 대한다는 우리말이 있다. 헝가리가 왕국 내 소수민족에게 취한 정책이 꼭 이와 같았다. 그 대표적인 예로 크로아티아를 들어보자. 이중제국이 출범할 때 헝가리는 오스트리아로부터 크로아티아에 대한 옛 관할권을 돌려받았다. 이를 기다렸다는 듯이 헝가리는 되찾은 크로아티아 지역에서 공용어를 헝가리어로 바꿔버렸다. 마치 합스부르크제국 통치 초기에 헝가리의 공용어가 독일어로 바뀌었듯이 말이다. 돌고 도는 게 역사라지만, 당시 자신들의 반대로 오스트리아의 정책이 실패했듯 자신들도 크로아티아에서 실패할 것을 왜 몰랐을까? 과도한 마자르주의는 쓸데없이 왕국 내 소수민족들의 반감만 샀다. 그에 대한 대가로 이중제국이 제1차 세계대전의 패전으로 해체될 때, 헝가리는 그들이 그렇게 따르던 오스트리아와 함께 공중분해 되어버렸다. 1920년 체결된 트리아농 조약으로 헝가리는 영토의 70%, 국민의 60%를 루마니아, 구舊 체코슬로바키아, 구舊 유고슬라비아 등에 할양했다. 이제 중동부 유럽에서 헝가리는 졸지에 소국小國으로 전락하고 말았다.

그렇다면 헝가리 내에서 이런 사태를 예견한 선각자는 없었을까? 아니다. 있긴 있었다. 그는 다름 아닌 코슈트였다. 1862년 코슈트는 '도나우 연방 국가 설립 안'을 발표했다. 그는 '모순의 왕국'으로 불릴 만큼 수많은 소수민족들로 구성된 오스트리아제국이 언젠가는 해체되리라 예견했다. 그럴 경우 도나우 강 연안 중부 유럽에는 커다란 힘의 공백이 발생할 것이며, 헝가리는 그 태풍에 휩싸일 것이라고 봤다. 그는 이런 위험에 대처하려면 도나우 지역의 여러 민족과 국가가 힘을 합쳐 연방 국가를 만들어야 한다고 제안했다. 그리고 이를 위해서 헝가리인들은 왕국 내 여러 소수 민족들과의 화해가 반드시 필요하다고 주장했다. 어쩌면 그는 먼 옛날 마챠시 1세가 꿈꾸었던 도나우제국을 재현하고 싶었을지도 모른다. 하지만 이중제국이라는 오스트리아의 달콤한 유혹에 넘어간 헝가리인들의 귀에 코슈트의 말이 들어올 리 없었다. 관용寬容이란 힘 있을 때 베풀어야 효과를 내는 법이다. 그토록 선망해온 오스트리아가 손잡자는 판에, 저 밑에 있는 소수민족들과 화해하고 그들과 같이 가자니, 이 무슨 뚱딴지같은 소리란 말인가? 이중제국의 일원이 된 헝가리인들은 소수민족과 화해하기는커녕, 흡사 자신들이 오스트리아인이라도 된 양 으스대며 오히려 그들을 핍박했다. 그 결과 한 치 앞을 내다보지 못한 우매한 헝가리는 패전 후 원래의 형체를 알아볼 수 없을 만큼 산산조각 났다. 겨우 40여 년의 달콤한 유혹에 넘어간 죄로 헝가리인들은 조상이 물려준 광대한 땅을 잃고 만 것이다.

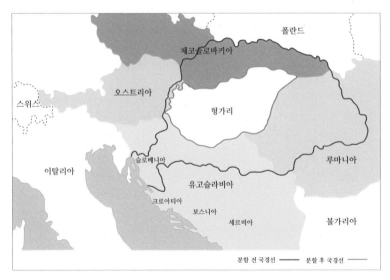

[지도23] 트리아농 조약(1920년)에 따른 헝가리 분할

마자르족과 투르크족의 조상은 모두 중앙아시아 유목 민족인 투르크계로 분류된다. 하지만 같은 뿌리이면서도 자신의 정체성에 대한 인식은 매우 다르다. 세계적 제국인 오스만제국을 건설한 투르크족이었지만, 그들은 처음부터 '오우즈족'이라 불리는 선조들의 존재를 부끄러워했다. 정복자 메흐메드 2세조차도 하루 빨리 '오우즈'의 생활양식을 털어버리려고 애쓸 정도였다. 이에 따라 메흐메드 2세나 슐레이만 대제로 대표되는 오스만제국 술탄들의 자취는 이스탄불 곳곳에서 보이지만, 유목 민족 시절로 거슬러 올라가는 그들의 뿌리는 어디서도 찾아볼 수 없다. 반면 마자르족은 투르크족에 견줄 만한 강력한 국가를 가져본 적이 없다. 물론 그들도 896년 카르파티아 분지에 정착한 후 얼마 동안은 유럽 국가에게 공포의 대상이 된 적도 있었다. 하지만 기독교를 받아들여 순화된 11세기 이후부터 그들은 더 이상 위협이 되지 못했다. 오히려 몽골과 오스만제국의 침입으로 민족의 존립 자체가 위협받았고, 오스만제국이 물러난 후에는 합스부르크제국의 지배를 받았다. 한마디로 마자르족은 외세의 침략에 오랫동안 신음해야 하는 처지였다. 그럼에도 불구하고 그들은 자신의 뿌리를 강조하고 영웅 광장이나 왕궁 역사박물관에서 보듯이 그들의 선조를 당당히 드러내고 있다.

이런 역설적인 현상을 어떻게 설명해야 할까? 사실 아시아 유목 민족 계보를 놓고 볼 때 투르크족이 엄연한 종가宗家라면, 마자르족은 그

방계傍系에 불과한데 말이다. 다소 비약적인 견해로 들리겠지만, 나는 이를 로마와 기독교 문화권과의 연관성에서 찾고 싶다. 일찍부터 기독교 문화권으로 편입한 마자르족으로서는 그들의 선조가 아시아계든 유럽계든 간에 남의 이목을 의식할 필요가 없었을 것이다. 기왕에 기독교 국가인 마당에 과거의 뿌리가 어떤가는 별로 중요하지 않기 때문이다. 하지만 투르크족의 경우는 좀 다르다. 그들은 출발부터 비잔틴 제국을 따라갔고 그들의 문화를 동경했다. 그러나 결국 이슬람이란 종교적 제한 때문에 기독교 문화권으로의 진입은 불가능했다. 그렇다 해도 이들은 그리스 로마문화에 대한 동경마저 버린 것은 아니었다. 이런 모습이 그들로 하여금 자신의 아시아적 뿌리를 부인하고 지워내게 하지 않았을까?

제8장

합스부르크의 비애悲哀

　사람들에게 각자의 인격이 있듯이 도시들도 나름의 품격이 있지 않을까? 빈을 처음 본 순간 이 도시는 지금까지 거쳐온 도시들과는 다른 품위가 느껴진다. 빈의 낯선 길을 걸으며 문득 처음 대했던 뉴욕이 생각난다. 오래 전 뉴욕에서는 까마득히 일직선으로 솟아오른 빌딩숲에서 헤맸었지. 빈도 대부분 5층 건물들에 불과하지만, 뉴욕과 매한가지로 건물 숲에서 미혹되고 있다. 일률적인 현대문명의 위용을 자랑하는 뉴욕에 주눅이 들었다면, 빈은 아름다운 인공의 숲속을 거니는 느낌이다. 양量의 뉴욕이라면, 질質의 빈이랄까? 빈은 아름답고 화려하지만, 그렇다고 요란스럽지는 않다. 여러 도시에서 봐온 성 삼위일체 기념비지만, 이 도시의 기념비는 귀티가 물씬 나면서 격이 다르다. 도심을 가득 채우고 있는 건물들은 겉모습은 비슷해도 날림공사 티가 나는 사라예보의 그것에 비할 바 아니다. 웬만한 성당이나 박물관은 아예 명함조차 내밀기 힘들 정도로 도심 전체가 품위로 넘친다. 무엇이 이 도시를 이렇게 우아하게 만들고 있을까? 사실 이 도시는 신성로마제국의 수도인 동시에 유럽 제일 명문인 합스부르크제국의 본거지였다. 1867년에 출범한 오스트리아-헝가리 이중제국 시절까지 포함하여 이 도시는 자그마치 1000년 넘게 제국의 수도였던 것이다.

케른트너 거리의 삼위일체 기념비

　슈트라우스의 '푸른 도나우'로 유명한 빈도 지금까지 거쳐온 베오그라드나 부다페스트같이 도나우 강을 끼고 발달한 성채 도시다. 하지만 그 옛날 오스만제국의 침입을 막아주었던 성벽은 1857년 헐리고, 지금은 그 자리에 링Ring이라 부르는 내부 환상도로가 놓였다. 빈의 시가지는 크게 링 안과 링 밖으로 구분되며, 링 안은 서울로 치면 4대문 안이다. 빈의 상징인 슈테판 대성당은 링 안의 중심에 있으며, 신왕궁, 국회의사당, 시청사, 빈 대학과 같이 1880년대에 건축된 건물들은 모두 링에 붙어 있다. 빈의 거리를 걷다 보면 시공時空을 뛰어넘는 예스러움이 느껴진다. 돌이 촘촘히 박힌 포도鋪道 위로 마차가 지나가고, 중세풍 연회복을 입은 사람들이 연주회 티켓을 팔고 있다. 하다못해 빵 한 조각을 사도 흔한 비닐봉투 대신 'ANKER 1892'라고 쓰여 있는 종이봉투에 담아준다. 오랜 전통과 함께 환경을 생각하는 이들의 배려가 엿보이는 대목이다.

다른 서구 도시에 비해 상대적으로 빈의 거리에서는 머리에 헤자브를 쓴 무슬림 여인들이 심심치 않게 눈에 띈다. 무슬림뿐 아니라 동양인과 흑인을 포함한 꽤나 다양한 인종이 보인다. 시내에 번듯한 모스크는 없어도, 은밀히 자기들끼리 모이는 간이 모스크는 본 적 있다. 내가 빈에서 머물던 곳은 도심에서 좀 떨어진 서역西驛, Westbahnhof에서 도보로 10분 거리 안에 있었다. 일반 주택이 밀집한 구역인데, 겉으로는 보이지 않지만 안에는 무슬림들이 기도하기 전에 손발을 씻는 샤르디반이란 수도 시설이 있는 집이 있었다. 가톨릭 국가지만 지금도 무슬림이 전체 인구의 4.3%를 차지한다는 통계는 이 나라가 예전에는 전형적인 다민족 국가였음을 말해준다.

지금은 사라졌지만 오스트리아는 오랫동안 중부 유럽의 맹주로 독일권의 수장首長이자 전형적인 다민족 국가였다. 본래 오스트리아는 프랑크왕국의 카를(샤를마뉴) 대제에 의해 설립된 오스트마르크Ostmark란 행정 관구로부터 출발한 나라였다. 이후 10세기 말부터는 '동쪽에 있는 나라'라는 뜻의 오스테리히Osterriche로 불렸다. 오스트리아는 1278년 합스부르크 가문의 시조인 루돌프 1세의 영유지가 된 이래 오랫동안 신성로마제국 내의 여러 영방 중에서도 제1영방 자리를 차지했다. 1806년 해체될 때까지 오스트리아의 합스부르크가는 신성로마제국의 황제 자리를 독점했다. 따라서 편의상 이 기간 동안의 합스부르크제국이란 신성로마제국의 황제를 겸하고 있는 오스트리아 대공국을 말한다. 제국이 해체된 후에도 오스트리아는 1815년 결성된 독일 연방의 의장국으로서 독일권의 상징적인 수장이었다. 하지만 이때쯤부터 오스트리아의 위용은 신흥 강자로 떠오른 프로이센에 가려 빛을 잃기 시작했다. 이에 한때 유럽 최고의 명문을 자랑하던 합스부르크가는 젊고 참신한 새 황제를 내세워 난관을 극복하려 했다. 그러한 기대를 한 몸에 받으며 1848년 오스트리아 제국의 황제가 된 이가 바로 프란츠 요제프 1세(재위: 1848~1916년)였다. 장장 68년의 재위 기간 동안 그는 제국을 지키고자 노심초사했고, 밤낮을 가리지 않고 공무에 매달렸다. 하지만 그의 노력은 헛되었고, 결과적으로 제국은 산산조각 나버렸다. 무엇이 잘못되었을까? 빈의 여러 명소를 돌아보며 프란츠 요제프 1세의 발자취를 찾아보자.

오스트리아에서 만난 사람들

빈과의 첫 만남은 서역에서 도심지로 연결되는 마리아힐퍼 Mariahilfer 대로부터 시작된다. 대로를 따라 도심 쪽으로 반시간 남짓 걸어가면, 레오폴드 박물관이 있는 마리아 테레지아 광장으로 연결된다. 이름 모를 공원 벤치에 앉아 이곳이 어디쯤인지 지도를 보며 가늠하려니. 뒤에서 "May I help you?"라는 소리가 들려온다. 돌아보니 오바마 대통령 부인 미셸을 빼닮은 흑인 부인이 웃으며 다가오고 있다. 공원 이름을 묻자, 빈에서 이런 동네 공원은 부지기수라서 일일이 그 이름을 알 수 없단다. 엥? 동네 공원이라니, 처음부터 사람의 기를 너무 죽인다. 도와줄 것이 있냐는 그녀의 말에, 내가 지금 초행길인데 우선 지하철, 버스, 트램을 함께 이용할 수 있는 티켓을 사고 싶다고 했다. 마침 자기가 타려는 트램의 다음다음 정거장에서 티켓을 살 수 있으니 따라오란다. 당장 트램 티켓이 없다는 내 말에 한두 정거장쯤은 괜찮다며, 이곳 사람들도 다 그렇게 한단다. 미심쩍어하는 나에게 걱정 말라며 엄지손가락을 치켜세우는 그녀의 표정이 참 익살스럽다. 안심이 된 나는 당신 옆에 있는 남자친구가 참 핸섬하다고 농담을 걸었다. 남자친구가 아니라 자기 아들이라며 공원이 떠나갈듯이 웃는 그녀는 벌써 5년째 빈에서 살고 있단다. 국제원자력기구(IAEA)에서 근무하는 남편 덕에 그녀는 한국을 꽤 잘 알고 있다. 한국에 가본 적은 없지만 한국 대사관에서 주최하는 만찬에 몇 번 참석해서 김치와 불고기를 먹어봤단다.

말이 난 김에, 이번 여행길에서 만난 몇몇 미국인들의 공통점은 여타 서양인들보다 한국인에 대한 친밀감이 상대적으로 높다는 것이다. 그것이 푸에르토리코에 대한 그들의 감정과 비슷한 건지, 아니면 우리의 높아진 위상 덕분인지는 몰라도, 아무튼 나도 미국인을 만나면 마음이 편해지기는 마찬가지다.

세상엔 별별 장사꾼이 다 있다지만 음악 팔러 다니는 장사꾼은 빈에서 처음 봤다. 은색 가발에 중세풍 의복을 입고 종아리에 착 달라붙는 타이츠와 가죽신까지 차려 신은 신사가 내게 다가온다. 온화한 미소와 함께 연주회 팸플릿을 펼쳐드는 그의 모습에서 음악의 도시 빈의 진면목이 보인다. 마침 잘되었다 싶어 그에게 빈에서 꼭 듣고 싶었던 슈베르트 연가곡 프로그램이 있냐고 물었다. 잠시 우물쭈물하는 품이 슈베르트 가곡을 찾는 여행객이 있으리라곤 미처 생각 못 한 것 같다. 얼핏 보니 그가 들고 있는 팸플릿에는 모차르트나 슈트라우스의 경쾌한 소품이 대부분이다. 하긴 관광객을 상대로 하는 가벼운 음악회에서 슈베르트를 찾는 내가 오히려 별종이겠다. 발길을 돌리려는 나에게 모차르트가 직접 연주했던 홀에서 열리는 음악회라며 할인해주겠단다. 당신을 의심하는 건 아니지만 길거리에서 티켓 사본 적은 없다고 에둘러 말했더니, 정색하며 따라오란다. 그를 따라가니 왕궁 바로 맞은편에 팔레 팔휘Palais PALFFY란 콘서트홀이 있다. 이곳에서 모차르트가 연주했다며 자랑하는 그의 얼굴에서 살짝 자부심이 묻어난다. 어차피 모차르트나 슈트라우스 없는 빈은 생각할 수 없기에, A석 기준으로 40유로 한다는 티켓을 29유로에 샀다. 하지만 음악 파는 장사꾼도 그 속성은 여느 장사꾼과 다름없나 보다. 나중에 보니 모차르트의 연주회가 있었다는 피가로 홀은 백여 명 정도의 청중이 들어갈 수 있는 아담하고 고색창연한 방이었다. 그런데 청중이 반쯤밖에 차지 않아 아무 좌석에나 앉을 수 있는데, 공연히 할인해 준다고 생색내고는 받을 돈 다 받았으니 말이다. 그래도 유서 깊은 연주홀에서 모차르트의 후배들이 들려주는 음악은 꽤나 훌륭했다.

음악 팔러 다니는 희한한 장사꾼

03

한 번쯤은 슈베르트를 듣고 싶어서 오페라 하우스 뒤편에 있는 여행자 안내소를 찾았다. 직원이 직접 찾아보라며 내주는 책자는 수첩 한 권은 족히 되는 분량이다. 그러나 올 한 해 동안 빈에서 열리는 모든 음악회 프로그램이 수록되어 있다는 책자에도 슈베르트의 음악은 드물다. 겨우 하나 찾아낸 연가곡 연주회는 가을에 잡혀 있어 아쉬움만 더한다. 그대, 죽어 200년이 지난 지금도 대중성이 없기는 마찬가지구려. 그나마 베드로 성당에서 열리는 클라리넷 독주회가 제일 맘에 든다. 베드로 광장Petersplatz에 있다는 성당을 찾아 나선 거리엔 5층 건물들이 빼곡하게 차 있다. 하지만 건물이 5층밖에 안 된다고 얕보면 큰코다친다. 층간 높이가 높아서 우리로 치면 7~8층 이상은 충분히 되고도 남는 건물들이기 때문이다. 이런 건물들이 병풍을 치고 있어서 시내에서 제일 높은 슈테판 대성당도 바로 코앞까지 가야 보인다. 사정이 이러니 베드로 성당도 제법 큰 성당이지만, 도로에서 약간 안쪽으로 들어간 통에 찾기가 만만치 않다.

겨우겨우 찾아간 성당의 관리인에게 물으니 성당에서는 음악회를 열지 않는단다. 안내 책자에 있는데 무슨 말이냐고 따지자, 가만히 보더니 성당 건물 옆으로 난 문으로 들어가 보란다. 성당 밖으로 나와 옆으로 돌아드니 과연 음악회 포스터가 붙어 있는 문이 보인다. 호기롭게 문을 여니 어럽쇼, 조그만 방에 아무것도 없고, 다만 한쪽 벽에 굳게 잠긴 문이 하나 있을 뿐이다. 문 사이로 엿보니 성당 안쪽 저편이 보인다. 판타지fantasy 영화의 한 장면도 아니고, 일순 어리둥절해진다. 하는 수 없어 전화로 문의하니 걱정 말고 아무 날 오후 5시 반까지만 오란다. 미심쩍어하는 나에게 한국에서 온 미스터 리Mr. Lee를 확실히 기억할 테니 꼭 오라며 웃는다.

며칠 뒤 찾아간 성당 옆문은 저번과는 달리 활짝 열려 있다. 방 안 한쪽 벽에 굳게 잠겨 있던 문도 열려 있는데, 문지방 너머 지하로 내려가는 층계가 보인다. 그제야 '크립타Krypta'란 독일어 단어가 무엇을 뜻하는지 알 것 같다. 영어로는 납골소나 예배소로 쓰이는 성당 지하실이 '크립트Crypt'인데, 이 단어를 모르니 며칠 전 성당 관리인이 아무리 크립타로 가보라 해도 알아듣지 못한 것이다. 조금은 허탈한 심정으로 지하실로 내려가니 반원형 돔 천장 아래 피아노 한 대가 달랑 놓여 있다. 좌석은 한 줄에 간이의자가 여섯 개씩 네 줄로 정확하게

24석에, 뒤에는 소파 두 개가 놓여 있다. 청중도 나처럼 뜨내기는 없고 나이 지긋한 토박이들뿐이다. 잠시 후 30대 중반의 여성 클라리넷 연주자와 50대는 되어 보이는 피아노 연주자가 나온다. 동네 학예회에 잘못 온 건 아닐까 하는 나의 기우는 연주가 시작되자마자 싹 걷혀버린다. 클라리넷과 피아노가 마치 오페라의 레시타티보recitativo처럼 절묘한 앙상블을 이어나간다. 클라리넷 주자는 피아노 반주가 죽을까 혼자 튀지 않고, 피아노 주자는 행여 클라리넷에 방해될까 앞장서지 않는다. 딱 한 시간 동안 계속된 이들의 연주회는 흡사 나만을 위한 특별 연주회가 아닐까 생각될 정도로 좋았다. 전화로 예약을 받아준 여인이 연주회가 어땠냐고 묻는다. 지금까지 가본 연주회 중에서 가장 좋았고 추억에 남을 것이라고 했더니 환히 웃는다. 입장료 수입이야 어림잡아 다 합쳐도 600유로나 될까 말까한 연주회였지만, 음악 수준은 정말 높았다. 음악회가 우리처럼 특별한 행사가 아니라 매일 매일의 일상사로 이곳저곳에서 열리니, 음악의 도시 빈의 저력이란 바로 이런 점에 있는 게 아닐까?

오페라 하우스 1층 로비엔 내부 투어가 시작되기를 기다리는 사람들로 가득하다. 언어별로 그룹 지어 있는데 영어, 독일어, 프랑스어, 스페인어와 함께 일본어 그룹이 보인다. 동양인은 모두 일본어 그룹에 모여 있는데, 나와 홍콩에서 온 처녀만 영어 그룹에서 기다린다. 이윽고 시간이 되자 언어별로 투어 가이드가 따라붙는다. 유리같이 투명한

눈초리에 차분한 목소리로 이런저런 일화를 곁들여 설명해주는 우리 가이드는 전형적인 게르만족 청년이다.

1869년에 개관된 이 건물은 제2차 세계대전 당시 쑥대밭이 되었다고 한다. 전쟁으로 파괴된 국회의사당, 시청, 오페라 하우스 중에서도 제일 먼저 복구하자는 시민투표 결과가 말해주듯이, 오페라 하우스는 슈테판 대성당과 함께 빈을 상징하는 대표적인 명소라고 한다. 극장의 연간 예산은 천팔백만 유로(우리 돈으로 약 280억 원)이고, 수용 인원은 2,300여 명이란다. 한창 소품 설치작업에 바쁜 무대 옆에서 보니 그 규모가 대단하다. 주 무대를 기준으로 밑으로 10층 깊이, 위로 18m 높이의 공간이 있다. 무대에서 객석을 보니 까마득한데, 무대 양옆 로열 박스는 오히려 무대 전체를 볼 수 없는 좌석이란다. 자기가 좋아하는 가수나 아리아만 선별적으로 보기 위한 특별좌석이 이런 로열 박스라는 설명은 금시초문이다.

호화로움의 극치를 보여주는 극장 내부를 돌아보며 이 게르만 청년은 재미있는 일화를 곁들인다. 지휘를 시작하기 전에 정신 집중을 위해 항상 두 눈을 감았다는 카라얀의 두상 앞에서는 눈을 지그시 감고 그의 흉내를 내보인다. 푸치니의 동상 앞에서는 그의 오페라 공연 시 벌어졌던 에피소드를 말해준다. 1980년대 말 오페라 '토스카'를 공연할 때였다. 오페라 끝부분에 주인공 토스카가 성벽 위에서 뛰어내려 자살하는 장면이 있다. 무대 밑에서는 주인공을 받을 천이 있는데, 설치되어 있는 천이 너무 타이트해서 뛰어내린 여주인공이 텀블링하듯이 몇 차례 튀어 오르는 모습을 청중들이 봤단다. 극장은 순식간에 웃음바다가 되었고, 가여운 여주인공은 커튼콜에서 어색한 웃음을 감추지 못했다나. 냉철하면서도 위트 있는 청년과 헤어져 극장 밖으로 나오니, 건물 사진 찍기에 바쁜 중국 관광객들이 눈에 띈다. 자기네 나라 말로 설명을 들은 후 삼삼오오 몰려나오는 일본 관광객들과 이들이 자꾸 비교되었다.

슈테판 대성당의 카타콤베로 안내하는 청년도 오페라 하우스에서 만난 가이드와 비슷한 분위기를 풍긴다. 나라마다 민족마다 풍습이 서로 다르다지만, 이들의 매장 풍습도 참 독특하다. 무덤으로 가득한 성당 지하를 둘러보며 성당은 다름 아닌 공동묘지 위에 떠 있는 거대한 집이라는 생각이 든다. 성당 지하에 묘지를 쓸 때 나타나는 문제점을 이 젊은 게르만 청년은 재미있게 설명한다. 첫째는 시체 썩는 냄새가 고약할 것이요, 두 번째는 묘지가 포화되었을 때의 처리 방법이다. 첫 번째, 시체가 부패되어 지하에서 올라오는 악취를 없애기 위해 계속해서 성당 내부에 향을 피워댔다고 한다. 반면 두 번째는 무시무시하면서도 무척이나 고약한 방법이다. 묘지가 부족해지면 그동안 차곡차곡 쌓여 있던 백골들을 바수어 공간을 마련한다는 것이다. 차라리 자연으로 돌아가도록 매장하는 우리네 방법이 낫지, 어떻게 죽은 사람 뼈를 훼손해 두 번 죽게 하는지, 참 이해되지 않는 부분이었다.

빈 시민들의 자존심인 오페라 하우스

잘츠부르크에서 빈으로 돌아오는 기차 안에서였다. 지금까지 한가했던 것과는 달리 이상하게 기차 칸마다 승객들로 붐빈다. 자리를 찾으려 하는 사이에 출발 시간 5분 전인데 기차가 움직이기 시작한다. 이들의 정확성을 익히 알고 있기에 순간 뭔가 잘못되었다는 느낌이 들었다. 분명 빈이라고 쓰인 행선지를 확인했는데 무엇이 잘못되었을까? 옆자리의 처녀에게 빈으로 가는 기차냐고 물어보니 맞긴 한데 어디까지 가냐고 되묻는다. 당연히 빈까지 간다니까 잘못 탔단다. 5분 뒤 급행을 탔어야 한다면서, 이 차는 완행으로 기차역마다 정차하기 때문에 빈까지 가려면 기차를 바꿔 타야 한다고 말한다. 이렇게 알게 된 그녀의 이름은 한나라고 한다. 잘츠부르크 대학교에서 영어를 전공하며 부전공으로 역사를 공부한다는 그녀에게 오스트리아 역사 여행을 왔다고 했더니 대번에 "Marriage, marriage."를 연발하며 웃는다. 자기네 나라 역사를 이렇게 단 한 마디로 축약해서 말할 줄 알다니 한나의 내공이 제법이다.

공통 관심사를 가진 사람을 만나면 서먹함도 금방 사라지고 연령차도 아무 문제가 안 된다. 아쉬운 건 몇 정거장 뒤에 그녀가 내린다는 사실이다. 다짜고짜 한나에게 그동안 제일 궁금했던 점을 물었다. 역사학도로서 합스부르크제국에 비해 약소국으로 전락한 현재의 오스트리아 공화국에 대해 어떻게 생각하는지 알고 싶다고 했다. 의외의 질문에 잠시 생각을 다듬던 그녀는 다부지게 다음과 같이 말한다. 물론 오스트리아의 국제적인 위상에 대해 만족하는 사람들은 드물겠지만, 그렇다고 자신들이 누리고 있는 지금의 행복이 그때보다 못하다고는 생각지 않는다는 것이다. 즉 제국을 지키기 위해서 그때는 자신들과 아무 상관없는 곳에서 피를 흘려야 했지만, 지금은 그럴 필요 없이 자기들끼리 이렇게 잘살고 있지 않느냐는 게 그녀의 논조였다. 무언가 반론을 제기할 틈도 없이 그녀가 내려야 할 기차역이 가까워진다. 한나는 자기가 내리는 곳에서 세 정거장을 더 간 다음 내리면, 바로 그 플랫폼에서 3분 이내에 급행열차가 도착한다고 알려준다. 그리고는 흡사 딸애가 아버지 챙기듯이 내게 다시 한 번 말해보라고 한다. 건강하게 다녀가시라며 기차에서 내리는 한나가 남긴 여운이 빈으로 돌아오는 내내 남아 있었다.

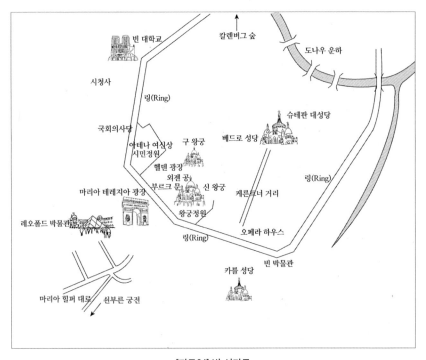

[지도24] 빈 시가도

부르크 문과 미하일 문을 드나드는 마차 행렬

왕궁 1

'도시 속의 도시'라고 불리는 빈 왕궁Hofburg은 과연 한 시대를 호령했던 제국의 심장부답게 장대한 규모와 화려한 외관을 자랑한다. 왕궁은 크게 13세기에서 16세기 동안 증·개축을 거듭해온 구 왕궁Alte Burg과 19세기 말에서 20세기 초에 새로 지은 신 왕궁Neue Burg으로 나뉜다. 신 왕궁의 부르크 문과 구 왕궁의 미하엘 문 사이로는 아직도 고색창연한 마차 행렬이 이어지고 있다. 손님을 기다리며 줄지어 늘어선 마차 사이로 유서 깊은 도시의 체취인 양 비릿한 말 오줌냄새가 풍겨온다. 왕궁 이곳저곳에 서 있는 동상들만 봐도 이 나라가 어떤 길을 걸어왔는지 알 수 있다. 하나같이 높은 단壇 위에 호기롭게 서 있거나 비상하는 말을 타고 있는 동상들 중에 딱 한 군데 예외가 있다. 왕궁 정원 안에 무심히 스쳐 가면 눈에 잘 띄지도 않는 동상이 하나 서 있는 것이다. 나지막한 단 위에 한껏 처진 어깨로 고개 숙인 모습은 영락없이 가난한 철학자다. 다시 보면 무릎까지 내려오는 장교 외투를 입고 한 손에 지휘봉을 든 모습이 패전한 장군처럼 보인다. 이곳에서 조금 떨어져 있는 모차르트의 화려한 대리석상이 더욱이나 이 동상을 초라하게 만든다. 그렇다면 이 사람은 누굴까? 놀랍게도 그는 세계 역사상 실제적으로는 가장 오랫동안 군주 자리를 지킨 인물로 기네스북이 꼽은 프란츠 요제프 1세다. 1848년 오스트리아제국의 황제에 오른 그는 1916년까지 무려 68년 동안이나 황위를 지켰다. 앞의 헝가리 편에서 언급한 엘리자베트 황후는 바로 그의 부인이었다.

그의 발자취는 구 왕궁 안에 있는 황제의 아파트먼트에서 다시 찾아볼 수 있다. 이곳은 황제 부처가 거처했던 곳으로, 황제의 활동 공간인 재상 집무실Reichs-kanzleriflugel과 황후의 사적 공간인 아말리에 궁Amalienburg이 있다. 합스부르크 황실의 온갖 호화로운 생활상이 엿보이는 수많은 방들을 지나면서 문득 이상한 생각이 든다. 같은 궁전 안에 있는 재상 집무실과 아말리에 궁의 분위기가 너무 다르기 때문이다. 재상 집무실에 딸려 있는 황제의 침실과 황제의 서재는 대제국 황제의 그것이라기엔 의외로 무척이나 검소하다. 반면 아말리에 궁에 있는 황후의 화장실과 크고 작은 살롱들은 말 그대로 사치의 극을 보여준다. 가난한 황제와 재벌급 황후가 공존하는 황제의 아파트먼트를 보며, 이들은 과연 어떤 사람들이었을까 궁금증이 더해진다. 한편 어느 넓은 방에는 오스트리아-헝가리 이중제국이 품어 안았던 여러 소수민족들의 인형이 전시되어 있다. 서로 다른 민속 고유의상을 차려입은 남녀들이 줄잡아 30쌍은 넘어 보인다. 새삼 전형적인 다민족국가였던 합스부르크제국의 다양성이 엿보인다.

프란츠 요제프 1세는 여러 면에서 이 책 첫 부분에서 본 메흐메드 2세와 대비된다. 첫째, 이들은 출생 시의 처지가 너무도 상반된다. 기독교 노예 출신의 모친을 둔 메흐메드 2세와는 달리 프란츠 요제프 1세는 처음부터 은수저를 입에 물고 태어났다. 1830년 그가 태어날 때 오스트리아제국의 황제는 그의 할아버지인 프란츠 1세(재위: 1792~1806년 신성로마제국 프란츠 2세, 1804~1835년 오스트리아제국 프란츠 1세)였다. 신성로마제국의 마지막 황제이자 오스트리아제국의 첫 번째 황제였던 프란츠 1세에게는 두 아들이 있었다. 하지만 불행히도 두 아들 모두 정신적인 결함이 있었다. 한나가 말했듯이 합스부르크제국은 전통적으로 무력에 호소하기보다는 결혼 정책을 통해 영토를 확장했다. 합스부르크의 결혼 정책은 매우 교묘해서 다른 나라들이 "합스부르크여! 이웃나라들에게는 싸움만 시키고, 너희는 결혼해서 행복하게 사는구나."라고 원망할 정도였다. 그러나 득得이 있으면 실失도 있는 법, 오랜 결혼 정책에 따른 근친결혼은 합스부르크가 후손들에게 정신병, 육체적 기형, 불임과 같은 비극을 안겨주었다. 간질병이 있는 큰아들과 정신적인 문제가 있는 둘째아들 때문에 괴로워했던 프란츠 1세에게 새로 태어난 손자는 그야말로 눈에 넣어도 안 아플 보배였을 것이다. 할아버지는 갓 태어난 황손에게 9명의 수행원과 6필의 말이 끄는 마차를 하사했다. 태어나자마자 황실의 종친들과 신하들의 찬사와 숭배를 받으며 성장한 프란츠 요제프는 말 그대로 황실의 거룩함을 상징하는 존재였다. 이에 반해 메흐메드 2세는 출생 시 아무도 거들떠보지 않던 천덕꾸러기였다. 투르크 명문가 출신의 모친에게서 태어난 두 형에게 가린 그는 그들이 죽을 때까지는 아예 존재감 자체가 없었다.

둘째, 이들의 성장 과정도 하늘과 땅 차이다. 메흐메드 2세는 둘째 형이 죽기 전인 열두 살이 될 때까지는 제대로 된 교육을 받아보지도 못했다. 반면 프란츠 요제프 1세는 요람에서부터 그를 황제로 만들기 위한 어머니의 헌신적인 노력이 있었다. 바이에른의 공녀 출신인 그녀는 프란츠 1세의 둘째 아들인 프란츠 카를 대공과 정략결혼을 했다. 하지만 남편이 정상이 아니라는 사실을 안 후 그녀는 남편을 포기하고 아들에게 매달렸다. 또한 프란츠 1세의 첫째 아들, 즉 큰아주버니인 페르디난트 1세가 후손을 가질 수 없었기에 그녀는 더욱 더 어린 아들을 장래의 황제로 만들려고 온갖 노력을 다했다. 금지옥엽金枝玉葉 같은 프란츠 요제프였지만, 그렇다고 그가 받은 교육까지 설렁설렁했으리라고 생각하면 큰 오산이다. 게르만족의 상무 정신이 살아남아 있는 황궁에서 장래의 황제는 어느 누구보다도 혹독한 훈련 과정을 거쳤다. 어머니는 어린 아들에게 메테르니히라는 명재상名宰相을 첫 스승으로 붙여줄 정도로 교육열이 강했다. 열세 살이 되던 해에 프란츠 요제프는 육군 대령으로 임명받았지만, 훈련 교관은 그에게 일등병의 제복을 입혀 훈련시켰다고 한다. 심지어 공병 양성 훈련 과정 중에는 해체된 교량 일부를 옮기다가 너무 지쳐서 실신했다는 일화도 전해진다.

셋째, 이들이 제위에 오른 과정도 판이하게 다르다. 지방으로 좌천된 열아홉 살의 메흐메드 2세는 아버지가 갑자기 죽었다는 소식에 밤낮없이 수도인 에디르네로 달려가서 술탄 자리를 낚아챘다. 젊은 의

붓어머니에게서 태어난 이복동생에게 후계자의 지위를 빼앗기는 악몽에 시달렸던 그는 하루라도 빨리 자신이 술탄이 되었음을 기정사실화하고 싶었던 것이다. 술탄이 되자마자 어린 이복동생을 익사시켜버릴 만큼 그가 술탄으로 가는 길은 험난했다. 이와는 정반대로 열여덟 살의 프란츠 요제프 1세는 '준비된 황제'로서 가는 길이 너무도 순조로웠다. 그가 황제가 된 과정은 다음과 같다. 1848년 프랑스의 2월 혁명의 여파는 빈에도 옮겨 붙었다. 당시 황제는 장자 상속 원칙에 따라 프란츠 1세의 뒤를 이은 페르디난트 1세(재위: 1835~1848년)였다. 하지만 그는 메테르니히도 쫓겨난 판국에 도저히 이런 급박한 사태를 수습할 능력이 없었다. 이때 프란츠 요제프의 모친인 조피가 놀라운 능력을 발휘한다. 그녀는 섭정 위원회와 함께 시아주버니인 페르디난트 1세의 퇴위를 종용하는 한편, 남편인 프란츠 카를 대공에게도 황제 계승권을 포기하도록 설득했다. 자신이 황후가 될 수 있는 기회를 마다한 그녀는 그 대신 어려서부터 군주 교육을 시켜온 아들을 새로운 황제로 밀었다. 이렇게 큰아버지와 아버지의 양보로 황위에 오른 프란츠 요제프 1세는 모든 사람들의 기대를 한 몸에 받았다.

국회의사당

1883년에 지은 국회의사당 건물 앞에 서면 여기가 그리스가 아닌가 하는 착각이 든다. 아테네의 파르테논 신전을 완벽하게 복원해놓은 것 같은 건물 정면은 아름답기 그지없다. 프리즈frieze[5]는 그리스 신화의 한 장면을 연상시키는 석상들로 장식되어 있다. 금빛 바탕에 정교한 모자이크가 돋보이는 정면 파사드facade[6]는 이스탄불의 성 소피아 성당의 모자이크를 빼닮았다. 건물 옆으로 돌아들면 아테네의 에렉테이온 Erechtheion 신전과 똑같이 머리로 건물을 이고 있는 여신상들이 기둥을 대신하고 있다. 그 중의 백미는 국회의사당 앞에 우뚝 서 있는 아테나 여신상이다. 순백의 대리석 여신상은 머리엔 금빛 투구와 가슴엔 금빛 흉갑을 둘러 입고, 한 손에는 금빛 창을 들고 또 한 손에는 아기 천사가 내려앉은 금빛 구슬을 들고 있다. 이를 보고 있노라면 처음에는 이 사람들이 남의 것을 모방해도 너무 지나친 것이 아닌가 하는 의구심마저 든다. 모방 정도가 아니라 아예 송두리째 남의 것을 가져왔기

오스트리아 국회의사당과 아테나 여신상

---

5) 프리즈(frieze): 건물의 장식적인 목적으로 두른 길고 좁은 수평 판이나 띠. 통상 부조로 장식되어 있음.

6) 파사드(facade): 건물의 당당한 또는 장식적인 정면.

때문이다. 당시 합스부르크제국의 국격國格으로 보아서도 그럴 리가 없는데, 그렇다면 그들은 이 건물을 통해 무엇을 말하고 싶었던 것일까?

구 왕궁 정원 안에 서 있는 프란츠 1세의 동상도 마찬가지다. 고대 로마 의상인 토가toga를 어깨에서부터 둘러 입은 그는 머리엔 월계관을 쓰고 손에는 홀笏을 잡고 있다. 처음 보면 영락없는 로마 황제의 모습이지만, 사실 그는 나폴레옹에 대항해 싸운 신성로마제국의 마지막 황제이자 오스트리아제국의 첫 황제일 뿐이다. 로마인이 아니라 엄연히 게르만족 출신으로 19세기 인물인 그가 왜 생뚱맞게 고대 로마 황제 행세를 하고 있을까? 이는 오스트리아의 역사를 알지 못하고는 풀 수 없는 수수께끼다.

왕궁 정원 내 프란츠 1세의 동상

프란츠 요제프 1세의 통상 호칭은 '오스트리아 황제, 헝가리의 로마 교황청 왕, 보헤미아 왕'이지만, 그 뒤로 줄줄이 붙는 공식 호칭을 보면 당시 오스트리아제국의 영역이 얼마나 광대하고 다양한지 알 수 있다. 이를 열거해보면 '롬바르디아-베네치아, 달마티아, 크로아티아, 슬라보니아, 갈리시아, 로디메리아, 일리리아의 왕', '예루살렘의 왕', '오스트리아 대공', '토스카나 및 크라코프 공작', '로렌, 잘츠부르크, 슈티리아, 카린티아, 카르니올라, 부코비나의 공작', '트란실바니아 대공', '모라비아 후작', '상하 실레지아, 모데나, 파르마, 피아첸차 및 과스탈라, 아우슈비츠, 자토르 및 테셴, 프리울리, 라구사 및 자라의 공작', '합스부르크 및 티롤, 키부르크, 고리지아 및 그라디스카 백작', '트렌토 및 브릭센 공', '상하 루사티아 및 이스트리아 후작, 호에넴스, 펠트키르흐, 보레겐츠, 존넨베르크 백작', '트리에스테, 카타로 및 빈디츠 마르흐의 영주', '세르비아의 대총독' 등이다. 지도에서 보듯이 이들 지역은 대략 지금의 헝가리, 체코, 슬로바키아, 크로아티아, 슬로베니아에 이탈리아 일부, 폴란드 일부, 러시아 일부, 루마니아 일부, 세르비아 일부 지역을 아우르고 있다. 이를 보면 헝가리의 마차시 1세가 꿈꿨던 도나우제국의 완성판이 오스트리아제국이었을지도 모른다. 여기에 더해 오스트리아제국의 황제는 1848년부터 1866년까지 독일 연방의 의장이었다.

그런데 여기서 한 가지 짚고 넘어가야 할 대목이 있다. 오랫동안 합스부르크가의 전유물이었던 신성로마제국의 황제라는 직위 대신 오스트리아 황제라는 직위로 바뀐 이유는 무엇일까? 또한 독일 연방이란 무엇이며 이는 어떤 의미가 있을까? 유럽사 중에서도 제일 복잡하다는 독일사, 그 독일사에서 빼놓을 수 없는 신성로마제국의 실체는 과연 무엇일까?

800년 12월 25일, 성 베드로 대성당에서 '로마인의 황제'라는 칭호를 받은 카를 대제(샤를마뉴 대제)가 죽은 후 프랑크왕국은 게르만족의 전통인 균등분할 상속제에 따라 동, 중, 서 프랑크왕국으로 분할되었다. 이후 카를 대제의 법통은 동東 프랑크왕국(지금의 독일)에 계승되었지만 한동안 유명무실하다가, 작센 왕조의 오토 대제(재위: 962~973년) 때에 이르러서야 다시 그 실체를 찾았다. 오토 대제는 서西 프랑크왕국(지금의 프랑스)을 제외한 동東 프랑크왕국과 중中 프랑크왕국의 일부(지금의 이탈리아 북부)를 묶어 일종의 연방제 국가를 만들었다. 카를 대제 사후 사라지다시피한 '신성로마제국'이라 칭하는 국가가 재현된 것이다. 한편 제국의 황제는 시간이 지나면서 특정 왕조의 세습제世襲制가 아닌 제후들에 의한 선출제選出制로 바뀌었다. 이에 따라 황제는 절대 권력을 가진 전제군주가 아니라 제국 내 여러 영방을 대표하는 성격이 강해졌다. 초기 작센 왕조가 차지했던 제위는 이후 여러 왕조가 번갈아가며 차지했다. 그리고 일곱 선제후, 즉 세 명의 성직 제후(마인츠, 트리어, 쾰른 주교)와 네 명의 세속 제후(라인 궁중백, 브란덴부르크 변경백, 작센 공, 보헤미아 왕)가 모여 황제를 선출하는 제도가 확립되었다.

합스부르크가가 신성로마제국의 황제직과 인연을 맺은 건 1278년 루돌프 1세(재위: 1273~1291년) 때였다. 10세기경 스위스 북부의 조그만 영주였던 합스부르크가는 11세기에 '매의 성城'을 뜻하는 합스부르크 성을 쌓으면서 가문의 이름을 얻었다. 루돌프 1세가 신성로마제국의 황제가 된 건 그야말로 어부지리漁夫之利였다. 당시 강력한 황제를 원치 않았던 제후들은 세력도 미미하고 나이도 많은 루돌프 1세를 정략적으로 선출했다. 하지만 제후들의 예상과는 달리 루돌프 1세는 만만한 사람이 아니었다. 그는 굴러들어온 황제의 직위를 이용해 오스트리아를 정략결혼으로 획득하는 등 자신의 세력을 넓혀나갔다. 이에 경계심을 품은 제후들은 루돌프 1세가 죽은 후에는 나사우, 합스부르크, 룩셈부르크, 비텔스바흐 가문에서 번갈아 황제를 선출했다. 이렇게 여러 가문을 전전하던 제위를 합스부르크 가문이 독차지한 것은 알브레히트 2세(재위: 1438~1439년) 때부터였다. 이로부터 합스부르크 가문은 신성로마제국이 해체되는 1806년까지 370여 년 동안 제위를 독점한 유럽 최고의 명문이 되었다. 이제 우리는 왜 게르만족의 나라인 오스트리아가 그리스 신전을 본뜬 국회의사당과 로마 황제 행세를 하는 프란츠 1세의 동상을 세웠는지 이해하게 된다. 로마제국의 후계자임을 자처한 신성로마제국이었기에, 제국의 황제 위를 독차지했던 오스트리아의 합스부르크가는 당연히 자신의 뿌리를 그리스 로마에 두었다. 다시 말해 그들에게 그리스 로마의 유산은 남의 것이 아닌 바로 자신들의 것이었다.

마리아 테레지아 광장

신 왕궁 정문인 부르크 문을 지나 링Ring을 건너면 맞은편 마리아 테레지아 광장으로 연결된다. 광장 중앙에 마리아 테레지아 여제女帝의 동상이 높이 솟아 있고, 동상의 좌우엔 르네상스 양식의 자연사박물관과 미술사박물관이 대칭으로 서 있다. 그런데 자연사박물관 정문 양쪽에 놓여 있는 조각상이 참 얄궂어 보인다. 유럽인은 하프를 든 아폴로 신과 자유의 햇불을 든 여신으로 상정되어 있다. 반면에 반대편의 아메리카와 오스트레일리아 원주민은 젖가슴을 드러낸 채 아이를 안고 있는 엄마와 추장인 남편의 석상이다. 글쎄 내 눈에만 그렇게 보이는지, 양쪽의 석상을 비교해보면 이들의 인종차별 의식이 은연중에 나타나는 것 같다. 그리스 조각과도 같은 선남선녀의 유럽인에 비해 아메리카와 오스트레일리아 원주민은 너무나 못생기고 추해 보이기 때문이다.

마리아 테레지아 광장

마리아 테레지아(재위: 1740~1780년)의 남편은 신성로마제국의 황제 프란츠 1세였다. 같은 이름이 반복되어 혼란스러운 독자를 위해 프란츠 요제프 1세를 중심으로 그의 가계도를 그려보면 다음과 같다.

프란츠 요제프 1세 가계도

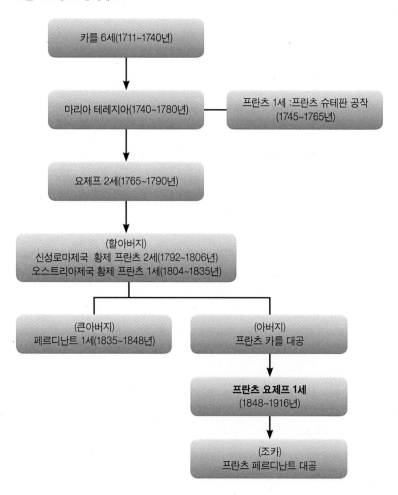

이들의 관계에서 신성로마제국과 오스트리아의 관계를 알아보자.

마리아 테레지아의 부친인 카를 6세(재위: 1711~1740년)는 아들 없이 장녀인 마리아 테레지아만 남기고 세상을 떴다. 생전에 카를 6세는 합스부르크 가문의 영지가 분할되는 것을 원치 않았다. 그래서 그는 국사조칙을 발표했다. 국사조칙은 마리아 테레지아가 오스트리아, 보헤미아, 모라비아, 헝가리 등지의 상속자임을 명시했다. 카를 6세는 이를 인정받으려고 모든 수단을 동원해 관철시켰다. 그러나 그런 그도 손댈 수 없는 법이 있었으니, 이는 프랑크왕국 때부터 내려온 '살라카 법'이었다. 이 법에는 여성의 왕위 계승을 금지하는 조항이 있었다. 바로 이 때문에 마리아 테레지아는 신성로마제국의 황제가 될 수 없었다. 가문의 남성 상속자의 대가 끊긴 마당에 제위까지 승계할 수 없는 위기에서 합스부르크가는 어떻게 했을까?

명성에 걸맞게 이번에도 합스부르크가는 정략결혼을 통해서 이 위기를 벗어난다. 일이 잘되려고 그랬는지 마리아 테레지아는 빈으로 유학 온 로트링겐(지금의 프랑스 로렌 지방)의 공작 프란츠 슈테판과 사랑에 빠졌다. 당대 최고의 미남 공작과 그에 걸맞은 미녀 공주의 만남은 세간의 화제가 되었다. 하지만 이 결혼의 최대 걸림돌은 역시 프랑스였다. 합스부르크가를 견제해오던 프랑스가 자신의 안마당인 로트링겐이 합스부르크가로 넘어가는 사태를 용납할 리 없었다. 이에 카를 6세는 합스부르크가 특유의 유연한 외교술을 펼친다. 그는 사위가 될 프란츠 슈테판 공작에게 로트링겐을 포기시키는 대신 자신의 영지인 이탈리아의 토스카나를 내주었다. 프랑스를 달래면서 자신의 고민도 해결하는 양수겸장兩手兼將을 쓴 것이다. 이로써 그는 사위를 신성로마제국의 황제로 내세울 수 있었다.

[지도25] 신성로마제국과 합스부르크가의 영역(1795년경)

이후 합스부르크가는 합스부르크 로트링겐가로 이어지면서 프란츠 슈테판 공작은 신성로마제국의 황제 프란츠 1세(재위: 1745~1765년)가 되었다. 그렇다면 마리아 테레지아의 공식 호칭은 무엇일까? 그녀는 오스트리아의 여대공女大公, 헝가리, 크로아티아, 슬라보니아의 여왕, 보헤미아의 여왕, 파르마와 피렌체의 공작부인, 신성로마제국의 황후였다. 따라서 그녀는 신성로마제국의 여제女帝가 아닌 황후皇后였을 뿐이다. 하지만 이는 어디까지나 호칭이 그렇다는 것일 뿐 모든 실권은 마리아 테레지아에게 있었다. 신성로마제국의 황제는 상징적인 명예직에 불과하고, 실질적인 권력은 각 영방領邦의 군주에게 있었기 때문이다. 이를 우리의 전국경제인연합회, 즉 전경련全經聯과 비교해보자. 우리나라의 대표적 기업과 업종별 단체를 회원으로 하는 전경련에는 이를 대표하는 회장이 있다. 여기서 신성로마제국은 전경련에, 전경련 회장은 황제로, 그리고 각 회원들은 영방들로 비유할 수 있다. 전경련 회원 중에는 삼성, 현대, SK, LG 등의 재벌 기업이 있듯이, 여러 영방들 중에도 오스트리아, 프로이센, 바이에른, 작센, 하노버, 뷔르템베르크 같은 힘센 영방들이 있었다. 또한 전경련 회원 중에 외자계外資系 기업도 있듯이, 신성로마제국 안에도 독일계가 아닌 보헤미아나 이탈리아 북부 지방이 끼어 있었다. 초창기에 비해 위상이 많이 떨어졌다고는 해도 전경련 회장은 지금도 나름 의미 있는 자리다. 그와 마찬가지로 신성로마제국의 황제도 실권은 없다고 해도 다른 영방, 특히 경쟁자에게는 내주고 싶지 않은 자리였다.

쇤브룬 궁전

합스부르크가의 여름 별궁이었던 쇤부른 궁전은 빈의 링 외곽 지역에 자리 잡고 있다. 차분하고 여성적인 분위기의 쇤부룬 궁전Schloss Schönbrunn은 웅장하고 남성적인 왕궁Hofburg과 대비된다. 하긴 마리아 테레지아가 자신의 취향을 반영해 이 궁전을 개조했다니 그럴 만도 하겠다. '아름다운 분수'를 의미하는 '쇤부른'이란 명칭답게 궁전 정원 곳곳에는 예쁜 분수들이 많다. 인기척이 드문 드넓은 정원엔 가지

치기를 한 나무들이 끝도 없이 늘어서 있다. 이들의 정원을 둘러보노라면, 보기엔 좋지만 너무 획일적이라는 생각이 든다. 정원에 가득한 나무들은 스스로 자랄 여지가 전혀 없다. 사람이 만든 규격에 벗어나는 가지는 가차 없이 잘라내 버린다. 특히 산책로 따라 벽처럼 둘러쳐진 키 큰 나무들은 겨우 벽 두께만큼만 가지를 뻗을 수 있게 처참히 잘려 있다. 이 천국 같은 정원에 전체를 위해 개체는 참혹하게 희생되는 냉혹함이 숨어 있는 것이다. 겉으로 보기엔 아름답게만 보이는 이 왕궁도 기실 파란만장한 역사로 얼룩져 있다. 나폴레옹의 빈 점령기(1805~1809년)에는 프랑스 전시 사령부로 쓰였는가 하면, 제1차 세계대전에서 패한 후 오스트리아-헝가리 이중제국 최후의 황제인 카를 1세가 제국의 해체를 선언한 곳도 바로 이곳이기 때문이다. 또한 이 왕궁은 프란츠 요제프 1세가 낳고 죽은 곳이기도 하다.

궁전 뒤쪽으로는 완만한 언덕이 솟아 있다. 언덕에 오르면 그리스 신전을 연상시키는 건물이 버티고 서 있다. 11개의 높은 기둥으로 떠받쳐져 있는 건물의 이름은 '작은 영광'을 뜻하는 '글로리테Gloriette'다. 슈테판 대성당의 까마득히 높은 남탑도 '작은 슈테판'이라는 뜻의 '슈테플'이라 하더니, 이렇게 웅장한 건물을 '글로리테'라 부르는 이유는 뭘까? 어쩌면 빈 시민들은 그들의 애정을 담아 이런 식의 애칭으로 부르나 보다. 언덕 위에서 보면 저 아래 빈의 전경이 아스라하다.

쇤부른 궁전 내의 글로리테

　아무리 상징적이라고 해도 신성로마제국의 황제란 직위를 거머쥐고 있는 오스트리아 합스부르크가는 공식적으로는 영방들 중에 엄연한 서열 1위였다. 이런 합스부르크가에게 힘 있는 독일 영방들도 불만이었지만, 그 중에서도 제일 불편했던 나라는 프랑스였다. 먼 옛날 프랑크왕국이 분할될 때 작은집인 프랑스는 홀로 독립해 나왔었다. 그리고 카를 대제(샤를마뉴 대제)의 법통은 큰집인 독일 쪽이 계승했다. 그 이후로 프랑스는 아무리 강성해도 황제를 칭할 수 없었다. 왜냐하면 나폴레옹 시대 이전까지만 해도 칭제稱帝란 곧 반역反逆을 뜻했기 때문이다. '세상에 교황이 하나이듯이 황제도 하나뿐이다One Pop, One Emperor in the World!'라는 불문율은 아직도 통했던 것이다. 그럼에도 불구하고 신성로마제국에 대한 프랑스의 껄끄러움은 계속되었다. 프랑스의 대표적인 계몽주의 사상가 볼테르는 "신성로마제국은 '신성' 하지도, '로마'도, '제국'도 아닌 그 무엇이다."라고 야유했다. 그리고 사실 그의 말은 동시대 프랑스인들의 속내를 드러내준 것이었다.

나폴레옹은 이러한 프랑스인들의 염원을 담아 신성로마제국이란 틀을 깨버렸다. 1805년 아우스터리츠 전투에서 오스트리아 러시아 동맹군을 격파한 나폴레옹은 신성로마제국의 영방들을 빼내어 프랑스의 꼭두각시인 '라인 동맹'을 결성토록 했다. 그리고는 패전한 프란츠 1세에게 신성로마제국의 황제를 포기하도록 압박했다. 앞에서 프란츠 요제프 1세의 할아버지를 1792년부터 1806년까지는 신성로마제국의 프란츠 2세로, 그리고 1804년부터 1835년까지는 오스트리아제국의 프란츠 1세로 소개한 바 있다. 1806년은 신성로마제국이 해체된 해인 동시에 오스트리아제국이 선포된 해이기도 하다. 따라서 동일인이지만 프란츠 1세는 오스트리아제국으로 봐서는 프란츠 1세요, 신성로마제국으로 봐서는 프란츠 2세가 되는 셈이다. 그리고 그의 손자인 프란츠 요제프 1세 때는 오스트리아 황제란 호칭만 남게 되었다. 나폴레옹 이후 유럽엔 '유일무이唯一無二한 황제'란 전통이 깨지면서 프랑스제국, 오스트리아제국, 러시아제국, 그리고 나중엔 독일제국과 같은 황제 홍수시대로 접어든다.

슈테판 대성당

빈의 한복판을 차지하고 있는 슈테판 대성당은 항상 사람들로 붐빈다. 모차르트의 화려한 결혼식과 함께 초라한 장례식이 치러진 이 성당은 본래 1147년에 지었지만, 화재로 파괴된 후 1230년에 다시 지었다고 한다. 137m 높이의 남탑을 거느린 이 고딕 성당은 슈테판 광장 어디에서도 그 전체 모습을 사진기로 담을 수 없을 만큼 크고 장엄하다. 성당 내부의 볼거리를 설명해주는 오디오 가이드를 들으며 본당 앞 제대 쪽으로 걸어간다. 그 중에서도 성당 앞쪽 날개 벽면에 걸려 있는 성모 마리아상이 관심을 끈다. 성모상 좌우로는 로마 교황과 신성로마제국 황제가 경건히 무릎 꿇고 있다. 합스부르크 가문 사람들의 특징인 주걱턱을 하고 있는 황제의 모습은 교황보다 더 절실해 보인다. 빈의 수호천사인 성모 마리아의 도움으로 오스만제국의 침입을 물리친 것을 감사드리는 이 성물聖物에서 과연 당시 오스만제국의 위력이 어떠했는지 짐작할 수 있다.

까마득히 높은 모습과는 달리 역설적이게도 '작은 스테판'이라는 뜻의 슈테플Steffle로 불리는 남탑南塔에 오른다. 지상엔 없던 바람이 제법 세차게 불 정도로 높은 탑에서 아래를 내려다보니 까마득하다. 하늘 높이 치솟은 고딕 성당임에 틀림없지만, 모자이크 기와로 화려하게 장식된 지붕은 자그레브의 성 마르코 성당, 부다페스트의 마차시 성당과 같은 이슬람 풍 양식이다. 지붕에는 합스부르크가의 전통적인 문장인 '독수리'와 '1950'이라는 숫자가 선명하다. '독수리'는 로마제국의 계승국인 신성로마제국의 상징이고, '1950'은 제2차 세계대전으로 입은 성당의 피해를 복구한 연도를 의미한다.

　프란츠 요제프 1세의 이야기로 돌아가기 전에 빈에 남아 있는 오스만제국의 발자취를 찾아보자. 합스부르크제국의 역사에서 오스만제국은 결코 잊을 수 없는 존재였다. 옛날 빈의 엄마들은 아이들이 잠자리에서 칭얼거리면 '투르크인들이 와서 잡아먹는다'고 겁주어 재웠다고 한다. 이 정도로 오랫동안 오스만제국은 합스부르크제국에게는 '말로 형언할 수 없이 끔찍한 존재'였다. 당시는 별 관계없어 보였던 비잔틴제국과 합스부르크제국은 되돌아보니 순망치한脣亡齒寒의 관계였다. 오스만제국이 비잔틴제국을 멸망시켰을 때 합스부르크제국은 이를 '강 건너 불'로 봤을 것이다. 어쩌면 동방에서 끊임없이 밀려오는 온갖 이민족과 이교도들의 침략을 막아내는 방파제로서의 비잔틴제국의 중요성을 간과했을지도 모른다. 하지만 비잔틴제국이 무너지자 이번에는 합스부르크제국이 좋든 싫든 대역으로 나서야 했다. 그리고 그 대가는 지속적이었고 너무 컸다. 때로는 제국 내의 영방들과, 때로는 프랑스와 힘 겨루고 있을 때, 오스만제국은 합스부르크제국의 뒤통수를 치곤 했다.

　합스부르크제국과 오스만제국이 첫 합을 겨룬 건 1529년의 제1차 빈 공방전이었다. 그런데 그 단초는 헝가리가 제공했다. 3년 전인 1526년, 모하치 전투에서 전사한 헝가리 왕에게는 후사가 없었다. 이를 이용해 오스트리아는 헝가리의 왕위 계승권을 주장하며 주인 없는 헝가리를 넘봤다. 이에 반발한 헝가리 귀족들은 속도 없이 방금 전까지 적이었던 오스만제국에 보호를 요청했다. 그로써 헝가리는 동부와 서부로 양분되었는데, 욕심 많은 오스트리아는 헝가리 전역을 장악하려고 대대적인 공세를 폈다. 흡사 멍석은 오스만제국이 폈는데 수확은 합스부르크제국이 거두겠다는 식이었다. 이에 1529년 슐레이만 대제는 친정에 올라 빈을 포위했다. 당시 합스부르크제국은 유럽 최강을 자랑하는 오스만제국의 상대가 못 되었다. 더구나 서쪽에서 프랑스와 전쟁을 벌이고 있었기에 전력을 쏟기도 어려웠다. 합스부르크제국은 공연히 벌집만 쑤신 셈이었다. 결국 한 달간의 포위전 끝에 간신히 오스만제국의 공세를 막아내긴 했지만, 제1차 빈 공방전은 오스만제국의 일방적인 게임이었다. 빈을 함락시키지 못하고 스스로 철수했지만 오스만제국은 많은 것을 얻었다. 헝가리에 대한 지배권을 공고히 했으며, 그보다 더 중요한 건 합스부르크제국의 기氣를 꺾은 것이다.

슈테판 대성당 지붕을 장식한 독수리 모자이크

카를 성당과 빈 박물관

고딕식 성당이 대부분인 빈에서 1739년에 완공된 카를 성당 Karlskirche은 문외한인 내가 봐도 무척이나 독특하다. 그리스, 로마, 비잔틴 양식에 더해 이슬람 분위기까지 풍기는 성당이기 때문이다. 성당 중앙에 우뚝 솟은 돔은 동방정교 성당에서 흔히 보던 비잔틴 양식이다. 정면 출입구는 그리스 신전을 떼어다 붙여놓은 듯하다. 그 중에서도 이 성당을 가장 이채롭게 보이게 하는 건 정면 출입구 양 옆에 서 있는 우람한 두 기둥이다. 기둥을 돌아가며 수많은 군상들이 조각되어 있는 양식은 로마의 트라야누스 기념비를 본떴다고 한다. 하지만

오리엔트 풍의 카를 성당

기둥만 보면 분명 로마식인데, 카를 광장 너머에서 보는 성당 전경은 전혀 달리 보인다. 빈의 '아야 소피아'로 불린다는 명성에 걸맞게 성당 양편의 로마식 기둥이 모스크의 첨탑인 미나레트Minaret로도 보인다. 어쩌면 이 성당은 합스부르크제국이 많은 소수민족을 포용했듯이, 여러 건축 양식의 특징을 모아놓은 종합 세트 같아 보인다.

카를 성당 옆에 있는 빈 박물관은 800년대 초 프랑크왕국의 이름 없는 변방 도시로 출발했던 빈이 역사의 전면에 나서게 된 배경부터 제국이 붕괴된 20세기 초까지를 주제로 삼는다. 중세 기사의 철갑옷과 무기류, 개축하기 전 슈테판 대성당에서 나온 잔해와 같은 전시물들이 전시실마다 가득하다. 시대별로 구분되어 있는 전시실에서 가장 눈길을 끄는 곳은 두 차례에 걸쳐 벌어진 빈 공방전을 다룬 방이다. 오스만제국으로부터 탈취한 군기軍旗와 활, 칼, 총기류를 비롯해 말꼬리로 만든 지휘봉, 방패, 지휘관의 터번이 전시된 방은 흡사 이스탄불의 어느 군사박물관에 온 것 같은 기분이 든다. 벽에는 제2차 공방전을 주도했던 메흐메드 4세와 카라 무스타파의 초상화가 걸려 있다. 그중에서도 압권은 빈 공방전을 묘사한 전투도戰鬪圖다. 한쪽 면이 도나우 강에 접해 있는 빈 성채는 나머지 삼면을 방책으로 겹겹이 둘러서 쌓았다. 이 성채를 노려보며 사방을 포위한 오스만제국의 군막에서 수도 없이 나부끼는 군기는 당시의 긴박했던 상황을 말해주는 듯하다.

빈 공방전 부분그림, 빈 박물관

제1차 빈 공방전 이후 약 150년이 지난 1683년, 오스만제국은 다시 한 번 빈을 공략한다. 그동안 합스부르크제국은 될수록 오스만제국과의 정면충돌을 피해왔다. 앞의 헝가리 편에서 말했듯이, 프랑스를 위시한 서방 정세를 더 중시했던 합스부르크제국으로서는 배후의 오스만제국과는 현상을 유지하여 양면전쟁을 피하려 했다. 그런데 이번에도 사건의 실마리는 헝가리가 제공했다. 3분된 헝가리 중 합스부르크제국의 영향권에 있던 서·북부 헝가리에서 1678년 봉기가 일어난 것이다. 이를 빌미로 대재상Grand Vizier 카라 무스타파는 1683년 7월 빈을 급습했지만, 제2차 빈 공방전은 참담한 실패로 끝나버렸다. 그리고 전번과는 달리 이번의 실패는 오스만제국에게 치명적인 타격을 주었다. 1차 공방전은 헝가리 지배권을 확인해본다는 의미에서 한번 합스부르크제국을 건드려본 성격이 강했다. 그랬기 때문에 총공세도 아니었고, 빈 함락은 실패했어도 위신 구길 일도 후유증도 없었다. 하지만 2차 공방전은 그 성격이 전혀 달랐다. 빈 박물관에서 본 바와 같이 2차 공방전에는 오스만제국의 온 국력이 실려 있었다. 그럼에도 불구하고 먼젓번엔 스스로 철군했던 것과는 달리, 이번에는 수많은 병졸의 희생과 엄청난 물자를 노획당한 끝에 참패한 것이다. 한 번의 패전이야 있을 수 있는 일이었지만, 진짜 문제는 불패신화가 깨졌다는 데 있었다.

오스만제국의 불패신화가 깨어진 제2차 빈 공방전은 무엇이 잘못
되었을까? 혹자는 말한다. 150년 전에 비해 유럽 국가들의 국력은 크
게 신장된 반면, 오스만제국의 강성함은 상대적으로 소멸했다. 공성전
에 따른 희생을 피하려고 적극적인 공세 대신 성을 포위하고 항복하기
를 기다린 전략적 오류를 범했다……. 나름대로 다 일리 있는 패전 요
인이지만, 그 중에서도 한 가지 간과할 수 없는 사실이 있었다. 제2차
빈 공방전을 주도했던 총사령관 카라 무스타파가 사실은 문제의 인물
이었다. 그는 공방전이 있기 전부터 궁정 내에서 흔들리고 있는 자신
의 위치에 무척이나 초조해 했다. 그런 그에게 헝가리의 반란은 자신
의 어려움을 해결할 수 있는 돌파구로 보였다. 마침 오스만제국도 정
체되어가는 국내 사정을 타파하기 위한 새로운 정복지가 필요했다. 이
를 이용해서 앞뒤 잴 것 없이 카라 무스타파는 서둘렀다. 결국 국가적
차원이 아니라 개인적 이해관계로 움직이는 사람에게 온 국력을 기울
인 중차대한 일을 맡긴 술탄과 제국은 회복할 수 없는 치명상을 입고
만다.

카라 무스타파 류流의 공명심은 현대를 살아가는 우리 주변에서도
흔히 볼 수 있다. 얼마 전까지 해외수주 경쟁이 치열했던 국내 건설사
들이 요즘 심각한 경영 위기를 겪고 있다. 실무자들의 눈에는 뻔히 해
서는 안 될 프로젝트임에도 불구하고 외형에 홀려 밀어붙이는 경영자
들이 있다. 이들 중에는 틀림없이 조직 내에서 불안을 느끼는 사람들

이 있다. 그런 사람들은 서두르게 되어 있다. 그들에게 실적은 몇 년 뒤에나 나올 나중 문제이고, 당장은 수주 실적이 발등의 불이기 때문이다.

칼렌버그Kahlenberg 숲과 왕궁 2

5월도 중순, 봄기운이 한창 농익은 시절에 빈을 둘러싼 칼렌버그 숲 속은 서늘하다 못해 한기마저 느껴진다. 공기가 어찌나 맑은지, 깊게 숨을 들이쉬면 온몸에 소름이 돋는다. 대도시에서 이렇게 가까운 곳에 이런 깊은 숲이 있다는 사실이 믿기지 않는다. 아름드리나무와 초록 양탄자 같은 두툼한 이끼, 인적이 드문 숲속엔 금방이라도 노루 사슴이 튀어나올 것 같다. 칼렌버그Kahlenberg에서 내려다보는 빈의 모습은 아스라하다. 맨 왼쪽으로 두 줄기 도나우 강이 굽이 흐르고, 멀리는 빨간 지붕이 가득한 도심과 가까이는 포도밭에 둘러싸인 농가집들이 드문드문 퍼져 있다. 지금은 이렇게나 평화롭지만, 오래전에 두 제국의 명운命運을 가를 군대가 이곳으로 몰려들었다. 그들은 폴란드 연합군으로서 1683년 9월 11일 야전 요충지인 칼렌버그 숲과 언덕에 진을 쳤다.

다시 왕궁으로 돌아와서, 말발굽처럼 반원형으로 펼쳐져 있는 신 왕궁 건물 정면에는 말을 탄 외젠 공公의 기마상이 당당히 서 있다. 과연 그는 어떤 인물이기에 왕궁에서도 최고 명당인 이 자리를 차지하고 있을까? 유럽의 패권을 두고 프랑스나 프로이센과 오랫동안 각축해온 오스트리아였기에 당연히 그들과의 전쟁에서 활약한 인물이 아닐까? 하지만 사실 그는 오스만제국과의 전쟁에서 자신의 성가聲價를 드높인 영웅이었다. 이렇듯 빈 곳곳에서 보이는 오스만제국의 발자취는 거꾸로 말하면 오스트리아가 꼭 넘어야 할 상대로서의 존재감을 보여준다.

칼렌버그 숲에서 본 빈 전경과 도나우 강

신 왕궁과 외젠 공의 동상

오스만제국의 급습에 당황한 레오폴드 1세는 서둘러 보헤미아로 도주했다. 또 다시 150년 전의 악몽이 떠올랐지만 이번에는 유럽이 가만히 있지 않았다. 오스만제국의 위협에 공동 대처하려는 신성동맹神聖同盟(1683~1699년)이 오스트리아, 폴란드, 베네치아, 러시아 사이에 체결된 것이다. 그리고 1683년 9월 11일 칼렌버그 언덕에 집결했던 폴란드 왕 얀 3세 소비에스키가 이끄는 오스트리아 폴란드 연합군은 오스만 군을 격파했다. 실로 오랜만에 유럽이 오스만제국을 상대로 한 전면전에서 거둔 승리였다.

그렇다고 한 번의 패전으로 순순히 물러날 오스만제국이 아니었다. 그로부터 14년 후인 1697년, 술탄 무스타파 2세(재위: 1695~1703년)는 다시 한 번 친정親征 길에 올랐다. 이번의 일차 목표는 세르비아와의 접경 지역에 위치한 헝가리의 세게드 요새를 탈환하는 것이었다. 이때 북상하는 오스만제국군을 저지하기 위해 나선 신성 동맹군의 총사령관이 다름 아닌 사보이의 외젠 공公이었다. 그는 무스타파 2세를 뒤쫓아 현재 세르비아의 국경도시인 젠타Zenta까지 추격했다. 그리고는 아무 방비 없이 티소 강을 건너던 오스만제국군에게 기습을 가했다. 젠타 전투Battle of Zenta로 유명한 이 싸움에서 그는 헝가리에 후냐디 야노시가 있다면 오스트리아엔 외젠이 있다는 사실을 만천하에 알렸다. 기록에 의하면 이 전투로 신성 동맹군은 거우 429명의 전사자를 낸 반면에, 오스만제국군은 무려 3만 명 이상이 희생되었다고 한다. 이 전투로 외젠 공은 후세의 나폴레옹이 손꼽은 역사상 최고의 7대 전략가에 포함되는 영광을 누렸지만, 반대로 오스만제국에는 몰락의 서곡이 울려 퍼졌다. 이제 유럽 각국은 아무도 오스만제국을 두려워하지 않게 되었다. 1739년에 완공된 오리엔트 풍의 카를 성당은 이런 합스부르크제국의 자신감이 표출된 기념비가 아닐까?

시청사

국회의사당에서 한 블록 더 지나면 국회의사당과 같은 해인 1883년에 지은 네오-고딕 양식의 멋진 시청사 건물이 나타난다. 높이 100m의 중앙 첨탑 끝에 아슬아슬하게 세워놓은 창을 든 3m 높이의 기사상은 당시 오스트리아의 높은 기술력을 보여준다. 시청사라기보다는 왕궁이나 성당으로 더 어울릴 이 화려하고 장엄한 건물을 보며 잠시 상념에 빠져든다. 촛불은 제 몸을 다 태우고 꺼지기 바로 직전에 마지막 제일 환한 불꽃을 피우곤 스러진다지. 신 왕궁부터 시작해서 국회의사당과 시청사, 빈 대학교로 대표되는 건물들에는 한 가지 특징이 있다. 모두가 화려하고 웅장한 건물들로 19세기 말에 지어졌다는 점이다. 그런데 그 시대에 제국은 이런 건물들을 지을 만큼 국운이 번성했을까? 전혀 아니다. 신 왕궁만 해도 완공을 채 보기도 전에 오스트리아-헝가리 이중제국이 공중분해 되어버렸으니 말이다. 이름이 신 왕궁이지, 사실 신 왕궁은 왕궁의 기능을 수행해본 적도 없다. 기껏 독일과 오스트리아의 합병을 선포하는 장소로 히틀러에게 중앙 발코니를 제공했을 뿐이다. 국회의사당이나 시청사도 지은 지 겨우 몇 십 년 뒤에는 전쟁의 참화에서 벗어날 수 없었다. 어쩌면 제국이 수렁에 빠질수록 그들은 상처받은 아픔을 현시적인 건축물에 의존하지 않았을

까? 빈을 보면 부다페스트가 생각난다. 두 도시 모두 아름답고 웅장한
건축물에서 당시의 안간힘이 엿보이기 때문이다.

왕궁처럼 보이는 빈 시청사

이제 프란츠 요제프 1세의 이야기를 마무리해보자. 어수선한 혁명의 와중에서도 모든 사람들의 축복을 받으며 즉위한 그는 메흐메드 2세에 비해 행운아였다. 그러나 황제와 술탄이 된 후 두 사람의 운명은 정반대의 길을 간다. 30년간의 치세로 오스만제국이 세계적인 제국으로 도약할 수 있는 기반을 구축한 메흐메드 2세는 성공한 술탄이었다. 사실 그의 손자인 슐레이만 대제의 영광은 메흐메드 2세 없이는 생각하기 어렵다. 그러나 장장 68년 동안 통치했던 프란츠 요제프 1세는 종국엔 참담한 결과를 초래한 실패한 황제였다. 그가 일으킨 제1차 세계대전은 오스트리아-헝가리 이중제국을 흔적도 없이 삼켜버렸다. 도대체 무엇이 잘못되었을까?

이야기를 한참 뒤로 돌려, 프란츠 요제프 1세가 제위에 오른 지 50년이 지난 1898년 9월이었다. 스위스 여행 중이던 아내 엘리자베트 황후가 무정부주의자에게 암살당했다는 부관의 보고를 들으며 그는 다음과 같이 탄식했다고 한다. "내가 그녀를 얼마나 사랑했는지 아무도 모른다. 이제 내게 남은 건 아무것도 없군. 난 참 운運이 없는 놈이야." 이때도 그는 집무실 책상에 앉아 있는 중이었다. 무엇이 이렇게나 성실한 노황제老皇帝로 하여금 자신을 '운이 없는 놈'이라고 한탄하게 만들었을까? 황후가 암살되기 9년 전인 1889년, 외아들인 황태자 루돌프가 애인과 함께 자살해버린 참극이 새삼 생각나서였을까? 아니면 그로부터 16년 후 황제 계승권자로 내정한 조카 프란츠 페르디난트 대공이 사라예보에서 암살당할 운명을 예견해서였을까? 86세까지 장수하면서 프란츠 요제프 1세가 겪었던 비극적인 가족사家族史만으로도 그는 충분히 절망할 만하다. 하지만 그건 아무것도 아니었다. 그에게는 그와는 비교할 수 없는 형극荊棘과 같은 비극이 덮치고 있었다.

메흐메드 2세가 하늘이 낸 천부적天賦的인 인물이라면, 프란츠 요제프 1세는 범인으로서는 도저히 따라갈 수 없는 초인적超人的인 인물이었다. 이런 면에서 프란츠 요제프 1세는 흔히 청나라의 건륭제乾隆帝(재위: 1735~1795년)와 많이 비교된다. 60년간 재위한 건륭제는 사시사철 아침 6시에 일어나서 집무를 보았다고 한다. 마찬가지로 프란츠 요제프 1세도 새벽 5시에 일어나 매일 10시간 이상씩 일했다고 한다. 그는 죽기 며칠 전까지도 변함없이 건강을 유지하며 이런 초인적인 생활을 바꾸지 않았다. 건륭제는 한밤중에라도 보고가 들어오면 직접 훑어보고 일일이 지시했다고 한다. 심지어 지시문이 완성될 때까지 몇 시간이고 자지 않고 기다렸다고 한다. 프란츠 요제프 1세도 항상 서류를 주의 깊게 검토하고 특사들의 보고를 잘 받았다. 또한 매사에 꼼꼼하고 자신의 의무에 헌신적이며 공정한 사람으로 각인된 황제는 관료들에게 모범이 되었다고 한다. 예수회에서 파견된 한 선교사는 하루 종일 정사에 시달리는 중국 황제를 보고 "매일 저렇게 혹사해야 한다면 자기는 시켜줘도 절대로 황제가 되지 않을 것"이라고 말했다. 그렇듯이 만약 그가 프란츠 요제프 1세를 봤다면 아마 똑같은 말을 했을 정도로 오스트리아 황제는 근면勤勉했다.

하지만 검소儉素한 면에서 건륭제는 프란츠 요제프 1세의 상대가 못

된다. 그토록 근면한 건륭제였지만, 그의 말년은 사치와 부패로 얼룩졌다. 그는 자신의 정통성과 세를 과시하기 위해 막대한 경비를 들여 잦은 순행巡行을 했다. 순행지에서는 많은 돈을 들여 행궁과 원림園林을 짓게 했다. 또한 수시로 연회를 베풀고 온갖 진귀한 물품을 수집하는 등 사치를 부렸다. 더구나 말년에는 부패한 관리를 중용해 국기를 문란케 하고 국운의 쇠락을 초래했다. 반면에 프란츠 요제프 1세는 믿기지 않을 정도로 검소했다. 널리 알려진 예로 그는 종이가 없으면 공문서조차도 이면지로 사용했다고 한다. 황제의 아파트먼트에서 보았듯이, 화려하고 웅장한 궁전에서 살았지만 그의 소박한 침실에는 야전침대가 있을 뿐이었다. 열세 살 때부터 오스트리아 군대에 복무한 그는 평생을 군인 스타일로 살았다. 그는 항상 군복을 애용했는데, 바로 그 때문에 구사일생한 적이 있었다. 그가 황제가 되고 난 직후인 1849년, 오스트리아 제국은 앞에서 말한 헝가리의 반란으로 위태로웠다. 그는 헝가리의 독립이 유럽의 안정을 해칠 것이라며 러시아 황제 니콜라이 1세(재위: 1825~1855년)를 설득한 끝에 러시아 군의 도움을 받아 헝가리 반란을 진압할 수 있었다. 그로부터 4년 후인 1853년, 황제는 측근 장교 한 사람만 대동한 채 빈 외곽 보루를 시찰 중이었다. 이때 갑자기 한 헝가리 민족주의자가 황제의 목에 칼을 들이댔다. 절체절명의 순간이었지만 높고 단단한 군복의 칼라 덕분에 황제는 치명상을 면할 수 있었다. 평생 버릇이 된 소박함이 황제의 목숨을 구한 것이다.

프란츠 요제프 1세는 최고 통치자에게 필요한 기본적인 덕목을 충분히 갖춘 황제였다. 더구나 오스트리아-헝가리 이중제국은 붕괴할 당시 통상 다른 제국이 무너질 때 흔히 나타나는 말기적 증상도 없었다. 관료 제도는 유럽의 여타 국가에 비해서도 극히 모범적이었다. 부패가

만연하지도 않았으며 내부 분열이 있었던 것도 아니다. 권력투쟁이 아닌 합리적인 의사결정을 통해 그가 황위에 오른 과정만 봐도 제국의 기능은 극히 정상적으로 돌아갔다. 말년에 항상 백발의 노장老將 모습을 하고 있었던 그는 영국의 빅토리아 여왕처럼 그의 존재 자체가 국가의 상징이었다. 당시 남자들은 대부분이 카이저수염과 구레나룻을 모방했다고 한다. 훗날 오스트리아의 제정이 폐지되고 공화정으로 바뀌고 나서도 빈 시내 곳곳에 황제의 초상화가 걸려 있었다고 한다. 심지어 지금도 중부 유럽의 일부 지역에서는 프란츠 요제프 황제의 생일인 8월 18일을 축일로 정하고 있다고 한다. 이렇게 그는 국민들로부터 많은 존경과 애정을 받았다. 그럼에도 불구하고 제국은 해체되었고, 그는 실패한 황제가 되었다. 왜 그랬을까?

68년이란 재위 기간 중에서 처음 10여 년을 제외한 나머지 긴 세월 동안 프란츠 요제프 1세는 제국이 지속적으로 몰락해가는 모습을 지켜봐야 했다. 때로는 전쟁에 호소하고, 때로는 대타협도 하면서 제국을 지키려고 온갖 노력을 기울였지만 결국엔 아무 소용없었다. 별다른 경쟁자가 없었던 메흐메드 2세와는 달리, 프란츠 요제프 1세는 극복하기 어려운 강력한 경쟁자가 있었다. 그는 같은 독일 연방[7] 내에 있는

---

7) 독일 연방(Deutscher Bund): 1806년 해체된 신성로마제국을 대신하여 1815년 빈 회의에서 결성된 38개 독일 국가의 연맹을 말한다. 경제 협력을 주목적으로 했으며, 독일 연맹의 수장인 오스트리아 황제는 실권은 없어도 독일을 대표하는 상징적 의미는 강했다.

프로이센이었다. 18세기 이후부터 신흥 강국으로 부상한 프로이센은 오스트리아에게 원초적인 화근이었다. 나폴레옹이란 강적 앞에서는 협조자였던 두 나라가 나폴레옹이 몰락하자 경쟁자로 돌아섰다. 독일 연방을 주도하던 두 나라 중에서 먼저 선수를 친 쪽은 프로이센이었다. 프란츠 요제프 1세가 황제가 된 지 2년밖에 안 된 1850년에 프로이센은 오스트리아만 뺀 채 독일 내 모든 영방들을 묶는 독일 연합을 만들려 했다. 이는 기존 독일 연방의 의장국인 오스트리아에 대한 공공연한 도전 행위였다. 헝가리에 이어 다시 한 번 러시아의 지원을 받은 오스트리아는 가까스로 프로이센의 기도를 분쇄할 수 있었다. 하지만 프로이센의 야망까지 접게 할 수는 없었다.

한편 오랫동안 수많은 영방으로 분열된 독일에도 19세기 중반 이후부터 통일을 희망하는 민족주의 열풍이 불었다. 진작 통일국가를 이룬 영국이나 프랑스, 러시아 같은 열강과 경쟁하기 위해서도 통일은 절실히 필요했다. 이에 서서히 통일의 기운은 무르익어갔지만 그 방법이 문제였다. 그리고 그 핵심에는 오스트리아가 있었다. 독일 내 다른 영방들과는 달리 오스트리아는 수많은 이민족을 안고 있었기 때문이다. 여기서 통일에 대한 방법론이 나뉘었다. 오스트리아는 당연히 비독일인 지역까지 포함해 통일국가를 만들자는 '중유럽제국' 안을 주장했다. 하지만 독일 민족주의자들은 오스트리아의 안에 반대하며 두 가지 대안을 내놨다. 하나는 오스트리아의 비 독일인 지역을 독립시킨 후 오스트리아를 받아들이자는 '대大 독일주의'다. 그리고 또 하나는 아예 독일 민족 이외를 통일 독일에 받아들여선 안 된다는 '소小 독일주의'로, 그 중심에는 프로이센이 있었다. 오스트리아로선 두 가지 모두 결코 받아들일 수 없는 안이었다. 이런 가운데 프란츠 요제프 1세는 1863년 독일 연방의 모든 군주들을 모아 프랑크푸르트 회의를 개최했다. 이 회의에서 오스트리아를 위시한 독일의 각 영방은 독일 연방의 개혁과 통일에 관해 토의했다. 하지만 프로이센이 회의에 불참함으로써 회의는 별 성과 없이 끝났다. 하늘에 해가 둘일 수는 없다. 독일 통일 문제를 두고 오스트리아와 프로이센 사이에 자웅을 겨룰 날이 다가오고 있었다.

독일 통일의 단서는 덴마크가 제공했다. 당시 덴마크는 슐레스비히와 홀스타인 두 공국을 사이에 두고 독일과 접경하고 있었다. 그런데 문제는 슐레스비히 홀스타인 공작을 덴마크 왕이 겸하고 있는 반면에, 두 공국의 주민 대부분은 독일인들이라는 것이었다. 이 때문에 말썽이 되어오던 이 지역은 두 공국을 덴마크가 합병할 수 없다는 조건으로 현상을 유지하고 있었다. 그러나 1863년 덴마크는 이를 무시하고 슐레스비히를 통합하기 위한 새로운 헌법을 제정했다. 이에 비등하는 독일의 민족주의를 등에 업고 책략의 귀재인 프로이센의 비스마르크가 나섰다. 비스마르크는 이 문제를 독일 연방에 상정하지 말고 오스트리아와 프로이센 두 나라가 직접 해결하자고 꼬드겼다. 오스트리아가 주도권을 잡고 있는 독일 연방을 배제하고 싶었던 것이다. 눈앞의 이익을 탐한 오스트리아는 비스마르크의 원모심려遠謀深慮한 책략에 덜컥 걸려들고 말았다. 결국 덴마크가 새로운 헌법을 제정한 이듬해인 1864년, 오스트리아와 프로이센은 전쟁을 일으켜 덴마크를 굴복시켰다. 그리고 슐레스비히는 프로이센이, 홀스타인은 오스트리아가 사이좋게 나누어 관할하기로 했다. 모든 일이 순조롭게 풀렸지만, 사실은 여기까지가 오스트리아의 봄날이었다.

[지도26] 독일 연방과 슐레스비히·홀스타인(1866년)

슐레스비히 홀스타인은 오스트리아에게는 먼 곳이었고 프로이센에게는 대문 밖 지척이었다.

모든 준비를 마친 프로이센은 분할 관리한 지 채 1년도 안 돼 홀스타인에 자국 군대를 진입시켰다. 오스트리아에 대한 공공연한 도발이자 비스마르크의 비상한 책략이 펼쳐지는 순간이었다. 이렇게 되자 이문제는 독일 연방 차원이 아닌 오스트리아 프로이센 양국 간의 문제가 되어버렸다. 비스마르크가 노린 게 바로 이 점이었다. 비스마르크의 준비는 상상 이상으로 철저했다. 첫째, 그는 프랑스의 나폴레옹 3세를 미혹시켰다. 오스트리아 프로이센 전쟁이 일어날 경우 그는 프랑스의 개입을 가장 두려워했다. 따라서 비스마르크는 프로이센의 실제 전력을 최대한 숨겼다. 사실 당시 외부에서는 양국 간의 승패를 50:50으로 예상했다. 오스트리아 프로이센 간에 전쟁이 장기전으로 빠지면 어부지리漁夫之利를 취할 수 있다고 오판한 프랑스는 중립을 약속했다. 둘째, 그는 독일 연방에서 정한 외국과의 동맹 금지조항을 무시하고 이탈리아왕국과 동맹을 맺었다. 오스트리아가 지배하는 베네치아를 돌려받고 싶었던 이탈리아왕국은 오스트리아의 배후를 괴롭히기에 적합한 상대였다.

프로이센의 도전에 상대적 우세를 자신한 오스트리아는 주저하지 않고 맞받아쳤다. 오스트리아는 바이에른, 작센, 뷔르템베르크, 헤센 등 독일 연맹의 주요 영방들의 지원 약속으로 승리를 확신했다. 결국 1866년 오스트리아 프로이센 전쟁이 일어났다. 하지만 막상 뚜껑이 열리자 예상과 달리 프로이센은 오스트리아를 일방적으로 몰아붙였다. 프로이센에는 좌청룡 우백호左靑龍 右白虎로 '책략의 귀재' 비스마르크와 함께 '전격전의 명수' 몰트케 장군이 있었던 것이다. 헝가리의 후냐디와 오스트리아의 외젠 공이 세계 100대 전략가 중 각각 91위, 100위에 이름을 올렸다면, 프로이센의 몰트케는 18위에 올라 있는 명장名將 중에서도 명장이었다. 그는 기존의 전략 개념에서 벗어나 최초로 철도와

전보의 기동성을 활용하여 전격전電擊戰을 창시한 인물이었다. 이와는 달리 오스트리아군은 나폴레옹 전쟁 이후로 변함없는 전략을 고수했다. 이러니 칼 든 놈이 열 명이라도 총 든 놈 한 명을 당할 수 있겠는가. 결국 오스트리아군은 쾨니히그레츠 전투에서 괴멸당하고 말았다. 장기전을 예견하며 느긋하게 강 건너 불구경하던 프랑스는 정신이 번쩍 들었다. 하지만 이미 때는 늦었다. 프랑스가 개입할 사이도 없이 여우같은 비스마르크는 재빨리 오스트리아와 강화 협정을 체결하고 말았다. 그것도 패전한 오스트리아에게 거의 아무것도 요구하지 않고 말이다. 사실 오랜 숙적에게 압승한 프로이센 내부에서는 오스트리아의 분할을 원했다. 최소한 지금의 체코인 보헤미아라도 할양받아야 한다는 의견이 많았다. 하지만 비스마르크는 전쟁의 목적을 잊지 않았다. '7주週 전쟁'으로 불리는 이 전쟁은 '오스트리아 정복'이 아닌 '오스트리아 축출'을 위한 전쟁이었다. 참 대단한 절제력이자 앞을 내다보는 예견력이었다. 또한 흥분된 마음을 가라앉히고 그의 의견을 수용한 빌헬름 1세의 포용력도 보통은 아니었다.

05

독일이란 집안의 장남으로 동생들을 거느려오던 오스트리아는 어느새 훌쩍 커버린 막내 동생 프로이센에게 일방적으로 두들겨 맞고 집안에서 쫓겨났다. 엎친 데 덮친 격으로 베네치아를 이탈리아왕국에 할양하면서 이탈리아에서의 마지막 보루도 잃고 말았다. 오스트리아는 졸지에 황야로 내몰린 기분이 들었고, 황제는 위기의식을 느꼈다. 패전의 후유증으로 제국 내 소수민족들이 술렁대기 시작한 것이다. 소수민족의 동요는 언제라도 제국을 송두리째 날려버릴 시한폭탄이었다. 휘청거리는 제국은 어떻게 해서든 의지할 버팀목을 찾아야 했다. 오스트리아-헝가리 이중제국은 이런 분위기에서 출현했다. 제국 내에서 가장 큰 소수민족 집단이자 지속적으로 중앙정부에 반항하는 헝가리에 손을 내민 것이다. 사실 어제까지만 해도 저 아래 있던 피지배자에게 오늘부터는 동등한 입장에서 같이 가자고 제의하긴 힘들다. 그것도 자발적으로 말이다. 이 점만 봐도 비록 프로이센에게 참패했지만 오스트리아 정부는 당시 지극히 정상적으로 돌아가고 있었다. 여담이지만, 오스트리아와 헝가리 사이의 협의 과정에서 엘리자베트 황후가 처음이자 마지막으로 정치적 영향력을 발휘했다고 한다. 헝가리에 동정적이었던 그녀를 헝가리 측이 구워삶았다는 설도 있긴 하다. 아무튼 헝가리에서 엘리자베트 황후의 동상을 많이 볼 수 있었던 건 다 나름 이유가 있었다.

1867년에 이렇게 오스트리아-헝가리 이중제국이 출범했지만, 이는 일시적인 응급치료에 불과했다. 그나마 그 응급치료는 갈수록 더 큰 부작용을 일으켰다. 지금까지 제국 내 소수민족 집단은 황제와는 각각 직접 대면하되 소수민족 집단 간에는 서로 대등한 관계였다. 그런데 이런 관계가 헝가리의 지위 상승으로 깨져버렸다. 크로아티아를 예로 들면, 지금까지 그들은 황제에게만 복종할 뿐 헝가리인들과는 제국 내에서 동등한 관계였다. 그러나 이중제국 출범 이후 헝가리는 예전 종주권을 주장하며 크로아티아를 다시 직접 관할하게 되었다. 이 경우 크로아티아인들에게는 갑자기 상전이 둘로 늘어나는 셈이었다. 더구나 새로운 상전은 개구리 올챙이 때 생각 못 한다고, 옛 상전보다 더

날뛰니 그 거부감이야 말해 뭐하겠는가? 오스트리아는 다루기 어려웠던 헝가리를 협력자로 만든 대신 제국 내 나머지 소수민족들의 상대적 불만을 더욱 고조시키고 말았다.

여기에 더해 오스트리아의 강박관념은 끝내 제국을 파국으로 몰고 갔다. 당시 열강들은 경쟁적으로 해외 식민지 개척에 나섰다. 전통적 강국인 영국과 프랑스는 물론 이제 막 통일을 이룬 신흥 강국 독일과 이탈리아도 이 대열에 합류했다. 하지만 해군력이 약한 오스트리아-헝가리 이중제국은 그럴 수가 없었다. 이런 상대적인 박탈감에 시달리던 이중제국은 결국 인근 발칸으로 눈을 돌렸다. 그리고 이중제국이 발칸에 발을 디딘 순간 이미 재앙은 잉태하고 있었다. 해군력이 빈약한 또 하나의 열강 러시아도 이곳을 주목하고 있었던 것이다. 제1차 세계대전은 그런 배경 하에서 발발했다. 사람들은 1914년 6월 28일 사라예보에서 울려 퍼진 총성을 제1차 세계대전의 도화선으로 지목한다. 앞의 보스니아 편에서 봤듯이, 그날은 코소보 전투에서 전사한 군인들을 기리는 세르비아의 축일 '비도브단'이었다. 하필이면 그런 날을 골라 열병식을 고집하다가 페르디난트 황태자 부처가 암살당하는 참사가 벌어진 것이다. 예전의 오스트리아라면 결코 그런 무모한 짓은 하지 않았을 것이다. 그렇다면 무엇이 오스트리아를 그렇게 몰아갔을까? 결국 그 근저에는 1866년의 패배가 도사리고 있었다. 프란츠 요제프 1세는 제1차 세계대전이 한창 진행 중이던 1916년 그가 태어난 쇤부른 궁에서 파란만장한 삶을 마쳤다. 그리고 그가 죽은 지 2년 후인 1918년 오스트리아-헝가리 이중제국은 합스부르크의 비가悲歌가 울러 퍼지는 가운데 산산이 흩어졌다.

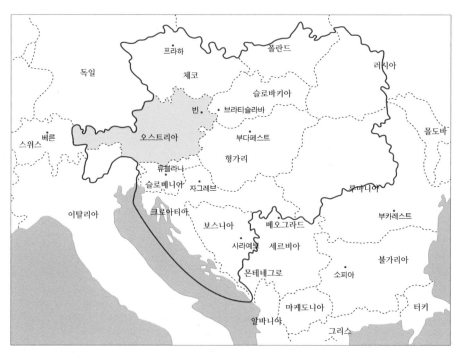

[지도27] 오스트리아 헝가리 이중제국의 해체(1919~1920년)

형극과도 같은 삶을 살다 간 프란츠 요제프 1세의 약점은 무엇이었으며, 그의 약점이 제국의 붕괴에 미친 영향은 얼마나 컸을까? 만약 메흐메드 2세였다면 제국 붕괴를 막을 수 있었을까? 참으로 어려운 질문이지만 두 사람의 리더십을 비교해보자. 사실 개인적으로 이 책에서 만난 많은 사람들 중에서 프란츠 요제프 1세만큼 내 마음에 와 닿는 인물도 없다. 자살한 외아들, 암살당한 아내, 외국에서 총살당한 동생, 또 다시 암살당한 후계자…, 이런 끝도 모를 비극을 안고도 소박한 서재에서 하루 종일 정무에 몰입했을 노 황제의 초인적인 모습이 연상된다. 진인사대천명盡人事待天命이라곤 하지만, 무려 68년 동안이나 정성을 들였음에도 결과는 좋지 않았으니 후세 사람이 보기에도 참 안타깝다. 하지만 이런 프란츠 요제프 1세에게 최고 지도자로서 그냥 넘길 수 없는 두 가지 약점이 눈에 띈다.

프란츠 요제프 1세

첫 번째, 프란츠 요제프 1세는 매우 꼼꼼하고 치밀해서 빈틈을 찾기가 어려웠던 인물로 알려져 있다. 그런데 그의 이런 성격이 오히려 최고 지도자로서는 결점으로 작용될 수도 있겠다는 생각이 든다. 즉위 초 그는 유능한 총리 겸 외무장관의 보좌를 받았다. 1850년 프로이센으로 하여금 오스트리아가 독일 연방의 수장임을 인정케 한 올뮈츠 협약을 주도한 슈바르첸베르크 후작이 바로 그 사람이다. 이렇게 오스트리아의 대외적 지위를 공고히 했지만 애석하게도 그는 일찍 세상을 뜨고 말았다. 이때 프란츠 요제프 1세는 마땅한 사람이 없다는 이유로 후임 총리를 임명하지 않고 스스로 총리 업무를 떠맡았다. 이후 그는 자신이 직접 나라를 통치하는 친정 체제를 구축해 나갔다. 그런데 이와 유사한 예를 1859년 사르데냐왕국 및 프랑스제국과 벌인 전쟁에서도 볼 수 있다. 당시 이탈리아왕국의 전신인 사르데냐왕국은 이탈리아에서 오스트리아를 몰아내려고 프랑스제국과 동맹을 맺었다. 그리고 오스트리아를 자극해 전쟁으로 끌어들였다. 이때도 프란츠 요제프 1세는 총사령관이 무능하다는 이유를 들어 해임하고는 자신이 직접 총사령관이 되었다. 하지만 그는 솔페리노에서 패전했고, 그 대가로 롬바르디아를 사르데냐왕국에 할양해야 했다. 오스트리아 황제의 수많은 호칭 중 하나인 '롬바르디아-베네치아 왕'의 앞부분은 이때 떨어져 나가버렸다.

프란츠 요제프 1세를 보면 제갈량이 생각난다. 제갈량 이후 촉蜀나라에 출중한 인재가 없었듯이, 프란츠 요제프 1세가 황제가 된 후 오스트리아에도 명재상이나 명장이 나오지 않았다. 두 사람 모두 지독한 워커홀릭Workaholic이었다. 두 사람 공히 너무도 치밀한 완벽주의자로서 아랫사람에게 맡기느니 자신이 직접 처리하는 유형이었다. 결국 천하의 기재奇才인 제갈량조차 이런 한계점을 극복하지 못하고 중도에서 쓰러졌다. 하물며 뛰어난 정치가나 전략가는 아니라고 평가받는 프란츠 요제프 1세에게 있어서야 더 말해 무엇 하겠는가. 더구나 그의 경쟁자는 최강의 좌청룡 우백호를 거느린 프로이센의 빌헬름 1세였다. 그러니 아무리 혼자서 10시간씩 정무에 매달렸어도 환상의 팀워크Teamwork를 이룬 프로이센에 당할 수 없는 건 너무도 당연한 결과였다.

첫 번째가 위임委任에 관한 리더십 문제라면, 두 번째는 변화變化에 대처하는 리더십 문제다. 상이한 체제 때문에 위임에 대한 리더십을 기준으로 메흐메드 2세와 프란츠 요제프 1세를 직접 비교하기는 힘들다. 그러나 두 번째 변화에 대처하는 리더십에서는 양자의 차이점이 분명히 드러난다. 한창 때인 마흔아홉 살에 돌연 세상을 뜬 메흐메드 2세의 사인死因에 대해서는 아직도 지병설과 독살설로 의견이 엇갈린다. 그 중 독살설은 메흐메드 2세와 반목하던 아들 바예지드 2세가 그를 독살했다는 주장이다. 그런데 바예지드가 아버지와 반목했다는 이유를 들어보면 어딘가 석연치 않다. 세계주의, 보편주의 경향이 강한 아버지에게 불만을 품은 아들이 이슬람 특수주의를 지키려고 아버지를 암살했다는 것이다. 하지만 술탄이 된 후 바예지드는 경건한 무슬림이었음에도 불구하고 타 종교에 대해서 관용적이었다는 사실에서 이 주장은 앞뒤가 맞지 않는다. 내 생각엔 메흐메드 2세가 독살을 당했다면, 그건 아들보다는 베네치아에 의해서였을 가능성이 더 많을 것 같다. 아무튼 여기서 말하고 싶은 건 그의 사인이 아닌 암살 원인이다. 다시 말해 암살 원인을 거꾸로 놓고 보면 그가 얼마나 세계주의자, 보편주의자였는지 알 수 있다. 메흐메드 2세는 생전에 자신을 '카이세리 롬', 즉 로마 황제임을 자처하며 로마제국의 영광을 재현하려 했다. 모두가 현상 유지를 원했을 때 그는 콘스탄티노플을 공략해 변화를 꾀했다. 아무도 거들떠보지 않던 우르반의 거포를 그는 두말없이 사들이는 혜안을 가지고 있었다. 알렉산더 대왕과 카이사르에 심취했으며, 프랑크 왕들과 교황들의 치적에 몰입했다. 이 모두가 투르크족에게는 낯선 것들로 그는 선조들이 가지 않았던 새 길을 스스로 개척했다. 아울러 그는 타 문화에 대해서도 개방적이어서 이탈리아 인문주의자들과 예술가들을 우대했다. 이처럼 열린 마음으로 수많은 언어를 구사했던 그는 진정한 코스모폴리탄Cosmopolitan이자 적극적으로 변화를 수용한 군주였다.

메흐메드 2세

반면 프란츠 요제프 1세는 어땠을까? 어려서부터 체계적으로 제왕이 되기 위한 공부를 했던 그에게서는 선생님과 부모님 말씀 잘 듣는 전형적인 모범생의 이미지가 연상된다. 필요할 때마다 자유자재로 변신을 꾀하는 메흐메드 2세에 비해 프란츠 요제프 1세는 항상 정도正道를 걸으며 전통과 규범을 중시하는 보수적인 인물로 비춰진다. 어쩌면 이런 인상은 두 사람이 처했던 시대적 배경과도 무관치 않을 것이다. 이제 막 발흥하기 시작한 신흥 강국 오스만제국의 술탄인 메흐메드 2세와 오랜 역사를 자랑하는 전통 강국 오스트리아제국의 황제인 프란츠 요제프 1세 사이에는 당연히 그런 차이가 있을 법하다. 하지만 이런 점을 감안해서 봐도 역시나 프란츠 요제프 1세에게 가장 부족했던 점은 변화를 읽는 힘이 아니었을까 싶다. 그는 선조들에게서 '독일 통일'이나 '민족주의'에 대해 배운 바가 없었다. 왜냐하면 그들도 이런 문제를 접해본 적이 없었기 때문이다. 세상사란 배웠다고 모든 것을 해결할 수는 없는 법이다. 때로 결정적인 순간에는 직관력이 필요하다. 특히 최고 지도자는 시대적인 조류를 재빨리 간파해 변화를 꾀해야 한다. 그러나 불행히도 프란츠 요제프 1세에게선 그런 점이 부족했다. 사실 그와 같은 부류의 사람들은 새로운 것에 서툴기 마련이다. 평생 군인으로 살았던 그에게 가장 아쉬운 점은 제국 내 민족 문제의 심각성을 너무 간과했다는 사실이다. 그리고 바로 그 문제 때문에 제국은 날아가 버리고 말았다. '운수 없는 놈'이라고 자탄했던 그의 말은 맞을지 모른다. 태평성대였다면 분명 명군名君 중에도 명군이 될 수도 있었을 그가 하필 변화무쌍한 시대를 만나 실패한 군주가 되었으니 말이다.

마지막으로, 만약에 메흐메드 2세가 그의 자리에 있었다면 제국의 붕괴를 막을 수 있었을까? 글쎄, 정답이 없는 질문이지만 내 생각엔 그럴 수도 있고 아닐 수도 있다고 본다. 메흐메드 2세에게 있어서 진정한 경쟁자는 자기 자신뿐이었다. 따라서 그런 조건에서라면 아마도 메흐메드 2세의 능력으로 제국의 붕괴를 막았을 가능성도 있다. 물론 그라면 그런 상황으로까지 내몰리지도 않았겠지만 말이다. 하지만 프란츠 요제프 1세에게는 최강의 경쟁자가 버티고 있었다. 프로이센의 빌헬름 1세 군단이 바로 그들이었는데, 이 경우엔 메흐메드 2세라도 결코 장담할 수 없었을 것이다. 우문우답愚問愚答이지만, 결국 사람마다 운세運勢가 있듯이 국가에도 국운國運이란 게 있지 않을까? 혈기만 앞세우는 젊은 힘은 그다지 두렵지 않다. 그러나 그 젊은 힘이 현명함까지 갖추었다면, 아무리 전통 깊은 강국이라도 견디기 힘들 것이다.

1. 제국帝國과 왕국王國

흔히 최전성기의 영국을 가리켜 대영제국大英帝國이라 불렀다. 오대양 육대주에 뻗쳐 있던 영국의 힘에 비추어 대영제국이란 호칭은 과연 손색이 없었다. 그런데 대영제국에는 왜 제국이라면 응당 있어야 할 황제는 없고 국왕만 존재했을까? 영국의 당시 국력과 국제사회에서의 위상으로 볼 때 영국 왕이 황제를 칭해도 하등 이상할 게 없었을 텐데 말이다. 여기서 우리는 황제의 개념에 대한 동서양의 차이를 알 수 있다. 동양에서의 황제와 왕의 관계는 통상 상하관계로서 황제는 왕을 봉封할 수 있는 상위개념이다. 반면 서양에서의 양자 관계는 꼭 그렇지만은 않다는 것이다. 물론 서양에서도 왕보다는 황제라는 칭호가 우선했던 것은 사실이다. 그랬기에 샤를마뉴는 교황 앞에 무릎을 꿇고서라도 '프랑크 왕'에 더해 '로마인의 황제'란 명칭을 취했다. 하지만 그럼에도 불구하고 서양에서의 황제와 왕의 관계는 동양의 그것과는 달리 때로는 수평관계였고, 심지어 황제보다 강한 왕들이 얼마든지 존재했었다. 이는 중세 이래로 영국 왕이나 프랑스 왕과 신성로마제국 황제의 관계를 봐도 알 수 있다.

그렇다면 제국이란 무엇일까? 사전적 의미의 제국이란 '다른 민족을 통치, 통제하는 정치체계'로 정의되어 있다. 이런 기준으로 본다면 대영제국이나 후의 독일제국, 러시아제국, 그리고 대일본제국까지도 모두 제국임에는 틀림없다. 하지만 모든 제국의 뿌리인 로마제국에 비할 때 이들을 진정한 제국으로 보기에는 왠지 미흡해 보인다. 그들의 부족함은 무엇일까? 그건 다름 아닌 모든 이질적인 요소를 포용하고 합체시켜 시너지 효과를 극대화하는 용광로 기능이 그들에겐 없었다는 점이다. '다른 민족을 통치, 통제하는 정치체계'에 더해 '다른 민족에게서도 유력한 지배층이 나올 수 있는 정치체계'야말로 진정한 제국이 아닐까? 로마제국의 황제 중에는 본토 출신이 아닌 식민지 출신의 황제가 많았다. 비잔틴제국의 황제 중에도 소아시아나 발칸반도 출신의 황제가 많았다. 이에는 못 미치지만 오스만제국이나 합스부르크제국의 재상 중에도 이민족 출신이 상당히 많았다. 하지만 대영제국이나 독일제국, 러시아제국, 대일본제국의 재상이나 각료 중에 이민족 출신이 얼마나 있었는지는 잘 모르겠다. 이런 면에서 볼 때 광대한 영토와 수많은 소수민족을 지배한다고 해서 꼭 제국이라고 할 수는 없을 것이다. 그 대표적인 예로 제2차 세계대전 전의 소위 대일본제국은 제국이 아닌 전형적인 왕국이었다. 왜냐하면 모름지기 제국이라면 이질적인 요소를 살려 더 큰 시너지 효과를 얻어야 할 텐데, 일본은 거꾸로 이질적 요소를 배제하고 모든 것을 일본화하려 했기 때문이다.

2. 제국주의와 민족주의

우리는 제국주의란 말만 들어도 원초적인 거부감이 든다. 제국주의에는 항상 약소민족에 대한 침략과 억압, 착취와 같은 부정적인 이미지가 따라다닌다. 반면 민족주의에는 민족자결, 독립, 해방과 같은 긍정적인 이미지를 떠올린다. 사실 일본 강점기라는 뼈아픈 역사를 가지고 있는 우리에게 제국주의란 그야말로 악몽 그 자체일 것이다. 하지만 다음 두 나라의 사례를 봤을 때 과연 그런 기계적인 이분법론이 맞는지 묻고 싶다.

정치체제는 달라도 현대사회에서 진정한 의미의 제국의 속성을 가진 나라는 어디일까? 중국이나 러시아 등도 거론되겠지만, 아마도 미국이 가장 근접한 나라가 아닐까 싶다. 종교나 인종, 출신 성분을 떠나 적어도 제도적인 면에서 미국은 신분 상승이 가능한 사회이기 때문이다. 미국에선 예전의 노예 출신이 상류층이 될 수 있고, 아프리카 이민자의 후예가 대통령이 될 수도 있다. 종교와 문화, 인종이 서로 다른 사람들이 미국이라는 용광로에 뒤섞이면 특유의 정체성을 가진 미국인으로 거듭나지 않던가. 한편 미국의 경우와는 다르지만, 발칸반도에서는 지난 2,000년 동안 웅거했던 두 제국이 사라진 자리에 유고슬라비아라는 작은 제국이 탄생했다. 이 새로운 제국은 종교와 문화는 달랐지만 남 슬라브족이라는 같은 민족이 만든 나라였다. 하지만 유고슬라비아라는 제국은 용광로가 되기는커녕 정반대로 서로가 서로를 가르는 분쇄기가 되어 공중분해 되어버렸다.

연방이라는 정치체제 형식을 취한 미국과 유고슬라비아 양국은 왜 그렇게 서로 상반된 결과를 초래했을까? 여러 가지 복합적인 요인이 있겠지만 결국은 양국의 축적된 내부 역량의 차이가 주요 원인이 아닐까 싶다. 50개의 주와 한 개의 특별구로 구성된 미국은 각양각색의 인종과 종교, 문화가 어우러진 다민족 국가의 성격이 짙다. 그런데 만약 연방정부에 불만을 품은 어느 주州가 새삼 민족주의란 이름을 내걸고 분리 독립을 추진한다면 이에 호응할 미국인들이 얼마나 될까? 지금까지 아무 문제없이 어울려 살아온 사람들에게 어느 날 갑자기 종교란 잣대를 들이대며 서로 적대할 것을 종용하는 지도자가 출현할 수 있을까? 틀림없이 미국에서는 씨알도 먹히지 않을 것이다. 하지만 이런 말도 되지 않는 일이 여섯 공화국으로 구성되었던 유고슬라비아에서는 버젓이 일어났다. 민족주의란 간판을 내건 과격한 지도자의 충동질에 맹목적으로 이끌린 그들은 그 유례를 찾기 힘든 인종청소의 광풍속으로 빠져들었다. 그렇게나 갈구했던 민족국가를 구현했지만, 그들의 처지는 오히려 오스만제국의 치하에서보다도 더 나빴다. 과연 제국주의는 절대악絶對惡이요, 민족주의는 절대선絶對善일까?

지금까지 인간이 만들어낸 정치체제 중에서 가장 보편·합리적인 체제로 자유민주주의 체제를 꼽는다. 나 자신도 자유민주주의 체제인 대한민국의 국민임을 자랑스럽게 여긴다. 하지만 여기에도 전제조건은 있다. '지금까지'라는 말은 앞으로 언젠가는 자유민주주의 체제보다 더 나은 정치체제가 나올 수도 있음을 암시한다. 이는 자유민주주의 체제가 다른 어떤 기존의 정치체제보다 '훌륭한 수단'이지, 그 자체가 '절대적인 목표'는 아님을 뜻한다. 이와 마찬가지로 제국주의나 민족주의도 수단과 방법이지 목표 그 자체는 아니다. 여기서 특정 종교나 이념, 정치체제에 매몰되지 않고 상황에 따라 유연하게 대처하는 내부 역량의 중요성이 더욱 강조된다. 다소 거친 표현이지만 등소평의

흑묘백묘론黑猫白猫論이야말로 정곡을 찌르는 말이 아닐까? 오스트리아나 프랑스 같은 정통 가톨릭 국가가 종교에 매몰되지 않고 필요에 따라선 이슬람 측과도 손잡았던 사례를 우린 앞에서 보았다. 오스만제국의 후예인 터키도 이슬람 국가 중에는 가장 유연한 종교정책을 표방하는 나라로 알려져 있다. 왜 이들이 지금도 선진국으로 남아 있거나 지역 맹주로 부상하고 있는지 짐작케 해주는 대목이다.

반면 이들과는 달리 특정 종교나 이념에 경도되어 나라를 망친 경우도 많다. 그 대표적인 예로 스페인을 들 수 있다. 한때 영국을 '해가 지지 않는 제국'으로 지칭했지만, 사실 그 원조는 스페인이었다. 그런 스페인이 갑자기 몰락한 이유로 많은 사람들은 무적함대의 패배를 꼽는다. 하지만 그건 표면적인 현상이었고, 사실은 경직된 종교정책이 근본 원인이었다. 종교재판으로 대표되는 스페인의 잘못된 신념은 산업의 근간이었던 유대인들을 몰아내면서 국가발전의 동력을 잃어버렸다. 편협한 종교에 휘둘리지 않고 스페인에서 쫓겨난 유대인들을 대거 받아들인 바예지드 2세의 말을 다시 한 번 인용해본다.

"그대들은 감히 페르난도가 지혜로운 군주라고 말하곤 하지만, 그는 스스로의 국가를 가난하게 만들고 짐의 국가를 부유하게 하는구나!"

불행히도 남 슬라브족은 스페인과 비슷한 전철을 밟았다. 결과론적이지만, 그들은 내부 역량이 부족했다. 1,400년 만에 처음으로 만든 동합 국가를 겨우 50년도 못 버틴 채 흔적도 없이 말아먹었다. 유고슬라비아가 무너져 내린 잿더미 위에서 그들은 아직도 가톨릭과 동방정교,

이슬람이란 패를 맞쥐고 싸우고 있다. 실로 내부 역량이 부족한 민족에게는 아무리 훌륭한 이념이나 체제가 주어져도 아무 소용없다는 사실을 일깨워준다. 아니 오히려 재앙이 될 수도 있음을 우리는 보스니아 내전에서 보았다. 그렇다면 보수네, 진보네 하며 눈만 뜨면 편 갈라 싸우는 이 땅의 지도층은 어떨까? 과장되고 자극적인 논지로 어떻게 해서든 싸움을 계속 이어나가려는 극우와 극좌 논객들의 감추어진 진의는 무엇일까? 그리고 아무 생각 없이 앵무새처럼 그들의 주장을 되뇌며 진영논리에 빠져드는 우리 자신의 내부 역량은 과연 어느 수준일까? 반사회적 행동과 비리로 외부의 비난을 받을지언정 조직 내부에서는 '신의 경지에 들어선 분'으로 추앙받는 재벌 총수가 존재하는 한 우리의 수준도 그리 높을 것 같지는 않다. 국민의 IQ 수준을 두 자리 숫자로 착각해 카멜레온처럼 말 바꾸기를 일삼는 정치인들을 건재하게 하는 한 높은 수준의 내부 역량을 기대하기는 힘들 것이다. 그리고 혈연·지연만 내세우면 모든 게 해결되는 우리 자신을 버리지 않으면 남슬라브족보다 나은 점을 찾기 어려울 것이다.

깨어 있어라(루가 12, 35-36)

너희는 허리에 띠를 매고 등불을 켜놓고 있어라. 혼인 잔치에서 돌아오는 주인이 도착해 문을 두드리면 곧바로 열어주려고 기다리는 사람처럼 되어라.

나가면서

터키의 이스탄불에서 출발하여 체코의 프라하로 끝난 발칸 여행을 다녀온 지도 벌써 2년이 훌쩍 넘었다. 여행길은 고생길이라지만, 그 여행에서 특히 힘들었던 여정은 불가리아에서였다. 온통 키릴문자뿐인 플로브디프의 간판 중에서 내가 읽을 수 있는 건 아무것도 없었다. 생존 차원에서 숙소를 찾던 즈음 호텔로 짐작되는 'Otel'이라 쓰인 간판이 내 눈에 띈 건 행운이었다. 말이 호텔이지 여인숙 수준의 모텔에서 말 한마디 안 통하는 아줌마와 손짓발짓 써가며 허름한 방 한 칸 구한 것도 행운이었다. 시내 지도 한 장, 현지 화폐 한 푼 없이 무작정 낯선 도시로 뛰어든 내가 별 일 없이 여행을 마친 것도 행운이었다. 하지만 지금 생각해보면 그 모든 것이 행운 탓만은 아니었다. 여행길에 잠깐 스쳐간 많은 사람들의 도움이 없었다면 허다한 어려움에 처했으리라. 어떤 이는 일부러 가던 길을 멈추고 도와주기도 했고, 어떤 이는 아예 자기 일처럼 발 벗고 나서기도 했다. 그것도 아무 조건 없이 말이다.

여행을 다녀볼수록 사람에 대한 애정이 커진다. 그리고 여러 곳을 다닐수록 가본 곳에 대한 관심이 높아진다. 물론 때로는 야박한 이들을 만날 수도 있다. 생각했던 것과 달라 실망하는 곳도 있다. 하지만 잠시 만났다 헤어지는 여행길 친구들에게선 인간의 순수한 감정이 느껴진다. 그때는 실망했어도 갔다와보면 꿈결 속에 거처 온 듯 아련해지는 곳들이 많다. 순수한 마음을 보듬어 안고 싶으면 여행을 떠나라. 젊은 마음을 유지하고 싶으면 길을 나서라. 그것도 혼자가 좋다. 가끔은 혼자가 되어 세상과 부닥치며 반추해볼 시간이 필요하기 때문이다.

서로 다른 문명이 부대끼는 곳에서 살아가는 사람들이 나의 일차적인 관심사였다. 두 번째 책의 주제가 가톨릭과 이슬람이 어울렸던 스페인이었다면, 세 번째 책은 가톨릭과 동방정교 그리고 이슬람까지 뒤섞인 발칸 지방이었다. 이런 난제를 가지고 여러 지기들의 도움으로 이번 책을 마치게 되었다. 시류에 떨어진 고루한 문체와 천박한 역사 지식이 깊이 있는 책을 만드는 데 많은 어려움이 되었다. 그래도 발칸 이야기를 통해 우리 자신에게 하고 싶은 말은 다 했다는 성취감을 느낀다. 초고를 읽고 좋은 코멘트를 해준 김종훈, 김중협, 김학렬, 유제홍, 이정호 제형께 깊이 감사드린다. 김철 형에게 받은 조르주 뒤비의 『지도로 보는 세계사』는 공간적인 개념을 파악하는 데 많은 도움이 되었다. 이정조 형이 소개해준 출판계 전문가의 코멘트도 큰 힘이 되었다. 책 쓰는 과정 틈틈이 관심과 성원을 보내준 김광우, 김종익 제형을 비롯한 많은 분들께 고마운 마음 가득하다. 항상 남편과 아버지를 응원해주는 우리 행복가족과 책거리라도 한번 해야겠다.

청계천변에서 어공산인於空山人